insel taschenbuch 5047
Pamela Kelley
Die kleine Buchhandlung am Meer

AF131061

PAMELA KELLEY

Die kleine Buchhandlung am Meer

ROMAN

Aus dem amerikanischen Englisch
von Annette Hahn

INSEL VERLAG

Die Originalausgabe erschien 2023 unter dem Titel
The Bookshop by the Bay bei St Martin's Press, New York.

Erste Auflage 2024
insel taschenbuch 5047
Deutsche Erstausgabe
© der deutschsprachigen Ausgabe Insel Verlag
Anton Kippenberg GmbH & Co. KG, Berlin, 2024
© 2023 by Pamela Kelley
Alle Rechte vorbehalten. Wir behalten uns auch eine Nutzung des
Werks für Text und Data Mining im Sinne von § 44b UrhG vor.
Umschlaggestaltung: zero-media.net, München
Umschlagabbildungen: FinePic®, München
Satz: Satz-Offizin Hümmer GmbH, Waldbüttelbrunn
Druck: CPI books GmbH, Leck
Printed in Germany
ISBN 978-3-458-68347-6

www.insel-verlag.de

In liebender Erinnerung
an meine Mutter Marcia Claughton
und meinen Großvater Ken Ford,
die mich stets mit voller Begeisterung
unterstützt und ermutigt haben.

1. Kapitel

Woran merkt man, dass eine Ehe endgültig gescheitert ist?

Jessica Coleman nippte an ihrem Kaffee und starrte aus dem Küchenfenster, während sie mit halbem Ohr zuhörte, wie ihre Freundin Alison Page von dem megatollen Essen am vergangenen Abend im *Impudent Oyster* erzählte. Sie und Alison waren schon seit ihrer Kindheit in Massachusetts beste Freundinnen, und auch wenn sie jetzt über tausend Meilen voneinander entfernt wohnten, telefonierten sie immer noch wöchentlich miteinander, meistens am frühen Morgen.

»Wir haben die ›Austern Rockefeller‹ gegessen, an Hummer mit einer Spinat-Sahne-Soße. Das hätte dir bestimmt auch super geschmeckt.«

Sie sprach von ihrem Lieblingsrestaurant in Chatham, der Kleinstadt auf Cape Cod, in der sie beide aufgewachsen waren. Alison war nie von dort weggegangen, während Jessica vor vielen Jahren, nach ihrem Jurastudium und der Heirat mit Parker, nach Charleston in South Carolina gezogen war.

»Jess, bist du noch dran?« Alison hatte ihre Erzählung abgebrochen, was Jessica nicht einmal aufgefallen war. Sie spürte die ersten Anzeichen von Stress-Kopfschmerzen, hervorgerufen durch die Überlegung, wann die beste Zeit für ein unbequemes Gespräch mit ihrem Mann wäre. Dem sie beide schon eine ganze Weile aus dem Weg gingen.

»Tut mir leid, ich war gedanklich meilenweit entfernt. Mir geht gerade viel durch den Kopf. Nichts Neues … leider: Ich frage mich wieder einmal, was ich mit Parker machen soll.«

»Dann hat es in letzter Zeit wohl keine goldenen Sternchen gegeben, nehme ich an?«

Jess lachte. »Das ist fast schon eine Untertreibung.« Sie hatte Alison gegenüber einmal gewitzelt, dass sie für die seltenen Male, die sie und Parker noch Sex hatten, ein goldenes Sternchen in den Kalender malen sollte. Ihrer Rechnung nach war das letzte Mal inzwischen fast schon ein Jahr her. Sex hatte einfach keine Priorität mehr – für sie beide nicht. Sie hatte ihn in ihrem ersten Jahr am Charleston College kennengelernt, und weder sie noch er hatten vorher eine feste Beziehung gehabt. Nach dem Examen hatten sie geheiratet und dann beide einen Job in der Kanzlei von Parkers Vater in Charleston angenommen. Drei Jahre nach dem Einzug in ihr Häuschen in Mount Pleasant, einem der schönsten – und teuersten – Vororte nördlich von Charleston, war Caitlin zur Welt gekommen, die vor kurzem ihren dreißigsten Geburtstag gefeiert hatte.

»Das tut mir leid. Hast du mit ihm darüber gesprochen? Willst du versuchen, eure Ehe zu retten?«

Jess war nicht sicher, ob noch was zu retten war. Sie und Parker waren wahnsinnig verliebt gewesen – aber das war mittlerweile lange her. Jetzt arbeiteten sie beide viel und oft bis spät in die Nacht, und manchmal schien es, als wäre die Arbeit das Einzige, das sie noch verband.

»Ich habe den Eindruck, dass wir so was wie eine WG geworden sind. Das geht schon ein paar Jahre so – irgendwie haben wir uns wohl auseinandergelebt. Und in den letzten Monaten hat sich noch mal was verändert. Ich habe so ein komisches Gefühl …«

»Du meinst, er hat eine Affäre?« Alison klang überrascht, was Jess gut nachvollziehen konnte. Denn eine Affäre war bei Parker ausgesprochen unwahrscheinlich. Er machte abends oft Überstunden, und da sie in derselben Kanzlei beschäftigt waren, kannte Jess seinen Terminplan und konnte sich nicht vorstellen, wie das funktionieren sollte. Trotzdem hatte sie dieses komische Gefühl.

»Ich weiß nicht. Vielleicht auch nicht. Vielleicht haben wir einfach nur erkannt, dass es nicht mehr funktioniert. Irgendwas fühlt sich jedenfalls anders an.«

»Du musst mit ihm reden.«

»Ich weiß. Ich merke manchmal, dass er mich ansieht, als wollte er auch etwas sagen, aber keiner von uns will so richtig daran rühren. Es ist eben leichter, die Augen zu verschließen und einfach weiterzumachen, schätze ich.«

»Das klingt aber nicht gesund, Jess. Die Zeit vergeht zu schnell. Wenn es zwischen euch nicht mehr funktioniert, solltet ihr versuchen, gemeinsam etwas zu verändern – oder euch eben trennen. Single zu sein ist doch gar nicht so übel. Vielleicht tut es dir gut.« Alison war zehn Jahre verheiratet gewesen und nun seit über zwanzig Jahren Single – und mit ihrem Ex bestens befreundet. Seit der Scheidung schienen sie viel besser miteinander klarzukommen. Jess hatte sie schon zig Mal gefragt, ob sie wieder mit Chris zusammen sein wollte, aber Alison bestand jedes Mal hartnäckig darauf, dass es zwischen ihnen nicht »so« sei.

»Du hast recht. Ich weiß, du hast recht. Und ich glaube, ich bin mittlerweile dafür bereit. Ich bin noch nie erwachsen und Single gewesen – das wäre eine ziemlich große Umstellung für mich.«

Allerdings war die Vorstellung, mit Mitte fünfzig in einer Stadt wie Charleston frei und ungebunden zu sein, eher furchteinflößend. Hier gab es jede Menge hübsche junge Südstaatlerinnen, die das Haus nie unfrisiert und ohne Make-up verließen und dazu immer tadellos gekleidet waren. Wie sollte sie mit denen konkurrieren?

»Warum nimmst du dir nicht eine Auszeit?«, schlug Alison vor. »Komm nach Chatham – wenigstens für eine Weile. Du hast in den letzten Jahren maximal ein oder zwei Wochen Urlaub gehabt.«

Das war in der Tat eine verlockende Idee. Und mit dem Urlaub hatte Alison recht. Auch Jess' Mutter würde sich freuen, wenn sie käme; sie war mit ihren achtundsiebzig Jahren noch recht aktiv, und ihr Elternhaus in Chatham bot ausreichend Platz für sie beide.

»Ich denke darüber nach«, sagte sie also. Mit Blick auf die Uhr trank sie ihren letzten Schluck Kaffee. »Alison, ich muss los. Ich melde mich wieder.«

*

Parker war bereits aus dem Haus. In den letzten Monaten hatte er sich angewöhnt, vor der Arbeit noch ins Sportstudio zu gehen und dort zu duschen; ihre Kanzlei lag nur wenige Blocks vom Studio entfernt. Wenn er frühmorgens einen Termin hatte, nahm er seine Sachen mit und ging mittags oder nach Feierabend zum Sport. Vor nicht allzu langer Zeit hatte Parker beschlossen, neun Kilo abzunehmen, und dieses Ziel – zu Jessicas großem Ärger – nach nur einem Monat erreicht. Er hatte einfach aufgehört, übermäßig zu essen, hatte Frühstück und Mittagessen übersprungen und sich nur noch das Abendessen erlaubt. An so etwas hätte Jessica nicht einmal im Traum gedacht – sie könnte niemals eine Mahlzeit auslassen. Nicht, dass sie zu dick war, aber ihre Waage zeigte mitunter fünf bis sieben Kilo zu viel an, und abzunehmen fiel ihr schwer.

Die Kanzlei lag weniger als zehn Meilen entfernt, doch im Berufsverkehr dauerte die Fahrt mit dem Auto meist fünfundvierzig Minuten. Um Viertel nach acht lenkte Jess ihren dunkelblauen BMW auf den Kanzleiparkplatz. Parkers Wagen, ein schwarzer Range Rover, stand schon dort.

Als sie aus dem Fahrstuhl trat, zog ihre Assistentin Miriam gerade ihre Jacke aus. Die Kollegin am Empfang, eine Aushilfe, war noch nicht am Platz, aber die Kanzlei öffnete auch erst in fünfzehn Minuten. Miriam begrüßte sie mit einem Lächeln.

»Ich wollte mir gerade einen Kaffee holen – möchtest du auch einen?« Miriam war etwas älter, Anfang sechzig, und hatte etwas Mütterliches an sich, was Jess sehr schätzte. Sie dachte immer zwei Schritte voraus und konnte gut mit den Klienten umgehen. Jess wusste, dass Miriam bald in Rente gehen wollte, und ihr grauste schon jetzt bei der Vorstellung, nach den vielen gemeinsamen Jahren jemand Neues anlernen zu müssen.

»Das wäre ganz toll, lieben Dank.« Jess machte es sich am Schreibtisch bequem, schaltete den Computer ein und rief ihren Kalender auf. Sie hatte einen vollen Tag vor sich, an dem ein Termin den anderen jagte. Sie ging kurz bei Parker vorbei, um ihm hallo zu sagen, und sah ihn dann erst wieder, als sie abends ihre Sachen zusammenpackte und er seinen Kopf durch die Tür streckte, um sich zu verabschieden. Seine Assistentin Linda begleitete ihn. Als Linda die Jacke anzog, rutschte ihre Bluse kurz einige Zentimeter nach oben, wodurch Jess etwas bemerkte, das ihr bislang nicht aufgefallen war.

Lindas Bauch zeigte eine verräterische Wölbung: Parkers Assistentin war schwanger. Sie war noch recht neu in der Kanzlei – vor etwas weniger als einem Jahr hatte sie ihre Vorgängerin abgelöst, die in Rente gegangen war – und sie war vielleicht ein oder zwei Jahre älter als ihre Tochter. Offenbar leistete sie gute Arbeit, denn Parker hatte sie bislang immer gelobt. Jess konnte sich allerdings nicht erinnern, dass er je einen Partner erwähnt hätte. Ihrem Bauch nach zu urteilen, war Linda vielleicht im vierten oder fünften Monat.

Sie war eine schlanke Frau und trug oft weite Kleider oder längere Oberteile, die ihre Taille verbargen. Jess fragte sich, ob Parker Bescheid wusste. Wenn Linda in Elternzeit ginge, würden sie über eine Vertretung nachdenken und auch die

Möglichkeit in Betracht ziehen müssen, dass sie nicht zurückkam. Etwa die Hälfte der Frauen war bisher nicht wiedergekommen, auch wenn sie vorher das Gegenteil beteuert hatten.

»Fährst du nach Hause?«, fragte sie Parker.

»Nein, noch nicht. Wir haben doch heute Abend dieses Essen im Lions Club – ich dachte, ich hätte dir das erzählt. Sie überreichen uns den jährlichen Scheck für die Mittagstafel. Linda kommt mit. Ich weiß ja, dass du solche Sachen hasst, und dachte, ihr macht es vielleicht Spaß.«

Jess hasste diese Dinner-Veranstaltungen tatsächlich und versuchte so oft es ging, sich davor zu drücken. Der Lions Club war eine tolle Sache, doch die Abende zogen sich oft elend lange hin. Sie und Parker saßen beide ehrenamtlich im Ausschuss der Kirchengemeinde, die sich um die Mittagstafel kümmerte, und jedes Jahr spendeten der Lions Club und andere Organisationen dafür mehrere tausend Dollar. Es machte Jess überhaupt nichts aus, dass Linda zu dieser Veranstaltung mitging, denn das war das Letzte, was sie sich nach einem langen Bürotag wünschte.

Doch dann strich Linda sich geistesabwesend über ihren Bauch, und Jess bemerkte Parkers Blick. Es war nur ein kurzer Moment, aber sein fürsorglicher Stolz war unübersehbar. Jess wusste sofort Bescheid.

Und als Parker sich wieder zu ihr umdrehte, wusste er, dass sie es wusste. Sein plötzliches Erröten bestätigte es ihr.

Jess starrte ihn an. »Wenn du nach Hause kommst, müssen wir reden.«

2. Kapitel

Für ihren Job bei Middleton's hatte Caitlin Coleman sich gegen Hunderte anderer Bewerberinnen durchgesetzt. Das wusste sie, weil Mary Middleton nicht müde wurde, sie daran zu erinnern – was die unausgesprochene Drohung beinhaltete, dass Caitlin problemlos zu ersetzen wäre, sollte sie sich nicht bewähren. Middleton's war ein hochpreisiges Kaufhaus für Damenbekleidung, quasi Charlestons Äquivalent zu Harrods in London. Manche verglichen es mit der bekannteren Kaufhauskette Nordstrom, weil sie einen ähnlich guten Service boten, doch darüber rümpfte Mary Middleton stets verächtlich die Nase. Middleton's war erheblich teurer als Nordstrom. Viele ihrer Kundinnen kamen für die spezielle »Middleton Experience«, die im Obergeschoss bei der begehrten Designerkleidung angeboten wurde und gratis Champagner in den Umkleideräumen beinhaltete.

Seit zwei Monaten arbeitete Caitlin nun schon im Verkauf und fand, dass sie sich verhältnismäßig gut machte. Sie war im Erdgeschoss eingeteilt, und von ihr wurde erwartet, dass sie den Kundinnen mehr und höherwertigere Ware verkaufte, als diese eigentlich verlangten. So sollte sie zum Beispiel komplette Outfits vorschlagen, wenn eine Kundin mit nur einem Teil in die Umkleidekabine ging. Zuerst fand sie das ungebührlich aufdringlich, war dann aber sehr erstaunt, wie effektiv dieses Vorgehen war. Ihre Kundinnen fragten sie nach ihrer persönlichen Meinung, die sie ihnen gern mitteilte, und Caitlin hatte immer den Eindruck, dass sie ihr aufrichtiges Urteil schätzten.

»Wie finden Sie das?« Helen, eine Frau im Alter ihrer Mutter,

drehte sich vor dem dreiteiligen Spiegel in einem paillettenbe-
setzten Abendkleid, das mehr kostete als Caitlins Auto. Es wäre ein gutes Geschäft und würde Caitlin eine gute Provision
einbringen. Aber es stand Helen nicht so gut wie die anderen
Kleider, die sie vorher anprobiert hatte.

»Das ist ein sehr schönes Kleid, aber ich finde, die letzten beiden haben Ihnen noch besser gestanden. Ich würde Ihnen lieber eines davon empfehlen.«

Zufällig kam Mary Middleton gerade in den Umkleidebe-
reich und hörte das Gespräch mit an.

»Ach, wie schade«, sagte Helen, »es gefällt mir nämlich ausgesprochen gut, aber wenn Sie meinen ...« Sie biss sich auf die Un-
terlippe und betrachtete traurig ihr Spiegelbild. »Ich glaube,
dann warte ich lieber und überlege es mir noch einmal. Haben
Sie vielen Dank.« Schnell verschwand sie wieder in ihrer Kabine.

»Wir haben bestimmt noch weitere Kleider, die Ihnen gefallen könnten«, rief Mary ihr nach. Aber Helen antwortete nicht
mehr und kam wenige Minuten später in ihrem eigenen rosa
Blümchenkleid von Lilly Pulitzer wieder heraus.

»Vielleicht schaue ich in den nächsten Tagen noch einmal
vorbei. Heute bin ich nicht mehr in der Stimmung.« Mary
sah Caitlin mit eisigem Blick an, und Caitlin wappnete sich innerlich schon vor dem, was nun kommen würde.

»Caitlin, wir haben das doch schon einmal besprochen. Man
kann auch zu ehrlich sein. Dieses Kleid stand ihr vielleicht
nicht ganz so gut wie die anderen, aber es sah trotzdem okay
aus. Und wichtiger noch: Es war genau das Kleid, was der Kundin am besten gefiel. Das sie haben wollte. Sie haben uns um
ein lukratives Geschäft gebracht und eine wichtige Kundin
enttäuscht. Ich fürchte, so geht das einfach nicht mehr weiter.
Tut mir leid.«

»Mir tut es leid«, sagte Caitlin schnell. »Ich werde es von jetzt
an besser machen.« Sie fühlte sich schrecklich. Mary hatte sie

bislang nur einmal ermahnt, und Caitlin hatte tatsächlich geglaubt, es sei richtig, Helen von einem besser sitzenden Kleid zu überzeugen. Solch eine ehrliche Aussage hätte sie selbst sich auch von einer Verkäuferin gewünscht und war entsprechend davon ausgegangen, dass ihre Kundinnen es ähnlich empfanden.

Mary Middleton jedoch war mit ihr fertig. »Dies ist nicht der richtige Ort für Sie, Caitlin. Ich wünsche Ihnen alles Gute. Wenn Sie nachher gehen, geben Sie bitte Ihr Namensschild im Personalbüro ab.«

*

Caitlin war wie betäubt, als sie das Kaufhaus kurz nach fünf Uhr verließ. Sie war mächtig stolz gewesen, dass sie den Job bekommen hatte, und Mary war am Anfang richtig nett zu ihr gewesen. Sie hatte Caitlin für ihr Aussehen gelobt und gemeint, die Kundinnen würden sich bestimmt gern von ihr beraten lassen – weshalb sie sich ja gegen ihre vielen Mitbewerberinnen durchgesetzt habe.

Caitlin war schon immer ausgesprochen modebewusst gewesen. Eine Zeitlang hatte sie sogar mit dem Gedanken gespielt, Model zu werden. Groß genug war sie mit ihren eins achtundsiebzig allemal, und ihre rotblonden Haare waren ein Hingucker. Aber wenn sie ehrlich war, fand sie sich ein wenig zu grobknochig und auch nicht unbedingt hübsch. Mit ihrer kleinen Nase und den großen Augen sah sie eher niedlich aus, und an ihrer Figur war nichts Bemerkenswertes. Sie war auch nicht unbedingt fotogen.

Ein Job in der Modebranche schien da eine wunderbare Alternative. Über die Jahre hatte sie fast alle anderen Möglichkeiten durchprobiert, einschließlich Kellnerin und Thekenkraft. Auch als Sekretärin hatte sie gearbeitet, aber das hatte sich als

Katastrophe entpuppt. Organisation und Struktur – und anderer Leute Terminkalender – waren nicht ihre Stärke. Sie hatte es auch als Quereinsteigerin im Finanzwesen probiert, als Beraterin für Investmentfonds, denn große Firmen stellten Hochschulabgänger aus jedem Fachbereich ein und bildeten sie für ihre eigenen Anforderung aus. Als Caitlin jedoch eine Zahlung mit einer Null zu viel herausgab und damit eine Million Dollar anstelle von hunderttausend anwies, wurde sie – verständlicherweise – gefeuert.

Danach hatte sie sich bei einer Zeitarbeitsfirma beworben und war eine Weile in einem Callcenter im Kundenservice beschäftigt gewesen. Gleichzeitig hatte sie weiter nach etwas anderem gesucht und mit der Einstellung bei Middleton's gedacht, endlich den idealen Job gefunden zu haben. Aber wie es aussah, würde sie sich wieder als Zeitarbeiterin verdingen müssen. Es war deprimierend. Alle ihre Freundinnen hatten im Leben Fuß gefasst, bauten an ihren Karrieren, und die meisten waren mittlerweile verheiratet. Aber nicht einmal das hatte Caitlin bisher hinbekommen.

Ein paarmal schien es, als würde sich eine Verlobung anbahnen, aber dann war sie doch nie wirklich überzeugt gewesen, den »Richtigen« gefunden zu haben. Jetzt mit dreißig fühlte sie allerdings eine zunehmende Dringlichkeit zu heiraten. In Charleston – oder in den Südstaaten generell – heirateten Frauen für gewöhnlich jung, auch wenn das in Charleston vielleicht nicht ganz so ausgeprägt war wie in anderen Gegenden. Caitlin erinnerte sich, wie sie mit fünfundzwanzig einmal ihre frühere College-Freundin Nicole in einer Kleinstadt in Louisiana besucht und sich zum ersten Mal wie eine alte Jungfer gefühlt hatte.

Sie war mit Nicole zu einer Hausparty gegangen, und fast alle hatten sie gefragt, wo denn »ihr Mann« sei. Sie gingen automatisch davon aus, dass einer existieren müsse und nur gerade draußen war oder so etwas. Eine äußerst seltsame Erfahrung! Nicole erklärte hinterher, alle Frauen würden dort mit zwanzig oder spätestens einundzwanzig heiraten. Sie selbst hatte sich mit neunzehn dazu entschieden und am Ende ihres zweiten Studienjahres das College verlassen.

Doch nun wischte Caitlin ihre trüben Gedanken fort und freute sich auf ihr Treffen mit Prescott, mit dem sie heute auf den Tag genau ein Jahr zusammen war. Einer ihrer gemeinsamen Freunde hatte angedeutet, Prescott habe für heute eine wichtige Ankündigung geplant, jedoch keine Details verraten. Caitlin wollte sich zwar keinen falschen Hoffnungen hingeben, aber sie war trotzdem ziemlich sicher, dass Prescott ihr einen Antrag machen würde – und sie wäre auch geneigt, ihn anzunehmen. Prescott entsprach in fast allem ihren Vorstellungen: groß und blond und attraktiv, aber nicht *zu* gutaussehend. In der Vergangenheit war Caitlin schon mit Männern zusammen gewesen, die besser ausgesehen hatten, als gut für sie war, und das hatte auf Dauer nicht funktioniert.

Prescott sah aus wie der nette Junge von nebenan, und sie fühlte sich wohl mit ihm. Sie teilten viele gemeinsame Interessen – sie hatten sich im Tennisclub kennengelernt, sie liebten beide Blues –, und sie mochte seine Freunde. Caitlin konnte sich vorstellen, dass sie eine gute Ehe führen würden. Prescott stammte aus einer in Charleston alteingesessenen Familie und arbeitete in der Immobilienentwicklung, insbesondere im Bereich »Haus-Flipping« – also dem Ankauf alter Häuser und gewinnbringendem Weiterverkauf nach Renovierung –, und hatte dadurch flexible Arbeitszeiten. Der einzige Nachteil war, dass er ihr kein Herzklopfen bescherte. Es war schön, ihn zu küssen, und auch, mit ihm zu schlafen, aber seine Berührungen riefen keine wohligen Schauer in ihr hervor. Alles andere war jedoch vorhanden – und der Rest würde sich ja vielleicht mit der Zeit noch einstellen.

Prescotts Jeep parkte schon in der Nähe des Restaurants am Straßenrand. Im *Fleet Landing* erwartete er sie an der Empfangstheke, und sie bekamen sofort einen Platz im Außenbereich zugewiesen. Caitlin bestellte sich ein Glas Chardonnay, Prescott ein Bier vom Fass und beide Polenta mit Garnelen. Das Wetter war wunderbar. Bei leichter, frischer Brise beobachteten sie, wie die Segelboote draußen auf dem Meer vorüberzogen. Sie unterhielten sich angeregt, und Prescott erzählte ihr von dem Deal, den er heute geschlossen hatte.

»Es lief sogar besser als erwartet. Der Markt spielt gerade verrückt. Wir hatten bis zur freien Hausbesichtigung gestern keine Besichtigungstermine vereinbart und haben trotzdem gleich mehrere Angebote bekommen. Am Ende haben wir uns für eines mit Barzahlung entschieden, das fünfzigtausend über unserem ursprünglichen Preis lag, und der Käufer wollte sich das Objekt noch nicht einmal anschauen. Wir werden also mit nur drei Wochen Projektaufwand einen Profit von fast zweihunderttausend machen.«

»Das ist ja sagenhaft, Pres.« Caitlin freute sich für ihn. Sie konnte sich nicht vorstellen, dass man so leicht so viel Geld verdienen konnte. Und Prescott schien es tatsächlich ganz leichtzufallen. Er hatte ein Händchen dafür, günstige Häuser zu finden, für die sich sonst niemand interessierte, weil sie nach viel Arbeit aussahen. Oft war es aber nur halb so wild, und ein befreundeter Bauunternehmer prüfte alle potenziellen Flip-Häuser und schätzte die Kosten für deren Instandsetzung verlässlich ein. Nach der Renovierung ließ Prescott die Häuser in neutralen Farben anstreichen, in hellen Blau- oder Grautönen, und weiße Küchen mit Edelstahl-Armaturen, hochmodernen Arbeitsflächen aus Quarz-Komposit und Kacheln im Metro-Stil installieren – der letzte Schrei also, worum sich alle rissen.

Beim Essen erzählte er ihr in allen Details von seinem Deal, sodass sie keine Gelegenheit bekam, von ihrem Tag zu berichten. Sie wollte ihm aber auch nicht die Stimmung verderben, weil er durch sein Geschäft so gut gelaunt war. Es konnte also warten. Vielleicht fand sie ja bald auch etwas Neues, dann wäre es nicht mehr so deprimierend, von ihrem Rauswurf zu erzählen.

Nach dem Essen fragte die Bedienung, ob sie noch ein Dessert wollten. Caitlin bestellte sich fast nie Nachtisch, daher machte Prescott ein überraschtes Gesicht, als sie nach der Dessertkarte fragte und Crème brûlée bestellte.

»Möchtest du die Hälfte?«, fragte sie ihn.

Er lachte. »Nein danke, ich bin satt.« Er bestellte aber einen Kaffee, an dem er immer wieder nippte, während Caitlin jeden Bissen der warmen Vanillecreme mit Karamellkruste genoss. Als sie fertig war, wurde sein Blick ernst.

»Da ist etwas, was ich mit dir besprechen möchte«, begann er.

Sie lächelte. »Alles Gute zum Jahrestag.«

Er wirkte irritiert. »Oh. Ach ja …« Er schwieg einen Moment. Caitlin bekam ein flaues Gefühl im Magen. Wenn er sich nicht einmal daran erinnerte, dass sie heute Jahrestag hatten, war ein Heiratsantrag äußerst unwahrscheinlich.

»Was denn?«, fragte sie vorsichtig nach.

Er lächelte gezwungen. »Es ist so: Ich wollte ja schon immer reisen. Ein Jahr im Ausland verbringen … überallhin fahren. Dieser letzte Deal hat mir das nötige Polster dazu verschafft, sodass ich mir um nichts mehr Sorgen machen muss. Das Timing ist perfekt.«

»Du willst reisen? Ein Jahr lang? Wann?«

»Ich habe heute meinen ersten Flug gebucht, nach Spanien. Ich fliege einen Tag nach Abschluss des Projekts.«

»Okaaayyy.« *Was bedeutet das für uns?* Sie fragte es nicht, sondern sah ihn nur an und wartete darauf, dass er fortfuhr.

Er seufzte. »Ich finde dich toll, Caitlin. Aber … ich bin nicht sicher, ob ich schon bereit bin, mich für immer zu binden – egal mit wem. Ich hoffe trotzdem, wir können Freunde bleiben, hm?«

Er sah sie an, als würde er es wirklich so meinen. Caitlin nickte und unterdrückte mit aller Macht die Tränen, die sich ihren Weg bahnen wollten. Rational betrachtet war es vermutlich das Beste. Ganz offensichtlich spürte auch er keine Schmetterlinge im Bauch, aber dennoch tat es weh, am selben Tag sowohl den Job als auch den Freund zu verlieren. Vor allem, weil sie tatsächlich gedacht hatte, er würde ihr einen Antrag machen. Auf einmal schoss ihr ein blöder Gedanke durch den Kopf. Sie fühlte sich noch immer total überrumpelt.

»Gibt es eine andere?«

Fast beleidigt sah er sie an. »Meinst du das ernst? Auf keinen Fall! Eigentlich solltest du mich besser kennen. Ich habe einfach nur das Gefühl, dass ich das jetzt unbedingt durchziehen muss.«

»Okay.« Caitlin fröstelte, als wäre die Luft plötzlich kühler geworden. Sie wünschte, sie wäre zu Hause in ihrem warmen Bett, und wenn sie am nächsten Morgen aufwachte, wäre dieser furchtbare Tag nichts weiter als ein schrecklicher Traum. Sie war froh, dass Prescott immerhin bis nach dem Essen gewartet hatte und sie gleich aufbrechen konnten. Er zahlte die Rechnung, brachte Caitlin zu ihrem Wagen und nahm sie zum Abschied in die Arme. Sie ließ es für einen kurzen Moment zu und zog sich dann zurück.

»Mach's gut, Prescott.«

3. Kapitel

Alison Page weilte an ihrem persönlichen Wohlfühlort. Sie sah sich in der Buchhandlung um und atmete tief durch. Der Geruch von Büchern hatte sie schon immer fasziniert. Wie eigentlich alles, was mit Büchern zu tun hatte. Sie war auf dem Heimweg aus dem Zeitschriftenverlag schnell noch einmal in ihre Lieblingsbuchhandlung geschlüpft. Es war ein ziemlich stressiger Tag gewesen. Alle im Verlag wussten, dass noch mehr Entlassungen anstanden – es war nur eine Frage der Zeit. Und Jim, der Verlagsbesitzer und Hauptgeschäftsführer, hatte den ganzen Tag bei geschlossener Tür in seinem Büro verbracht, was vollkommen untypisch für ihn war. Durch die Glaswände konnte sie beobachten, wie er ständig mit dem Telefon in der Hand auf und ab lief. Punkt fünf Uhr, am Ende ihres Arbeitstags, war sie also schnurstracks in die Buchhandlung geflüchtet, die ohnehin auf dem Weg lag. Eine Portion Wohlgefühl konnte sie gerade gut gebrauchen. Die weiß lasierten Eichenholzböden, cremeweißen Wände und blassblauen Bücherregale verliehen dem Laden ein luftiges, strandähnliches Ambiente, das Alison regelmäßig zum Verweilen einlud.

Wie üblich steuerte sie sofort die Neuerscheinungen auf der Auslage neben der Kasse an, um zu sehen, was sich seit ihrem letzten Besuch getan hatte. Das hielt sie regelmäßig alle ein bis zwei Wochen so. Sie und Jess waren beide leidenschaftliche Leseratten, wobei Jess aufgrund ihrer Arbeit in den letzten Jahren nicht mehr ganz so viel hatte lesen können wie früher. Alison verschlang mindestens ein Buch pro Woche, oft sogar zwei und manchmal auch mehr. An diese Buchhandlung waren außerdem unzählige glückliche Erinnerungen geknüpft. Solange Alison denken konnte, hatte ihre Mutter hier in Teilzeit gearbeitet, bis sie vor etwas über zehn Jahren gestorben war. Als kleines Mädchen hatte Alison ihre Mutter gern in die Arbeit begleitet – das war jedes Mal ein ganz besonderes Vergnügen. Auch Jess war oft mitgekommen, und als sie in die Schule kamen, waren sie nach Schulschluss in die Buchhandlung gegangen, hatten stundenlang gelesen und gekichert und Süßigkeiten genascht.

Ellen Campbell, die Besitzerin, sah sofort auf, als Alison hereinkam, und begrüßte sie mit breitem Lächeln.

»Heute ist ein neuer Harlan Coben gekommen – ich weiß doch, wie sehr du ihn magst.« Sie nickte in Richtung der Neuerscheinungen.

»Oh, danke! Ich wusste, dass er an etwas Neuem schreibt, aber mir war nicht klar, dass es jetzt schon erschienen ist.« Alison liebte den trockenen Humor in seinen Thrillern, die sie selten aus der Hand legen konnte und daher fast immer in einem Rutsch durchlas. Sie nahm eine weitere Neuerscheinung in die Hand: einen in Manhattan angesiedelten historischen Roman von Fiona Davis, deren Bücher sie gleichermaßen liebte. Sie las quer durch alle Sparten und freute sich auch immer, wenn sie neue Autoren und Autorinnen entdeckte.

Sie nahm beide Bücher mit zur Kasse und zückte ihre Kreditkarte. Danach reichte Ellen ihr eine glänzende minzgrüne Papiertüte, die in goldener Schrift das hübsche traditionelle Logo »Chatham Books« trug.

»Bitte sehr. Ich wünsche vergnügliche Lesestunden!«

Gerade als Alison gehen wollte, sagte Ellen: »Du weißt nicht zufällig jemanden, der eine Buchhandlung kaufen will?«

Augenblicklich bekam Alison Herzklopfen. Sie hatte schon immer davon geträumt, eine Buchhandlung zu besitzen, aber nie genug Geld gehabt, diesen Traum zu verwirklichen.

»Willst du etwa verkaufen?« Solange sie denken konnte, waren Ellen und ihr Laden eine feste Institution.

Ellen nickte. »Es wird allmählich Zeit. Ich merke, dass ich nicht mehr so viel Energie wie früher habe. Und ich würde gern auch mal verreisen ... die Enkelkinder im Süden besuchen, eine Kreuzfahrt unternehmen. Irgendwo am Strand sitzen und einfach nur lesen.«

Alison schätzte Ellen auf mindestens Mitte siebzig – ihr Wunsch war also durchaus nachvollziehbar.

Sie schüttelte den Kopf. »Im Moment weiß ich leider niemanden. Aber es klingt nach einer unglaublich guten Gelegenheit. Wenn mir jemand einfällt, sage ich ihm oder ihr, dass sie sich bei dir melden sollen.«

»Danke, meine Liebe. Ich habe mich gerade erst dazu entschlossen und fange nun ganz langsam an, mich zu kümmern.«

Vor dem Laden drehte Alison sich noch einmal um und betrachtete eingehend die hübsche grüne Markise, die drei Blumenkästen mit den üppigen weißen, gelben und rosa Blumen, die abgerundeten Erkerfenster mit weißen Rahmen und die liebevoll ausgesuchten neuen und älteren Bücher in den Schaufenstern. Es wäre wirklich ein Traum, dieses Geschäft zu besitzen.

Und dennoch war es ein Traum, der sich für sie nie erfüllen würde, also schlug Alison sich diesen Gedanken nach einem letzten sehnsuchtsvollen Blick aus dem Kopf. Es war sinnlos, ihre Phantasie an etwas zu verschwenden, das niemals sein würde. Sie sollte besser über ihr Abendessen nachdenken und ob es nicht eine gute Idee wäre, ihren Lebenslauf aufzufrischen für den Fall, dass die nächsten Entlassungen eher früher kamen als später.

*

Heftige Stürme hatte Alison schon immer geliebt. Am liebsten mochte sie die Stunden, bevor ein Sturm richtig losbrach –

wenn es kühler wurde, der Wind auffrischte und die Luft sich feuchter und irgendwie lebendiger anfühlte. Später am Abend, kurz nach sieben, saßen sie und ihr Exmann Chris auf ihrer Terrasse, vor der ein leicht verschlammter Teich lag. In der Ferne konnte man das Meer riechen, wenn auch nicht sehen. Sie hatten gerade zu Abend gegessen – Alison hatte zwei Steaks auf den Grill geworfen – und saßen entspannt vor ihrem zweiten Drink, Wein für sie und Bier für ihn.

Seit ihrer Scheidung kamen sie und Chris tatsächlich besser miteinander aus als je zuvor, und sie betrachtete ihn als einen ihrer besten Freunde. Weit nach Jess, natürlich.

»Du wirkst in letzter Zeit etwas ruhelos«, sagte Chris. »Denkst du, es ist an der Zeit, sich vom Verlag zu verabschieden und etwas Neues in Angriff zu nehmen?«

Alison seufzte. Er hatte schon immer schnell gemerkt, was mit ihr los war. »Vielleicht habe ich bald keine Wahl mehr. Es sieht ganz nach einer weiteren Entlassungswelle aus.« Seit über zwanzig Jahren arbeitete Alison als Lektorin und manchmal auch Autorin bei der Zeitschrift *Cape Cod Living*. Anfänglich war es ihr Traumjob gewesen, und sie liebte ihre Arbeit nach wie vor, doch die Zeitschriftenlandschaft hatte sich inzwischen sehr verändert. Jedes Jahr nahmen die Umsätze ab, weil die Leute lieber digital lasen als gedruckte Medien.

»Warum dann nicht dem zuvorkommen? Such dir was Neues. Was meinst du: Worauf hättest du Lust? Willst du im Bereich Journalismus bleiben?«

»Da gibt es hier auf Cape Cod nicht sehr viele Möglichkeiten. Eigentlich nirgends. Die Branche befindet sich im Umbruch.«

»Also was dann? Vielleicht wäre es mal an der Zeit, etwas ganz anderes auszuprobieren. Gibt es etwas, das dich besonders interessiert?«

Alison erzählte von ihrem Gespräch mit Ellen. »Ich habe immer davon geträumt, eine Buchhandlung zu führen, überhaupt ein eigenes Geschäft zu haben. Aber dazu braucht man Geld. Mehr Geld, als ich besitze.«

»Außerdem läuft heutzutage alles online. Es ist so einfach, etwas zu bestellen, und ein, zwei Tage später kriegst du es bis an die Haustür geliefert.«

Alison schnitt eine Grimasse. »Ja, aber trotzdem geht doch nichts über das Stöbern in einem Buchladen – all die Bücher zu riechen, darin zu blättern und am Ende genau das Richtige für den Moment auszusuchen.«

»Das stimmt. Selbst in dem kleinen Buchladen hier sind immer irgendwelche Leute, wenn ich mal zufällig hineingehe. Aber wie du schon sagst, braucht man dazu Geld. Wenn ich es hätte, würde ich dir gerne aushelfen, aber über so hohe Summen verfüge ich auch nicht. Vielleicht kannst du Ellen fragen, ob sie eine Aushilfe braucht?«

»Ja, das könnte ich, aber das wäre dann sicher nur ein Minijob oder so etwas. Ich habe mir überlegt, falls ich tatsächlich meinen Job verliere, dass ich dann als freie Lektorin arbeiten könnte. Eine Freundin von mir macht das, und sie hat Kunden aus der ganzen Welt.«

»Das klingt doch gut. Allerdings müsstest du so etwas erst aufbauen – das wird nicht gleich auf Anhieb so viel einbringen wie eine feste Anstellung.«

Alison wiegte nachdenklich den Kopf. »Richtig. Aber ich glaube, bis zur nächsten Entlassungswelle habe ich noch ein paar Monate Zeit. Vielleicht auch nicht, also wäre es wohl gut, vorsichtshalber meinen Lebenslauf aufzufrischen.« Die Vorstellung, auf Kundensuche gehen zu müssen, empfand sie als etwas beängstigend. Sie hatte Expertise im Schreiben und Lektorieren, aber ihre Vermarktungsstrategien waren keinesfalls ausgereift.

»Das klingt doch nach einem Plan. Wo ist Julia heute Abend?«

Chris fragte nach ihrer Tochter, die vor kurzem dreißig geworden war.

»Sie wollte nach der Arbeit ins *Squire* und dort ein paar Freunde treffen.« Julia hatte ein kleines Schmuckgeschäft in der Main Street. Ihre Spezialität waren Sonderanfertigungen, die sie nach Kundenwünschen selbst herstellte. Sie hatte den Laden vorletztes Jahr eröffnet, nachdem sie fünf Jahre für einen bekannten Juwelier in der Cape Cod Mall von Hyannis gearbeitet hatte. Alison und Chris waren stolz auf den Unternehmungsgeist ihrer Tochter. Julia verdiente kein großes Geld, aber sie hatte ihr Auskommen und liebte ihre Arbeit sehr. Dass sie noch zu Hause wohnen konnte, war ihr beim Aufbau des Geschäfts natürlich entgegengekommen. Aber das sollte sich bald ändern. Erst neulich hatte sie den Vertrag für ein eigenes kleines Haus unterschrieben und würde in zwei Wochen umziehen.

»Ist sie immer noch mit diesem Typen zusammen?« Chris runzelte die Stirn und griff nach seinem Bierglas.

»Du meinst Kyle? Ja, sie sind noch ein Paar.« Auch Alison war nicht gerade ein Fan von Kyle. Er verhielt sich zwar stets höflich und zuvorkommend, hatte jedoch irgendetwas an sich, was sie störte. Er war ein ruhiger Typ, fast zu ruhig. Und er fuhr eine riesige Harley. Nicht, dass irgendetwas falsch daran war, Motorrad zu fahren, aber wenn Julia sich hinter ihn auf den Sitz schwang und die Arme um ihn legte, zuckte Alison jedes Mal zusammen. Seit sie vor einigen Jahren einen schrecklichen Motorradunfall mit ansehen musste, hatte sie Angst vor diesen Dingern. Der Fahrer damals war zu schnell gefahren und in einen Verkehrspoller gekracht, und wie in der Zeitung am nächsten Tag berichtet wurde, hatte er nicht überlebt. Ihre Angst war also nicht völlig unbegründet.

»Na, zumindest ziehen sie nicht gleich zusammen, das ist ja schon mal gut«, sagte Chris.

»Stimmt.« Alison war angenehm überrascht gewesen, als Julia verkündet hatte, sie werde aus-, aber nicht mit ihrem Freund zusammenziehen. »Sie sagt, er sei ein toller Kerl, und wir sollten ihm einfach eine Chance geben. Vielleicht können wir ja mehr mit ihm anfangen, wenn wir ihn besser kennenlernen.«

Chris antwortete nicht, sondern nahm noch einen Schluck Bier.

»Heute Morgen habe ich mit Jess telefoniert. Es kann sein, dass sie diesen Sommer länger zu Besuch kommt, hoffentlich für einen Monat oder so.« Sie hoffte wirklich, ihre Freundin würde diesmal länger in Chatham bleiben. Wenn sie telefonierten, klang Jess jedes Mal noch gestresster und trübseliger. Eine Auszeit würde ihr sicher guttun.

»Das wäre für euch beide schön. Es ist eine Weile her, seit ich Jess gesehen habe.«

Normalerweise kam sie mindestens einmal im Jahr, um ihre Mutter zu besuchen – wenn nicht im Sommer, dann über die Weihnachtstage. Aber im letzten Jahr hatte Jess ihren Besuch aufgrund von Terminschwierigkeiten und hohem Arbeitsdruck ganz ausfallen lassen.

»Ich glaube, sie hat es bitter nötig. Und hoffentlich bringt sie auch Caitlin mit.«

»Und Parker natürlich«, ergänzte Chris.

Alison schüttelte den Kopf. »Nein, ich glaube Parker steht dieses Jahr nicht auf der Gästeliste.«

4. Kapitel

»Hier, bitte schön. Schauen Sie mal, ob er passt.« Julia Page reichte ihrer Kundin Amy den handgefertigten Ehering und hielt den Atem an, als diese ihn sich auf den Finger schob und begutachtete. Es war ein breiter Ring aus massivem Gold mit einem gehämmerten Wellendesign, in den zwei Karat Diamanten eingearbeitet waren: ein großer in der Mitte und ein paar kleinere drum herum. Das Gegenstück für Amys Verlobten trug dasselbe Wellenmuster, nur ohne Diamanten. Julia hielt es für ihr bisher schönstes Design und hoffte, Amy wäre zufrieden.

Amy blickte auf. Ihre Augen waren feucht. »Oh, Julia, der ist perfekt. Ich will ihn gar nicht wieder hergeben.«

Julia lachte. »Das müssen Sie auch nicht. Es ist ja Ihr Ring. Ich freue mich riesig, dass er Ihnen gefällt.« Amys Verlobter Steve hatte ihr den Antrag mit einem billigen Modeschmuckring gemacht und sie dann zu Julia geschickt, damit sie sich von ihr den Ring ihrer Träume anfertigen lassen konnte. Jetzt packte Julia das Schmuckkästchen und ein paar Reinigungstücher in eine kleine Tüte und gab sie Amy. »Wann ist denn die Hochzeit?«

»Samstag in drei Monaten. Ich denke immer, jetzt ist alles organisiert, aber dann kommt doch immer noch irgendetwas dazu. Aber jetzt, wo ich die Ringe habe, kann ich mich wohl entspannen. Die wichtigsten Dinge sind damit erledigt.«

»Tja, dann wünsche ich eine schöne Hochzeit und sage vielen Dank. Auch an Steve, mit vielen Grüßen.«

Sie würde sich auch noch einmal bei Kyle bedanken, denn Steve war sein Freund. Es war der bisher teuerste handgefertigte Auftrag gewesen. Und er war genau zur rechten Zeit gekommen. Sie hatte diesen Monat weniger Kunden gehabt als sonst und schon befürchtet, sie müsse ihre Ersparnisse anbrechen. Doch das war nun nicht mehr nötig.

Julia war erst seit ungefähr zwei Jahren selbständig. Davor hatte sie sich bei einem überregionalen Juwelier in Hyannis über mehrere Jahre hinweg zur Geschäftsführerin hochgearbeitet und viel gelernt, während sie nebenbei immer wieder eigenen Schmuck hergestellt hatte.

Zuerst war es nur ein Hobby gewesen. Aber immer wieder einmal, wenn sie ihre Schmuckstücke trug, hatten Freundinnen und manchmal auch Fremde gefragt, woher sie die Sachen habe. Also fing sie an, gelegentlich etwas zu verkaufen. Nach ein paar Jahren überstiegen ihre Einnahmen aus diesem Hobby ihr Gehalt als Geschäftsführerin. Da sie immer noch zu Hause wohnte, konnte sie viel beiseitelegen, und sobald sie genug gespart hatte, entschied sie sich, den Sprung zu wagen und ein eigenes Geschäft zu eröffnen.

Die Selbständigkeit passte auch viel besser zu ihr, denn sie war nicht unbedingt der Typ, der sich dem Diktat einer großen Firma unterwerfen wollte. Sie kleidete sich gern auf besondere Weise, und nach ihrer Kündigung ließ sie sich als Erstes die untere Hälfte ihrer dunkelblonden Locken türkis färben. Es war eine fröhliche Farbe, und immer, wenn sie sich damit im Spiegel sah, bekam sie gute Laune. Auch ihren Laden richtete sie sehr individuell ein und verlieh ihm mit Vasen voller leuchtend pinkfarbener Blumen und mit Bildern lokaler Künstler ein ausgefallenes Ambiente.

Sie ließ jazzige Musik, etwa von Norah Jones, im Hintergrund laufen und fertigte den Schmuck direkt im Laden an, und zwar vor dem Fenster hinter der Theke, sodass sie gelegentlich aufsehen und beobachten konnte, wie Passanten sie bei ihrer Arbeit beobachteten. Es fühlte sich großartig an, ein eigenes Unternehmen zu führen, auch wenn es anfangs beängstigend gewesen war, all ihre Ersparnisse hineinzustecken. Doch die Geschäfte liefen gut – und zwar so gut, dass sich ihre Investition mittlerweile amortisiert hatte und sie endlich in ihr eigenes Haus ziehen konnte.

Natürlich lief es mal besser und mal schlechter, und es lag ihr mehr, den Schmuck herzustellen, als ihn zu vermarkten. Sosehr sie ihre Selbständigkeit also genoss, war der Druck, ein regelmäßiges Einkommen zu erzielen, das all ihre Ausgaben deckte, manchmal auch belastend.

Ihr Handy klingelte, und gleichzeitig knurrte ihr der Magen. Erstaunt stellte sie fest, dass es schon fast zwei Uhr war. Wieder einmal hatte sie alles Zeitgefühl verloren und die Mittagspause übergangen. Julia arbeitete gerade an einem ganz besonderen Stück, einem teuren gemusterten Armreif aus Gold, den sie bei einem Wettbewerb einreichen wollte. Es war insofern riskant, da das Material natürlich teuer war, und wenn ihr Stück gewann, würde sie nicht dafür bezahlt werden. Kaia Kensington, eine der berühmtesten Mode-Influencerinnen, würde ihren Lieblingsschmuck persönlich auswählen. Und Julia – oder wer auch immer diesen Wettbewerb gewänne – würde großen Bekanntheitsgrad erreichen, wenn Kaia das Schmuckstück dann auf ihrem Instagram-Kanal und weiteren Accounts postete.

Als sie ihrem Freund Kyle das erste Mal von diesem Wettbewerb erzählt hatte, meinte der, sie sei verrückt, ohne Bezahlung zu arbeiten, also hatte sie es ihm gegenüber nicht wieder erwähnt. Aber sie hatte so eine Ahnung, dass ihr Armreif das Rennen machen würde, und eine solche Werbung wäre für ihr Geschäft natürlich phantastisch.

»Hey, ich wollte nur noch mal kurz nachfragen: Steht unsere Verabredung zum Essen für heute Abend noch? Ich habe Kevin gesagt, dass wir um sieben kommen.«

»Klar, natürlich.« Das Essen bei Kevin hatte Julia komplett

vergessen; Kyle hatte es irgendwann vor ein paar Wochen einmal vorgeschlagen. Sie mochte Kevin, und seine Freundin Sue war eine gute Freundin von ihr. Allerdings fürchtete sie, die beiden könnten nachbohren, wann sie und Kyle sich denn endlich verlobten. Das wollte zurzeit anscheinend jeder wissen, und Julia hatte überhaupt keine Lust, darauf zu antworten. Vor allem deshalb, weil sie Kyle vor ein paar Wochen einen Korb gegeben und »jetzt noch nicht« gesagt hatte. Sie war einfach noch nicht bereit für eine so feste Beziehung – und hatte natürlich niemandem davon erzählt, um nicht erklären zu müssen, warum sie seinen Antrag abgelehnt hatte.

Sie waren erst seit einem Jahr zusammen, und sie mochte Kyle gern, keine Frage. An manchen Tagen dachte sie sogar, dass sie ihn liebte. Aber in ihn »verliebt« war sie ganz bestimmt nicht. Tatsächlich war sie noch nie richtig verliebt gewesen und fragte sich manchmal, ob sie das Gefühl überhaupt erkennen würde. Vielleicht war das hier ja Liebe. Aber ihr Bauchgefühl sagte ihr, dass da noch mehr sein müsse, und das fühlte sie ihm gegenüber einfach nicht. Sie hoffte, es würde sich mit der Zeit einstellen, denn sie mochte Kyle wirklich gern.

Dass ihre Eltern beide nicht sonderlich begeistert von ihm waren, wusste sie, aber sie dachte, sie hätten einfach noch nicht genug Zeit mit ihm verbracht. Sobald sie ihn besser kannten, da war sie sicher, würden sie ihre Verbindung gutheißen.

Rein theoretisch betrachtet schien Kyle tatsächlich perfekt. Er sah gut aus, sie hatten Spaß zusammen, und er hatte einen guten Job in der Produktentwicklung einer der wenigen Software-Firmen auf Cape Cod.

Julia dachte an den Abend zurück, an dem sie sich kennengelernt hatten. Sie war mit Sue und ein paar anderen Freundinnen zu After-Work-Drinks ins *Chatham Squire* gegangen, ihrem Lieblingsrestaurant mit Bar. Es lag nur ein paar Häuser von ihrem Laden entfernt an der Main Street. Das Essen dort war gut, und an den Wochenenden wurde Livemusik gespielt. An dem Freitag damals war die Bar gesteckt voll gewesen. Sie hatte sich an der Theke ihr erstes Bier geholt, und als sie sich umdrehte, lief Kyle geradewegs in sie hinein, und ihr Bier ergoss sich über sein Hemd.

Es war zwar seine eigene Schuld gewesen, aber es war ihr trotzdem peinlich, dass sie ihn so durchnässt hatte. Nachdem er sich notdürftig abgetrocknet hatte, bestand er darauf, ihr ein neues Bier zu spendieren. Er war auch mit Freunden dort, und während er für sie bestellte, fand sie, dass er eigentlich ganz attraktiv aussah. Es ergab sich, dass sie den ganzen Abend miteinander quatschten, und bevor er ging, fragte er nach ihrer Telefonnummer. Seitdem waren sie zusammen. Bei der Erinnerung musste sie schmunzeln.

Manchmal allerdings hatte sie das Gefühl, sie würde nur eine Seite von ihm kennen, denn er war hin und wieder seltsam distanziert und launisch. Wenn sie ihn danach fragte, sagte er, er denke viel über die Arbeit nach, und sein Job brachte tatsächlich auch oft Stress mit sich. Seine komischen Launen dauerten aber meist nicht lange an. Noch war es zu früh zu entscheiden, ob er tatsächlich der Richtige war, aber Julia hoffte, dass er es werden würde.

5. Kapitel

Jess zog die weiche Fleecedecke zu sich heran und mummelte sich auf ihrem Lieblingssessel damit ein. Der Fernseher lief, aber sie konnte sich nicht auf die Sendung konzentrieren. Davor hatte sie versucht, ein Buch zu lesen, doch das hatte auch nicht funktioniert. Sie griff nach dem Becher mit Kamillentee, der mittlerweile kalt geworden war. Sie hatte gehofft, er würde sie entspannen und schläfrig machen, aber sie konnte unmöglich ins Bett gehen, ehe Parker nicht nach Hause kam. Sie sah auf die Uhr, es war kurz nach elf. Normalerweise blieb er nicht so lange weg. Jess vermutete, dass er Angst vor dem Gespräch hatte, das sie beide schon so lange vor sich herschoben.

Jess wusste, dass es um ihre Ehe nicht gut stand und dass das schon eine ganze Weile der Fall war. Aber sie hatte nicht damit gerechnet, dass Parker sie betrog, und tatsächlich gedacht, diese Sorge sei unberechtigt, weil sie einfach keinen Sinn ergeben hatte. Parker und sie waren ständig zusammen, entweder bei der Arbeit oder zu Hause. Manchmal arbeitete er länger oder ging danach zum Sport, aber nie länger als ein paar Stunden, sodass sie nie einen Grund gehabt hatte, an seiner Treue zu zweifeln.

Jetzt ergab alles einen Sinn. Sie war nie misstrauisch gewesen, wenn er spät noch gearbeitet oder seine Mittagspause verlängert hatte, weil sie ja immer in der Nähe gewesen war. Linda jedoch auch. Was für ein fürchterliches Klischee, eine Affäre mit seiner Sekretärin einzugehen! Aber sie nahm an, dass es schwer für ihn gewesen war, der Versuchung zu widerstehen. Sie konnte es sogar nachvollziehen, auch wenn sie es schwach und verabscheuungswürdig fand.

Den ganzen Abend, während sie auf ihn wartete, spielte sie die Szene im Büro wieder und wieder im Kopf durch: wie sie Lindas Bäuchlein entdeckte, als die den Arm hob und dabei die Bluse nach oben rutschte; Parkers anhimmelnder Blick, als Linda ihre Hand auf den vorgewölbten Bauch legte; und dann sein Entsetzen, als er merkte, dass auch Jess es gesehen hatte.

Zu Hause hatte sie natürlich gleich Alison angerufen und über eine Stunde mit ihr telefoniert. Als Alison erneut vorschlug, sie solle sich längere Zeit freinehmen und ihre Mutter in Chatham besuchen, hatte Jess sofort zugestimmt.

»Natürlich kannst du auch jederzeit zu mir kommen. Aber ich bin sicher, deine Mutter möchte lieber, dass du bei ihr wohnst.«

»Ja, ich bin ihr ohnehin einen Besuch schuldig. Und ich könnte mir vorstellen, dass Caitlin gerne mitkommt. Sie hat heute auch einen schweren Schlag hinnehmen müssen – besser gesagt zwei.« Sie erzählte Alison, dass ihre Tochter innerhalb weniger Stunden nicht nur ihren Job, sondern auch ihren Freund verloren hatte.

»Herrje, das arme Kind!« Alison lachte. »Ich weiß natürlich, dass sie kein Kind mehr ist, sondern genauso alt wie Julia, aber die beiden werden trotzdem immer unsere kleinen Mädchen bleiben.«

Nach dem Gespräch mit Alison rief Jess ihre Mutter an und berichtete auch ihr, was geschehen war. Die reagierte ganz ähnlich wie Alison, und Jess musste schmunzeln. Umgehend suchte sie online günstige Flüge nach Boston, fand bei JetBlue ein gutes Angebot und betrachtete es als Zeichen. Sie reservierte zwei Plätze nur für den Hinflug, weil sie fand, dass sie über den Rückflug auch später noch entscheiden konnten. Bevor sie die Flüge bestätigte, ging sie allerdings doch noch schnell nach oben und klopfte bei Caitlin an.

»Was hältst du davon, nächste Woche mit mir nach Chatham zu fliegen und einen Monat oder so dortzubleiben? Du brauchst in absehbarer Zeit doch nicht zwingend hier zu sein, oder?«

Caitlin sah sie überrascht an. »Für einen Monat? Was ist los? Kommt Dad auch mit?«

Jess zögerte. Sie wollte ihrer Tochter nicht zu viele Details offenbaren, und schon gar nicht, bevor sie nicht mit Parker gesprochen hatte.

»Nein, dein Vater kommt nicht mit.«

Caitlin nickte traurig.

»Ihr lasst euch scheiden, oder?«

»Darüber haben wir noch nicht gesprochen«, antwortete Jess wahrheitsgemäß. »Ich könnte jedenfalls eine längere Auszeit gebrauchen. Abgesehen von einem verlängerten Wochenende hatte ich in diesem Jahr noch keinen Urlaub. Und letztes Jahr sind wir auch nicht nach Chatham gefahren.«

Caitlin nickte. »Ich könnte eine Auszeit auch ganz gut gebrauchen. Ich muss mir darüber klarwerden, was ich als Nächstes tun will.«

»Fein. Darüber kannst du in Chatham nachdenken. Dann buche ich jetzt unsere Flüge.«

Jess ging wieder nach unten und bestätigte zwei einfache Flüge nach Boston. Dort würden sie einen Mietwagen nehmen und weiter nach Cape Cod fahren. Und wenn sie für die Heimreise bereit waren, in einem Monat oder so, würde sie die Rückflüge buchen.

Sie machte sich noch eine Tasse Tee und kehrte auf ihren Sessel zurück. Kurz darauf öffnete sich die Haustür. Parker war zurück.

Er kam ins Wohnzimmer und sah sie kurz an, blieb jedoch stumm. Dann ließ er sich seufzend in seinen Fernsehsessel sinken. Er sah sie wieder an und knetete sich die Augenbrauen –

ein sicheres Zeichen, dass er gestresst war. Jess wartete, und endlich begann er zu sprechen.

»Jess, ich habe Mist gebaut. Ich weiß nicht einmal, was ich sagen soll. Ich wollte schon vor einer Weile reinen Tisch machen, aber ich habe es nicht über mich gebracht.«

»Wann hat es angefangen?«

Die Frage schien ihn zu überraschen. »Ich weiß nicht, vielleicht vor fünf Monaten oder so.«

»Also kurz nachdem Linda in die Kanzlei kam.«

»Vermutlich. Nicht lange danach. Aber … es hat nichts zu bedeuten. Ich weiß nicht, was ich mir dabei gedacht habe. Du hast sicher auch gemerkt, dass es zwischen uns nicht mehr so gut lief. Wir haben uns auseinandergelebt … sind uns nicht mehr so nahe … aber ich wollte dich nie verletzen.«

Jess schnitt eine Grimasse. »Tja, dafür ist es jetzt ein bisschen spät.«

»Ich weiß. Es tut mir leid. Aber ich will es noch einmal mit uns versuchen. Ich schwöre, so etwas passiert nie wieder.«

Jess starrte ihn an. »Denkst du wirklich, wir könnten noch einmal neu anfangen? Du hast mich nicht nur mit einer anderen betrogen – ihr bekommt ein gemeinsames Kind! Was denkt sie denn, was jetzt passiert?«

Parker wurde rot.

»Sie denkt, dass ihr zwei zusammen sein werdet, oder nicht?«

Er schwieg und sah aus, als würde er am liebsten im Boden versinken.

»Parker, ich stimme dir zu, dass wir uns auseinandergelebt haben, aber *das* hätte ich nicht von dir erwartet. Sie ist doch kaum älter als Caitlin.«

»Sie ist drei Jahre älter.«

Fassungslos schüttelte Jess den Kopf. »Pass auf, es wird Folgendes passieren: Caitlin und ich reisen nächste Woche nach Chatham und bleiben dort für mindestens einen Monat.«

»Ihr geht weg? Und was bedeutet das für uns? Ich will es wirklich noch einmal versuchen, Jess. Ich liebe dich.«

Sie schüttelte erneut den Kopf. »Du hast eine seltsame Art, das zu zeigen. Ich werde mir in der Kanzlei offiziell eine Auszeit nehmen. In ein paar Wochen können wir alles Weitere besprechen, aber erst mal will ich nur am Strand liegen, Piña Colada trinken und an nichts mehr denken.«

Er nickte. »Okay.«

Jess stand auf, um nach oben zu gehen. »Du kannst heute Nacht im Gästezimmer oder auf dem Sofa schlafen – such es dir aus.«

Mit traurigem Gesicht starrte er ihr nach – so unglücklich hatte sie ihn tatsächlich noch nie erlebt. Sie blieb gefasst, bis sie die Schlafzimmertür hinter sich zugezogen hatte, dann brach sie auf dem Bett zusammen. Die Tränen, die sie bisher zurückgehalten hatte, liefen ihr in Sturzbächen über die Wangen, und sie weinte um ihre Ehe, die sie einst »für immer« geschlossen hatte. Dass Parker behauptet hatte, er wolle es noch einmal versuchen, machte sie nur noch trauriger. Sie sah keine Möglichkeit dafür. Wie sollte sie ihm je wieder vertrauen?

6. Kapitel

Am Sonntag traf Caitlin drei ihrer engsten Freundinnen zum Brunch. Am Dienstag würde sie mit ihrer Mutter nach Boston fliegen. Sie freute sich darauf, aber ihre Freundinnen waren von der Idee weniger angetan.

»Was willst du denn einen ganzen Monat in Chatham machen?«, fragte Meghan.

Caitlin sah ihre Freundinnen der Reihe nach an. Sie saßen im 82 Queen, einem ihrer Lieblingslokale in der Innenstadt. Alle waren sie perfekt gestylt. Meghan war naturblond und mächtig stolz darauf. Das Haar fiel ihr in sanften Beach Waves auf die Schultern, und sie brauchte täglich fast eine Stunde, um diesen scheinbar natürlich-lässigen Look hinzubekommen. Sie war frisch verheiratet und von allen diejenige, die den meisten Wert auf ihr Äußeres legte.

»Du willst doch bestimmt nicht Nancys Party verpassen. Alle werden kommen, und mit Sicherheit sind auch ein paar taugliche Single-Männer dort«, fügte sie nun hinzu. Nancy Hannigans alljährliche Sommerparty war immer ein Highlight, und alle, die in Charleston Rang und Namen hatten, würden dort sein. Caitlin war das im Moment jedoch piepegal.

»Meghan hat recht«, stimmte nun Ashley zu. »Du solltest dich bald wieder umschauen. Wie wäre es mit Match.com? Das soll in letzter Zeit ganz gut funktionieren.« Ashley und Beth hatten ihre Freunde vom College geheiratet, und Caitlin wusste, dass die beiden sie bemitleideten. Auch sie hatten damit gerechnet, dass Prescott ihr einen Antrag machen würde. Wie sie so mit großen Augen unter den Ponys ihrer braunen Longbobs vor ihr saßen, beide in Sommerkleidern von Lilly Pulitzer, sahen sie fast wie Schwestern aus.

»Nein, tatsächlich will ich mich nicht gleich wieder umschauen«, entgegnete Caitlin. »Ich will Hummerbrötchen essen, am Strand liegen und über nichts nachdenken. Das fände ich gerade paradiesisch.«

»Aber was ist mit einem neuen Job? Wird das nicht schwieriger, je länger du wartest?«, meinte Beth. »Außerdem wirst du mir fehlen. Musst du wirklich für einen ganzen Monat weggehen?«

Caitlin musste schmunzeln. Das war süß von Beth. Sie würde ihr auch fehlen, aber sie brauchte wirklich einmal eine Auszeit.

»Es ist ja nun nicht so, als hätte ich einen ausgefeilten Karriereplan. Ich hatte vor, mich einfach wieder bei einer Zeitarbeitsfirma anzumelden.«

Beth sah sie nachdenklich an. »Und was genau ist deiner Mutter passiert? Du hast uns kaum etwas erzählt.«

»Du hast recht.« Also berichtete Caitlin ihnen, was vorgefallen war. Es würde ohnehin irgendwann herauskommen, trotzdem ließ sie sich von ihren Freundinnen versprechen, dass sie vorerst alles für sich behielten.

»Okay, jetzt verstehe ich, warum ihr plötzlich beide wegwollt. Deine arme Mutter«, sagte Beth, und die anderen zwei nickten mitfühlend.

»Es lief schon eine Weile nicht mehr so gut zwischen ihnen, deshalb war ich nicht überrascht, als meine Mutter eine mögliche Trennung erwähnte, aber so etwas hat keine von uns erwartet. Mein Vater ist ein Blödmann. Seine Neue ist nur drei Jahre älter als ich.«

Meghan nahm einen Schluck von ihrem Mimosa. »Vielleicht ist es die Midlife-Crisis. Das machen Männer in dem Alter. Mein Vater hat vor ein paar Jahren auch mal eine Affäre gehabt.

Aber er und meine Mutter haben es wieder hingekriegt. Vielleicht schaffen deine Eltern das ja auch.«

»Das bezweifle ich. Allerdings weiß man ja nie ...« Caitlin konnte sich nicht vorstellen, dass ihre Mutter ihrem Vater jemals vergeben würde, vor allem nicht, wenn nun auch noch ein Kind im Spiel war.

*

Und trotzdem hörte sie von ihrem Vater genau das: er hoffe, ihre Mutter könne ihm verzeihen und sich wieder mit ihm versöhnen. Als sie am nächsten Morgen beim Frühstück saßen, sprach er die Situation endlich von sich aus an. Dass er eine Woche lang kein Wort darüber verloren hatte, hatte zu einer seltsamen und angespannten Stimmung zwischen ihnen geführt, und am nächsten Tag wollten sie ja nun abreisen.

»Deine Mutter hat dir wahrscheinlich erzählt, was passiert ist, oder?«, begann er.

»Ja, hat sie. Es war nicht schön zu hören.« So einfach wollte Caitlin ihn nicht davonkommen lassen. Er hatte sie maßlos enttäuscht. Sie liebte ihren Vater und hatte mehr von ihm erwartet.

»Es tut mir leid, mein Schatz. Ich habe keine Entschuldigung dafür. Es lief nicht gut zwischen deiner Mutter und mir, aber das hätte trotzdem nicht passieren dürfen. Ich habe deiner Mutter gesagt, dass ich es unbedingt noch einmal mit uns versuchen will. Ich hoffe, sie gibt mir eine Chance.«

Caitlin spürte, wie ihr die Tränen in die Augen stiegen. Das Ganze war einfach zu traurig. Auch wenn ihr Vater ein Blödmann war, tat es ihr trotzdem für beide leid. Er hatte es wirklich vermasselt. Sie wusste nicht, was sie sagen sollte, also nahm sie ihn einfach nur kurz in den Arm.

»Ich glaube, es ist gut, dass wir für eine Weile wegfahren.«

Er nickte. »Ich werde euch vermissen.«

7. Kapitel

Jess und Caitlin brachen am Dienstag früh auf, ihr Flug nach Boston ging schon um sieben Uhr. Parker hatte angeboten, sie zum Flughafen zu fahren, aber Jess wollte nichts davon hören. Sie bestellten ein Uber, holten nach einem ruhigen Flug am Flughafen in Boston ihren Mietwagen ab und starteten Richtung Cape Cod. Es war noch so früh, dass sie nicht mit dem Berufsverkehr in der Stadt zu kämpfen hatten. Die Sonne schien, und sie kamen flott voran.

Gut eine Stunde später erreichten sie den Cape-Cod-Kanal, und obwohl Jess schon seit vielen Jahren nicht mehr auf dem Cape lebte, seufzte sie auf der Brücke vom Festland zur Insel wie immer tief und erleichtert auf. Diesmal war es sogar noch ein bisschen stärker als sonst – dieses Gefühl, bald zu Hause zu sein.

Nach einer weiteren Dreiviertelstunde erreichten sie das Haus ihrer Mutter in Chatham. Das Haus, in dem Jess aufgewachsen war. Es lag nicht am Strand, sondern auf einer Anhöhe, aber man konnte das Meer von dort aus gut sehen. Das Haus war groß und quadratisch, weiß mit grauen Fensterläden und einer umlaufenden Veranda. Es hatte zwei Stockwerke und insgesamt vier Schlafzimmer. Jess wunderte sich, dass das Auto ihrer Mutter nicht in der Auffahrt stand – sie hatte ihre ungefähre Ankunftszeit durchgegeben.

Aber es war kein Problem, denn sie hatte ja einen Schlüssel. Vielleicht war ihre Mutter kurz noch einkaufen gegangen. Sie trugen ihre Koffer ins obere Stockwerk, wo Jess ihr ehemaliges Kinderzimmer bezog und Caitlin wie üblich das Gästezimmer. Nachdem Jess ein paar ihrer Sachen in die Schränke und Schubladen geräumt hatte, hörte sie die Haustür und lief nach unten.

Ihre Mutter stand in kniehohen Gummistiefeln und kurzer Hose im Flur, ihren großen Fotoapparat um den Hals gehängt. Das weißblonde Haar trug sie zum Pferdeschwanz gebunden, und an ihrem Pullover hingen ein paar Blätter. Sie sah aus, als käme sie gerade aus dichtem Unterholz. Sie nahm ihre Tochter und Enkeltochter zur Begrüßung fest in die Arme.

»Seid ihr schon lange hier? Tut mir leid, dass ich nicht da war, als ihr ankamt. Ich habe völlig die Zeit vergessen.«

»Wo warst du?«, fragte Jess.

»Ich habe gehört, dass unten am Moor, wo die Moosbeeren wachsen, eine Gänsefamilie sei, und wollte mal sehen, ob ich ein paar gute Aufnahmen kriege. Seht mal.« Sie hielt ihnen die Kamera hin, damit sie das Display begutachten konnten.

»Oh, wie schön!«, rief Caitlin.

»Ja, wirklich«, stimmte Jess zu. Es war ein tolles Foto. Ihre Mutter hatte ein gutes Auge. Sie hatte schon immer gern fotografiert und ihr Hobby irgendwann zum Beruf und sich einen Namen gemacht. Ihre Familienporträts waren recht begehrt, und sie verkaufte Landschaftsaufnahmen und stimmungsvolle Eindrücke aus der Gegend entweder über Galerien oder online.

Ihre Mutter zog die Stiefel aus, bürstete sich die Blätter vom Pulli und legte die Kamera vorsichtig auf einen Tisch. »Habt ihr Hunger? Ich habe Hühnereintopf im Schongarer.«

Es war noch nicht einmal fünf. »Ach, im Moment geht es noch«, sagte Jess, und Caitlin nickte.

»Wie wäre es dann mit einem Glas Wein? Wir können uns auf die Veranda setzen und ein bisschen erzählen. Caitlin, warte, füll doch eben diese Nüsschen in eine Schüssel für den Fall, dass wir doch etwas knabbern wollen.«

Ihre Mutter schenkte jeder von ihnen ein Glas Rosé ein, und

sie nahmen draußen um den blauen Rattantisch Platz. Caitlin stellte die Nüsse in die Mitte der gläsernen Tischplatte. Sie redeten über alles Mögliche, außer über die Sache mit Parker. Jess hatte ihrer Mutter am Telefon schon alles erzählt, und keine von ihnen wollte in Caitlins Anwesenheit davon anfangen. Stattdessen hielt ihre Mutter sie über den örtlichen Klatsch und Tratsch auf dem Laufenden.

»Erinnerst du dich an Lavinia O'Toole? Sie ist vor ein paar Monaten wieder hergezogen. Ihrer Mutter geht es nicht gut, und ich glaube auch, sie ist entweder getrennt oder geschieden, eins von beiden.«

Jess erinnerte sich an Lavinia. Sie waren im selben Jahrgang gewesen, und eine Rückkehr ins verschlafene Chatham war das Letzte, was Jess von ihr erwartet hätte. Das Cape war ein wunderbarer Ort, um dort seine Kindheit zu verleben, aber abgesehen von der Touristik waren die Berufsmöglichkeiten recht limitiert, und die meisten jungen Leute konnten es kaum erwarten, nach dem Schulabschluss fortzugehen.

Lavinia hatte die Abschiedsrede am Tag der Zeugnisvergabe gehalten und war als »Homecoming Queen«, also zur Ballkönigin, des ersten Ehemaligentreffens gewählt worden. Sie war blond und hübsch, extrem ehrgeizig und immer etwas hochnäsig gewesen. Als Letztes hatte Jess von ihr gehört, sie habe einen hochkarätigen Job in Boston ergattert, sei verheiratet und habe zwei niedliche blonde Kinder. Wobei diese jetzt schon erwachsen und in Caitlins Alter sein mussten.

»Das überrascht mich aber«, sagte Jess.

»Ich kenne keine Details, aber sicher ist, dass sie eine Trennung durchmacht. Schade, dass ihr nie befreundet wart. Eine Freundin könnte sie jetzt sicher gut gebrauchen.«

»Ja, schade.« Jess tat sich selbst genug leid, als dass sie sich Gedanken um Lavinia machen wollte, die sich ihr oder Alison gegenüber nie besonders freundlich verhalten hatte. Lieber wollte sie Zeit mit ihrer besten Freundin verbringen. »Hast du Alison eigentlich mal getroffen?«

»Tatsächlich sind wir uns erst letzte Woche über den Weg gelaufen, bei Stop & Shop. Sie hat sich schon riesig darauf gefreut, dass du kommst. Und du solltest unbedingt auch mal in das Schmuckgeschäft ihrer Tochter gehen. Ich war vor ein paar Wochen dort und habe ein sehr hübsches Armband gekauft. Julia hat wirklich Talent. Ich wette, sie freut sich darauf, Caitlin zu treffen.«

Jess warf ihrer Tochter einen Blick zu, doch Caitlin lächelte nur schwach. Sie und Julia waren nie befreundet gewesen. Jess und Alison hatten so gehofft, dass ihre Töchter sich gut verstehen, und jedes Jahr von Neuem darauf gewartet, dass es zwischen ihnen funkte, aber es war nie passiert. Ihre Töchter waren einfach zu verschieden.

Caitlin war ein typisches Südstaatenmädchen mit stets perfekter Frisur, perfektem Make-up und tadellosem Outfit – solange Jess sich erinnern konnte, hatte ihre Tochter sich für Mode begeistert. Sie war auch schon früh mit ihnen in den Country Club gegangen und hatte dort Golf und Tennis gelernt. Und wurde schon immer von den Jungs umschwärmt.

Julia war das genaue Gegenteil. Sie war nie besonders mädchenhaft gewesen und eher der kreative Typ. Jess mochte wetten, dass sie noch nie einen Fuß in einen Country Club gesetzt hatte und dies auch nicht beabsichtigte. Auch ihre Freunde waren eher Künstlertypen gewesen, Musiker oder Schriftsteller. Zu Jess' und Alisons großem Bedauern hatten die zwei Frauen anscheinend überhaupt nichts gemeinsam.

Sie tranken noch mehr Wein und bekamen schließlich Hunger, sodass sie drinnen jede eine große Schüssel Hühnereintopf aßen und sich im Wohnzimmer noch zusammensetzten, um weiter zu plaudern und ein bisschen fernzusehen. Jess freute sich, dass es ihrer Mutter gut ging. Sie wurde bald neunundsiebzig, sah aber zehn Jahre jünger aus und erfreute sich bester Gesundheit – anders als nach dem Tod ihres Mannes, als sie in eine Depression verfallen war. Sein Tod hatte sie alle schwer getroffen, ihre Mutter aber besonders, da sie nach fünfzig Jahren Ehe ihren Partner verloren hatte.

Doch das war nun bald zehn Jahre her, und ihre Mutter sah gut aus. Sie arbeitete immer noch so viel oder so wenig, wie sie wollte, und war auch privat sehr aktiv. Sie war Mitglied verschiedener Verbände, die sich regelmäßig trafen, und verabredete sich oft mit ihren Freundinnen. Vielleicht hatte sie sogar einen Freund oder Verehrer, aber bisher hatte sie nichts dergleichen erwähnt.

Alison hatte ihr erzählt, sie sei vor kurzem essen gewesen und habe beim Hinausgehen zufällig Jess' Mutter mit einem einzelnen Herrn an einem Zweiertisch erspäht. Die beiden hatten sich so angeregt unterhalten, dass Alison nicht hatte stören wollen. Ihre Mutter hatte kein Wort darüber verloren, deshalb hatte auch Jess nicht nachgebohrt. Wenn sie sich ihrer Tochter anvertrauen wollte, würde sie es schon tun, dachte Jess.

Im Moment unterhielt ihre Mutter sich mit ihrer Enkeltochter. »Caitlin, wie geht es dir denn? Du bist viel stiller als sonst. Bist du müde von der Reise?«

»Auch, ja. Ich hatte eine schwierige Woche, Grammy.« Caitlin erzählte ihrer Großmutter, wie sie am selben Tag ihren Job und ihren Freund verloren hatte. Jess' Mutter legte mitfühlend eine Hand auf ihren Arm.

»Glaub mir, meine Süße: Ohne beides bist du besser dran. Ich weiß, das ist im Moment schwer zu verstehen, aber alles passiert immer aus gutem Grund.«

Caitlin seufzte. »Ich weiß. Tatsächlich habe ich an dich gedacht und mir dasselbe gesagt. Ich glaube, es ist gerade nur deswegen so schwer, weil alle meine Freundinnen einen festen Job haben und ich die Einzige ohne Partner bin. Alle anderen sind verheiratet.« Sie lächelte und schniefte gleichzeitig ein bisschen. »Um ehrlich zu sein, komme ich mir in letzter Zeit wie eine Versagerin vor.«

»Ach, Caitlin, das ist doch albern. Du kannst froh sein, dass du Single bist. Es gibt keinen Grund zur Eile«, versicherte Jess.

Caitlin schüttelte den Kopf. »Du wusstest immer, was du willst. Und du hast mit vierundzwanzig geheiratet, vier Jahre, nachdem du Dad kennengelernt hattest. Du hattest immer einen Plan.« Caitlins Augen wurden verräterisch rot, und ihre Stimme klang belegt.

»Ach, mein Schatz, das tut mir leid. Ich wusste nicht, dass es dir so schlecht geht. Aber ich gebe deiner Großmutter recht. Es war offenbar nicht die richtige Zeit, weder für den Job noch für den Kerl. Trotzdem verstehe ich dich. Ja, ich habe jung geheiratet, vielleicht sogar zu jung. Die meisten meiner Freundinnen, die jung geheiratet haben, sind inzwischen geschieden.«

»Es ist tatsächlich nicht verkehrt, lieber etwas länger zu warten, bis man wirklich sicher ist«, fügte ihre Großmutter hinzu. »Du warst doch nicht gerade verrückt nach diesem Kerl, oder?«

»Nein, war ich nicht. Aber er war ganz passabel. Gute Familie, guter Job, gutaussehend, und wir konnten viel zusammen unternehmen. Wir waren genau ein Jahr zusammen – es schien der nächste logische Schritt zu sein.«

»Die Liebe funktioniert nicht nach Logik, meine Süße. Warst du so richtig kribbelig verliebt? Und hast die ganze Zeit an ihn gedacht?«

Caitlin schwieg eine Weile, dann schüttelte sie den Kopf. »Nein, gekribbelt hat es nie. Aber ich dachte, das würde noch kommen.« Sie sah zu Jess. »War das bei dir und Dad denn so?«

Jess lächelte. »Ja, tatsächlich. Wir waren das ganze Studium über unzertrennlich. Ich bedaure nicht, deinen Vater geheiratet zu haben. Wir haben uns über die Jahre nur auseinandergelebt. So was passiert.«

Jess' Mutter sah die beiden an. »Ich freue mich riesig, dass ihr zwei hier seid und nicht schon so bald wieder zurückmüsst. Nehmt euch Zeit zum Ausspannen. Geht an den Strand. Jess, du hast es doch immer geliebt, nachmittags lange am Strand zu sitzen. Ich kann mich nicht erinnern, wann du das das letzte Mal getan hast. Wir haben immer so viel vor, wenn du zu Besuch kommst, und versuchen, viel zu unternehmen, viele Leute zu treffen.« Sie trank einen Schluck Wein und lächelte. »Nehmt euch Zeit, alle beide, und lasst euch von der Sonne aufmuntern. Und natürlich auch vom guten Essen.«

*

Caitlin war eine Nachteule und noch eine ganze Weile vor dem Fernseher sitzen geblieben, nachdem Jess und ihre Mutter ins Bett gegangen waren. Das gab den beiden am nächsten Morgen beim Frühstück die Gelegenheit, allein miteinander zu reden, weil Caitlin ausschlafen wollte.

»Wie geht es dir wirklich? Ich weiß, dass es zwischen Parker und dir nicht mehr so gut lief, aber das ist ja nun allerhand. Das hätte ich von Parker nicht erwartet.«

Jess trank einen Schluck Kaffee. Es war eine dunkle, milde Röstung und genau das, was sie jetzt brauchte. »Das hast du schön formuliert. Stimmt, wir hatten unsere Probleme, aber auch ich hätte nie gedacht, dass er mich betrügt. Noch dazu mit einer so viel jüngeren Frau. Sie ist nur wenige Jahre älter als Caitlin.«

»Wird er sie heiraten, was denkst du?«

Jess schauderte es bei der Vorstellung. Ob er so weit gehen würde?

»Er sagt, er will es noch einmal mit uns versuchen. Aber ich kann mir nicht vorstellen, wie das funktionieren soll. Ich hatte schon vorher darüber nachgedacht, ihm eine Scheidung vorzuschlagen oder vielleicht eine Eheberatung. Aber dafür ist es jetzt zu spät.«

Ihre Mutter sah sie nachdenklich an. »Manche Paare schaffen das, aber wenn ein Kind unterwegs ist, ist das eine ganz schöne Herausforderung.«

Jess lachte. »Eine Herausforderung? Ich würde sagen: eine Unmöglichkeit. Nein, ich werde ihn um die Scheidung bitten, aber noch nicht sofort. Ich dachte, ich lasse ihn noch ein bisschen schmoren.«

»Das nehme ich dir nicht übel. Es besteht kein Grund, die Dinge zu überstürzen. Nimm dir Zeit und entspann dich einfach. Du hast schon lange keinen richtigen Urlaub mehr gemacht.«

Ihre Mutter hatte recht. »Ja, das stimmt. Ich freue mich darauf, den Strand zu erkunden und Touristin zu spielen. Vielleicht mal nach Orleans zu fahren. Alison meinte, sie hätte dort das Lokal mit den besten Fisch-Tacos entdeckt.«

»Etwa *Guapo's*?«

»Kennst du das auch? Vielleicht können wir da heute Mittag essen, du, ich, Caitlin … Das wäre doch nett. Und danach ein bisschen shoppen gehen. Ein Ableger von diesem Schuhladen, den du so magst, soll vor kurzem eine Filiale mitten in Orleans eröffnet haben.«

Ihre Mutter lächelte. »Das fände ich ganz toll.«

8. Kapitel

Auf dem Weg zur Arbeit holte Alison sich noch einen Kaffee. Im Verlag gab es zwar eine Küche und kostenlosen Kaffee für die Mitarbeitenden, aber der schmeckte furchtbar. Abgesehen davon gab es jedoch nichts, worüber sie sich beschweren würde. Sie war froh, dass sie gleich nach dem College diese Stelle bekommen hatte und arbeitete immer noch gerne dort. Auch die Kolleginnen und Kollegen waren nett. Viele von ihnen waren schon fast so lange dabei wie Alison, und es herrschte eine familiäre Atmosphäre – was zum großen Teil an Jim lag. Er und sein Vater hatten die Zeitschrift gegründet.

In seinen besten Tagen war der Verlag sehr erfolgreich gewesen. Damals hatten sie noch dickes Hochglanzpapier für das Magazin verwendet, und das Layout der Seiten war ansprechend gestaltet gewesen. Viele lokale und sogar überregionale Unternehmen hatten Anzeigen geschaltet, und einige Bau- und Immobilienfirmen hatten über ganze Seiten inseriert – beeindruckende Werbung, von der auch ihr Verlag profitiert hatte. Über die Jahre war die Auflage jedoch immer mehr zurückgegangen, was zu empfindlichen Umsatzeinbrüchen geführt hatte. Mittlerweile hatten sie den Umfang der Zeitschrift aus Kostengründen auf etwa die Hälfte reduziert.

Alison war bewusst, dass es den Zeitschriften im ganzen Land so ging. Die Leute lasen weniger Druckerzeugnisse und konsumierten Nachrichten und Artikel zumeist digital. Auf dem Weg in ihr Büro kam sie an Jims vorbei und sah, dass er wieder bei geschlossener Tür telefonierte. Sein Gesichtsausdruck verriet, dass er nicht glücklich war.

Sie setzte sich an ihren Schreibtisch, klappte den Rechner

auf und begann, ihre E-Mails zu lesen. Es gab viel zu tun, und ehe sie sich's versah, waren einige Stunden vergangen. Gerade als sie überlegte, sich draußen irgendwo ein Sandwich zu holen, streckte Jim den Kopf durch die Tür.

»Hast du gerade viel zu tun?«

»Im Moment nicht. Ich habe überlegt, mir etwas zu essen zu holen. Ist was passiert?«

»Kann ich dir Gesellschaft leisten? Ich muss hier mal raus und mir die Beine vertreten. Wir könnten ins *Squire* gehen?«

»Gern.« Jim ging fast nie zum Mittagessen. Alison fragte sich, ob es wohl an dem Telefonat von vorhin lag, dass er jetzt besonders sorgenvoll und grüblerisch wirkte.

Sie nahmen seinen Wagen, und wenige Minuten später saßen sie im *Squire*, tranken Limonade und warteten auf ihre Muschelsuppen und Fischbrötchen.

»Das war eine anstrengende Woche«, sagte Jim. »Heute Morgen hat unsere Buchhaltung angerufen, und die Zahlen sind besorgniserregend. Mit jedem Quartal sinken die Umsätze.«

Alison ahnte, wohin das Gespräch führen würde. »Musst du noch mehr Leute entlassen?«

Er seufzte. »Eigentlich will ich das gar nicht. Wir arbeiten schon jetzt nur noch in Minimalbesetzung. Ich schlage mich bereits eine Weile mit dem Problem herum und versuche, eine Lösung zu finden. Realistisch betrachtet kann es in absehbarer Zeit auch nicht besser werden.«

Alison nickte nur. Sie wusste nicht, was sie sagen sollte. Er sah richtig unglücklich aus, dabei war er ein so guter, anständiger Mensch. Sie wusste, dass es ihn schmerzte, Leute zu entlassen. Aber sie hatte auch keine Lösung parat. Am Ende blieb ihm wohl nichts anderes übrig.

»Ich habe da eine Idee, die ich mit dir besprechen wollte. Sie passt nicht für jeden, je nach persönlicher Situation, aber es wäre eine Möglichkeit, um mehr Entlassungen zu vermeiden. Ich dachte, wir könnten einige Stellen vielleicht in Teilzeitarbeit umwandeln. Mit den sinkenden Absatzzahlen gibt es ja auch weniger zu tun, also könnte es funktionieren, wenn viele sich dazu bereit erklärten.«

»Für einige könnte das tatsächlich eine Möglichkeit sein.« Alison dachte an ihre eigene Situation und ihre Überlegungen, zusätzlich freiberuflich zu arbeiten. »Wie bald soll das deiner Meinung nach umgesetzt werden?«

»Oh, nicht sofort. Zumindest nicht in den nächsten ein bis zwei Monaten. Aber glaubst du, jemand würde sich darauf einlassen?«, fragte er unsicher.

Alison wusste, dass es für einige Kolleginnen und Kollegen nicht in Frage käme, die sich dann sofort nach einer neuen Arbeit umsehen würden. Für diejenigen, die den Job dringend brauchten, würde es schwer werden. Sie selbst käme wahrscheinlich eine Weile zurecht. Sie hatte etwas gespart, und auch wenn sie damit ihre Komfortzone verlassen müsste, würde sie es mit freiberuflicher Lektoratsarbeit versuchen.

»Das ist schwer zu sagen. Einige kämen definitiv nicht damit klar, aber andere wären vielleicht dazu bereit.«

Er nickte. »Das hatte ich mir gedacht. Ich habe überlegt, dass ich mit allen erst einmal einzeln spreche und vorfühle und erst dann eine Entscheidung treffe.«

Alison atmete tief durch und wägte ab, ob es klug wäre, sich bereits jetzt freiwillig anzubieten. Lieber würde sie auf diese Weise im Verlag bleiben, denn sie liebte ihre Arbeit dort. Es schien ihr egoistisch, es nicht zu tun, denn manch andere waren dazu finanziell gar nicht erst in der Lage. »Für mich wäre es okay, eine Weile in Teilzeit zu arbeiten. Ich habe sowieso schon darüber nachgedacht, auch freiberuflich Aufträge anzunehmen, und so hätte ich dafür mehr Zeit.« Kurz blitzte die Buchhandlung vor ihrem geistigen Auge auf, und sie stellte sich vor, wie sie an Ellen Campbells Stelle hinter der Theke stand. Alison seufzte. Vielleicht würde dieser Traum eines Tages ja doch wahr werden, aber im Moment sah es so aus, als läge ihre Zukunft im freiberuflichen Lektorieren.

Jim wirkte überrascht, aber auch ein wenig erleichtert. »Bist du dir sicher? Das käme frühestens ab nächstem Monat in Frage, und je nachdem, wie es jetzt weitergeht, könnte es in manchen Wochen auch mehr Arbeit geben.«

Alisons Pensum hatte sich in den letzten Monaten schon reduziert. Wenn sie sich ihre Stunden gut einteilte, könnte sie die meiste Arbeit auch in Teilzeit schaffen, und falls nicht, wären ja noch die anderen da.

»Ich bin mir sicher. Ich halte das für eine gute Lösung, Jim. Damit kannst du mehr Leute im Verlag halten, auch wenn du die Arbeitsleistung dadurch reduzierst.«

Er wirkte erleichtert. »Ich wollte nie jemanden entlassen. Und hätte auch nie gedacht, dass das einmal nötig sein würde. Die Geschäfte liefen lange Zeit so gut.« Seinen Frust konnte sie durchaus verstehen. Wer hätte früher einmal gedacht, dass das Internet die Zeitschriftenbranche zerstören würde? Auch Tageszeitungen waren betroffen, wobei diese leichter auf Online-Versionen hatten umstellen können. Jim hatte versucht, ihr Magazin digital anzubieten, aber das war ein Flop geworden. Leute, die sich von Einrichtungstipps und Immobiliengestaltung inspirieren lassen wollen, gingen eher zu anderen, bereits etablierten Online-Portalen.

Als ihr Essen kam, wechselten sie das Thema und verbrachten die nächste halbe Stunde mit munterem Plausch über alles Mögliche. Alison hatte sich schon immer gut mit Jim unterhalten können. Er war nur wenig älter als sie, und was Kunst und Lokalpolitik betraf, hatten sie ähnliche Ansichten. Außerdem konnte er gut schreiben. Seine monatliche Kolumne im Magazin gefiel ihr außerordentlich, und schon oft hatte er davon gesprochen, irgendwann einmal ein ganzes Buch zu schreiben.

»Was machen eigentlich deine Buchpläne?«, fragte sie also.

»Lustig, dass du fragst. Ich habe vor kurzem tatsächlich damit angefangen. Nicht intensiv, aber hin und wieder ein paar Seiten ... ein historischer Kriminalroman, in dem ein Schiffswrack vorkommt, und er spielt hier in Chatham.« Seine Augen begannen zu leuchten.

Alison lächelte. »Das klingt ganz nach dir, und ich würde den Roman gern lesen, wenn er fertig ist.«

Er lachte. »Das kann noch eine Weile dauern.« Dann sah er ihr in die Augen. »Aber irgendwann brauche ich mit Sicherheit eine Lektorin.«

9. Kapitel

Nach dem Mittagessen bei *Guapo's* in Orleans – es waren wirklich die besten Fisch-Tacos, die Jess je gegessen hatte – fuhren sie gutgelaunt nach Chatham zurück. Unterwegs rief Alison an und lud alle zu sich zum Abendessen ein. Jess' Mutter hatte bereits eine Verabredung, aber Jess und Caitlin nahmen dankend an. Vorher wollten sie noch in der Innenstadt Halt machen, durch die Main Street laufen, Schaufenster ansehen und dabei gleich eine Flasche Wein als Mitbringsel kaufen.

Die Hauptgeschäftsstraße in Chatham sah aus wie in einem Hallmark-Film: malerische Häuschen, hübsche kleinstädtische Läden und jede Menge Touristen. Jess kam sich selbst wie eine Touristin vor, denn sie war schon zwei Jahre nicht mehr hier gewesen. Wie ihr auffiel, waren etliche neue Geschäfte hinzugekommen.

»Da ist Julias Laden«, sagte ihre Mutter, als sie kurz vor der Buchhandlung waren. Gleich davor war ein kleines Schmuckgeschäft.

»Lass uns reingehen und hallo sagen.« Jess öffnete die Tür, und Julia, die gerade eine Kundin bediente, sah kurz auf und lächelte ihnen zu. Während sie beschäftigt war, erkundeten die drei ihren Laden. Er war klein, aber ausgesprochen hübsch. Im Hintergrund spielte leise Jazzmusik, und an passenden Stellen standen Grünpflanzen oder rosa Blumensträuße. Es wirkte gemütlich und einladend. Aber das Beste waren Julias Schmuckstücke.

»Das sieht fast genauso aus wie das Armband, das ich gekauft habe.« Ihre Mutter deutete auf einen goldenen Armreif, der in Wellenform modelliert war. Er war wunderschön. Caitlin fand ein Paar Ohrringe, die ihr auf Anhieb gefielen, und Jess entdeckte noch einen anderen Armreif, der dem ihrer Mutter ähnlich und dennoch auf eigene Weise gestaltet war. Als Julia ihre Kundin verabschiedet hatte, gingen sie zu ihr an die Theke.

»Hallo, Liebes«, sagte Jess. »Meine Mutter hat mir schon von deinem tollen Laden vorgeschwärmt, und ich kann sagen: sie hat nicht übertrieben.«

Julia kam hinter der Theke hervor und nahm Jess in die Arme.

»Danke. Wie schön, euch zu sehen! Mom meinte, ihr seid einen ganzen Monat hier?« Sie nickte Caitlin zu, die zurücklächelte.

»Dein Schmuck ist wirklich klasse, Julia. Es muss aufregend sein, ein eigenes Geschäft zu führen«, sagte sie.

»Das stimmt. Und zum Glück kam bislang regelmäßig Umsatz rein, was schon eine große Erleichterung ist«, gab sie zu.

»Aber auch keine große Überraschung, wenn du mich fragst, denn dein Schmuck ist wunderschön. Wir haben beide was gefunden, das wir gern mitnehmen würden«, sagte Jess. Sie zeigte auf die Stücke, und während Julia sie einpackte, zückte sie ihre Kreditkarte. Caitlin wollte ihr ihren Anteil in bar geben, doch Jess winkte ab. »Betrachte es als Geschenk. Wir haben beide etwas Schönes verdient, finde ich.«

Caitlin lächelte dankbar. »Das stimmt. Vielen, vielen Dank, Mom.«

»Kurz bevor ihr reinkamt, hatte gerade meine Mutter angerufen und mich zum Essen eingeladen. Sie meinte, ihr kommt auch?«

Jess lächelte. »Genau. Bis nachher also.«

*

Bevor sie gingen, sah Caitlin sich noch einmal im Geschäft um. Sie war ehrlich beeindruckt. In der Auslage waren lauter schöne Sachen, und viele davon hatte Julia tatsächlich selbst hergestellt. Es musste toll sein, so ein Talent zu haben und auch noch davon leben zu können. Caitlin spürte Neid in sich aufsteigen und gleichzeitig eine gewisse Frustration, denn sie war immer noch weit davon entfernt zu wissen, was sie mit ihrem Leben anfangen sollte. Und Julia war der letzte Mensch, dem sie zugetraut hätte, aus einer Leidenschaft einen Erfolg zu machen.

Allerdings sah sie so unkonventionell aus wie eh und je, mit langen braunen Haaren, deren untere Hälfte türkis gefärbt war. Es war ein ausgefallener, kreativer Look, und Caitlin musste zugeben, dass er Julia sehr gut stand. Bei ihr zu Hause in Charleston wäre so was allerdings nicht möglich. Caitlin käme nie auf die Idee, sich öffentlich mit türkisen Haaren zu zeigen. Niemand würde das je wieder vergessen, und wahrscheinlich würde kein Mann jemals wieder mit ihr ausgehen. Es gab ungeschriebene Regeln, und alle ihre Bekannten achteten genauestens darauf, sie zu erfüllen.

*

Anschließend gingen sie in die Buchhandlung nebenan. Das Geschäft gab es, solange sie sich erinnern konnte, und schon immer hatte Jess dort gern in den Regalen gestöbert. Ellen Campbell, die Inhaberin, stand lächelnd hinter der Kasse und reichte einem Kunden gerade sein neu erstandenes Buch. Sie trug einen scharf geschnittenen, schneeweißen Bob, und ihre Lesebrille hing an einer Kette um ihren Hals. Hinter einem Ohr klemmte ein Kugelschreiber. Als sie Jess' Mutter sah, begann sie zu strahlen – sie kannten einander schon seit Jahren. Ellen war sicher weit in ihren Siebzigern und wirkte ein wenig erschöpft.

»Sieh mal an, wer wieder in der Stadt ist! Schön, euch zu sehen!«, rief sie. Da schon die nächste Kundin anstand, streiften die drei erst einmal durch das Geschäft. Es gab eine gute Auswahl an Büchern, von den neuesten Bestsellern über ausgewählte Klassiker bis hin zu interessanten Sachbüchern, dazu eine ganze Abteilung für lokale Schriftsteller. An den wenigen noch freien Wänden hingen Bilder von Malern aus der Gegend, was zusätzlich ein künstlerisches Ambiente erzeugte.

Jess' Mutter und Caitlin stöberten nach eigenem Gusto, aber Jess marschierte sofort zu ihrem Lieblingsplatz: dem magischen Versteck im hinteren Teil des Ladens, wo fast nie jemand hinkam und wo sie und Alison viele Nachmittage verbracht, gelesen, geträumt und gequatscht hatten, während Alisons Mutter an der Kasse stand.

Am liebsten hatten sie sich auf den Fußboden gelegt, jede mit einem Liebesroman, die für sie eigentlich noch verboten gewesen waren. Aber wenn niemand hinguckte, hatte Alison sie immer schnell vom Regal gemopst. Ihre Mutter hätte sicher geschimpft, wenn sie sie dabei erwischt hätte.

Oft hatten sie sich ausgemalt, wie wohl ihre Zukunft aussehen und welchen Beruf sie ergreifen würden. Schon damals hatte Jess recht klare Vorstellungen gehabt.

»Ich glaube, ich will Anwältin werden. Ja, definitiv Anwältin. Was ist mit dir?«

»Ich könnte mir vorstellen, irgendwann mal meinen eigenen Buchladen zu haben. Das wäre doch cool, oder?«

Meistens knabberten sie eine Tüte Salzfischchen und spülten sie mit Diätcola hinunter.

Jess hatte das Bild ganz klar vor Augen, auch wenn es schon so lange her war: wie sie die Salzkristalle von den Fischchen abpulte und wie Alison gedankenverloren mit einem ihrer Zöpfe spielte … Jess erinnerte sich daran, dass Alison sich mit zwölf Jahren einmal fünfzehn Zentimeter von ihren Haaren hatte abschneiden lassen und ihr geflochtener Zopf dann trotzdem noch bis zur Mitte ihres Rückens reichte. Jess war tatsächlich ein bisschen neidisch auf Alison und ihre glatten blonden Haare gewesen. Überhaupt sahen sie beide ziemlich gegensätzlich aus: Alison klein und blond, und Jess groß und mit dunklen, meist zerzausten Locken, die einfach machten, was sie wollten.

»Ja, das kann ich mir gut vorstellen. Oder du schreibst selbst Bücher, du bist gut im Schreiben«, sagte Jess. Alison hatte fast überall immer nur Einsen gehabt.

»Ich schreibe wirklich gern, aber Bücher …? Ich weiß nicht. Vielleicht werde ich ja Journalistin oder Lehrerin. Ganz sicher weiß ich, dass ich heiraten und vier Kinder haben werde.«

Darüber musste Jess lachen. »Vier Kinder? Wirklich? Also ich will überhaupt nie heiraten oder Kinder bekommen. Na ja, eins vielleicht, aber ich weiß nicht.«

»Du willst nicht heiraten? Wieso nicht? Jeder will doch heiraten.«

»Ich nicht. Ich will einen Beruf, den ich liebe, und um die Welt reisen. Aber wohnen möchte ich am liebsten hier in Chatham oder zumindest auf dem Cape.«

Jess' Familie war aus dem Bostoner Süden nach Chatham gezogen, als sie zehn war. Sie vermisste die Großstadt mit all den Abgasen und hässlichen Betonbauten kein bisschen und war von Chatham mit seinen vielen grünen Parks und der frischen Meeresluft sofort begeistert gewesen. Sie genoss es, am Strand durch den weichen Sand zu spazieren oder auf der Hauptstraße an den hübschen Läden vorbeizubummeln.

»Ich liebe Chatham, aber ich sehe mich hier nicht alt werden. Ich glaube, ich gehe nach der Schule weg und ziehe an die Westküste. Ich wollte schon immer nach Kalifornien.« Alison war in Chatham geboren und kannte nichts anderes, weshalb Jess gut verstehen konnte, dass sie auch einmal etwas Neues ausprobieren wollte.

»Wenn du nach Kalifornien ziehst, musst du trotzdem jeden Sommer nach Chatham kommen und mich besuchen. Aber besser wäre noch, du würdest hierbleiben, und wir können nahe beieinander wohnen und für immer beste Freundinnen bleiben.« Dass Alison fortgehen wollte, hatte Jess überhaupt nicht gefallen.

»Wer weiß, wo wir am Ende landen. Aber selbst, wenn wir nicht mehr in der Nähe wohnen, werden wir immer beste Freundinnen bleiben«, hatte Alison versichert.

*

»Bist du fertig, dass wir gehen können, Jess?« Ihre Mutter kam auf sie zu, und Jess scheuchte die alten Erinnerungen fort. Sie nahm ein paar Bücher, die sie gern lesen wollte, und ging damit zur Kasse. Caitlin stand schon dort und hatte einen ähnlich hohen Stapel vor sich. Oft gefielen ihnen dieselben Bücher, und sie liehen sie sich nach dem Lesen gegenseitig aus.

»Mein Stapel zu Hause ist inzwischen meterhoch«, sagte ihre Mutter. »Ich habe also noch eine ganze Weile genug zu lesen.«

Sie stellten sich in die Schlange, und als Ellen kassierte, klingelte ihr Handy. Sie entschuldigte sich kurz, nahm den Anruf an und drehte sich weg, um in Ruhe sprechen zu können. Als sie auflegte, machte sie ein unglückliches Gesicht. »Das war Brooklyn, meine Vollzeitkraft. Sie hat sich ein Bein gebrochen und kann ein paar Wochen lang nicht arbeiten.« Sie seufzte. »Ich glaube, ich werde zu alt für den Kram hier. Ihr kennt nicht zufällig jemanden, der gerade einen Job sucht? Ich muss möglichst schnell eine Aushilfe finden.«

Jess hatte Mitleid mit ihr. Ellen wirkte gestresst und erschöpft. Ihre Mutter schüttelte den Kopf. »Tut mir leid, ich weiß niemanden. Vielleicht könntest du eine Online-Anzeige schalten?«

Ellen nickte. »Ja, das ist eine gute Idee.«

Zu ihrer Überraschung bot sich Caitlin an. »Wenn du nur vorübergehend jemanden brauchst, bis Brooklyn wieder da ist, könnte ich vielleicht aushelfen. Ich habe zwar noch nie in einer Buchhandlung gearbeitet, im Verkauf aber schon. Und ich liebe Bücher.«

»Du brauchst nicht zu arbeiten, während du hier bist, Schätzchen. Das soll doch ein Urlaub für uns beide sein.«

Caitlin lächelte. »Das ist es ja trotzdem, aber ich habe genug Zeit und würde gern etwas tun und nicht nur faul herumliegen. Es würde mir Spaß machen.«

Ellen wirkte erleichtert. »Wenn du dir wirklich sicher bist … Ich fände das großartig. Und du hast recht, wenn du schon einmal im Verkauf gearbeitet hast, wirst du dich schnell zurechtfinden. Die Liebe zu Büchern ist die wichtigste Voraussetzung, die man hier braucht. Du könntest gleich morgen um zehn Uhr starten, wenn dir das nicht zu früh ist.«

»Das passt perfekt.« Caitlin sah ihre Großmutter und Jess fragend an. »Ich bin sicher, ich kann mir ein Auto leihen, oder jemand kann mich bringen. Vielleicht laufe ich auch – die Bewegung wird mir sicher guttun.«

Jess war überrascht. Vom Haus ihrer Großmutter bis zur Buchhandlung waren es mehr als fünf Meilen. Ein langer Spaziergang. »Wir können ja noch überlegen, wie wir das machen«, sagte sie lächelnd.

10. Kapitel

»Ich weiß, dass du gerade gern Rosé trinkst. Den hier kenne ich zwar nicht, aber eine andere Kundin meinte, der sei richtig lecker.« Jess überreichte ihrer Freundin die Flasche vorgekühlten Roséwein. Als Alison das Etikett sah, bekam sie leuchtende Augen.

»Oh, danke. *Whispering Angel* ist einer meiner Lieblingsweine. Ich wollte gerade eine andere Flasche aufmachen, aber lasst uns gern lieber diesen nehmen.« Sie schenkte allen ein Glas ein. »Julia sollte auch jeden Augenblick kommen.«

Sie nahmen die Gläser mit auf die Terrasse, wo auf einem großen runden Tisch bereits eine Servierplatte mit Chips und Guacamole stand. Chris, Alisons Ex, hantierte am Grill und blickte zu ihnen herüber, als sie nach draußen traten. Dann kam er und nahm sie zur Begrüßung in den Arm.

»Wie schön, euch beide zu sehen. Wie läuft's in Charleston?«

»So wie immer.« Jess wusste nicht, wie viel Alison ihm erzählt hatte, und wollte keine Details ausbreiten, also lächelte sie nur. »Und wie geht es dir?«

»Gut. Ich kann mich nicht beschweren. Wie möchten die Damen ihre Steaks? Ist medium okay? Dann sind sie nämlich so gut wie fertig.«

»Medium ist perfekt«, sagte Jess, und Caitlin nickte.

Chris verfrachtete die Steaks auf einen Teller und deckte sie mit Alufolie zu. »Wenn sie jetzt noch fünf Minuten ruhen, sind sie richtig schön saftig.« Er machte sich ein neues Bier auf und setzte sich zu ihnen an den Tisch. Julia kam wenige Minuten später und half ihrer Mutter, Maiskolben und Schüsseln mit Kartoffelsalat auf die Terrasse zu tragen.

Alle bedienten sich und begannen zu essen. Jess staunte, wie selbstverständlich Chris sich in Alisons Haus bewegte. Manchmal wirkte es, als wären sie noch verheiratet. Sie verstand, warum die beiden sich damals getrennt hatten, fragte sich aber dennoch, ob es heute nicht besser laufen würde, wenn sie sich wieder aufeinander einließen. Ein paar Mal darauf angesprochen, hatte Alison immer gelacht und gemeint, sie seien jetzt eher wie Bruder und Schwester oder beste Freunde. Da brenne nicht der geringste romantische Funke zwischen ihnen. Soweit Jess wusste, hatte aber auch keiner von ihnen einen neuen Partner.

Das Gespräch verlief locker und angeregt, und sie aßen bei viel Gelächter. Kurz bevor sie fertig waren, schlug die Stimmung allerdings ins Ernste um, als Alison ihnen vom Essen mit ihrem Chef erzählte und dass sie in etwa einem Monat in die Teilzeit wechseln würde.

»Ich dachte, ich könnte mal versuchen, nebenbei als freie Lektorin zu arbeiten«, erklärte sie.

Jess runzelte die Stirn. »Willst du das wirklich?«

»Na ja, wenn ich die Wahl hätte, würde ich am liebsten eine Buchhandlung eröffnen, denn das war ja schon immer mein Traum. Aber dafür müsste ich im Lotto gewinnen, also ist das hier die zweitbeste Lösung. Es könnte doch Spaß machen.«

»Zu schade, dass du den Buchladen nicht kaufen kannst. Mrs. Campbell hat mir vor ein oder zwei Wochen erzählt, sie würde sich gern zur Ruhe setzen, sobald sie jemanden findet, der das Geschäft übernimmt«, sagte Julia.

»Sie ist älter als meine Mutter. Es hat mir wirklich leidgetan, als ihre Angestellte anrief und sagte, sie hätte sich das Bein gebrochen. Sie sah aus, als wäre sie ziemlich überfordert«, ergänzte Jess.

Caitlin hatte beim Essen bereits angekündigt, dass sie im Buchladen aushelfen wolle.

Alison wirkte nachdenklich. »Als ich neulich in der Buchhandlung war, hat sie mir auch erzählt, dass sie verkaufen will. Seitdem überlege ich tatsächlich hin und wieder, ob ich das irgendwie hinbekommen könnte.«

»Da würdest du wohl einen Kredit aufnehmen müssen«, meinte Chris.

»Genau. Und das wäre ziemlich riskant, vor allem, wenn ich demnächst nur Teilzeit arbeite. Was, wenn es mit dem Geschäft dann nicht klappt und ich einen Kredit am Hals habe, den ich nicht zurückzahlen kann?«

Jess hatte eine Idee. Sie hätte sie gern verraten, wollte aber nicht, dass Alison sich zu früh Hoffnungen machte. Sie hatte etwas Geld gespart. Je nachdem, wie viel Ellen Campbell für ihr Geschäft haben wollte, könnte es sich als gute Investition erweisen, und sie könnte entweder Mitinhaberin werden oder Alison einen Privatkredit geben. Zuerst musste sie jedoch mit ihrer Steuerberaterin sprechen und das Ganze durchrechnen. Danach erst würde sie mit Alison reden. Ob die das Angebot dann tatsächlich annehmen würde, konnte sie nicht abschätzen, denn Alison ging nicht gern ein Risiko ein und könnte sich selbst mit einem Privatkredit unwohl fühlen.

»Was ist eigentlich aus dem kleinen Laden direkt neben der Buchhandlung geworden? War das nicht mal ein Coffee Shop?« Jess war überrascht gewesen, das Geschäft geschlossen zu sehen, vor allem, da er so günstig genau an der Ecke lag.

»Das Gebäude gehört ebenfalls Ellen. Über dem Coffee Shop ist noch ein kleines Apartment, das sie vermietet. Die früheren Betreiber des Cafés haben urplötzlich die Stadt verlassen, nachdem sie ihr mehrere Monate die Miete schuldig geblieben sind. Bisher hat Ellen sich noch nicht um eine Neuvermietung kümmern wollen – sie meinte, am liebsten würde sie alles zusammen verkaufen, Buchhandlung *und* Café.«

»Oh, aber das kann ich mir auf keinen Fall leisten«, seufzte Alison.

Jess dagegen fand es nur *noch* verlockender. »Es könnte eine gute Investition sein. Je nachdem, was man vorhat, könnte man auch beides zu einem großen Geschäft zusammenlegen.« In Gedanken erwog sie bereits verschiedene Möglichkeiten. Es kostete am Anfang zwar mehr Geld, barg dafür jedoch das Potenzial für mehr Gewinn.

»Es wäre toll, wenn die Buchhandlung und der Coffee Shop miteinander verbunden wären. Und man einfach vom einen ins andere hinüberflanieren könnte. Man kauft ein Buch, setzt sich dann mit einem Kaffee hin und liest ein bisschen«, sagte Caitlin.

»An der Main Street gibt es tatsächlich wenige Möglichkeiten, sich gemütlich auf einen Kaffee hinzusetzen«, sagte Chris. »Es wundert mich, dass sich der Laden nicht halten konnte.«

Julia schnitt eine Grimasse. »Der Kaffee war nicht besonders gut. Die Kuchen waren trocken und die Preise zu hoch. Ich glaube, die Betreiber hatten nicht viel Ahnung von dem, was sie da taten. Unfreundlich waren sie auch. Ich war fast jeden Tag da, weil ich nachmittags gern einen Kaffee hole, und sie haben sich nie an mich erinnert, obwohl ich immer das Gleiche bestellt habe.«

Man konnte Alison förmlich ansehen, wie es bei ihr im Kopf arbeitete. »Ich denke, ein Café könnte da wirklich gut laufen. Und Caitlins Idee mit der Verbindung zur Buchhandlung gefällt mir gut. Deren Kundinnen und Kunden wären weitere Laufkundschaft für Kaffee und Kuchen, und diejenigen, die ins Café gehen, könnten wiederum in den Buchladen gelockt werden. Das klingt perfekt.« Sie seufzte. »Vielleicht, eines Tages … Wie spannend, sich vorzustellen, was man alles machen könnte.«

»War da früher nicht schon mal ein Coffee Shop an der Ecke?«, überlegte Jess laut. »Ich weiß noch, dass sie guten Kaffee hatten und ganz köstliche Himbeerschnitten.«

»Ja, bei denen war immer sehr viel los«, sagte Alison. »Ich glaube, die damaligen Betreiber haben das Café an die abgegeben, die jetzt nicht mehr da sind.«

»Mrs. Campbell meinte, sie hätten eine recht hohe Ablösesumme bezahlt und dann zu wenig Umsatz gemacht. Es war ein Ehepaar, und es hat Gerüchte gegeben, dass sie sich scheiden lassen wollten. Ich glaube, sie haben sich einfach aus dem Staub gemacht, als die Schulden überhandnahmen, und werden jetzt Bankrott anmelden oder was auch immer man macht, wenn man seinen Kredit nicht mehr bezahlen kann«, sagte Julia.

»Tja, das ist natürlich auch noch was, das man bedenken muss.« Alison lachte. »Mit meinen Einnahmen steht es im Moment ja nicht gerade zum Besten.«

Chris fing Jess' Blick auf und lächelte. »Vielleicht brauchst du nur jemanden, der mit ins Boot steigt. Stell dir vor, du würdest es mit Jess zusammen machen?«

Alison lachte wieder. »Das wäre grandios. Ich bin sicher, wir hätten eine super Zeit. Aber Jess hat ihr eigenes Leben und einen Job in Charleston. Vielleicht können wir gemeinsam einen Buchladen eröffnen, wenn sie in den Ruhestand geht.«

Jess überlegte sich ihre Antwort gut. Sie wollte gern Spontaneität beweisen und sagen, dass sie es gerade tatsächlich in Erwägung zog, hielt es aber doch für besser abzuwarten, bis sie ihre Finanzlage geklärt hatte. Sie lächelte. »Ja, das fände ich auch super. Es würde bestimmt riesigen Spaß machen, mit dir zusammenzuarbeiten. Ich weiß nicht, wann wir das umsetzen können, aber ich würde mitmachen. Irgendwann.« Sie hob ihr Glas und stieß damit gegen Alisons. »Auf unsere zukünftige Buchhandlung!«

»Ja, darauf trinke ich gern!« Alison prostete Jess noch einmal zu, und alle anderen stimmten ein. Unterdessen wirbelte in Jess' Kopf bereits alles durcheinander; sie ging in Gedanken

Konten und Zahlen durch und stellte Berechnungen an. Wenn Ellen Campbell keinen horrenden Preis verlangen würde, könnte es tatsächlich funktionieren.

11. Kapitel

Zum ersten Mal seit langem wachte Jess am Morgen schon aufgeregt und gespannt auf, was der Tag bringen würde. Sie brachte Caitlin mit dem Auto pünktlich zu zehn Uhr zur Buchhandlung, und eine Stunde später, als ihre Mutter einkaufen fuhr und sie das Haus für sich hatte, rief sie Ellen Campbell an, um zu fragen, ob es ihr mit dem Verkauf wirklich ernst sei.

»Ich habe vor ein paar Tagen mit Alison darüber gesprochen, und ja, das war absolut ernst gemeint. Ich würde gern einen Käufer finden, denn ehrlich gesagt merke ich, dass ich allmählich langsamer werde. Ich hätte nichts dagegen, mehr Ruhe in mein Leben zu bringen und selbst wieder mehr zu lesen.«

»Also, ich wäre durchaus interessiert, bin aber nicht sicher, ob ich es mir leisten kann. Haben Sie schon konkrete Preisvorstellungen?«

Ellen nannte einen fairen Betrag, der genau im Rahmen von Jess' Schätzungen lag, denn sie hatte zuvor online recherchiert, was so eine Buchhandlung wohl kosten könnte. Außerdem hatte sie herausgefunden, welche Umsätze von einer typischen Buchhandlung zu erwarten waren, wobei die Spannbreite dabei recht groß war. Ellen bot ihr an, einige finanzielle Daten der letzten Jahre per E-Mail zu schicken. Jess war zwar immer noch nicht sicher, ob sie sich das Ganze leisten konnte, doch sie spürte leise Zuversicht.

»Ich bin wirklich sehr interessiert. Ich muss allerdings noch mit meiner Steuerberaterin sprechen und alles gründlich durchrechnen. Wenn sie ihr Okay gibt: An welchen zeitlichen Rahmen hatten Sie gedacht?«

Ellen lachte. »Wenn Sie mir zusagen, dass Sie die Buchhandlung wirklich kaufen wollen, meine Liebe, dann kann ich so bald aufhören, wie Sie es wünschen, und in Rente gehen. Ich bin mehr als bereit dafür.«

Jess lächelte. »Ich melde mich in ein, zwei Tagen wieder oder schon früher, sobald ich mehr weiß.«

Sie beendete das Gespräch und rief auf dem Rechner ihre Bankdaten auf, um sich einen Überblick über ihre Konten zu verschaffen. Sie und Parker hatten jeweils ihre Privatkonten behalten und eines für die gemeinsamen Ausgaben zusammen geführt, auf das sie zu gleichen Teilen eingezahlt hatten. Ihre eigenen Konten nutzten sie für persönliche Ausgaben und ihre Ersparnisse. Sie hatten sich gegenseitig Vollmachten ausgestellt, und Jess wusste ungefähr, wie viel Geld jeweils wo lag. Sie wollte nur sichergehen, bevor sie Lee, ihre Steuerberaterin, anrief.

Zuerst prüfte sie ihr eigenes Konto, und es befand sich genau die Summe darauf, die sie in Erinnerung hatte. Es war genug, um die Buchhandlung zu kaufen und noch ein gutes Polster zu haben, aber sie wollte Lees Segen dafür, insbesondere vor dem Hintergrund, dass ihr möglicherweise eine Scheidung bevorstand. Sie musste sichergehen, dass Parker ungefähr dasselbe Vermögen besaß, damit im Falle einer Gütertrennung die Buchhandlung in ihrem Besitz bleiben würde.

Auch auf Parkers Konto erwartete sie keine Überraschungen – aber wahrscheinlich hätte sie darauf vorbereitet sein sollen. In den letzten zwei Monaten hatte er zweimal höhere Beträge abgebucht, einmal per Scheck und einmal als Überweisung an eine Immobilienfirma in Charleston, deren Dienste sie in den letzten Jahren einige Male in Anspruch genommen hatten. Wie es aussah, hatte Parker auch eine Immobilie gekauft. In ihrem Kopf drehte sich plötzlich alles, da sie davon ausging, dass es sich um ein Haus oder eine Wohnung für Linda und das Baby handelte. Hatte er vor, dort dann auch einzuziehen?

Ihr erster Impuls war, ihn anzurufen und zu fragen, was er

mit dem Geld gemacht hatte. Sie griff nach ihrem Handy und suchte seine Nummer, legte das Gerät dann aber wieder auf den Tisch. Wollte sie es wirklich von ihm hören? Und wollte sie seine Rückfrage provozieren, warum sie gerade sein Konto überprüfte? Sie wollte ja auch nicht, dass er hinter ihr herspionierte, ehe sie nicht bereit wäre, ihm selbst von der Buchhandlung zu erzählen. Wenn er es jetzt herausfände, fürchtete sie, er könne den Kauf auf irgendeine Weise verhindern wollen.

*

Zwei Stunden später kam Ellen Campbells E-Mail. Jess öffnete die angehängten Dateien und prüfte die Aufstellung der Finanzen. Die Einnahmen waren konstant und gut, auch wenn die Zahlen in den letzten Monaten etwas gesunken waren. Jess schrieb dies Ellens offensichtlich schwindender Vitalität zu und ihrem eigenen Eingeständnis, dass sie in letzter Zeit nicht mehr so engagiert hatte arbeiten können wie früher. Sobald sie und Alison das Geschäft übernähmen, würde es wieder bergauf gehen, da war sie sicher.

Sie atmete einmal tief durch und rief Lee an, die nicht nur ihre Steuerberaterin war, sondern auch eine gute Freundin. Lee machte ihre Steuererklärung und beriet sie bezüglich Investitionen. Sie erzähle Lee von der Buchhandlung und gab durch, wie viel sie investieren wollte. »Ich schicke dir gleich noch ein paar Zahlen per E-Mail.« Zuerst wunderte sich Lee, warum Jess ein Geschäft ausgerechnet in Chatham kaufen wollte, bis Jess ihr von Parker erzählte.

»Ich habe noch nicht mit ihm gesprochen, aber irgendwann demnächst werde ich die Scheidung einreichen.«

»Das tut mir leid. Dann willst du also nach Chatham ziehen?«

»Nein! Das ist nur eine Geldanlage. Ich bleibe wahrscheinlich den Sommer über hier und komme dann nach Charleston zurück.« Etwas anderes war ihr gar nicht in den Sinn gekommen. Nachdem sie über dreißig Jahre dort gelebt hatte, empfand sie Charleston als ihr Zuhause.

»Ich werde eine Geschäftspartnerin haben. Wir fangen erst einmal gemeinsam an, und wenn ich wegfahre, kann Alison den Laden allein führen.«

»Dann wirst du nach dem Sommer wieder in der Kanzlei arbeiten?«, fragte Lee noch einmal nach.

Jess merkte, dass sie das Ganze doch nicht richtig durchdacht hatte. Sie war davon ausgegangen, dass sie in die Kanzlei zurückkehren würde, aber genau betrachtet konnte sie sich tatsächlich nicht vorstellen, wieder mit Parker und seiner sichtbar schwangeren Sekretärin zusammenzuarbeiten.

»Nein, das werde ich glaube ich doch nicht tun. Ich werde zu einer anderen Kanzlei wechseln oder mich vielleicht selbständig machen. Darüber muss ich noch nachdenken.«

»Jess, bist du wirklich sicher, was diese Buchhandlung angeht? Es ist ein Haufen Geld und jetzt gerade vielleicht nicht das beste Timing. Möchtest du nicht erst ein bisschen Abstand zu allem gewinnen und die Scheidung abwarten, bevor du dich in so eine Sache stürzt. Es kommt mir doch sehr spontan vor – und riskant.«

Jess seufzte. »Ich weiß, das klingt sehr impulsiv und flatterhaft, aber mit der Buchhandlung bin ich mir ganz sicher. Das will ich unbedingt machen. Ich wollte nur sichergehen, dass ich meine finanziellen Reserven nicht überreize. Sehen die Zahlen denn gut aus?«

»Du klingst auf jeden Fall überzeugt von der Sache. Okay, ich sehe mir die Zahlen an und schreibe dir spätestens morgen früh per E-Mail, was ich davon halte.«

»Super. Danke, Lee.«

*

Kurz vor acht am nächsten Morgen kam die E-Mail.

Jess, ich habe jetzt alles durchgerechnet, und wenn du das wirklich durch-ziehen willst, stehst du finanziell gut da. Es wird ein großes Loch in deine Ersparnisse reißen, aber du hast trotzdem noch ein gutes Polster, und ich würde dir raten, cash zu zahlen und dann für die laufenden Kosten einen Kredit aufzunehmen, damit du weiter liquide bleibst. Die Einnahmen der jetzigen Inhaberin sind solide – abgesehen von den letzten Monaten, aber das hattest du ja schon erwähnt. Was ich gestern ganz vergessen habe zu fragen: Wie denkt Parker eigentlich darüber? Du wirst ja sicher sein Ein-verständnis einholen wollen, damit es bei einer Scheidung nicht unschön wird – falls er vorhaben sollte, schwierig zu werden.

Jess seufzte. Sie wusste, dass Lee recht hatte, aber sie wollte Parker nicht mit einbeziehen. Noch nicht. Sie hatten ein ge-meinsames Girokonto und jeder sein eigenes Sparkonto, und auch wenn sie wusste, dass ein Gericht anders entscheiden könnte, betrachtete sie das Geld auf ihrem Konto als ihr eige-nes. Außerdem würden sie bei einer Scheidung ohnehin alles hälftig aufteilen, und da seine Ersparnisse so hoch waren wie ihre, wäre ja alles gut.

Bevor sie Ellen Campbell anrief und ihr Angebot unterbrei-tete, wollte sie mit Alison sprechen, denn die musste auf jeden Fall einverstanden sein und bei der Sache mitziehen.

Sie schrieb ihrer Freundin eine Nachricht. *Können wir uns zum Mittagessen im Squire treffen? Ich habe aufregende Neuigkeiten.*

Die Antwort kam nur eine Sekunde später. *Liebend gern. Wie wäre es um zwölf?*

*

Alison war als Erste im Lokal. Die Bedienung führte sie zu ei-nem Tisch und brachte zwei Speisekarten, die Alison schon einmal durchblätterte, während sie auf ihre Freundin wartete. Jess kam immer pünktlich, während Alison ein paar Minuten zu früh dran war. Im Verlag war so wenig los, dass sie die Gelegenheit zu fliehen sofort ergriffen hatte. Außerdem war sie neugierig, was Jess ihr Aufregendes erzählen wollte. Sie war ziemlich sicher, dass es nichts mit Parker zu tun hatte. Kurz darauf setzte Jess sich zu ihr.

»Wartest du schon lange?« Prüfend sah Jess auf ihr Handy.

»Nein, gar nicht. Ich bin gerade erst gekommen … und gespannt wie ein Flitzebogen, was du Aufregendes zu erzählen hast.«

Jess grinste. »Ich denke mal, dass du es auch aufregend finden wirst. Zumindest hoffe ich das.«

»Hallo, Ladys. Was kann ich Ihnen zu trinken bringen?« Die Bedienung unterbrach ihr Gespräch.

»Ich nehme ein Wasser«, sagte Alison.

»Für mich auch, bitte.« Sobald die junge Frau gegangen war, nahm Jess den Faden wieder auf.

»Also … Wir haben doch neulich darüber gesprochen, dass wir eines Tages gern eine Buchhandlung führen würden.«

Alison nickte.

Mit leuchtenden Augen lehnte Jess sich vor. »Was, wenn ›eines Tages‹ schon jetzt wäre? Was, wenn ich Ellen Campbell angeboten hätte, ihren Laden zu kaufen, und wir könnten Geschäftspartnerinnen werden?«

»Ist das dein Ernst?« Alison wurde ganz kribbelig, als sie sich vorstellte, wie schön das werden könnte. Doch dann holte die Realität sie ein, und sie seufzte.

»Wie können wir Geschäftspartnerinnen sein? Ich habe nicht einmal für eine Beteiligung genug Geld.«

»Das weiß ich doch. Aber ich habe genug. Ich habe heute Morgen Nachricht von Lee bekommen, dass meine Ersparnisse reichen und ich trotzdem noch genug Reserven habe. Und wenn ich am Ende des Sommers nach Charleston zurückgehe, bleibst du als alleinige Geschäftsführerin vor Ort. Ich investiere also das Geld und du die Arbeitskraft. Was denkst du?«

Alison lachte. »Ich denke, du hast den Verstand verloren. Ich fände das sagenhaft, aber es ist zu viel. Ich kann nicht zulassen, dass du so viel Geld in meinen Traum investierst. Aber allein, dass du darüber nachgedacht hast, ist furchtbar lieb von dir.«

Die Bedienung kam mit den Getränken, und sie bestellten ihr Essen: zweimal Muschelsuppe und danach Salat mit gebratenem Hühnchen.

Dann nahm Jess in ihrer Begeisterung wieder Fahrt auf: »Wir *müssen* das machen! Ich brauche etwas Schönes, in das ich meine Energie stecken kann, und du weißt schon lange, dass du Buchhändlerin sein willst.«

»Ich würde liebend gern Buchhändlerin sein«, gestand Alison, »aber es fühlt sich nicht richtig an, dass du das ganze Geld reinsteckst.«

Jess lächelte. »Es ist doch nur Geld, und ich habe genug davon, also lass uns was draus machen. Wir können alles so ausrechnen, dass es fair ist, ein Geschäftsführerinnengehalt für dich und eine monatliche Rückzahlung an mich für die Investition, und nach allen Abzügen teilen wir dann den Gewinn. Bist du dabei?«

Es ist doch nur Geld. Alison war diese Denkweise fremd. Jess vertraute einfach darauf, dass Geld zu Geld kommen würde, viel Geld sogar, und so war es bisher auch immer passiert. Für Alison dagegen war die Angst, nicht genug Geld zu haben, zu manchen Zeiten real spürbar gewesen. Vielleicht sollte sie ihre Einstellung ändern und doch einmal etwas riskieren – eine Gelegenheit beim Schopf packen, die sich so vielleicht kein zweites Mal bieten würde.

»Wenn du das wirklich tun willst und dir sicher bist ... dann bin ich dabei.«

Jess grinste. »Super. Ich rufe Ellen an, sobald ich zu Hause bin. Das wird bestimmt ganz toll, Alison.«

*

Das Angebot, das Jess am Nachmittag unterbreitete, nahm Ellen Campbell sofort an, und für die Übergabe vereinbarten sie einen Termin in drei Wochen. Danach rief Jess als Erstes bei Alison an, die zwar aufgeregt und freudig klang, aber auch ein wenig schockiert, dass alles so schnell voranging.

»Ich werde dann wohl schon in Teilzeit sein und so viel Arbeit reinstecken können, wie nötig ist.«

»Perfekt. Außerdem haben wir Caitlin. Und die Verkäuferin mit dem gebrochenen Bein kommt hoffentlich auch bald wieder. Für das Café brauchen wir weitere Mitarbeitende – vor allem jemanden mit entsprechender Erfahrung, der oder die dort die Organisation übernehmen kann.«

»Wir könnten eine Stellenausschreibung in die *Cape Cod Times* setzen lassen und vielleicht auch in einem Online-Portal«, schlug Alison vor.

»Gute Idee. Lass uns morgen früh zum Kaffee treffen, dann können wir eine Tätigkeitsbeschreibung erstellen und einen Text für die Anzeige schreiben.«

Am Abend lud Jess ihre Mutter und Caitlin ins *Impudent Oyster* ein, um ihnen die Neuigkeit mitzuteilen. Es war Jess' Lieblingslokal und zwar ein wenig teurer – aber gerade deshalb zum Feiern perfekt geeignet.

Ihre Mutter nahm die Ankündigung gefasst entgegen und hob nur kurz eine Augenbraue, während sie nach ihrem Chardonnay griff. Caitlin dagegen wirkte leicht verstört. »Das wird bestimmt ganz toll, aber ich will hier trotzdem nicht länger bleiben als einen Monat. Heute Morgen erst hat Beth per SMS gefragt, wann ich wieder nach Hause komme. Ich verpasse da gerade alle möglichen Events.«

Jess seufzte. »Ich erwarte nicht, dass du länger bleibst, als du möchtest. Ich dachte einfach, du freust dich für mich und Alison. Es ist schon immer ihr Traum gewesen, eine Buchhandlung zu führen.«

Ihre Mutter lehnte sich vor. »*Ihr* Traum? Und du bist sicher, dass du das mit deinem Geld finanzieren möchtest? Es ist eine hohe Investition. Noch ist es nicht zu spät, das Ganze zu überdenken – du hast bestimmt noch nicht unterschrieben.«

Jess konnte ihre Sorge nachvollziehen. Wenn es um Geld ging, war ihre Mutter schon immer recht konservativ gewesen. Sie lebte eher sparsam und hatte aus diesem Grund immer viel Geld auf ihrem Konto.

»Ich bin mir wirklich sicher. Ich freue mich riesig und bin schon ganz aufgeregt. Ich bin überzeugt, das Geld ist gut investiert, und es tut mir gerade gut, mich auf ein solches Projekt zu konzentrieren.«

»Also schön, wenn du dir ganz sicher bist, dann gratuliere ich dir von Herzen.« Lächelnd hob ihre Mutter ihr Glas.

»Danke, Mom.« Jess stieß mit ihr und Caitlin an.

Auch Caitlin schien sich für sie zu freuen. »Herzlichen Glückwunsch. Das ist ein wirklich toller Laden, und ich helfe natürlich, so gut ich kann, während ich hier bin.«

*

Als sie wieder zu Hause waren, rief Beth an, und Caitlin erzählte ihr von der Buchhandlung.

»Deine Mutter hat einen Buchladen gekauft? Im Ernst? Was ist da bei euch los? Zieht ihr von Charleston weg?«

»Nein! Also ich zumindest nicht. Vielleicht hat meine Mutter so was wie eine Midlife-Crisis. Sie behauptet allerdings, sie will nicht für immer hierbleiben, sondern braucht nur etwas, um sich abzulenken. Ich glaube, die Sache mit meinem Vater hat sie ganz schön mitgenommen. Sie waren zwar schon irgendwie kurz vor der Trennung, aber trotzdem …«

»Ich weiß. Komm doch aber wenigstens *du* bald zurück, denn du fehlst mir ganz schrecklich.«

»Du fehlst mir auch. Und Charleston. Allerdings kann es sein, dass ich nun doch etwas länger hierbleibe. Meine Mutter übernimmt den Laden in drei Wochen, also gerade zu dem Zeitpunkt, wo ich zurückfahren wollte, und ich hätte ein schlechtes Gefühl, wenn ich sie ausgerechnet dabei im Stich lasse. Ich habe ihr versprochen, dass ich mithelfe.«

»Na, wie du meinst. Komm dann aber bitte, sobald es geht.«

Caitlin lachte. »Das werde ich. Du könntest allerdings auch mal für ein verlängertes Wochenende herkommen. Kennst du Chatham oder überhaupt Cape Cod? Es ist wunderschön hier. Und das Wetter ist im Sommer auch viel besser als in Charleston.«

»Nein, ich bin noch nie nördlich von Virginia gewesen. Vielleicht nehme ich das Angebot tatsächlich an … Ich melde mich dazu nächste Woche – einverstanden?«

12. Kapitel

»Bist du dir sicher? Du und Jess, ihr seid beste Freundinnen. Zusammen ein Geschäft zu übernehmen, vor allem, wenn sie diejenige ist, die das ganze Geld investiert, scheint mir ganz schön riskant zu sein. Es würde mir leidtun, wenn es eure Freundschaft gefährdet.« Chris nippte an seinem Bier, während Alison ihn erstaunt ansah. Sie saßen in ihrem Garten und genossen gerade den Sonnenuntergang. Sie war davon ausgegangen, dass er sich für sie freute, wenn sie ihm die Neuigkeit erzählte.

»Neulich beim Grillen hatte ich den Eindruck, dass du die Idee gut fandest.«

Er lachte. »Ja klar, da haben wir ja auch angeheitert in Regenbogenträumen geschwelgt ... Warum nicht? Aber echtes Geld ist dann doch eine andere Geschichte.«

»Ach, ich glaube, du brauchst dir bei Jess keine Sorgen zu machen. Wie du schon sagtest, ist sie meine beste Freundin. Sie will das unbedingt machen, und ich glaube, das wird ganz wunderbar. Ich dachte, du freust dich für mich.«

Er seufzte. »Das tue ich ja auch. Aber ich mache mir trotzdem so meine Gedanken. Ich habe schon erlebt, dass gute Freundschaften über geschäftliche Angelegenheiten zerbrochen sind.«

»Das wird uns bestimmt nicht passieren.« Alison lächelte. »Ich habe eher den Eindruck, alles soll so sein. Das Timing könnte nicht besser passen. Ich habe Jim schon zugesagt, dass ich in Teilzeit gehe – dadurch habe ich genug Zeit, mich um die Buchhandlung zu kümmern, und bekomme trotzdem weiter ein regelmäßiges Gehalt.«

Chris runzelte die Stirn. »Will Jess dich etwa nicht bezahlen?«

»Doch, natürlich. Aber als Mitinhaberin werde ich ebenso wie sie am Anfang viel Zeit hineinstecken, die ich erst vergütet kriege, sobald das Geschäft läuft. Wenn sie dann nach Charleston zurückgeht, bekomme ich ein Gehalt als Geschäftsführerin, und sie bekommt ihre Investition in monatlichen Raten zurück. Sobald die abgeleistet sind, teilen wir uns schwesterlich den Gewinn.«

»Das klingt kompliziert. Aber wenn du damit zufrieden bist, sage ich herzlichen Glückwunsch.«

»Danke.«

»Was feiert ihr gerade?« Julia kam auf die Terrasse, ein Glas Chardonnay in der Hand. Alison hatte die beiden zum Essen zu sich eingeladen, um ihnen die Neuigkeit zu unterbreiten. Nun brachte sie auch Julia auf den neuesten Stand.

Julia grinste breit. »Das ist echt cool, Mom. Ich freue mich für dich und für Jess. Und es wird bestimmt super, euch beide quasi als Geschäftsnachbarinnen zu haben. Wenn ich irgendwie helfen kann, tue ich das gern. Vielleicht mit der Werbung? Ich bin zwar keine Expertin, aber seit meiner Geschäftseröffnung habe ich durchaus ein paar Kniffe gelernt.«

Alison bekam vor Rührung feuchte Augen und nahm ihre Tochter in den Arm. Nach Chris' eher wenig enthusiastischer Reaktion freute sie sich über Julias Angebot umso mehr. »Danke, mein Schatz. Darauf werde ich bestimmt zurückkommen.«

*

Die nächsten Wochen vergingen wie im Flug. Jess und Alison trafen sich einige Male mit Ellen und verbrachten dann einen ganzen Morgen oder Nachmittag im Buchladen, wo sie ihnen ihre Software erklärte und wie man die Bestellungen oder Rückgaben bei den diversen Vertretern und Verlagen buchte.

»Früher habe ich mehr Veranstaltungen geplant: Leseabende, Autogrammstunden, Diskussionsrunden … solche Dinge«, erzählte Ellen. »In den letzten Monaten hatte ich für so was keine Energie mehr, aber ihr zwei solltet das wiederaufnehmen. Den Leuten hat das immer gut gefallen, und es bringt Leben in den Laden. Auch die Märchenstunde für Kinder war immer sehr beliebt.«

Was den Coffee Shop betraf, konnte Ellen ihnen allerdings kaum etwas sagen.

»Geht ruhig rein und seht euch um. Ich hatte nie damit zu tun und kann euch dementsprechend nicht helfen, aber ich glaube, in einer Schublade habe ich mal einen Stapel Unterlagen gesehen – vielleicht ist dort etwas Brauchbares für euch dabei.«

Sie fanden tatsächlich besagte Schublade mit allen möglichen Papieren, das meiste davon Rechnungen – auch unbezahlten, wie es aussah – für Lieferungen von Kaffee und anderen Waren. Jess erstellte gleich eine Liste der Lieferanten, die sie für die Neueröffnung kontaktieren wollten. Möglicherweise würden einige von ihnen aufgrund der schlechten Zahlungsmoral der Vorgänger auf Vorauszahlung bestehen, aber damit könnten sie leben. Das Café war bereits gut eingerichtet, und so waren es vor allem Kaffee, Säfte und Backwaren, die sie bestellen mussten.

Dazu hatte Jess online bereits recherchiert, und auch sonst fühlte sie sich einigermaßen gut gerüstet. Zu ihren Highschool-Zeiten und auch während des Studiums hatten sie und Alison gelegentlich gekellnert, denn auf Cape Cod mit seinem ausgeprägten Tourismus hatte es immer die Möglichkeit gegeben, im Gastgewerbe zu arbeiten. In ihren ersten Ferienjobs waren sie als Zimmermädchen in verschiedenen Hotels gewesen. Sie hatten als Team gearbeitet und beim Saubermachen immer Musik gehört – eine durchaus angenehme Art, um als Teenager Geld zu verdienen.

Als sie dann etwas älter waren, hatten sie in Restaurants gekellnert, wo man durch die Trinkgelder besser verdiente. Jess hatte schnell gelernt, dass Freundlichkeit und Geschwindigkeit sich auszahlten – je eher man die Gäste bediente, desto eher machten sie Platz für die nächsten. Alison hatte es nicht ganz so viel Spaß gemacht, sodass sie im zweiten oder dritten Sommer stattdessen lieber ein Praktikum in einem lokalen Zeitschriftenverlag antrat, wo sie später auch ihren ersten richtigen Job nach dem College angeboten bekam.

Caitlin hatte ebenfalls schon als Bedienung gearbeitet, und soweit Jess sich erinnern konnte, hatte ihr das ganz gut gefallen, bis sich die Gelegenheit beim Call-Center ergeben hatte, die mehr Karrierechancen zu versprechen schien.

»Geht die Annonce heute raus?« Sie und Alison hatten eine Stellenanzeige für das Café formuliert.

»Ja, sie erscheint heute in der *Cape Cod Times* und morgen noch auf einem Onlineportal. Hoffentlich meldet sich jemand.«

»Wir könnten vielleicht auch selbst etwas backen.« Alison sah sich um. Es war ein hübsches kleines Lokal mit großen Fenstern auf die Main Street hinaus, vor denen hohe Thekentische mit Barhockern standen, sodass die Gäste beim Kaffeetrinken das Treiben auf der Straße beobachten konnten.

»Daran habe ich noch gar nicht gedacht.« Jess war davon ausgegangen, dass sie die Bagels und Kuchen kaufen würden. »Wie stellst du dir das vor?«

»Ich weiß nicht genau … Ich könnte Cookies oder Muffins backen?« Sie überlegte einen Augenblick, dann ergänzte sie: »Vielleicht meine glutenfreien Muffins und die Brownies aus schwarzen Bohnen? Ich bin doch bestimmt nicht die Einzige, die sich glutenfrei ernährt, und es ist schwer, so etwas in Lokalen zu finden.«

»Das scheint mir eine tolle Idee, diese glutenfreien Optionen. Vielleicht fangen wir mit einem Angebot pro Tag an, damit es nicht zu viel für dich wird, und schauen dann, wie groß die Nachfrage ist. Wenn es gut läuft, könnten wir auch bei unseren Lieferanten nach glutenfreien Backwaren fragen, damit du nicht ständig in der Küche stehst. Alles sollte ja auch immer möglichst frisch sein.« Jess wusste, sie selbst würde es hassen, die ganze Zeit backen zu müssen. Ihr machte es nur hin und wieder Spaß, vor allem zu Weihnachten.

»Wir werden sehen.« Alison lächelte. »Aber du weißt ja, wie gern ich backe. Ich finde es entspannend.«

»Ja, du hast das immer gern gemacht.« Jess sah zur Theke und hatte eine reich bestückte Auslage mit frischen Bagels, Muffins und Alisons Brownies vor Augen. Ja, sie konnte sich durchaus vorstellen, dass es gut laufen würde. Aber bis dahin gab es noch viel zu tun.

13. Kapitel

»Woran arbeitest du da?«

Julia fuhr zusammen, als Kyle sie ansprach. Sie war so sehr in ihre Zeichnung vertieft gewesen, dass sie ihn nicht hatte kommen hören. Es war Sonntagmorgen, und gerade eben hatte er doch noch schlafend in ihrem Bett gelegen. Julia war Frühaufsteherin und saß seit kurz nach sechs an ihrem Computer – jetzt war es schon halb zehn. Die Zeit war nur so verflogen, aber sie hatte viel geschafft.

»Das sind Werbeanzeigen und andere Marketing-Materialien für die Buchhandlung und das Café. Für die große Neueröffnung.«

Kyle schüttelte den Kopf. »Und du bist sicher, dass du damit deine Zeit vergeuden möchtest?«

Sein Ton gefiel ihr nicht. »Wie meinst du das?«

»Na ja, keine von beiden hat schon mal in einer Buchhandlung gearbeitet, und ich wundere mich, dass du das noch unterstützt.« Aus unerfindlichen Gründen war er schlechter Laune.

»Natürlich unterstütze ich das. Sie lieben diesen Laden, und für meine Mutter war es schon immer der Traum, eine Buchhandlung zu führen. Außerdem denke ich, dass Jess sich als Anwältin gut mit Geschäftsdingen auskennt. Ich bin sicher, sie weiß, was sie tut.«

»Ach, du hast bestimmt recht. Mir würde nur nie im Leben einfallen, ein Geschäft zu kaufen. Die meisten Übernahmen funktionieren nicht.«

Jetzt lächelte er, und sie sah, dass seine Laune sich besserte. Was immer ihn aufgebracht hatte, hatte nichts mit der Buchhandlung zu tun.

Allerdings hatte er auch nicht ganz unrecht. »Das stimmt. Aber Jess hat sich Ellens Zahlen angeschaut, und das Geschäft ist solide. Dabei hat sie nie groß Werbung gemacht, und ich habe in dieser Hinsicht nun zufällig etwas Ahnung bekommen, auch mit Social Media. Wir können also etwas tun, damit der Laden noch besser läuft.«

»Wir‹? Du klingst, als wäre es auch dein Laden.«

Julia lachte. »Ich weiß. Ich will nun mal, dass sie Erfolg haben. Ich freue mich für sie. Und ich fände es gut, wenn der Coffee Shop wieder aufmacht. Auch wenn mir der Kaffee im alten Laden nicht sonderlich geschmeckt hat, war es praktisch, ihn nebenan zu haben.«

»Warum stellst du dir keine Kaffeemaschine in deinen eigenen Laden?«, fragte Kyle.

»Ich habe ja eine, aber manchmal möchte ich einfach die Beine ausstrecken und mich bedienen lassen – und dann ein paar Schritte über die Main Street spazieren gehen. Wenn Mom da jetzt allerdings regelmäßig ihre Brownies anbietet, könnte das zur schlechten Gewohnheit werden.«

Er nickte. »Deine Mom kann gut kochen und backen.«

Sie musterte ihn genauer. »Sag mal, ist alles in Ordnung? Du siehst aus, als hättest du wegen irgendetwas Sorgen.«

Er seufzte. »Ich hätte schon früher etwas sagen sollen, aber ich war die ganze Woche nicht in Stimmung und wollte uns auch nicht das Wochenende verderben. Ich schätze, ich war einfach noch nicht bereit, mich mit den schlechten Nachrichten auseinanderzusetzen.«

»Was ist denn los?« Kyle hatte in den letzten Wochen nichts Beunruhigendes erwähnt. Soweit sie wusste, war bei ihm alles okay.

»Ich habe am Freitag mit meinem Boss gesprochen. Er hatte uns am Montag eröffnet, dass die Firma nach Nashville umzieht. Die Mieten sind da billiger, und seine Eltern wohnen dort.«

»Was bedeutet das für dich? Kannst du im Homeoffice arbeiten?«

Kyle schüttelte den Kopf. »Nein ... obwohl mein Job komplett von hier aus erledigt werden könnte. Aber mein Boss mag kein Homeoffice. Er findet es wichtig für die Stimmung, dass alle vor Ort sind, im selben Büro. Ich kann meinen Job behalten – sofern ich mitgehe. Es ist eine wichtige Entscheidung.«

Julia machte große Augen. »Das ist es also. Du erwägst ernsthaft, nach Nashville zu ziehen?« Kyles Familie lebte, genau wie Julias, in Chatham. »Könntest du nicht hier eine andere Stelle finden?«

»Das ist nicht so einfach. Hier auf dem Cape besteht wenig Bedarf für meine Art von Arbeit. Vielleicht könnte ich in Boston etwas Neues finden, aber das wäre ein zu langer Weg, um jeden Tag zu pendeln.« Es waren schon ohne Berufsverkehr mindestens zwei Stunden mit dem Auto.

»Und wenn du näher Richtung Boston ziehen würdest? Das wäre zumindest nicht so weit wie nach Nashville. Und vielleicht findest du eine neue Firma, bei der du auch im Homeoffice arbeiten kannst.«

»Darüber habe ich auch schon nachgedacht. Aber du willst bestimmt nicht Richtung Boston ziehen. Also macht das Nashville gegenüber keinen Unterschied. Und wenn ich nach Nashville gehe, kann ich immerhin meinen Job behalten und muss nicht neu anfangen. Außerdem bekäme ich eine Beförderung und mehr Geld. Es fällt mir schwer, das abzulehnen.« Auf die Beförderung hatte Kyle lange gewartet. Julia rechnete also nicht damit, dass er das Angebot ausschlug.

»Dann hast du dich bereits entschieden? Wenn du nach Nashville gehst, was bedeutet das dann für uns?«

»Das weiß ich noch nicht genau. Aber ... ich habe dir schon einen Antrag gemacht, Julia. Und du hast nein gesagt. Wenn ich diesen Job ausschlage und etwas in Boston suche, dann gebe ich damit eine ganze Menge auf. Wenn du das mit uns als etwas Ernstes ansehen würdest, könnten wir es mit einer Fernbeziehung versuchen. Du kannst an den Wochenenden zu mir fliegen oder ich zu dir. Vielleicht hilft uns das ja auch, eine Entscheidung zu treffen … weil du vielleicht merkst, dass du mich vermisst?« Er klang ein wenig traurig.

»Natürlich werde ich dich vermissen.« Julia hatte das Gefühl, den Boden unter den Füßen weggezogen zu bekommen. Sie war noch nicht bereit gewesen, Kyle zu heiraten, aber sie war auch nicht bereit, mit ihm Schluss zu machen oder ihn nach Nashville ziehen zu lassen. Gleichzeitig wusste sie, dass es nicht fair von ihr wäre, ihn zum Bleiben zu überreden. »Wie bald soll das Ganze passieren?«

»Ziemlich bald. In zwei Wochen. Ich würde eine Woche später einsteigen, nachdem sie sich dort eingerichtet haben. Alle außer zweien gehen mit. Barbara bleibt natürlich, sie steht ja sowieso kurz vor der Rente. Ich bin der Einzige, der sich noch nicht endgültig entschieden hat. Am Freitag hat mein Boss mir Druck gemacht. Was meinst du, das ich tun soll?«

Es war eine gewichtige Frage. Julia holte tief Luft. »Ich will nicht, dass du gehst. Aber es wäre auch nicht fair, dich zu bitten, dass du bleibst. Du musst tun, was sich für dich und deine Karriere richtig anfühlt. Wenn du wegziehst, werden wir das schon irgendwie hinkriegen.«

Kyle entspannte sich ein wenig und lächelte wieder. »Vielleicht ist das mit Nashville gar nicht so schlecht. Wärmer ist es auf jeden Fall, und es gibt gute Musik. Könnte ja sein, dass wir es ganz toll finden – und du ziehst mit deinem Geschäft am Ende auch dorthin. In Nashville wollen die Leute doch bestimmt auch schönen Schmuck kaufen.«

Julia sah sich zwar nicht in Nashville arbeiten, aber sie wollte trotzdem für alles offenbleiben. »Ich kann nichts versprechen, aber ich komme dich auf jeden Fall besuchen, und wir schauen, wie es läuft. Falls du dort hinziehst.«

»Ich glaube, ich muss. Ich liebe meinen Job und will die Beförderung nicht sausen lassen. Und ich will auch nicht in einer neuen Firma von vorn anfangen.«

Julia war ein wenig enttäuscht, dass er nicht einmal versuchen wollte, eine neue Stelle in der Nähe zu finden. Allerdings konnte sie nachvollziehen, dass er seine Arbeit und die Kolleginnen und Kollegen liebte. Das alles aufzugeben, vor allem bei der Aussicht auf Beförderung und Gehaltserhöhung, wäre viel verlangt.

»Das kommt jetzt als ein ziemlicher Schock, aber ich kann dich verstehen. Das wird eine neue Herausforderung für dich – für uns.« Sie lächelte zaghaft. »Ich wollte mir Nashville schon immer einmal anschauen.« Das war nicht gelogen. Sie liebte Countrymusik und hatte sich Nashville auch schon einmal als Urlaubsort ausgeguckt. Sie würde das Beste daraus machen – und dann eben sehen, was passierte.

14. Kapitel

»Hast du eigentlich schon was von Parker gehört?« Die Frage ihrer Mutter kam überraschend. Jess hatte sich gerade zu ihr an den Frühstückstisch gesetzt und war dabei, sich einen Kaffee einzuschenken. Es war noch früh, erst kurz nach sieben, und Caitlin schlief noch tief und fest. Wie Jess war auch ihre Mutter eine Frühaufsteherin.

»Nur sporadisch. Ein paar Nachrichten, in denen er meinte, wann wir denn zurückkämen, und dass er dann reden wolle.«

Ihre Mutter sah sie fragend an. »Und du willst es wirklich nicht noch einmal versuchen?«

»Nein, will ich nicht. Aber ich will auch nicht großartig mit ihm diskutieren. Sobald die Neueröffnung gelaufen ist und ich ein bisschen Luft habe, werde ich die Scheidung beantragen. Ich dachte, ich gehe Ende des Sommers nach Charleston zurück. Caitlin wird wahrscheinlich schon früher fliegen.«

Ihre Mutter nickte. »Sie will bestimmt wieder zu ihren Freundinnen zurück.«

»Genau. Allerdings hat sie versprochen, noch ein, zwei Wochen nach der Eröffnung zu bleiben und zu helfen.«

»Das ist lieb.« Ihre Mutter rührte noch einen Löffel Zucker in ihren Kaffee. »Vielleicht lebt sie sich ja noch mehr ein, wenn sie länger hier ist.«

Jess bezweifelte das. Caitlin hatte ihr schon einige Male gesagt, sie wolle bald wieder nach Charleston zurück, und im Grunde konnte Jess das nachvollziehen. Ihre Freundinnen waren dort, ihr ganzes Leben spielte sich in Charleston ab, und sie musste sich ja auch nach einem neuen Job umsehen.

Jess wechselte das Thema. »Was hast du heute vor, Mom?«

»Ich habe um elf Tennisunterricht, danach treffe ich Betsy zum Mittagessen im *Land Ho!* in Orleans. Vielleicht kommt Glenda noch dazu … Möchtest du auch mitkommen, wenn du nicht zu viel zu tun hast?«

»Nein, danke, ich treffe mich mittags mit Alison, und wir gehen die Bewerbungen auf unsere Stellenausschreibung durch. Ich wusste gar nicht, dass du jetzt Tennis spielst.«

Ihre Mutter zuckte die Achseln. »So habe ich was zu tun, und meine Ärztin meinte, ich soll mich mehr bewegen. Tennis klang, als würde es Spaß machen.«

»Es macht definitiv Spaß. Sobald du es besser gelernt hast, müssen wir mal zusammen spielen.« Jess liebte Tennis und hatte es im Country Club in Charleston oft gespielt. Es war ein gutes Training.

»Wir werden sehen. Ich sage dir Bescheid, wie meine nächsten Stunden ausfallen.« Ihre Mutter klang ein bisschen unsicher.

»Ich wette, es wird dir gefallen.«

*

Später am Morgen, nachdem sie Caitlin zu ihrer Schicht in der Buchhandlung abgesetzt hatte, wollte Jess die Bewerbungsschreiben ausdrucken, die den besten Eindruck gemacht hatten, um sie mit Alison gemeinsam durchzusehen. Sie ging in das kleine Arbeitszimmer ihrer Mutter und erstarrte im ersten Moment vor Schreck, als sie über dem Drucker an der Wand das gerahmte Foto von ihr, Parker und der etwa achtjährigen Caitlin sah. Zu der Zeit war ihre Welt noch in Ordnung gewesen. Sie sahen so viel jünger und glücklicher aus …

Bisher hatte Jess sich einigermaßen stark gefühlt. Sie hatte den Eindruck gehabt, gut mit der Situation zurechtzukommen, und sich innerlich darauf vorbereitet, die Scheidung einzureichen. Sie hatte gedacht, sie käme gut mit allem klar.

Doch als sie das Foto sah und sich an frühere Zeiten erinnerte, spürte sie einen scharfen Schmerz. Sofort wurden ihre Augen feucht, ihre Nase verstopfte, und schon kullerten die ersten Tränen. Es war niemand sonst zu Hause, also gab sie sich ihrer Trauer hin. Sie schnappte sich die älteste, kuscheligste Decke vom Sofa ihrer Mutter, rollte sich darin ein und begann laut und erbärmlich zu schluchzen. Es war Jahre her, seit sie auch nur annähernd so geheult hatte. Irgendwann musste sie innehalten, weil sie ein Taschentuch brauchte, und die Tränen ließen für eine Weile nach. Doch dann brach erneut ein Sturzbach aus ihr hervor, bis sie sich schlussendlich leer geweint hatte.

Erschöpft stand sie auf, trat vor den Spiegel und musste wider Willen lachen. Sie sah furchtbar aus. Ihre Augen waren geschwollen und tränenverschmiert, ihre Nase rot und wund, das Haar zerzaust. Sie bürstete es durch, warf sich kaltes Wasser ins Gesicht und trug etwas Concealer und Rouge auf, um ihren Wangen Farbe zu verleihen. Nachdem sie sich so kräftig ausgeweint hatte, fühlte sie sich deutlich besser.

*

Zehn Minuten später fuhr sie bei Alison vor, nahm ihre Tasche und den Ordner mit den Bewerbungen mit und klingelte. Sie dachte, sie hätte sich wieder ordentlich hergerichtet, doch Alison wusste auf den ersten Blick, dass etwas nicht stimmte.

»Komm rein und erzähl mir, was los ist. Du siehst furchtbar aus. Hast du mit Parker geredet oder so etwas?«

Jess folgte ihrer Freundin in die Küche und setzte sich auf einen Hocker an der Kücheninsel. Es war ihr üblicher Platz, wenn sie zu Besuch war.

»Nein, ich habe nicht mit ihm gesprochen.« Sie erzählte Alison von dem Foto im Arbeitszimmer ihrer Mutter. »Ich dachte, ich hätte alles gut verarbeitet, aber plötzlich hat es mich kalt erwischt. Wahrscheinlich hatte ich einfach noch nicht genug geweint.«

Alison nahm sie in den Arm. »Das tut mir leid. Ich weiß, dass es nicht leicht ist. In gewisser Weise ist es ja, als wäre jemand gestorben – es ist der Tod einer Beziehung. Und man weiß nie, bei welchem Anlass die Gefühle sich melden. Mit der Zeit wird es leichter, das kann ich dir versprechen.«

»Das hoffe ich. Ich weiß, du hast das alles auch durchgemacht. Aber du und Chris, ihr habt jetzt ein echt gutes Verhältnis.«

»Das stimmt. Er hat mich allerdings nicht betrogen, und wir wollten beide die Scheidung. Trotzdem war es schwer.«

»Ich bin wirklich froh, dass du vorgeschlagen hast, wir sollten den Sommer über herkommen. Es hilft mir so sehr, mit dir und Caitlin und meiner Mutter Zeit zu verbringen und zu reden.« Auch wenn sie und Alison über die Jahre mindestens einmal pro Woche miteinander telefoniert hatten, war es viel schöner, sich persönlich nahe zu sein. Und jetzt so viel Energie in die Buchhandlung zu stecken und sich dadurch beschäftigen zu können. Ihr Zusammenbruch am Morgen hatte sie daher selbst überrascht.

»Das ist ganz normal«, fuhr Alison fort. »Ich habe das auch erlebt – diese ganze Palette an Gefühlen einschließlich der Überlegung, ob ich einen Fehler mache. Den machst du übrigens nicht.«

Jess lachte. »Danke. Das zumindest weiß ich auch. Was mich heute Morgen so getroffen hat, war wohl, wie glücklich wir mal waren. Parker hätte nicht fremdgehen dürfen, aber wir hätten schon viel früher etwas ändern sollen. Es war einfach bequemer, zusammenzubleiben.«

»Das verstehe ich. Eine Scheidung ist äußerst unschön und anstrengend. Aber sobald sie hinter dir liegt, wirst du froh sein, dass du sie durchgezogen hast. Selbst wenn es sich jetzt noch nicht so anfühlt.«

»Mein Verstand sagt, dass du recht hast. Mein Herz ist einfach traurig. Aber unterm Strich geht es mir gut.« Sie klappte den Ordner auf, den sie mitgebracht hatte, und reichte Alison die Bewerbungen.

15. Kapitel

Caitlin lächelte, als in der Buchhandlung ein bekanntes Gesicht auftauchte. Sie hatte den großen, dunkelhaarigen Mann noch nicht persönlich kennengelernt, aber er schien Stammkunde zu sein. Seit sie hier arbeitete, war er schon mehrere Male da gewesen. Jetzt, kurz nach vier an einem Dienstag, während ein paar Mütter mit ihren Kindern durch die Kinderbuchabteilung stöberten, zwei junge Mädchen kichernd vor den Liebesromanen standen und drei ältere Männer sich am Zeitschriftenregal über Holzboote unterhielten, beobachtete Caitlin den durchaus nicht unattraktiven Mann dabei, wie er schnurstracks zu den Kriminalromanen ging.

Sie kassierte bei einigen Kundinnen ab, und schließlich trat auch der Mann an die Kasse und kaufte zwei Krimis. Beide, *Gone Baby Gone* und *Mystic River*, waren von Dennis Lehane, einem ihrer Lieblingsautoren, und sie hatte sie auch schon gelesen.

»Kennen Sie noch andere Krimis von Lehane? Diese beiden sind auf jeden Fall eine gute Wahl.«

Er lächelte, und um seine Mundwinkel und Augen bildeten sich kleine Fältchen, die ihn noch attraktiver erscheinen ließen.

»Noch nicht. Ich habe vor einer Weile den Film *Mystic River* gesehen und bin nun neugierig auf das Buch. Normalerweise ist das ja noch besser.«

Sie nickte. »Das stimmt. Das Buch ist hervorragend. Aber die Verfilmung fand ich auch gut.«

Sein Handy klingelte. Nach einem Blick auf das Display runzelte er kurz die Stirn, bevor er ranging. »Jason Brinker. Hallo? … Ach, Stu! Ich hab deine Nummer nicht erkannt. Kann ich dich in einer Minute zurückrufen? Ich stehe gerade im Laden an der

Kasse. Danke.« Er beendete den Anruf, schob das Handy wieder in die Gesäßtasche und lächelte entschuldigend. »Tut mir leid. Normalerweise nehme ich in der Öffentlichkeit keine Anrufe entgegen, aber es hätte ein Kunde sein können.«

»Kein Problem. Darf ich fragen, was Sie arbeiten?« Sie war neugierig und konnte von seiner Kleidung nicht auf eine Berufsrichtung schließen. Der Mann trug ein kariertes Arbeitshemd, abgetragene Jeans und eine dunkelblaue Baseballkappe der Red Sox.

»Ich bin Installateur. Brinker Sanitärinstallationen, das ist meine Firma.«

»Freut mich, Sie kennenzulernen. Ich bin Caitlin.«

»Das sehe ich.« Er sah auf ihr Namensschild, und sie errötete.

»Stimmt. Ja, natürlich …«

Er grinste. »Ich ziehe Sie nur auf. Sind Sie neu in der Stadt oder nur für den Sommer hier?«

»Nur für den Sommer. Meine Mutter stammt aus Chatham, deshalb kommen wir mindestens einmal im Jahr her. Sie und ihre beste Freundin haben gerade diese Buchhandlung übernommen, deshalb bleibe ich noch ein paar Wochen länger, um ihnen beim Start zu helfen.«

»Ach tatsächlich? Dieser Laden hat doch ewig Mrs. Campbell gehört.«

»Das stimmt. Deswegen will sie jetzt auch in den Ruhestand gehen.« Caitlin fuhr zusammen, als Ellen Campbells laute Stimme hinter ihr ertönte. Sie hatte nicht mitbekommen, dass die alte Dame an die Kasse getreten war.

Jason Brinker lachte. »Und das kann Ihnen ja nun wirklich niemand verübeln. Aber ich werde Sie vermissen.«

»Danke, mein Lieber.« Ellen nickte Caitlin zu. »Jason ist einer meiner besten Kunden. Den müssen Sie sich warmhalten.«

Er zahlte per Kreditkarte, und sie reichte ihm seine Quittung. »Danke. Ich bin sicher, wir sehen uns bald wieder.«

Caitlin sah ihm beim Rausgehen nach, und als sie sich wieder umdrehte, legte Ellen ihr eine Hand auf den Arm. »Jason ist Single. Um die fünfunddreißig, meine ich. Hat einen gut laufenden Betrieb. Ich lasse ihn alle meine Installationen hier und zu Hause erledigen. Er arbeitet schnell und hat vernünftige Preise. Behalt ihn im Hinterkopf … falls du mal einen Klempner brauchst.«

Caitlin lächelte. »Okay, mache ich – und ich werde es auch meiner Mutter und Alison sagen. Und nicht, dass ich Interesse hätte, denn ich gehe ja bald wieder nach Charleston zurück, aber … Er ist Single, sagst du?«

»Genau. Bis vor kurzem war er verlobt, aber dann ist er doch noch vernünftig geworden. Von seiner Verlobten war ich nicht besonders angetan. Merry Andrews hat ein Geschäft für Damenmode weiter unten an der Straße – ein bisschen überkandidelt und überteuert, wenn du mich fragst, aber so ist Merry nun mal. Sie ist jetzt mit einem Anwalt zusammen, der etwas älter und recht wohlhabend ist. Jason ist ein guter Fang, kann ich dir sagen. Wenn ich vierzig Jahre jünger wäre …«

Caitlin lachte. »Was willst du eigentlich als Erstes machen, wenn du offiziell im Ruhestand bist?« Sie fragte sich, ob Ellen ihr Geschäft wohl überhaupt vermissen würde.

»Als Erstes gehe ich auf eine Kreuzfahrt! Mit zwei Freundinnen. Wir machen für eine Woche die Bermudas-Tour ab Boston. Das wollte ich schon immer einmal tun. Und wenn ich wiederkomme, habe ich eine ganze Liste von Dingen, die ich unternehmen möchte. Ich werde ein oder zwei Kurse belegen, ins Sportstudio gehen, vielleicht sogar wieder mit Golf anfangen. Aber ich kann dir auch sagen, was ich auf keinen Fall tun werde.«

»Und was wäre das?«

»Ich werde nie, nie wieder arbeiten. Mir nie mehr Sorgen machen, ob ich rechtzeitig im Geschäft bin, oder mich mit anstrengenden Kunden herumschlagen oder sonst etwas. Versteh mich bitte richtig, die meisten Kunden sind ganz reizend, und ich habe meine Zeit hier sehr genossen. Aber jetzt bin ich tatsächlich bereit für etwas Neues.«

»Eine Kreuzfahrt klingt nach viel Spaß. Danach musst du aber vorbeikommen und erzählen und uns Fotos zeigen.«

Die alte Dame strahlte. »Oh, das werde ich auf jeden Fall. Ich habe deiner Mutter auch gesagt, sie kann mich jederzeit anrufen, wenn etwas passiert oder sie Fragen hat. Ich wohne ja nur ein Stück die Straße rauf.«

»Ich bin ziemlich sicher, dass noch Fragen auftauchen werden. Wir alle müssen ja noch eine Menge lernen.«

»Ich freue mich schon auf die Neueröffnung des Cafés.« Ellen schüttelte den Kopf. »Ich wundere mich wirklich, wie die letzten zwei Inhaber es derart vermasseln konnten.«

»Ich werde auf jeden Fall auch dort aushelfen. Ich habe in meiner Collegezeit eine Weile in einem Coffee Shop gearbeitet. Es hat riesigen Spaß gemacht, diese ganzen verschiedenen Kaffees zuzubereiten und dann Muster in den Schaum zu malen.«

»So etwas habe ich noch nie gesehen, glaube ich. Das musst du mir auf jeden Fall einmal zeigen. Ich liebe einen guten Moccaccino mit viel Milchschaum.«

Caitlin lachte. »Na, dann komm vorbei, wenn wir geöffnet haben, und ich mache dir den besten Moccaccino, den du je getrunken hast.«

16. Kapitel

Die Geschäftsübergabe verlief reibungslos. Jess und Alison trafen sich im Büro ihrer Anwältin, wo Ellen Campbell fröhlich alle nötigen Dokumente unterzeichnete und den Bankscheck entgegennahm. Sie erinnerte Jess noch mal daran, dass sie sich jederzeit an sie wenden könne.

»Wenn es in irgendeiner Weise Probleme gibt, ruf mich an, und ich versuche zu helfen. Nur die nächsten Wochen nicht – ab morgen bin ich Richtung Bermudas unterwegs.«

»Ich wünsch dir eine wunderbare Reise. Bestimmt werde ich irgendwann die eine oder andere Frage haben, aber ich werde dich nur dann belästigen, wenn es unbedingt sein muss«, versicherte Jess.

Ellen lächelte. »Das ist keine Belästigung. Ich habe den Großteil meines Lebens in dem Laden verbracht und wünsche mir, dass er gut weiterläuft. Bei euch beiden – und Caitlin – ist er in wirklich guten Händen, da bin ich sicher.«

Nachdem sie den Papierkram erledigt hatten, überreichte Ellen ihnen die Schlüssel, und Jess und Alison fuhren zur Buchhandlung. Im Moment war es ruhig, nur ein paar Leute stöberten herum. Caitlin stand hinter der Kasse und gratulierte ihnen herzlich. Jess und Alison gesellten sich zu ihr, um noch einen Moment zu plaudern, bevor sie in den Coffee Shop weiterziehen wollten, wo es vor der Neueröffnung immer noch viel zu tun gab.

»Wirst du den Namen der Buchhandlung ändern?«, wollte Caitlin wissen.

»Ich weiß nicht«, sagte Alison. »Wollen wir das? Darüber habe ich gar nicht nachgedacht.«

Jess hatte sich durchaus schon Gedanken gemacht. »Ich halte das für eine gute Idee – um zu zeigen, dass es neue Inhaberinnen gibt. Was haltet ihr von *Mothers' & Daughters' Bookstore?*«

»Klingt interessant«, meinte Alison. »Allerdings kennt jeder das Geschäft als *Chatham Books.*«

»Na ja, ich dachte mir, weil es ja tatsächlich eine gemeinsame Unternehmung ist – mit Caitlin, die hier aushilft, und Julia, die das Marketing übernimmt … Das Geschäft befindet sich ja in Chatham, also ist dieser Namensteil ohnehin klar. Aber wir müssen den Namen auch nicht ändern, wenn ihr das nicht wollt. Es war nur so eine Idee.« Jess wusste, dass Alison neue Dinge erst verarbeiten musste, bevor sie sich dafür begeistern und eine Entscheidung treffen konnte.

»Vielleicht hast du recht mit der Änderung. Und es klingt wirklich nett. So fröhlich, das gefällt mir.«

»Mir gefällt es auch. Allerdings bin ich ja nicht mehr lange hier«, erinnerte Caitlin ihre Mutter.

»Aber du bist jetzt hier. Also ist alles gut. Lasst uns mal darüber schlafen.« Sie sah auf die Zeitanzeige ihres Handys. »In zehn Minuten haben Alison und ich das erste Bewerbungsgespräch, wir sollten rübergehen. Sag Bescheid, wenn du irgendetwas brauchst.«

Sie verließen die Buchhandlung und schlossen nebenan das Café auf. Hinter der Eingangstür stand ein Stapel Kartons – Waren, die Jess bestellt hatte und die in den letzten Tagen geliefert worden waren. Ellen hatte die Anlieferungen überwacht und sichergestellt, dass alles im Innenraum verstaut wurde. Bislang waren es ein paar Dinge für das Inventar und unverderbliche Lebensmittel gewesen, vor allem Kaffeebohnen von einer ortsansässigen Rösterei. Sie und Alison hatten Kaffeesorten von verschiedenen Händlern probiert und sich auf diesen Kaffee und auf einen lokalen Konditor und Bagel-Hersteller geeinigt.

Ihre Mutter hatte ihnen einen Bauunternehmer empfohlen, um einen Durchgang zwischen Café und Buchhandlung zu brechen, damit die Kunden leicht zwischen den Geschäften wechseln konnten.

Nachdem sie eine Reihe von Bewerbungsgesprächen geführt hatten, kam Sam McGregor, der Bauunternehmer, und begutachtete die Wände. Dann überprüfte er die Statik und meinte, er könne die Arbeit vermutlich binnen eineinhalb Tagen erledigen.

»Zunächst brauche ich aber eine Baugenehmigung … das wird ungefähr zwei Wochen dauern.«

Er schlug außerdem vor, Schiebetüren aus Glas zu verwenden, die geöffnet in einem Spalt in der Wand verschwanden, sogenannte »Taschentüren«. So war eine größtmögliche Öffnung möglich, wenn die Läden verbunden sein sollten, und ein Verschließen mit Sichtkontakt, wenn die Geschäfte unabhängig voneinander geöffnet oder geschlossen waren.

»Ich nehme an, Sie wollen den Coffee Shop morgens früher öffnen als die Buchhandlung, und dann können Sie die Taschentüren so lange geschlossen lassen«, erklärte er.

Jess und Alison sahen einander an und kamen sich ein wenig dumm vor, dass sie nicht selbst daran gedacht hatten.

»Das klingt hervorragend, Sam. Vielen Dank«, sagte Jess.

Als er gegangen war, hatten sie Zeit, ihre Notizen aus den fünf Bewerbungsgesprächen durchzugehen. Sie wollten drei oder vier Personen einstellen, um alle Tage und die verschiedenen Schichten abzudecken. Caitlin würde zusätzlich aushelfen. Die Buchhandlung selbst war jetzt, wo Brooklyn wieder gesund war und Alison und Jess ebenfalls im Verkauf arbeiten konnten, zunächst einmal ausreichend besetzt.

»Wir sollten vielleicht noch eine Person einstellen – die dann Caitlins Schichten übernimmt, wenn sie uns verlässt«, sagte Alison.

Jess wusste, dass Alison recht hatte. Sie hoffte zwar immer noch, Caitlin würde länger bleiben, vielleicht sogar den ganzen Sommer über, doch sie wusste, dass sie das nicht fest einplanen konnte.

»Ja, das wäre wohl gut. Vor allem, da sie auch im Coffee Shop aushelfen wird. Wir können die übrigen Bewerbungen noch einmal durchgehen und prüfen, ob jemand von ihnen geeignet wäre.«

»Gute Idee. Mir haben heute alle gut gefallen, bis auf die letzte Frau. Als ich sie nach ihren Schwächen gefragt habe, meinte sie, sie könne nicht gut mit Leuten umgehen und würde lieber allein arbeiten«, sagte Alison.

Jess lachte. »Da sind wir uns offenbar einig. Dann lass uns die anderen anrufen und zusagen, damit wir diese Woche noch mit der Einarbeitung anfangen können.«

Ziel war, das Café in drei Wochen zu eröffnen, ohne großartige Einweihungsfeier oder sonst einen Paukenschlag. Abgesehen von den verderblichen Waren und dem Fußbodenbelag hatten sie alles parat, was sie brauchten.

Alle Bewerberinnen sagten zu. Sally und Joan waren beide Anfang sechzig, Frühaufsteherinnen und wollten tageweise in Teilzeit arbeiten. Everly und Samantha waren Studentinnen am Cape Cod Community College und wollten möglichst am Wochenende und ein oder zwei Mal unter der Woche kommen.

»Brauchen wir vielleicht doch noch mehr Leute?«, fragte Jess. »Nur um sicherzugehen, dass wir genug Ersatzkräfte haben, falls es mit einigen der Neuen doch nicht klappen sollte?«

»Es haben sich nach unserer Auswahl ja noch ein paar Bewerberinnen gemeldet, die wir für morgen einladen können«, sagte Alison.

»Gut, das machen wir. Und dann ist es ja schon bald so weit.«

*

Genau zwei Wochen später erhielt Sam die Umbaugenehmigung und installierte innerhalb zweier Tage die Taschentüren. Sie waren genau das Richtige. Jess und Alison beschlossen, das Café am Sonntag zu eröffnen, weil es an dem Tag an der Hauptstraße nicht so hektisch zugehen würde und viele Leute einfach nur bummeln gingen.

Alison backte ihre Schwarzbohnen-Brownies und eine glutenfreie Apfeltorte, die sie in Stücke schnitt und einzeln portionierte. Dann arrangierte sie alles in der Glasvitrine neben der Kasse. Caitlin stellte drei verschiedene Geschmacksrichtungen von Kaffee bereit, einen mit heller Röstung, einen mit starker Röstung und einen mit dem Aroma des Tages, Haselnuss. Außerdem hielten sie eine Auswahl von Sirupsorten zur Aromatisierung bereit und schrieben die verschiedenen Zubereitungsarten wie Cappuccino, Milchkaffee oder Latte macchiato in hübscher Schrift auf eine Tafel.

Gespannt erwarteten Caitlin, Sally, Alison und Jess ihre ersten Gäste.

Die zwei frischgebackenen Geschäftsinhaberinnen hatten keine genaue Vorstellung davon, was auf sie zukommen würde. Jess hatte schon befürchtet, am ersten Tag von Gästen überlaufen zu werden, aber das war nicht der Fall, ganz im Gegenteil: In den ersten Stunden tat sich praktisch gar nichts. Niemand schien zu merken, dass das Café wieder geöffnet hatte.

Ein paar Leute verirrten sich zwar hinein, doch nicht annähernd so viele, wie sie gehofft hatten, auch wenn sie auf eine große Werbekampagne verzichtet hatten. Beunruhigt beobachteten sie durch die Fenster das Treiben auf der Main Street. Es waren genügend Menschen da, sie kamen nur nicht in ihr Café.

»Ich habe eine Idee«, sagte Caitlin plötzlich. »Wie wäre es, wenn wir ein paar Gratisproben verteilen würden?«

»Gratiskaffee?« Jess war nicht sicher, was ihre Tochter meinte.

»Nein, nicht Kaffee. Wir wollen ja, dass sie reinkommen und den hier drinnen kaufen. Ich dachte an Backwaren. Ich könnte ein, zwei Brownies und Apfelkuchen in kleine Stücke schneiden.«

»Klar, wenn du meinst, dass das hilft.« Jess war nicht sicher, was das bringen sollte, wenn ja doch niemand ins Café kam.

Doch dann begriff sie, was Caitlin vorhatte. Sie steckte Zahnstocher in die Probierstückchen, arrangierte sie auf einem großen Teller und ging damit nach draußen, wobei sie auch die Tür offen ließ. Es war warm, daher war es ohnehin eine gute Idee, die Tür zu öffnen, und sie hätten auch schon früher darauf kommen können.

Schon nach wenigen Minuten kamen immer mehr Kunden in den Shop, nachdem sie ein Stück Kuchen probiert hatten. Sie kauften Kaffee, Bagels und anderes Gebäck. Als die Probierstückchen weg waren, machte Caitlin einen neuen Teller zurecht und ging damit wieder vor die Tür.

Sobald die Leute registriert hatten, dass das Café geöffnet war, riss der Strom an Kunden nicht mehr ab. Viele kamen einfach nur aus Neugier, um den neueröffneten Coffee Shop auszukundschaften.

Jess freute sich, dass sie fast ausschließlich Lob bekamen. Ein älteres Ehepaar kam herein, trank Kaffee und teilte sich ein Stück vom glutenfreien Kuchen, dann kamen beide an den Tresen.

»Wir finden Ihren Kaffee deutlich besser als den, den es hier vorher gab«, sagte der Mann. Er reichte ihr seine Hand. »Ich bin Todd McIntyre, und das ist meine Frau Elaine. Wir wohnen gleich um die Ecke, und Sie sehen uns bestimmt bald wieder.«

Seine Frau stimmte zu. »Der Kuchen hat hervorragend geschmeckt. Ich werde es meiner Schwester erzählen, die oft Schwierigkeiten hat, glutenfreie Sachen zu bekommen.«

Ab vier Uhr nahm der Andrang wieder ab. Der ganze Kuchen

war verkauft, und die Kundschaft schien sich zu freuen, dass es an der Ecke nun wieder ein schönes Café gab. Nach ihrem letzten Kunden schloss Caitlin die Tür. Sally nahm die rosa Schürze ab, stopfte sie in ihre Tasche und verabschiedete sich bis zum nächsten Tag. Caitlin schenkte sich erst einmal selbst einen Kaffee ein und ließ sich auf einen Stuhl sinken.

»Na, das lief doch insgesamt ganz gut«, sagte sie.

Jess nickte. »Der Anfang war ziemlich holprig, aber dank deiner Probierstückchen konnten wir das Ruder noch einmal herumreißen.«

Alison öffnete die Kasse, stöberte eine Weile durch die Ein-Dollar-Scheine und hielt dann einen hoch. Jess sah, dass er in einer Ecke einen roten Punkt hatte.

»Das ist der erste Dollar, den wir hier im Coffee Shop eingenommen haben. Er war mir gleich aufgefallen, weil dieser Punkt aufgemalt war. Ich denke, wir sollten ihn als Glücksbringer an die Wand hängen. Julia hat das in ihrem Schmuckgeschäft auch so gemacht, und ich finde, wir können alles an Glück gut gebrauchen, oder nicht?«

Jess lachte. »Absolut.« Sie holte eine Rolle Klebeband aus einer Schublade und reichte sie Alison, damit sie den Dollarschein an der Wand befestigen konnte. Er bekam einen Ehrenplatz direkt hinter der Theke. Dann schenkte Alison sich auch einen Kaffee ein und setzte sich neben Caitlin an die Theke.

Jess wollte so spät am Tag keinen Kaffee mehr trinken, denn sie wusste, er würde sie zu lange wachhalten. Stattdessen lehnte sie sich mit einer Flasche Wasser an den Tresen und sah die zwei anderen an.

»Wir haben es also geschafft. Tag eins ist hiermit in den Büchern verzeichnet. Jetzt brauchen wir nur noch sauberzumachen und morgen wieder herzukommen.« Sie lachte glücklich. »Ich finde, den Umständen entsprechend lief es ganz prima.«

»Ja, das war ein toller Start«, stimmte Alison zu.

»Ich habe morgen in der Buchhandlung keinen Dienst«, sagte Caitlin. »Wenn ihr möchtet, könnte ich hier alles startklar machen.«

»Dagegen habe ich nichts einzuwenden. Danke, mein Schatz. Ich werde morgen den ganzen Tag im Buchladen sein, also melde dich einfach, wenn irgendwas ist«, sagte Jess.

»Und ich komme nachmittags. Morgens bin ich noch im Verlag«, sagte Alison.

Caitlin hob ihren Kaffeebecher. »Auf unseren tollen ersten Tag.«

Jess und Alison stießen mit ihr an. »Und auf gute Teamarbeit«, ergänzte Jess.

17. Kapitel

»Na, wie war euer erster Tag im Coffee Shop?« Jim löffelte Zucker in seinen frisch gebrühten Kaffee, während Alison noch auf ihren wartete. Sie standen früh am nächsten Morgen in der Küche der Verlagsräume. Im Büro ging es neuerdings sehr ruhig zu. Bis jetzt war sonst noch niemand da, denn wie Alison wusste, hatte Jim mit einigen anderen eine Teilzeitvereinbarung aushandeln können. Bislang hatte er nur zwei Mitarbeitende verloren, die sich eine Stelle mit mehr Sicherheit suchen wollten. Wenn es jetzt einigermaßen gut liefe, so hoffte Jim, müsste er mindestens die nächsten ein oder zwei Jahre mit keinen weiteren Einsparungen mehr planen. Alison war froh und erleichtert, dass sie jetzt die Buchhandlung hatte.

»Es lief ganz gut – am Anfang noch zögerlich, aber das war wohl zu erwarten. Niemandem fiel auf, dass wir geöffnet hatten, bis Jess' Tochter Caitlin auf die Straße ging und Kundschaft reinlockte.« Sie erzählte ihm von den Gratisproben, und er lachte.

»Das wundert mich nicht. Du kannst hervorragend backen. Es tut mir leid, dass ich nicht kommen konnte, aber ich sehe zu, dass ich es am nächsten Wochenende schaffe.«

»Wie war die Autorentagung?« Jim hatte das Wochenende in Boston verbracht, und sie wusste, dass er sich darauf sehr gefreut hatte.

Er begann zu strahlen. »Super war's. Es gab ein paar interessante Workshops, und ich hatte ein ermutigendes Gespräch mit einer Agentin. Ich habe ihr von meinem Buch erzählt, und sie wollte, dass ich ihr ein paar Kapitel zur Probe schicke. Das habe ich gleich gestern Abend noch gemacht.«

Alison freute sich für ihn. »Das überrascht mich nicht. Ich bin auch schon ganz gespannt, etwas von dir zu lesen.«

»In etwa einem Monat sollte ich etwas Vorzeigbares präsentieren können. Ich bin fast fertig, nur muss ich dann natürlich alles noch einmal von vorne durchgehen. Aber das Ende wird allmählich absehbar.«

Alison nahm ihren Kaffee, und sie und Jim kehrten an ihre Arbeitsplätze zurück. Als sie an ihrem Abteil ankamen, blieb Jim stehen.

»Jetzt, wo Wendy nicht mehr da ist, brauchen wir jemanden für die monatliche Restaurantkritik. Hättest du nicht Lust, das zu übernehmen?«

Alison strahlte. »O ja, das würde ich sehr gern machen.« Sie hatte nicht damit gerechnet, dass er ihr als Teilzeitkraft das anbieten würde.

»Prima. Ich weiß ja, dass du eigentlich deine Stunden reduzieren möchtest, aber du warst die Erste, die mir dafür einfiel. Ich dachte, vielleicht schreiben wir etwas über das neue Lokal, das letzten Monat eröffnet hat, das *Neptune*. Bist du schon da gewesen?«

»Nein, noch nicht, aber das hatte ich mit tatsächlich schon vorgenommen.«

»Lass uns noch einmal darüber sprechen, bevor du hingehst, aber nimm auf jeden Fall ein oder zwei Freunde mit, sonst sieht es komisch aus, wenn du mehrere Gerichte bestellst. Ihr solltet möglichst alle etwas Unterschiedliches nehmen, und heb die Rechnung auf.«

»Das werde ich. Danke.« Es klang spannend, und Alison freute sich. Natürlich würde sie Jess mitnehmen und vielleicht Julia oder Caitlin.

Sie sah ihm noch nach, wie er in sein Büro ging. Von Marian, mit der er seit etwas über einem Jahr zusammen war, hatte er in letzter Zeit nichts mehr erzählt. Alison fragte sich, ob sie wohl noch ein Paar waren. Ihr war aufgefallen, dass Jim jetzt häufiger Überstunden machte, aber das mochte daran liegen, dass er sein Unternehmen am Laufen halten musste. Ebenso war es aber möglich – so ihr Gedanke –, dass er nicht mehr mit ihr zusammen war und nur deswegen länger arbeitete, um seine Zeit zu füllen. Sie hatte die beiden immer für ein seltsames Gespann gehalten. Jim war ein so freundlicher, entspannter Mensch, während Marian ... nun ja, sie war eher der angespannte, dominante Typ. Immer auffallend gut gekleidet, mit perfektem Make-up und tadellos sitzender Frisur.

Auch wenn Alison und Jim über die Jahre gute Freunde geworden waren, hatte er nie mit ihr über seine Beziehungen gesprochen – und sie hätte ihrerseits nie etwas zu erzählen gehabt. Jim hatte lange angenommen, sie und Chris wären wieder zusammen, aber irgendwann hatte sie ihm erklärt, sie seien nur gute Freunde. Ihr war bewusst, dass viele Leute dachten, sie sei wieder mit ihrem Ex liiert oder würde darauf zusteuern. Aber sie schätzte Chris als guten Freund, und als sie einmal das Thema mit ihm angeschnitten hatte, waren sie sich beide einig gewesen, dass es so besser funktionierte. Auch Chris war seit Jahren keine feste Beziehung mehr eingegangen. Alison wusste allerdings, dass er sich hin und wieder mit anderen Frauen verabredete. Manchmal erzählten ihre Freundinnen ihr, sie hätten ihn mit der und der Frau gesehen. Aber er sprach nie mit ihr darüber, und Alison stellte keine Fragen.

Sie dachte, wenn er reden wollte, würde er das schon tun. Sie fand es gut, so wie es war, und fühlte sich in seiner Gesellschaft wohl. Aber sie wusste, dass Jess insofern recht hatte, als dass die regelmäßigen Treffen mit Chris sie daran hinderten, einen Mann zu finden, mit dem sie wieder eine feste Beziehung eingehen könnte. Sie hatte Jess versprochen, mehr auszugehen, aber die Vorstellung machte sie nervös.

Trotzdem hatte sie zugestimmt, dass sie bald einmal abends

zusammen zu einem Livekonzert ins *Squire* gehen würden. Das erschien ihr weniger furchteinflößend, als ein Profil fürs On-line-Dating zu erstellen, auch wenn sie viele Leute kannte, die damit erfolgreich gewesen waren. Sie könnte Jess vorschlagen, zuerst im *Neptune* essen und dann zu einem After-Dinner-Drink ins *Squire* zu gehen.

18. Kapitel

Mit gemischten Gefühlen beobachtete Julia, wie Kyle sein Gepäck in den Kofferraum warf. Es war Samstagmorgen, und er hatte bei ihr übernachtet – ihre letzte gemeinsame Nacht vor seinem großen Umzug nach Nashville. Am Freitag hatten die Umzugsleute seine Wohnung ausgeräumt, und nach einem weiteren Auftrag am heutigen Samstag würden sie weiterfahren und alles nach Nashville bringen.

»Deinen Flug hast du gebucht?«, fragte Kyle, bevor er ihr einen letzten Abschiedskuss gab.

Sie nickte. »Morgen in zwei Wochen, am Sonntagnachmittag, komme ich an und bleibe dann bis Dienstag.« Sie würde ihr Geschäft am Sonntag ein wenig früher schließen und dann eben für zwei Tage geschlossen lassen. Sie tat sich ein wenig schwer damit, aber Kyle hatte sie erinnert, dass montags ohnehin am wenigsten los sei und sie seit ihrer Eröffnung noch keinen Tag Urlaub gemacht hatte. Und dass sie sich Nashville schon immer einmal hatte ansehen wollen, sodass sie einen kleinen Urlaub daraus machen könne. Sie wusste außerdem, dass Kyle selbst so früh nach seinem Arbeitsbeginn mit neuer Position keinen Urlaub nehmen wollte.

Trotzdem war Julia sich ihrer Gefühle ihm gegenüber nicht sicher. Als er von seinem Umzug nach Nashville und der Beförderung angefangen hatte, war sie kurz davor gewesen, Schluss zu machen. Dann hatte sie sich dagegen entschieden und beschlossen abzuwarten, wie die Dinge sich entwickelten. Sie ging davon aus, dass die Entfernung einen Bruch beschleunigen würde. Aber als sie Kyle jetzt so sah, mit seinem vom Duschen noch leicht feuchten Haar und seinem Lächeln, als er sich vorbeugte, um sie zu küssen, spürte sie ein seltsames Gefühl, das sie schon lange nicht mehr für ihn empfunden hatte. Sie fragte sich tatsächlich, ob eine gewisse Zeit der Distanz nicht auch guttun könnte. Vielleicht würde sie ihn tatsächlich vermissen?

»Fahr vorsichtig«, sagte sie durch das geöffnete Fenster, nachdem Kyle ins Auto gestiegen war und die Tür zugeklappt hatte.

»Mach ich. Ich schreibe dir eine Nachricht, wenn ich da bin.«

Sie sah ihm nach, bis er außer Sichtweite war, dann ging sie wieder ins Haus und kochte sich frischen Kaffee. Sie fühlte sich rastlos und unsicher, wie es nun mit ihnen weitergehen würde. Es war fast neun, sodass sie nach ihrem Kaffee schnell unter die Dusche springen und sich fertigmachen wollte, um ihr Geschäft pünktlich um zehn zu öffnen. Jetzt, wo Kyle nicht mehr da war, hatte sie den Abend frei und noch keine weiteren Pläne. Wahrscheinlich würde sie ein bisschen länger arbeiten und dann einfach nach Hause fahren und es sich gemütlich machen, vielleicht mit einem romantischen Liebesfilm oder einem schönen Buch.

Beim letzten Schluck Kaffee klingelte ihr Handy.

»Hey, Mom, was ist los? Bist du heute im Laden? Ich wollte gerade duschen gehen.«

»Ja, ich bin den ganzen Tag da. Gerade habe ich eine Ladung Brownies und Kuchen im Coffee Shop abgeliefert und gehe nun in die Buchhandlung rüber. Ich wollte dich nur kurz fragen, ob du heute Abend schon etwas vorhast? Kyle ist jetzt weg, oder?«

»Ja, er ist vorhin gefahren. Was hast du für heute Abend geplant?«

»Willst du mit uns essen gehen? Jess und ich wollen in dieses neue Restaurant, das *Neptune*, und ich lade euch ein – beziehungsweise der Verlag. Ich soll eine Restaurantkritik schreiben.«

»Ach, wirklich? Wie toll! Klar komme ich mit.«

»Prima. Wir wollten so um halb sieben los, dann hole ich dich kurz vorher im Laden ab.«

Unter der Dusche ließ Julia sich das heiße Wasser entspannend über den Rücken strömen und dachte voller Vorfreude an das Essen mit Jess und ihrer Mutter. Alison wirkte in letzter Zeit extrem gut gelaunt. Seit sie und Jess die Buchhandlung übernommen hatten und zusammen dort arbeiteten, war sie irgendwie verändert ... viel energetischer als früher. Und sie schien glücklich darüber, diese Restaurantkritik schreiben zu dürfen. Julia freute sich für sie.

*

Später am Nachmittag hängte Julia ein Schild an die Tür, dass sie in einer Viertelstunde wieder da sei, und ging in den Buchladen hinüber. Das machte sie fast jeden Nachmittag in der Zeit, in der typischerweise wenig Kundschaft kam. Als Erstes ging sie in den Coffee Shop. Caitlin stand hinter der Theke und lächelte sie an.

»Hallo, Julia. Möchtest du das Übliche?«

Julia nickte. »Ja, bitte. Wie läuft es heute? Hattet ihr viel zu tun?« Es war der erste Samstag, an dem das Café geöffnet hatte. Sie sah Caitlin dabei zu, wie sie gekonnt den Caramel macchiato genau so zubereitete, wie sie ihn gern mochte: mit viel Schaum und ein wenig Karamellsirup darüber geträufelt. Es herrschte eine entspannt geschäftige Atmosphäre. Zwei Leute waren ihr in den Shop gefolgt und standen hinter ihr an. Ein paar Gäste saßen an den zwei kleinen Tischen nahe der Tür, nippten an ihrem Kaffee und aßen Muffins. Julia sah, dass nur noch zwei Kuchenstücke und etwa die Hälfte der Brownies ihrer Mutter übrig waren.

Caitlin reichte ihr den Caramel macchiato und tippte ihn in

die Kasse. Am Anfang hatte sie Julia den Kaffee gratis geben wollen, doch Julia hatte es nur ein Mal zugelassen und dann darauf bestanden zu zahlen. Sie wollte nicht den Eindruck erwecken, ihre Verwandtschaft auszunutzen.

»Es war ganz schön viel los. Vorhin war es gerammelt voll. Jeden Tag ist ein bisschen mehr zu tun als am Tag davor, was ich für ein gutes Zeichen halte. Ich denke, so langsam hat es sich herumgesprochen.« Caitlin gab Julia das Wechselgeld zurück.

»Das ist ja wunderbar! Ich gehe gleich mal rüber und sage hallo.«

Sie nahm ihren Becher und ging durch die Taschentüren zur Buchhandlung hinüber. Jess kassierte gerade einen Kunden ab, und Julias Mutter räumte eine neue Lieferung ins Regal und plauderte dabei mit einer älteren Dame. Julia ging leise an ihnen vorbei und studierte die Titel der Bücher auf dem Auslagetisch.

»Ich glaube, das wird Ihnen gefallen. Mary Higgins Clark war schon immer eine meiner Lieblingsautorinnen, und *Wintersturm* ist ihr erster Krimi. Den werden Sie vor lauter Spannung kaum aus der Hand legen können.«

Die Frau bedankte sich und ging mit ihrem Buch zur Kasse. Jetzt entdeckte Julias Mutter ihre Tochter und lächelte.

»Hallo, mein Schatz. Ich habe dich gar nicht kommen sehen.«

»Ich wollte nicht stören. Wie läuft's?« Julia sah sich um und runzelte die Stirn. Es waren nur eine Handvoll Leute im Laden. Seit der Neueröffnung vor knapp einer Woche schaute sie jeden Tag vorbei, und es schien nie besonders viel los zu sein. Julia hatte vorher kaum darauf geachtet, aber jetzt fiel es ihr deutlich auf, und sie hoffte, dass es an den nächsten Wochenenden besser laufen würde.

Alison seufzte. »Es ist etwas ruhiger, als wir gedacht hatten. Dass es unter der Woche stiller ist, hatten wir erwartet, aber auch heute sind überraschend wenig Kunden da.«

Julia nickte nachdenklich. Sie wollte ihre Mutter nicht beunruhigen, aber sie machte sich Sorgen und wollte ihr gern helfen. »Wir können uns heute Abend beim Essen ein paar Gedanken über Marketing-Strategien machen ... einfach mal überlegen, was die Leute in den Laden zieht.«

∗

»Noch mache ich mir keine Sorgen.« Jess nahm sich eines der heißen knusprigen Brötchen, die die Bedienung gerade serviert hatte, brach es auf und beschmierte die Hälften mit einer guten Portion Butter, bevor sie genüsslich davon abbiss. Wenn sie ehrlich war, war sie durchaus beunruhigt, aber sie wollte es nicht schlimmer machen, indem sie es auch noch aussprach und Alison und Julia damit in Aufregung versetzte. Ellen Campbell hatte ihr mitgeteilt, dass die Umsätze in den letzten Jahren etwas zurückgegangen seien, das Geschäft aber insgesamt profitabel liefe. Vielleicht hätte sie sich die Zahlen doch etwas genauer ansehen sollen, vor allem die des laufenden Jahres. Sie hatte sich nicht viele Gedanken darum gemacht, weil ihr klar war, dass sich das Kaufverhalten der Menschen geändert hatte und Buchhandlungen nicht mehr so gut besucht waren wie früher. Da sie aber die einzige Buchhandlung weit und breit waren, sollte es eigentlich genug Nachfrage geben.

»Ich glaube, es dauert einfach seine Zeit, bis sich das Ganze neu etabliert. Ich weiß, dass Ellen früher mehr Veranstaltungen angeboten hat, die die Leute natürlich anlockten. Vielleicht sollten wir das endlich einmal angehen«, schlug Julia vor.

»Das ist eine gute Idee«, stimmte Jess zu.

»Wie wäre es, wenn wir etwas veranstalten, an dem sowohl die Buchhandlung als auch der Coffee Shop beteiligt sind? Einen monatlichen Buchclub zum Beispiel. Man trägt sich rechtzeitig dafür ein, kauft das Buch und liest es, und dann wird im

Café in großer Runde bei Kaffee und Kuchen darüber disku-
tiert«, präsentierte Julia ihre Idee.

Alisons Augen begannen zu leuchten. »Ein toller Vorschlag.
Wie können wir dafür Werbung machen?«

»Ich könnte einen Flyer erstellen, den wir in der Buchhandlung auslegen, und wir könnten etwas in den sozialen Medien
posten. Die Buchhandlung selbst hat allerdings noch keinen
Account, und das muss sich dringend ändern.«

»Wenn du das für uns erledigen könntest, wäre das großartig«, sagte Jess. »Ich habe ein neues Schild für die Außenfassade
bestellt, das am Montag geliefert werden soll. Vielleicht können wir eine große gemeinsame Neueröffnung von Café und
Buchhandlung organisieren? Vielleicht an einem Samstagnach-
mittag, wo wir dann Gratiskekse zum Kaffee anbieten oder
so etwas, damit mehr Leute kommen?«

Julia zog ihr Handy aus der Tasche und begann zu tippen.
»Ich schreibe das mal alles auf, damit wir nichts vergessen.«

»Ich kann der Redaktion unserer Lokalzeitung eine Presse-
mitteilung zukommen lassen, dann können sie einen Veran-
staltungshinweis bringen. Sollen wir den nächsten Samstag an-
visieren?«, fragte Alison.

Jess dachte einen Augenblick nach, dann nickte sie. »Ich denke, das sollte funktionieren. Das Schild kommt am Montag,
dann lasse ich es gleich montieren. Und wir können die anderen Ideen noch weiter ausarbeiten. Es gibt doch sicher ein paar
Autoren in der Gegend, die wir für eine Signierstunde einladen
können. Fällt euch jemand ein?«

»Ich frage mal in der Bücherei nach, die kennen sich bestimmt aus. Jim schreibt gerade an einem Buch, das sich vielversprechend anhört. Ihn würde ich auf jeden Fall gern zu
einer Lesung mit Signierstunde einladen, wenn es veröffentlicht wird«, sagte Alison.

»Dein Boss schreibt ein Buch?«, fragte Julia überrascht nach.

»Ja. Einen Kriminalroman. Ich werde ihn lektorieren, sobald er damit fertig ist.« In Alisons Stimme schwang ein gewisser Stolz mit und noch etwas anderes, das Jess aufhorchen und sich über den Status ihrer Beziehung Gedanken machen ließ. In letzter Zeit sprach Alison auffallend oft von ihrem Verlagschef.

»Ist er jetzt eigentlich Single?« Sie meinte sich zu erinnern, dass Alison neulich etwas von einer Trennung erzählt hatte.

»Ja, das ist er. Ich habe nie gefunden, dass die beiden gut zusammenpassen.« Sie rümpfte so ablehnend die Nase, dass Jess fast losgelacht hätte.

»Wieso nicht? Und was ist passiert?«, fragte sie nach.

»Sie hat ihn für einen anderen verlassen, erwähnte neulich ein Kollege im Verlag. Jemanden mit mehr Geld und Erfolg. Immobilienmakler, glaube ich. Sie hat Jim nie wirklich zu würdigen gewusst, und ich glaube nicht, dass er mit ihr besonders glücklich war. Wahrscheinlich war es nur bequemer, eine Trennung zu vermeiden.«

»Dann hat er noch niemand Neues?« Jess war neugierig.

Alison wirkte ein wenig nervös. »Wieso fragst du? Bist du interessiert?«

Diesmal lachte Jess wirklich. »Nein, du Dummerchen. Ich dachte, du hättest vielleicht selbst Interesse.«

»Ach … Na ja, er ist schon ein toller Mann, aber er ist mein Boss. Ich habe nie … in dieser Weise an ihn gedacht.« Alison wurde rot.

Jess zuckte die Schultern. »Ich glaube nicht, dass das irgendeine Rolle spielt. Wenn die Buchhandlung gut läuft, könntest du dort voll einsteigen.«

Julia lächelte. »Du redest tatsächlich viel über ihn, Mom. Das gibt einem schon zu denken.«

Alison errötete erneut und wirkte erleichtert, als der Kellner ihre Amuse-Bouches brachte. Sie nahm ihr Handy, schaltete die Kamera ein und wechselte das Thema.

»Ich brauche ein paar Fotos für unser Magazin, bevor wir essen.«

*

Alison atmete tief durch. Die Frage nach Jim hatte sie aus der Fassung gebracht. Sie hatte tatsächlich noch nicht in dieser Hinsicht an ihn gedacht. Sie mochte ihn gern, bewunderte ihn auch in gewisser Weise, aber er war ihr Arbeitgeber, und bevor sich das nicht änderte, käme er ohnehin nicht für eine Beziehung in Frage. Vielleicht besser gar nicht. Denn wenn sie ehrlich war, hatte die Vorstellung, eine engere Beziehung einzugehen, auch etwas Erschreckendes. Selbst wenn sie und Chris nur gute Freunde waren und keiner von ihnen daran etwas ändern wollte, fand sie es einfacher, ihre Zeit mit ihm zu verbringen. Allmählich fühlte es sich aber an, als sei die Zeit gekommen, etwas zu verändern. Jetzt, wo Jess und Caitlin hier waren, lag eine gewisse Umbruchstimmung in der Luft, und sie wollte offen dafür sein.

Sie fotografierte ihre drei Appetithappen: Thunfisch-Tacos aus gewürfeltem rohem Thunfisch in würziger Mayonnaise mit leuchtend grünem Seegrassalat und einem Avocadoschnitz in einer krossen Mini-Taco-Hülle hübsch angerichtet, dann vor Ort gefangene und unter Speckwürfeln, Knoblauch, Butter und Semmelbröseln überbackene »Venusmuscheln Casino« sowie Töpfchen mit dekadent sahniger und mit Sherry verfeinerter Hummercremesuppe mit großen Hummerstückchen darin.

Sie teilten sich alles, und es schmeckte ihnen hervorragend. Als Nächstes kamen ihre Salate: ein klassischer Caesar Salad, ein bunter Gartensalat mit hausgemachtem Dressing, das irgendwo zwischen griechischem und Ranch-Dressing lag, und ein grüner Salat mit Birne, gerösteten Walnüssen und Cranberrys. Obwohl sie von allem nur wenig probierten, war Alison fast satt, als dann die Hauptgerichte kamen.

Jess stöhnte sogar, als der Kellner ihre Teller an den Tisch brachte. »Ich weiß jetzt schon, was ich morgen zu Mittag essen werde.«

Alison lachte. »Ich auch. Aber es macht Spaß, alles durchzuprobieren.« Sie hatte gefüllten Hummer bestellt, die Spezialität des Hauses, der imposant mit den bereits ausgelösten Scheren auf einer Füllung aus Meeresfrüchten wie Jakobsmuscheln und Shrimps serviert wurde. Julia hatte sich für Filet Mignon mit Sauce Béarnaise entschieden und Jess für eine weitere Spezialität des Hauses: in Butter und Weißwein gekochte und mit Semmelbröseln überbackene Jakobsmuscheln.

Sie probierten wieder reihum und fanden alles köstlich. Und mussten lachen, als der Kellner beim Abräumen der Reste, die er in Mitnahme-Boxen umfüllen würde, fragte, ob sie die Dessertkarte sehen wollten.

»Ich bringe absolut nichts mehr runter«, stöhnte Julia.

»Ich bestimmt auch nicht«, sagte Jess.

Alison wollte ebenfalls verzichten, doch dann fiel ihr ein, dass sie keine Wahl hatte.

»Ich hätte gern noch die Dessertkarte. Und ich wette, ich kann die beiden überreden, auch noch Nachspeisen zu nehmen.« Nachdem der Kellner den Tisch verlassen hatte, erinnerte sie die anderen, dass sie für ihre Kritik so viel wie möglich probieren musste. »Wir müssen drei verschiedene Desserts bestellen, und ich werde von allen ein bisschen naschen. Ihr dürft gern verzichten.«

»Ich bin froh, dass du deine erste Restaurantkritik über so ausgezeichnetes Essen schreiben wirst«, sagte Julia. »Stell dir vor, alles wäre eklig gewesen.«

Alison lachte. »Ja, so was wäre schrecklich. Aber hierüber zu schreiben wird mir ein Vergnügen sein. Wir mochten doch wirklich jeden Gang, oder?«

»Fast – der Caesar Salad hatte für meinen Geschmack etwas zu viel Knoblauch«, meinte Julia.

»Das fand ich auch, aber manche mögen so was ja. Ich kann schreiben, dass er etwas knoblauchlastig war, dann können die Leute selbst entscheiden, ob sie das wollen oder nicht.«

»Julia, möchtest du noch mit uns ins *Squire* gehen? Ich hatte mit deiner Mutter vereinbart, dass ich heute mit ihr ausgehen will.«

Julia zögerte. »Nein, ich glaube, ich gehe lieber nach Hause. Es war ein langer Tag, und ich bin so vollgefuttert, dass ich mich zu Hause nur noch in meiner Jogginghose aufs Sofa werfen will. Ihr könnt mir morgen davon erzählen.«

»Bist du sicher, mein Schatz?« Alison machte sich Sorgen, dass Julia traurig wegen Kyles Wegzug war. Sie hatte ihn den ganzen Abend kein einziges Mal erwähnt, und von sich aus hatte Alison das Thema nicht anschneiden wollen.

Julia lächelte. »Ich bin sicher. Aber ihr werdet bestimmt Spaß haben. Samstagabends spielen oft gute Bands.«

»Na schön. Ich ruf dich morgen an.«

19. Kapitel

Jess' erster Eindruck im *Squire* an diesem Samstagabend kurz nach neun war: *laut!* Im Restaurant herrschte reger Betrieb, und an der Bar standen jede Menge Gäste, die tranken und lachten und sich unterhielten. Die Band schien gerade das letzte Equipment aufzubauen. Eine Kellnerin kam mit einem Tablett voll Fish and Chips vorbei, und der Duft wehte zu ihnen herüber. Normalerweise hätte Jess sofort Appetit bekommen, aber heute war sie von ihrem Abendessen randvoll. Sie sah sich um und entdeckte bald ein Pärchen, das gerade zahlte. Schnell zog sie Alison in Richtung Theke, und sie erreichten die frei werdenden Plätze rechtzeitig, als die beiden sich erhoben.

Da sie zum Abendessen nur ein Glas Wein getrunken hatten, bestellte jetzt jede einen Chardonnay. Jess hielt das für die Dauer des Konzerts für vertretbar, und wenn sie länger bleiben wollten, könnten sie ja noch einen Kaffee ordern.

»Ich bin immer noch so satt«, stöhnte Alison, als der Barkeeper ihnen den Wein brachte. Die Gläser waren gut gefüllt.

Jess stimmte ihr zu und sah sich wieder um. Ihr fiel auf, dass das Restaurant sich allmählich leerte und nun immer mehr Gäste in die Bar kamen. Die Band würde wohl jeden Moment zu spielen beginnen.

»Hast du die schon mal gehört?«

Alison schüttelte den Kopf. »Nein. Es ist Ewigkeiten her, seit ich das letzte Mal hier war. Aber der Name kommt mir bekannt vor. Ich glaube, Chris hat sie vor nicht allzu langer Zeit gesehen und meinte, sie seien gut. Es würde mich nicht überraschen, wenn er heute Abend auch hier ist.«

Jess runzelte die Stirn. Sie hoffte, Chris würde nicht kommen, denn der Sinn dieses Abends sollte ja sein, dass Alison neue Leute kennenlernte.

»Hast du ihn eingeladen?«

»Nein. Allerdings habe ich erwähnt, dass wir herkommen. Chris ist regelmäßig hier.«

Jess seufzte. Sie hatte schon lange den Verdacht, dass genau dies der Grund war, weshalb Alison noch keine neue Beziehung eingegangen war. Sie hatte bereits eine sehr bequeme mit Chris, und für alle, die sie zusammen erlebten, wirkten sie wie ein Paar und nicht wie gute Freunde. »Lass uns das nächste Mal bitte irgendetwas suchen, wo er nicht hingeht – und erzähle ihm auch nichts. Wenn du dauernd Chris an deiner Seite hast, wirst du nie jemand Neues finden.«

»Ja, ich weiß. Ich habe mir nur nichts dabei gedacht, als er fragte, was wir denn machen würden.«

»Na ja, vielleicht hat er heute ja was anderes vor. Siehst du jemanden, den du kennst?«

Alison sah sich um und schüttelte den Kopf. »Nein. Wie schon gesagt, gehe ich nicht oft aus, und die meisten Leute, die ich etwas besser kenne, arbeiten mit mir im Verlag.«

Jetzt setzte die Band ein, und sie war wirklich gut. Sie coverten Songs von Tom Petty bis Pearl Jam und sogar etwas von Stevie Nicks. Jess gefiel die Musik. Sie wiegte sich im Rhythmus auf ihrem Barhocker und bekam nicht einmal mit, dass der Platz neben ihr frei und wieder neu besetzt wurde – bis Alison lächelte.

»Hey, Chris! Da hast du aber Glück, dass du einen Platz an der Bar ergattert hast.«

Er grinste. »Das stimmt. Wie war euer Essen?«

Alison berichtete ihm, während Jess sich innerlich ausklinkte und erneut umsah. Das Alter der Gäste reichte schätzungsweise von Anfang zwanzig bis Mitte siebzig. Eine Gruppe von Männern in etwa ihrem Alter saß schräg gegenüber auf der anderen Seite der Theke. Sie sahen aus, als wären sie vorher beim Golfen gewesen. Einer von ihnen lächelte ihr zu, und sie wandte schnell den Kopf ab. Sie hatte seine Aufmerksamkeit nicht auf sich ziehen wollen und ärgerte sich ein wenig, dass Alison sich von Chris so sehr in Beschlag nehmen ließ.

Ihre Beziehung war Jess ein Rätsel. Sie hörte ihnen zu, beobachtete, wie sie miteinander kommunizierten, und kam zu dem Schluss, dass es genau so war, wie Alison gesagt hatte: Sie waren nur gute Freunde. Es bestand keinerlei erotische Spannung zwischen ihnen, und sie flirteten auch nicht. Was Jess hier sah, war einfach eine gute, feste und eher geschwisterliche Freundschaft. Sie fragte sich, ob sie und Parker das auch einmal schaffen würden. Sie konnte es sich nicht vorstellen.

Die Band spielte etwa eine halbe Stunde, dann machten sie Pause. Jess fiel auf, dass Alison ihren Wein kaum angerührt hatte und ständig gähnte. Sie selbst hatte noch ein halbes Glas übrig und freute sich auf das nächste Set der Band. Es war immer noch früh, erst kurz vor zehn. Alison gähnte ein weiteres Mal und bat um Entschuldigung.

»Es tut mir furchtbar leid, aber ich glaube, ich muss nach Hause. Ich kann kaum mehr die Augen offen halten. Ich denke, ich habe zu viel gegessen.« Sie holte ihr Portemonnaie aus der Tasche, doch Jess schüttelte den Kopf.

»Lass mich zahlen. Ich kann eben austrinken und mit dir zusammen gehen.«

Alison stand auf und nahm ihre Jacke. »Ach, bleib ruhig hier. Du hast noch ein halbes Glas Wein und kannst meins auch austrinken, wenn du möchtest. Genieß die Musik und entspann dich. Ich will dir nicht den Abend verderben, nur weil ich jetzt schon bettreif bin.«

Chris lächelte. »Ja, Jess, bleib doch bitte. Die Band ist super, und es wäre schade, die nächste Runde zu verpassen. Ich leiste dir auch gern noch Gesellschaft.«

»Wenn Chris neben dir sitzt, wird dich niemand anbaggern«, bekräftigte Alison, und Jess wusste, dass sie recht hatte.

»Okay, dann bleibe ich noch ein bisschen. Die Band gefällt mir wirklich gut.«

»Ich ruf dich morgen an.« Alison nahm ihre Tasche und verabschiedete sich von ihnen. Wenig später begann die Band wieder zu spielen. Jess spürte, wie die Spannung immer mehr von ihr abfiel. Zum ersten Mal seit langem lebte sie ganz im Moment, ohne dass ihr Gedanken an Parker und die bevorstehende Scheidung durch den Kopf wirbelten. Sie trank ihren Wein aus und zog dann Alisons Glas zu sich heran. Normalerweise trank sie nicht mehr als zwei Gläser Wein, wenn sie ausging, deshalb nahm sie sich vor, etwas übrig zu lassen. Sobald sie den Barkeeper erwischte, würde sie noch einen Kaffee bestellen.

Sie war angenehm überrascht, dass Chris während des Sets nicht versuchte, sich mit ihr zu unterhalten, so wie er es bei Alison gemacht hatte. Er schien sich voll auf die Musik zu konzentrieren und sie zu genießen. Erst in der nächsten Pause sah er Jess an und nahm das Gespräch wieder auf.

»Die sind gut, was? Ich habe sie vor ein paar Wochen schon einmal gehört und wollte unbedingt herkommen, wenn sie wieder spielen.«

»Bei mir ist es lange her, seit ich das letzte Mal Livemusik gehört habe. Ich habe ganz vergessen, wie viel Spaß das macht.« Parker war nie gern zu Konzerten gegangen, lieber zu Sportveranstaltungen oder ins Restaurant. Und da hatte er einen exklusiven Geschmack. Jess aß auch gern mal in teuren Restaurants, mochte es im Allgemeinen aber lieber etwas schlichter.

»Wie geht es dir denn so? Tut es gut, wieder in Chatham zu sein?« Chris sah sie mit freundlichem Interesse an, und auf einmal wurde Jess wieder von ihren Gefühlen überwältigt. Sie schluckte die Tränen hinunter, atmete tief durch und ärgerte sich über sich selbst, dass sie allein auf eine Andeutung der Geschehnisse hin so emotional reagierte. Sie musste robuster werden. Aber im Moment war alles noch zu frisch, die Verletzung noch nicht verheilt, sodass es nicht viel brauchte, um die Gefühle an die Oberfläche zu bringen.

»Danke, dass du fragst. Hier zu sein hilft mir schon enorm. Chatham war immer ein Ort, an dem ich glücklich war.«

Er nickte. »Verstehe. Und wirst du nun bleiben, wo du die Buchhandlung gekauft hast? Du musst doch nicht wieder nach Charleston zurück, oder doch?«

Musste sie zurück? Bisher war sie immer davon ausgegangen. »Na ja, Charleston ist mein Zuhause. Wahrscheinlich werde ich Mitte Oktober zurückfahren, wenn der Betrieb in Chatham nachlässt.«

»Wenn du erst geschieden bist, wäre es schön, dich öfter hier zu sehen, auch wenn du nicht ganz herziehst. Alison freut sich immer riesig, wenn du kommst.«

Jess lächelte. »Ich finde es auch super, dass ich so viel Zeit mit ihr verbringen kann – und jetzt sogar beruflich. Was für ein glücklicher Zufall, dass Ellen Campbell gerade jetzt in den Ruhestand gehen wollte.«

»Es sollte wohl so sein«, sagte Chris.

Jess überlegte, was es bedeuten würde, nach Charleston zurückzugehen. Würde sie das Haus behalten wollen? Oder es verkaufen und in etwas Kleineres umziehen? Es könnte schwierig werden, weiter zwischen all den Erinnerungen zu leben. Und dass sie nicht in die Kanzlei zurückgehen würde, stand außer Frage. Was ihre Arbeit anging, würde sie sich etwas überlegen müssen. Die Vorstellung, in Charleston einen neuen Job zu suchen, machte ihr Angst. Charleston war zwar ihr Zuhause, aber das gesamte Umfeld änderte sich gerade. Sie fühlte alles Mögliche von tiefer Trauer über Wut bis hin zu Angst und gelegentlich sogar gespannte Erwartung. Es war überwältigend.

An diesem Punkt ihrer Karriere wäre es vermutlich schwierig, in einer neuen Anstellung zu arbeiten, und sinnvoller, eine eigene Kanzlei zu eröffnen. Aber würde sie neue Klienten finden, wenn die Öffentlichkeit von ihrer Scheidung erfuhr? Parkers Familie war überall bekannt. Jess reckte das Kinn. Vielleicht wäre es zunächst nicht einfach, aber sie war eine gute Anwältin und würde es schaffen. Aber war es auch das, was sie wollte?

»Du siehst aus, als wärst du tief in Gedanken versunken«, sagte Chris.

Seine Worte holten Jess abrupt in die Gegenwart zurück, und sie lachte. »Tut mir leid, ich habe gerade über das nachgedacht, was du gesagt hast … was ich alles tun muss, wenn ich nach Charleston zurückgehe. Es fühlt sich gerade ein bisschen viel an.«

»Denk nicht jetzt darüber nach.« Er sah zur Band, die sich gerade auf das wohl letzte Set vorbereitete. »Genieß einfach Tag für Tag, was kommt, und mach dir erst dann Sorgen, wenn es so weit ist.«

Jess trank noch einen Schluck Wein und versuchte, sich wieder zu entspannen. »Du hast recht. Ich habe noch genug Zeit, das alles auszubaldowern. Erzähl mir lieber mehr von dir und was in deinem Leben so los ist. Hast du eine feste Freundin?«

Chris lachte leise. »Nein, im Moment bin ich mit niemandem zusammen. Ansonsten geht es mir gut, aber ich finde es schwer, eine Frau kennenzulernen, mit der ich eine ernsthafte Beziehung eingehen möchte.«

»Du und Alison, ihr versteht euch so gut. Ich habe mich immer gefragt, ob ihr wohl wieder zusammenkommt.« Sie war neugierig, seine Meinung zu diesem Thema zu hören.

Sein Blick wurde weich. »Alison ist eine tolle Frau. Wir lieben einander, aber es ist eine echte, tiefe Freundschaft, nichts Romantisches. Da ist einfach kein Prickeln mehr, sie ist meine beste Freundin. Das zu verstehen fällt anderen schwer. Aber Alison sieht es genauso.«

»Das stimmt. So hat sie es mir auch erzählt. Wahrscheinlich habe ich mir nur gewünscht, dass da mehr ist. Ich möchte, dass ihr beide glücklich seid.«

»Das möchte ich auch, und ich ermuntere sie oft, sich mal zu verabreden.«

Jess lachte. »Genau wie ich. Sie sollte mehr ausgehen. Es war meine Idee, dass wir heute Abend herkommen.«

Chris schwieg einen Moment, dann schüttelte er den Kopf. »Tut mir leid, wenn ich dazwischengefunkt habe. Ich habe nicht nachgedacht. Aber das hätte ich tun sollen. Ihr beide habt heute toll ausgesehen. Na ja, das tut ihr natürlich immer.«

»Oh, danke. Das nächste Mal werden wir vorher lieber nicht so groß essen gehen. Ich glaube, Alison wäre am liebsten sofort nach Hause gefahren.«

»Du aber nicht, stimmt's? Wenn ich mich recht erinnere, warst du schon immer eine Nachteule.«

Jess lachte. »Ja, schon immer. Ich bin nicht so eine Frühaufsteherin wie Alison.«

Die Band begann zu spielen, und sie wandten sich erneut der Musik zu. Ein paar Minuten später spürte sie, wie seine Hand ihre streifte, als er nach seinem Bier griff, und zuckte überrascht zusammen. Da war ein Kribbeln gewesen, wie sie es schon lange nicht mehr empfunden hatte. Auf einmal nahm sie Chris ganz anders wahr als vorher.

Ihr fiel auf, dass seine braunen Augen durch das dunkle Grün seines Shirts einen grünen Schimmer bekamen. Dass ihm der leichte Anflug von Grau in seinen dunklen Haaren gut stand. Dass, wenn er lächelte, eine Reihe von Lachfältchen um seinen Mund und seine Augen tanzten. Das alles war ihr bisher nicht so richtig aufgefallen. Und es fühlte sich ein bisschen falsch an. Sie hatte Chris aus nachvollziehbaren Gründen noch nie auf diese Weise betrachtet und war sicher, dass es ihm mit ihr genauso ging.

Als die Band fertig war, merkte Jess, dass sie ein Gähnen unterdrücken musste. Nun war sie doch müde und winkte dem Barkeeper zum Zahlen. Aber als der die Rechnungen auf den Tresen legte, schnappte Chris sich beide und gab sie ihm samt seiner Kreditkarte zurück.

»Was machst du da? Ich habe Alison gesagt, dass ich ihren Wein bezahle.« Sie griff nach ihrem Portemonnaie.

»Wie du vorhin schon sagtest, war es ja nur etwas zu trinken. Ich darf meinen beiden liebsten Frauen doch wohl mal einen Drink ausgeben, oder nicht?« Er grinste, und seine Lachfältchen tanzten wieder verführerisch.

Jess wusste, dass weiterer Protest sinnlos wäre, und gab sich geschlagen. Sie lachte. »Na schön. Vielen Dank.«

»Ist mir ein Vergnügen. Danke für die nette Gesellschaft. Die Band spielt in ein paar Wochen noch einmal, dann sollten wir wieder herkommen.«

»Gern, das wäre schön.« Bildete sie sich das ein, oder hielt er ihren Blick ein wenig länger fest als nötig?

Jess nahm ihre Jacke und Handtasche und stand auf. Chris unterschrieb den Kreditkartenbeleg und begleitete sie nach draußen.

»Wo steht dein Wagen?«, wollte er wissen. Sie hatte nur wenige Meter entfernt geparkt.

»Gleich da drüben.«

»Okay, dann komm gut nach Hause, und ich hoffe, wir sehen uns bald wieder.« Er umarmte sie zum Abschied, und es fühlte sich gut an, einen Moment lang von ihm festgehalten zu werden. Erneut spürte sie dieses seltsame Kribbeln. Schnell löste sie sich von ihm und trat einen Schritt zurück.

»Gute Nacht, Chris.«

*

Jess fuhr nach Hause. Caitlin und ihre Mutter lagen schon im Bett, aber ihre Mutter hatte in der Küche das Licht für sie angelassen. Nachdem sie die Überreste ihres Essens im Kühlschrank verstaut hatte, machte sie sich eine Tasse Tee und ging damit ins Wohnzimmer. Aus alter Gewohnheit legte sie eine alte Folge von *Friends* in den DVD-Player und kuschelte sich in eine warme Fleecedecke. Sie war zwar müde, aber noch nicht bereit zu schlafen, und *Friends* wirkte auf sie immer sehr entspannend.

Es war ein schöner Abend gewesen und in gewisser Hinsicht auch eine Überraschung. Erneut spürte sie heiß die Tränen hinter ihren Augen brennen, als ihr bewusst wurde, dass Chris' Umarmung ihr erster Körperkontakt seit Monaten gewesen war. Ihr war nicht klar gewesen, wie sehr sie das vermisst hatte oder wie verwirrend es war, sich plötzlich zu jemandem hingezogen zu fühlen. Jemandem, der nicht ihr Ehemann war und außerdem komplett tabu. Natürlich würde sie diesem Gefühl in keiner Weise nachgehen. Aber sie vermisste diese Art von Nähe, die sie mit Parker früher erlebt hatte, durchaus.

Sie wusste, dass sie mehr Zeit brauchte, um über ihre Trennung hinwegzukommen, bevor sie darüber nachdenken konnte, eine neue Beziehung anzufangen, mit wem auch immer. Bis heute Abend war ihr noch nicht einmal der Gedanke gekommen, sich mit jemandem zu verabreden, denn eigentlich hatte sie ja nur an Alison gedacht. Irgendwann wäre sie bestimmt bereit dazu, aber nicht in absehbarer Zeit.

Jess gähnte und nippte an ihrem Kamillentee. Er war warm und wohltuend – genau das, was sie brauchte. Noch ein paar Schlucke, dann würde sie ins Bett gehen. Und morgen würde sie überlegen, wie sie der Buchhandlung zu einem neuen Start verhelfen könnte. Julia hatte ein paar gute Ideen gehabt und Alison auch. Wenn Jess im Herbst nach Charleston zurückkehren und Alison die Geschäftsführung überlassen würde, wollte sie sich keine Sorgen um ihren Umsatz machen müssen.

20. Kapitel

Um Viertel nach sechs schloss Caitlin den Coffee Shop auf. Sie war überrascht, wie sehr sie sich zu einem Morgenmenschen gewandelt hatte – ihre Freunde würden ihr das wahrscheinlich kaum glauben. Aber hier in Chatham schlief sie deutlich besser – sie ging früher zu Bett und wachte am Morgen energiegeladen auf. Als sie das neulich beim Abendessen erzählt hatte, schrieb ihre Großmutter es der frischen salzhaltigen Luft zu, und ihre Mutter ergänzte, sie würde sich hier auch viel mehr bewegen, und das stimmte.

In ihrer Schicht im Buchladen war sie fast ständig auf den Beinen, aber seit ihre Mutter und Jess auch regelmäßig dort arbeiteten, konzentrierte sie sich zunehmend auf den Coffee Shop, wo es noch mehr zu laufen gab. Und zu ihrer eigenen Überraschung machte es ihr unglaublichen Spaß.

Sie war morgens gern als Erste da, wenn alles noch leer und ruhig war. Dann bereitete sie drei große Thermoskannen mit Kaffee vor: zuerst eine mit dunkler Röstung, von der sie gleich eine Tasse trank, während sie die zweite mit hellerer Röstung und die dritte mit der Kaffeespezialität des Tages kochte.

Viertel vor sieben, also eine Viertelstunde vor der Öffnungszeit, kam Alison und brachte Kuchen und Gebäck. Je nachdem, wie viel sie selbst zu tun hatte, blieb sie eine Weile oder fuhr noch einmal nach Hause, bevor um zehn die Buchhandlung öffnete.

»Mit wem arbeitest du heute?«, fragte sie nun, als sie Caitlin den Karton mit Brownies, Kuchenstücken und Muffins über die Theke reichte.

»Sally ist gerade gekommen und zieht sich hinten um.«

»Ah, gut. Ich habe heute Vormittag ein paar Sachen zu lektorieren. Aber wenn du mich brauchst, schick mir einfach eine Nachricht, und ich komme helfen.«

»Danke, das mache ich. Aber ich bin sicher, wir kommen auch so klar. An Sonntagen geht es meist erst später los, so gegen elf, und dann kommt ja noch Joan dazu.«

Nachdem sie Alison verabschiedet hatte, ließ Caitlin die Tür gleich offen und drehte das Schild von GESCHLOSSEN auf GEÖFFNET. Sally band sich noch die rosa Schürze über ihr weißes Arbeitsshirt und nahm ihren Platz hinter der Theke ein. Sie kümmerte sich um die Ausgabe von Muffins und Bagels – die sie meist noch aufwärmte –, während Caitlin die Bestellungen entgegennahm und kassierte.

Auf ihren ersten Kunden mussten sie heute nicht lange warten. Ed Thompson war ein älterer Herr und mittlerweile Stammkunde. Caitlin schätzte ihn auf etwas über achtzig. Als er sie sah, begann er zu strahlen.

»Na, ist die Welt heute gut zu Ihnen, Caitlin?« Seine stets gute Laune war ansteckend, und Caitlin lächelte unwillkürlich zurück.

»Jetzt, wo Sie hier sind, ist sowieso alles gut. Nehmen Sie das Übliche, Ed?«

Er überlegte kurz. »Ich denke, ich könnte mal etwas Abwechslung vertragen. Ich nehme meinen üblichen mittelgroßen Kaffee mit extra Zucker, aber dazu probiere ich einen Bagel mit Zwiebeln anstatt des einfachen. Um dem Leben quasi etwas Würze zu geben – was halten Sie davon?«

»Ich halte das für eine ausgezeichnete Wahl.«

Sally schob seinen Bagel in den Ofen und schenkte den Kaffee ein, während Caitlin kassierte. Ed warf einen extra Dollar in das Trinkgeldglas neben der Kasse. »Machen Sie nur immer so freundlich weiter, meine Damen«, sagte er, als Caitlin ihm die Papiertüte mit seiner Bestellung reichte. Den Kontakt zu ihren

Stammkunden genoss sie mittlerweile ganz besonders. Die meisten kamen jeden Tag und schienen sich zu freuen, wenn sie sich nicht nur an ihre Namen, sondern auch an ihre Bestellungen erinnerte.

Der restliche Vormittag verlief geschäftiger als sonst. Bis elf Uhr hatten Caitlin und Sally gut zu tun. Danach ließ der Andrang etwas nach, doch während Joans Schicht lief es fast nonstop bis zum frühen Nachmittag, wo Sally und Caitlin nacheinander kurz Pause machen konnten. Caitlin nahm sich einen Bagel mit Frischkäse und eine Flasche Wasser und ging nach draußen.

Es war ein wunderbar warmer, sonniger Tag. Sie spazierte um die Ecke, wo unter einem hohen Baum eine Bank stand, auf der sie ihren Bagel verputzte. Gerade als sie zurückgehen wollte, vibrierte ihr Handy mit einer Textnachricht von Beth.

Hey, bald ist ja Nancys Party, und ich soll ausrichten, dass sie fest mit dir rechnet. Wie sieht's aus? Kannst du für ein verlängertes Wochenende herfliegen? Du willst die Feier doch bestimmt nicht verpassen – und bist sowieso schon viel zu lange weg!

Dass ihre Mutter hoffte, sie würde länger bleiben, möglichst ebenfalls bis Oktober, war Caitlin bewusst, und sie hatte es tatsächlich schon in Erwägung gezogen, denn in Charleston wartete ja kein Job auf sie, zu dem sie zurückkehren musste. Allerdings vermisste sie ihre Freundinnen und ihr übliches Leben und dachte hin und wieder darüber nach, was sie alles verpasste.

Nancys Party war das größte Ereignis des Sommers – und wie ihre Freundinnen mehr als einmal betont hatten, wären dort mit Sicherheit jede Menge interessante Single-Männer anzutreffen. Es könnte lustig werden, und sie war gespannt, wer alles kommen würde. Vielleicht könnten Alison und ihre Mutter ja mal ein Wochenende ohne sie auskommen. Sie würde gleich heute Abend mit ihrer Mutter darüber reden und im Gegenzug versprechen, bis Oktober zu bleiben. Damit wäre sie hoffentlich versöhnt. Sosehr es ihr in Chatham gefiel, hatte sie bei Beths Nachricht doch Heimweh bekommen und wollte gern nach Charleston fahren – wenigstens für ein paar Tage.

*

Gegen halb drei spazierte Julia in den Coffee Shop. Caitlin wusste, dass sie nachmittags gern eine Pause machte, und bisher war sie jeden Tag vorbeigekommen. Sie bestellte immer das Gleiche: einen Latte macchiato mit extra Schaum und einem kleinen Spritzer Karamellsirup. Caitlin gab Sally den Auftrag, noch ehe Julia ihren Fuß ins Café setzte, sodass der Kaffee an der Theke parat stand, als sie dort ankam. Julia musste lachen.

»Danke. Ihr seid toll. War heute viel los?«

»O ja, auf jeden Fall. Aber jetzt am Nachmittag wird es ruhiger. Wie läuft es bei dir?«

»Gut. Ich hatte am Morgen und zum Mittag ziemlich viel Kundschaft. Eine Freundin meiner Mutter war da und hat eine Sonderanfertigung bestellt, ein goldenes Armband.«

»Das klingt teuer«, meinte Caitlin.

Julia grinste. »Das ist es. Aber es wird auch ganz besonders schön.«

»Wie gefällt es Kyle in Nashville?« Caitlin wusste, dass er jetzt etwas über eine Woche dort war.

Julias Lächeln versiegte, und sie nahm einen großen Schluck Kaffee, ehe sie antwortete. »Er sagt, es gefällt ihm gut. Allerdings ist es wohl ziemlich heiß dort. Ich werde nächste Woche hinfliegen und den Laden dafür zwei Tage dichtmachen.« Sie klang nicht allzu begeistert.

»Ach, das wird bestimmt schön. Du vermisst ihn sicher sehr.«
Julia zögerte. »Es ist ziemlich ruhig, seit er weg ist. Ich gehe nicht mehr so viel aus. Aber heute Abend veranstaltet eine Freundin eine Party, und ein anderer guter Freund von uns hat eine Band, also schätze ich, dass die spielen werden. Es wird bestimmt lustig.«

Ja, das hörte sich gut an, dachte Caitlin. Seit sie hier war, hatte sie noch kein einziges Event besucht. Hoffentlich konnte sie am Wochenende nach Hause fliegen und ihre Freundinnen treffen.

Nachdenklich sah Julia sie an. »Was machst du denn heute Abend? Hättest du Lust mitzukommen und meine Freunde kennenzulernen?«

Caitlin zögerte keine Sekunde. »O ja, absolut. Vielen Dank.«

»Ich texte dir meine Adresse. Komm doch gegen sechs vorbei, dann fahren wir zusammen los. Es ist eine ganz zwanglose Gartenparty, also bring am besten einen Pulli oder eine Jacke mit, falls es später kühl wird. Bestimmt machen sie aber auch ein kleines Feuer.«

»Das klingt perfekt. Dann bis später!«

*

Normalerweise schloss Julia ihr Geschäft um fünf, sonntags allerdings schon um drei. Mit ihrem Kaffee kehrte sie in den Laden zurück und nippte daran, während sie durch das Fenster die Leute auf der Main Street beobachtete. Sie hatte mehrmals ihre E-Mails kontrolliert und eine Nachricht zu dem Schmuckwettbewerb gesucht. Eigentlich hätte sie von denen doch schon etwas hören müssen. Sie versuchte sich damit zu beruhigen, dass keine Nachrichten bestimmt gute Nachrichten seien. Und heute war ein guter Tag gewesen, sodass sie zufrieden nach Hause fahren konnte.

Als sie in ihre Auffahrt einbog, sah sie, dass etwas auf ihrer Eingangstreppe stand und erkannte beim Näherkommen einen riesigen Strauß roter Rosen. Die waren bestimmt von Kyle. Es war das zweite Mal seit seinem Umzug, dass er ihr Blumen schickte. Der erste Strauß war nach einem Streit am Telefon gekommen, der ganz und gar seine Schuld gewesen war. Er hatte schlechte Laune gehabt und über etwas völlig Belangloses mit ihr gestritten. Als er sich nicht wieder beruhigen wollte, hatte sie aufgelegt. Bei seinem erneuten Anruf war sie nicht drangegangen, sondern hatte die Voicemail anspringen lassen. Am nächsten Tag waren die Blumen gekommen – mitsamt einer Entschuldigung. Er hatte erklärt, er sei wegen der Arbeit sehr gestresst gewesen. Im neuen Job gab es mehr Druck und Verantwortung, als er gewohnt war. Sie hatte das in gewisser Hinsicht nachvollziehen können. Trotzdem vermisste sie ihn nicht. Sie war sogar froh, dass er so weit weg war.

Seit diesem Vorfall war sie ihm gegenüber etwas distanzierter und er auffallend zuvorkommend. Es überraschte sie also nicht, erneut Blumen vorzufinden. Sie nahm die mitgelieferte Karte und las: »Ich vermisse dich und kann es kaum erwarten, dich nächsten Sonntag zu sehen. In Liebe, Kyle.«

Julia freute sich auf Nashville und hoffte auf eine schöne Zeit dort. Kyle hatte versprochen, ihr die Stadt zu zeigen und zu ein paar »Writer's Nights« zu gehen, bei denen aufstrebende Songwriter die Chance bekamen, zum ersten Mal auf einer Bühne zu singen. Für Sonntag und Montag habe er schon alles geplant, hatte Kyle gesagt.

Sie nahm die Rosen mit ins Haus, stellte sie auf den Küchentisch und rief Kyle an, um sich zu bedanken. Beim ersten Klingeln hob er ab.

»Hast du die Blumen bekommen?«

»Ja, sie sind wunderschön. Vielen Dank. Wie läuft's in Nashville?«

»Es ist heiß. Ansonsten aber gut. Heute Morgen war ich mit einem Arbeitskollegen Golf spielen und gerade im Pool schwimmen. Kommst du von der Arbeit?« Kyle wohnte in einer Wohnanlage mit Swimmingpool und Fitnesscenter. Es klang recht schick.

»Ja, es war ein guter Tag. Viel los.« Sie erzählte ihm von dem neuen Auftrag der Freundin ihrer Mutter.

»Prima. Und was machst du heute Abend? Filme gucken?« Kyle zog sie immer auf, weil sie so gern Hallmark-Liebesfilme schaute, und normalerweise tat sie sonntagabends genau das.

»Oh, heute mal nicht. Sue hat zu einer Gartenparty eingeladen, und ich nehme Caitlin mit. Vielleicht spielt Tim mit seiner Band, das wäre klasse.«

»Du gehst mit Caitlin? Ich wusste gar nicht, dass ihr jetzt befreundet seid. Du hast doch immer gesagt, ihr hättet gar nichts gemeinsam.« Er hatte recht, das hatte sie immer gesagt.

»Das letzte Mal habe ich sie vor zwei Jahren gesehen, und sie kommt mir jetzt ein wenig verändert vor – sie wirkt ernster und etwas erwachsener. Und ich weiß, dass sie hier fast niemanden kennt.« Nach Kyles Umzug hatte sie gemerkt, wie dankbar sie für ihre Freundinnen war, und dabei war ihr aufgegangen, dass Caitlin sich ohne ihren gewohnten Freundeskreis recht einsam fühlen musste. Außerdem waren sie im selben Alter.

Kyle schwieg einen Moment. »Das klingt doch gut. Hey, ich muss Schluss machen, ich glaube, der Pizzamann klopft gerade. Ich ruf dich morgen wieder an.«

Julia legte das Handy weg und starrte aus dem Fenster. Bis Caitlin käme, hatte sie noch etwas Zeit. Ihr war aufgefallen, dass die Telefonate mit Kyle immer kürzer wurden. Nun, da er sich mehr eingelebt und ein paar Freunde gewonnen hatte, war er mehr und mehr mit anderen Dingen beschäftigt. Sie freute sich für ihn, wunderte sich aber auch, wie schnell er sich an sein neues Leben gewöhnt hatte. Unentwegt schwärmte er von

Nashville und schien Cape Cod kein bisschen zu vermissen. Trotzdem wusste Julia, dass er *sie* vermisste. Doch dass er wieder aufs Cape zurückziehen würde, bezweifelte sie. Nashville war jetzt sein Zuhause. Und sie war nicht sicher, wie sie das finden sollte.

21. Kapitel

»Hübsch siehst du aus, mein Schatz. Hast du was vor?«, fragte Caitlins Mutter. Sie und ihre Großmutter saßen bei einem Glas Wein in der Küche und studierten die Speisekarten verschiedener Lieferdienste. Caitlin hatte die letzte halbe Stunde unterschiedliche Outfits anprobiert und sich dann für den hellblauen Baumwollpulli mit rundem Ausschnitt, ihre bestsitzende Jeans und die bequemen Leder-Flipflops entschieden. Dabei hatte sie gar nicht mitbekommen, dass ihre Mutter, die den ganzen Nachmittag über in der Buchhandlung gearbeitet hatte, nach Hause gekommen war.

»Julia möchte mich zu einer Gartenparty mitnehmen.«

Ihre Mutter schien das zu freuen, was Caitlin nicht weiter überraschte. Sie wusste, dass Jess und Alison immer gehofft hatten, ihre Töchter würden sich anfreunden. Seit Caitlin im Coffee Shop arbeitete, genoss sie den täglichen kleinen Plausch mit Julia bei ihren Besuchen und hatte den Eindruck, sie nach und nach besser kennenzulernen. Sie hatte immer gedacht, sie seien zu verschieden und hätten nichts gemeinsam, aber das schien sich geändert zu haben.

»Wie schön! Willst du dir meinen Wagen ausleihen? Deine Großmutter und ich bleiben heute zu Hause und lassen uns wahrscheinlich eine Pizza liefern.«

Caitlin lächelte. »Danke, aber Grams hat mir schon ihren Wagen angeboten.« Tatsächlich fuhr sie oft mit dem Auto ihrer Großmutter, vor allem an den Tagen, wo sie früh das Café aufschließen musste. Ihre Großmutter versicherte immer, das sei kein Problem – wenn sie selbst irgendwohin müsse, könne sie ja Jess' Leihwagen nehmen. Bislang hatte es gut funktioniert.

Caitlin fuhr los und fand direkt zu Julias Haus. Es war klein, aber pfiffig eingerichtet und hatte einen künstlerischen Touch. An den Wänden hingen farbenfrohe Gemälde, und hübsche Wurfdecken und Kissen in pastelligen Blau- und Grüntönen ließen das cremefarbene Sofa ausgesprochen gemütlich aussehen. Julias Küche war weiß mit grauen Wandfliesen im angesagten Metro-Design und Arbeitsplatten aus weißem Granit mit grauen Einlassungen, wodurch sie fast wie Marmor aussahen. In der Mitte stand eine Kücheninsel mit einer dicken Holzplatte zum Schneiden. Die Größe war ideal für zwei, und während Caitlin sich bewundernd umsah, spürte sie einen Stich der Eifersucht. Sie sollte ihr Leben auch endlich in den Griff bekommen und in eine eigene Wohnung ziehen.

»Können wir gleich los?«, wollte Julia wissen. Caitlin nickte. Ihr gefiel auch Julias Outfit, das ausgefallen und gleichzeitig sehr figurbetont war. Sie trug modisch zerlöcherte Jeans und eine weite grüne Bluse mit zickzackartigen Einschnitten, die das cremefarbene Seidentop darunter erkennen ließen. Das Haar fiel ihr offen und in sanften Wellen über die Schultern, und wenn das Licht darauf fiel, leuchteten die türkisfarbenen Enden geradezu.

Caitlin folgte Julia zu ihrem Wagen. Julia hatte ein Blech Brownies gebacken, Caitlin eine Flasche Chardonnay dabei. Als sie ankamen, schienen schon recht viele Gäste auf der Party zu sein, denn die Straße war gut vollgeparkt. Julia fand noch einen Platz hinter einem Pick-up.

»Ich hatte keine Ahnung, dass es eine so große Party sein würde«, sagte Caitlin auf dem Weg zum Haus.

Noch ehe sie das Haus erreichten, kamen zwei weitere Autos angefahren. »Ich dachte auch, es wäre nur ein kleines Barbecue«, sagte Julia. »So hatte Sue es jedenfalls angekündigt. Wahrscheinlich hat sich herumgesprochen, dass die Band spielt.« Sie grinste verschmitzt. »Hoffentlich hat sie die Nachbarn auch eingeladen, damit sie sich nicht über den Lärm beschweren.«

Im Haus stellte Julia sie erst Sue und dann Tim vor, dem Gitarristen der Band. Caitlin wusste bereits, dass die beiden zu Julias engstem Freundeskreis gehörten. Tim arbeitete als Steuerberater bei einer Firma in Hyannis.

»Abends und an den Wochenenden spielen wir an den verschiedensten Orten hier auf dem Cape. Überall da, wo man uns bucht«, erklärte er und stellte die anderen Bandmitglieder vor, die in der Küche an der Theke lehnten und Bier tranken. Caitlin nickte allen zu und hoffte, sie könnte sich die Namen merken.

»Und das hier ist ein früheres Bandmitglied. Aber er wurde zu gut für uns«, sagte Tim lachend, als sich jemand zu ihnen gesellte, den Caitlin sofort erkannte. Es war Jason, der Installateur, den sie in der Buchhandlung kennengelernt hatte.

»Ich kenne Caitlin schon«, sagte er. »Schön, dich wiederzusehen.«

»Du hast auch in der Band gespielt?« Sie fragte sich, warum er aufgehört hatte.

»Ich habe früher gesungen. Irgendwann passten die späten Abende dann nicht mehr so gut zum frühen Aufstehen fürs Klempnern. Aber es hat Spaß gemacht.«

»Vielleicht magst du heute ja ein oder zwei Songs übernehmen«, schlug Tim vor.

Jason lachte. »Vielleicht. Wir werden sehen. Meine Stimme ist bestimmt ziemlich eingerostet.«

»Kommt, wir gehen raus, und ich stelle euch die anderen vor«, sagte Sue. Sie nahm eine Platte mit rohen Hamburgern aus dem Kühlschrank, und Caitlin und Julia folgten ihr in den Garten, wo sie die Patties am Grill ablieferte, auf dem bereits ein paar davon neben einer Reihe Bratwürstchen lagen.

»Kevin«, sagte sie zu dem rundlichen Mann, der offenbar fürs

Grillen zuständig war, »das ist Julias Freundin Caitlin. Caitlin, das ist mein Partner Kevin.«

Kevin sagte fröhlich Hallo und widmete sich wieder seiner Arbeit. Sue setzte die Vorstellungsrunde fort – es waren mindestens fünfzig Gäste anwesend, und laufend wurden es mehr. Caitlin lächelte irgendwann nur noch, begrüßte alle und gab es auf, sich die Namen merken zu wollen.

Es war ein wunderbar klarer und lauer Abend – das perfekte Wetter für eine Grillparty.

»Eure Beleuchtung finde ich ganz wundervoll«, sagte Julia, bevor Sue die beiden Frauen wieder sich selbst überließ, um neue Gäste zu begrüßen. Kleine weiße Lichterketten glitzerten in den Bäumen und Büschen und hingen von der Terrassenüberdachung. Es sah sehr hübsch aus, vor allem, je weiter der Abend voranschritt und der Himmel immer dunkler wurde.

Es gab jede Menge Essen. Caitlin und Julia nahmen jede einen Cheeseburger und Kartoffelsalat und teilten sich eine halbe Stunde später einen Brownie. Sie setzten sich zum Essen an einen der Gartentische und lauschten von dort aus dem ersten Set der Band.

Sie war besser, als Caitlin gedacht hatte, sodass sie Julia nach dem ersten Song – ein Cover von Blake Shelton – überrascht ansah. Julia lachte. »Ich weiß. Die sind richtig gut, oder?«

»Die könnten sogar professionell spielen.«

»Sie machen das jetzt schon ein paar Jahre und spielen überall auf dem Cape, vor allem im Sommer. Für sie ist es das reine Vergnügen, und ich denke nicht, dass sie höhere Ambitionen haben.«

»Tim würde Musik bestimmt gern als Vollzeitjob machen. Die anderen nehmen es nicht so ernst«, sagte Jason und setzte sich auf den freien Stuhl neben Caitlin. »Entschuldigt, ich habe gerade zufällig mitgehört. Ihr habt doch nichts dagegen, dass ich mich zu euch setze?«

»Natürlich nicht«, sagte Julia.

Caitlin sah sich um. Es waren noch jede Menge andere Plätze frei.

Julia und Jason unterhielten sich eine Weile und erzählten einander das Neueste von gemeinsamen Bekannten.

»Jason, Tim und ich sind zusammen aufgewachsen«, erklärte Julia, als Caitlin lachen musste, weil sie oft gegenseitig ihre Sätze beendeten, wie es Geschwister manchmal taten. Es war offensichtlich, dass sie sich lange kannten, und man spürte ihre tiefe Freundschaft.

»Seit der Grundschule sind wir quasi unzertrennlich«, ergänzte Jason. »Wir haben uns in der fünften Klasse an der Bushaltestelle kennengelernt.«

Caitlin hatte in Charleston auch gute Freunde, aber über einen so langen Zeitraum kannte sie niemanden. Vielleicht war das der Unterschied, wenn man in einer Großstadt aufwuchs und nicht in einer Kleinstadt.

»Wo ist Kyle?«, erkundigte Jason sich irgendwann, und Julia erklärte, dass er einen neuen Job habe. Und dass sie in einer Woche für ein paar Tage nach Nashville fahren wolle.

»Nashville ist cool. Mein Mitbewohner im College kam von dort. Wenn Tim es mit der Musik ernst meint, sollte er auch dorthin gehen.«

»Ich glaube, diesen Traum hat er mittlerweile aufgegeben«, meinte Julia. »Und er ist ein richtig guter Steuerberater.«

Jason lachte. »Das stimmt. Meine Steuererklärung und die fürs Geschäft macht er jedenfalls super.«

»Wo hast du denn studiert?«, wollte Caitlin wissen. Sie war neugierig, warum jemand nach einem Studienabschluss als Handwerker arbeitete, fand es aber unhöflich, direkt nachzufragen.

Lächelnd sah er sie an. »Am Vanderbilt College, direkt in Nashville.«

Die Hochschule hatte einen ausgesprochen guten Ruf. »Und welches Fach?« Sofort bereute sie ihre Frage. Es ging sie eigentlich überhaupt nichts an.

Aber ihm schien es nichts auszumachen. »BWL. Nach der Schule habe ich in Boston bei einer Investmentfirma gearbeitet. Dann bekam mein Vater gesundheitliche Probleme, und ich legte eine Pause ein, um in seinem Betrieb auszuhelfen. Ich hatte schon früher immer in den Sommerferien bei ihm gearbeitet.« Er grinste. »Wie sich herausstellte, gefiel mir die handwerkliche Arbeit und das Führen eines eigenen kleinen Betriebs dann viel besser, als mit Zahlen zu jonglieren und jeden Tag in die Großstadt zu pendeln.«

»Arbeitet dein Vater immer noch?«

Er schüttelte den Kopf. »Nein, er ist vor ein paar Jahren in den Ruhestand gegangen. Der Betrieb gehört jetzt mir. Was ist mit dir? Machst du das mit dem Coffee Shop und der Buchhandlung nur vorübergehend, um deiner Mutter zu helfen?«

Sie nickte. »So ist es. Wobei ich in Charleston keinen richtigen Job habe. Um ehrlich zu sein, versuche ich noch herauszufinden, was genau ich arbeiten will.«

»Viele Leute probieren ja ein paar Sachen aus, bevor sie am richtigen Platz ankommen. Du wirst deinen schon noch finden.«

»Jason, die Band will was von dir«, sagte Julia.

Caitlin sah zur improvisierten Bühne, wo Tim Jason zuwinkte, er möge zu ihnen kommen.

»Ich schätze, da muss ich jetzt mal hin.« Jason stand auf, und Tim reichte ihm das Mikro, während die Band mit »Just Breathe« von Pearl Jam einsetzte. Caitlin erkannte die Nummer sofort, weil sie zu ihren Lieblingssongs gehörte. Jason hatte eine volle, tiefe Stimme, die auch ein wenig rau klang – perfekt für Pearl Jam. Sie war beeindruckt.

Er sang zwei weitere Songs, dann verschwand er im Haus.

Caitlin nahm an, dass sie ihn wohl nicht mehr sehen würde. Aber ein paar Minuten später kehrte er mit einem frischen Bier an ihren Tisch zurück.

»Das klang kein bisschen eingerostet«, sagte Julia. »Das war richtig gut.«

»Stimmt«, bekräftigte Caitlin. »Du könntest bestimmt auch professionell singen, wenn du das wolltest.«

Er lachte herzlich über die Idee. »Ach, das bezweifle ich. Das ist gar nicht so einfach. Und ich will auch auf keinen Fall nach Nashville ziehen. Ein Besuch? Immer gern. Aber zum Wohnen gefällt es mir auf dem Cape besser.«

»Ja, mir gefällt es hier auch gut. Es ist schön, mal den ganzen Sommer über hier zu sein. Normalerweise kommen wir nur für ein oder zwei Wochen, wenn überhaupt. Im letzten Jahr haben wir es gar nicht geschafft.«

»Gehst du denn bald wieder nach Charleston zurück?«, wollte Jason wissen.

»Wahrscheinlich im Herbst.«

Er nickte. »Da spürt man immer den großen Umbruch. Alle Touristen fahren nach Hause.«

»Wird es euch dann nicht zu ruhig?«

Julia und Jason tauschten Blicke. »Das fragen die Leute immer: wie wir es im Winter hier aushalten.« Julia schmunzelte.

Jason lachte. »Sie können sich nicht vorstellen, dass es uns nichts ausmacht, wenn die Massen verschwinden. In der Nebensaison ist das Cape tatsächlich auch wunderschön. Ruhiger, natürlich, aber das hat ja auch Vorteile … weniger Verkehr, zum Beispiel.«

»Bei meinem letzten Besuch im Winter war ich zu klein, um mich noch daran zu erinnern. Normalerweise kommt meine Großmutter an Weihnachten nämlich zu uns. Aber ich weiß, dass auch sie alle Jahreszeiten hier liebt. Sie schickt uns das ganze Jahr über immer tolle Fotos.« Caitlin stellte sich Chatham ohne Touristen wie eine Geisterstadt vor. Sie hoffte, es kämen trotzdem genug Einheimische in die Buchhandlung und den Coffee Shop, um das Geschäft am Laufen zu halten. Aber sie wusste ja, dass ihre Mutter und Alison recherchiert hatten, ob die Einnahmen im gesamten Jahr ausreichen würden.

»Du solltest es dir mal ansehen. Bleib noch etwas länger, oder komm im Winter wieder, damit du es selbst beurteilen kannst«, sagte Jason.

»Wie sind überhaupt deine Pläne, wenn du wieder zurückgehst?«, wollte Julia wissen.

»Wahrscheinlich melde ich mich erst einmal bei einer Zeitarbeitsfirma, während ich etwas Neues suche.«

»Jason!« Zwei Männer, die anscheinend gerade erst angekommen waren, standen bei der Band und winkten ihn zu sich.

»Oh, wie es aussieht, werde ich verlangt.« Er stand auf. »Bitte entschuldigt mich, ich habe die beiden schon eine Weile nicht mehr gesehen. Aber danach komme ich wieder, okay?«

»Ja, nun geh schon«, drängte Julia. Sobald er außer Hörweite war, drehte sie sich zu Caitlin.

»Zu schade, dass du wieder nach Charleston musst. Jason ist ein toller Typ und seit kurzem wieder Single.«

»Ach ja?« Caitlin merkte, dass sie durchaus neugierig auf den Mann war. Schon bei seinem ersten Besuch in der Buchhandlung war er ihr aufgefallen. Aber ihre Erfolgsbilanz bei Männern war nicht gerade rosig, und es hatte ja auch keinen Sinn, etwas anzufangen, wenn sie bald wieder nach Hause wollte.

»Er war fast drei Jahre mit Merry Andrews zusammen. Wir waren fest davon ausgegangen, dass sie sich bald verloben würden, aber dann haben sie sich überraschend getrennt. Viel mehr weiß ich auch nicht, aber es ist noch nicht sehr lange her, vielleicht sechs Monate oder so. Man munkelt, sie hätte ihn mit dem Typen betrogen, mit dem sie jetzt zusammen ist. Ich weiß aber nicht, ob das stimmt.«

»Wenn es tatsächlich so war, könnte ich gut verstehen, dass er lieber noch eine Weile allein bleiben will.«

»Ich denke, er ist allmählich wieder bereit für etwas Neues. Als Kyle und ich das letzte Mal im *Squire* waren, hat er sich eingehend mit einer hübschen Blondine unterhalten.« Sie lächelte. »Er kam nur kurz, um hallo zu sagen, und als ich ihn fragte, ob er mit dem Mädel zusammen sei, grinste er und meinte: ›Noch nicht.‹«

»Das heißt also, er hat schon wieder jemanden ins Auge gefasst?« Caitlin spürte einen Stich der Enttäuschung.

Julia schüttelte den Kopf. »Ich glaube nicht. Sie ist nicht hier – und das wäre sie ja wohl, wenn sie zusammen wären.«

Auf einmal kam Caitlin ein Gedanke. »Wärst du an ihm interessiert? Ich meine, wenn es mit Kyle und Nashville nicht mehr funktioniert …«

Julia lachte. »Nein. Jason ist ein prima Kerl, aber wir sind schon seit Jahren gute Freunde – er ist wie ein Bruder für mich.«

Caitlin grinste. »Ein ziemlich gutaussehender Bruder.«

»Bist du sicher, dass du wieder nach Charleston zurückwillst?« Julias Ton war neckend, aber die Frage klang dennoch ernstgemeint.

»Mein ganzes Leben ist dort. Es ist mein Zuhause.«

»Das verstehe ich. So geht es mir mit Chatham. Vor allem jetzt, wo ich den Laden habe.«

Die Band spielte noch eine Runde, und im Anschluss mischten sich Julia und Caitlin unter die anderen Gäste, damit Julia ihr weitere Freunde und Bekannte vorstellen konnte. Alle waren freundlich, und die meisten von ihnen wohnten in Chatham. Viele kannten Julia noch aus der Schule. Caitlin ertappte sich dabei, dass sie immer wieder Ausschau nach Jason hielt. Dann entdeckte sie ihn bei einer Gruppe von Männern, die er offenbar gut kannte – alle lachten und schienen sich zu amüsieren. Erst als sie und Julia die Party verließen, trafen sie ihn wieder. Er verabschiedete sich gerade von einem Freund und wollte wieder ins Haus gehen.

»Geht ihr zwei schon?«

»Ja. Es war schön, dich zu treffen, Jason.« Julia nahm ihn zum Abschied kurz in den Arm.

»Ich habe mich auch gefreut.«

Dann sah er Caitlin an und lächelte. »Und auch, dass wir uns kennengelernt haben.« Er lehnte sich zu ihr und nahm sie ebenfalls in den Arm. Caitlin stockte kurz der Atem. Es war nur eine flüchtige Umarmung, doch seine Nähe und sein Duft – nach Seife und vielleicht einem Hauch Aftershave – bescherten ihr weiche Knie.

»Gute Nacht, Jason.« Sie ging mit Julia zum Wagen und widerstand dem Drang, sich umzusehen.

22. Kapitel

Am Sonntagmorgen saß Jess in der Küche, nippte an ihrem zweiten Kaffee und starrte auf die Online-Kontoübersicht der Buchhandlung. Ihre Umsätze waren noch immer nicht so hoch, wie sie gehofft hatte. Bisher kamen sie so gerade eben über die Runden. Nach Abzug der Gehaltszahlungen an ihre Angestellten und aller weiterer Ausgaben blieb nur wenig übrig. Sie spürte leichte Kopfschmerzen und merkte nicht einmal, dass sie sich die Stirn rieb, bis ihre Mutter hereinkam und sie eindringlich ansah.

»Stimmt etwas nicht?«

Jess blickte auf und sah in das besorgte Gesicht ihrer Mutter. Sie war versucht zu versichern, dass alles in Ordnung sei. Gleichzeitig wusste sie, dass ihre Mutter sich nicht täuschen ließe.

»Ich mache mir nur etwas Sorgen über die Umsätze der Buchhandlung. Sie sind nicht so gut, wie sie sein sollten.«

Ihre Mutter schenkte sich auch einen Kaffee ein und schob sich neben Jess auf einen Hocker.

»Ihr habt doch erst seit Kurzem geöffnet. Vielleicht dauert es einfach eine Weile, bis sich alles eingespielt hat?«

Jess seufzte. »Aber gerade herrscht Hochsaison, und wir haben ein etabliertes Unternehmen übernommen. Es ist nicht so, dass wir irgendetwas aufbauen müssten.«

Ihre Mutter rührte einen halben Löffel Zucker in ihren Kaffee, bevor sie einen Schluck trank. Sie starrte aus dem Fenster und nahm einen weiteren Schluck, ehe sie den Becher absetzte.

»Du hast dir die Zahlen doch angesehen, bevor ihr den Laden

übernommen habt, oder? So viel anders kann es doch jetzt nicht laufen.«

»Vielleicht hätte ich genauer hinschauen müssen. Die Umsätze waren schon etwas gesunken, aber ich dachte, es lag daran, dass Ellen ein wenig müde geworden war und ein paar ihrer üblichen Veranstaltungen eingestellt hatte.«

»Na gut. Aber habt ihr die denn wieder aktiviert? Du hast doch mal was von Signierstunden und Märchennachmittagen für Kinder erzählt.«

»Bisher noch nicht. Wir haben einige Autoren aus der Gegend kontaktiert, und ein paar davon haben Interesse geäußert, aber bisher haben wir noch keine Signierzeiten vereinbart. Aber die Märchenstunde soll nächste Woche beginnen.«

Ihre Mutter lächelte. »Dann habt ihr doch einen Plan. Ich würde mir jetzt noch nicht allzu viele Sorgen machen. Warte ab, wie sich die Dinge entwickeln, wenn ihr ein paar dieser Aktionen gestartet habt. Vielleicht könnt ihr auch noch etwas anderes versuchen. Wie wäre es zum Beispiel mit einer Bonuskarte?«

»Bonuskarte? Meinst du so etwas wie eine Kreditkarte?«

»Nein. Ich weiß nicht genau, wie man das nennt. Man zeigt seine Karte vor, wenn man etwas kauft, und bekommt dann einen Rabatt oder so etwas?«

»Eine Treuekarte? Das ist tatsächlich eine großartige Idee, Mom. Ich werde gleich einmal mit Alison darüber sprechen.«

»Schön! Euch wird schon etwas einfallen. Der Coffee Shop scheint aber gut zu laufen. Ich war gestern dort, und Caitlin stand hinter der Theke. Da war eine Schlange, aber ich kam trotzdem recht schnell dran. Ich habe einen dieser Bohnen-Brownies von Alison probiert und war erst skeptisch, doch er hat überraschend gut geschmeckt.«

Jess lachte. »Die sind wirklich gut – und am Anfang war ich auch skeptisch. Ja, das Café läuft super, da liegen wir mit den

Umsätzen sogar über unseren Erwartungen, wodurch die Buchhandlung natürlich noch mehr abfällt. Aber Caitlin macht ihre Sache ganz toll. Und sie hat zugesagt, bis Oktober zu bleiben.«

»Das sind ja gute Neuigkeiten.«

»Ja, der Pferdefuß ist nur, dass sie jetzt bald über ein Wochenende nach Charleston fliegen will – um ihre Freundinnen zu sehen und um zur wichtigsten Party des Sommers zu gehen.«

Ihre Mutter lachte. Sie wussten beide, dass Caitlin ein wenig dramatisch sein konnte. »Natürlich habe ich sofort mein Okay gegeben. Jetzt, wo wir es rechtzeitig wissen, können wir umplanen und ihre Schichten auf die anderen verteilen – und dazu ist es eine große Hilfe, wenn sie bis Mitte Oktober bleibt.«

Als Caitlin mit ihrem Anliegen herausrückte, hatte Jess gemerkt, wie sehr ihr selbst Charleston und ihr früherer normaler Alltag fehlten – so wie es gewesen war, bevor sie Lindas Babybauch entdeckt hatte. Sie vermisste es, ihre Freundinnen zum Mittagessen zu treffen oder im Country Club Tennis zu spielen. Alles schien eine Welt weit entfernt, und sie war darüber ganz traurig geworden. Aber dann war ein kleines Rotkehlchen am Fenster vorbeigeflogen und auf einer blühenden Blumenranke gelandet. Es war ein wundervoller, sonniger Tag gewesen – ein geradezu perfekter Strandtag. Sie sollte sich öfter einmal Zeit nehmen, um ein wenig in der warmen Sonne zu entspannen.

»Vielleicht bleibst du ja hier und gehst gar nicht mehr zurück«, schlug ihre Mutter vor. Jess wusste, ihrer Mutter würde es sehr gefallen, wenn sie ganz nach Hause zurückkehrte. Aber das zog sie nicht ernsthaft in Erwägung.

»Du musst dir über vieles klarwerden. Geh zurück und schau dir eine Weile an, wie es sich gestaltet. Chatham bleibt immer eine Option. Vielleicht kannst du deine Zeit auch aufteilen: sechs Monate hier und sechs Monate dort?«

»Vielleicht.« Jess konnte sich nicht vorstellen, wie das gehen sollte, wenn sie in Charleston wieder als Anwältin arbeitete, aber es war eine schöne Vorstellung, den Winter im Süden zu verbringen und Sommer und Herbst in Chatham.

*

Alison sah sich in der Buchhandlung um. Sie hatten seit einer halben Stunde geöffnet, und noch nicht ein Kunde war in den Laden gekommen. Es war ein grandioser Tag, perfektes Strandwetter, und wahrscheinlich waren alle auch genau dort: am Strand.

Alison musste nicht in die Zahlen schauen, um zu wissen, dass die Umsätze nicht ihren Erwartungen entsprachen. Zum Glück lief das Geschäft im Coffee Shop immer besser, aber bei den Büchern waren die Verkäufe schleppend, und sie wusste nicht, wie sie das ändern sollten. Der Laden könnte nicht besser aussehen, wie sie fand – sie hatten ein paar neue und sehr schöne Gemälde an die freien Wände gehängt: Meereslandschaften in Pastellkreide von ansässigen Malern, was dem Raum ein künstlerisches Ambiente verlieh.

Die Büchertische hatte sie so umarrangiert, dass nicht nur bekannte Bestseller darauf auslagen, sondern auch einige Bücher von unbekannteren Autorinnen und Autoren, die sie selbst gelesen hatte und gern empfehlen wollte. Einen weiteren Tisch hatte sie nahe am Eingang platziert, sodass er beim Betreten als Erstes ins Auge fiel, und darauf nur Bücher von ortsansässigen Schriftstellerinnen und Schriftstellern sowie Literatur mit Bezug zum Cape und den umliegenden Inseln zusammengestellt. Der Verkauf dieser Bücher hatte seither tatsächlich zugenommen, aber es reichte bei weitem nicht.

Alison spürte, wie sich ihr Magen empfindlich zusammenzog, als sie auch an ihre eigenen Finanzen dachte. Diese hingen natürlich unmittelbar von den Einnahmen der Buchhandlung ab, denn sie wollte nicht, dass Jess mit ihrer Investition Geld verlor. Und wenn es doch geschah, würde es Alison ebenso betreffen. Bislang hatte sie es auch noch nicht geschafft, größere Aufträge als freiberufliche Lektorin an Land zu ziehen. Wie sie befürchtet hatte, war es nicht so einfach, sich auf diesem Gebiet einen Namen zu machen. Nur Jim gab ihr hin und wieder Artikel, die überarbeitet werden mussten, doch war ihr bewusst, dass dies auf Dauer keine zuverlässige Einnahmequelle war.

Es bestand noch die Option, unverkaufte Buchbestände an die Großhändler zurückzugeben, doch es schien ihr nicht richtig, diese Bücher aufzugeben. Vielleicht musste sie nur einen Weg finden, sie besser zu bewerben. Julia hatte erklärt, man könne über Social Media neue Kundschaft gewinnen, aber Alison hatte zu wenig Ahnung davon, als dass sie sich vorstellen könnte, wie das funktionieren sollte.

In Hyannis hatte sie neulich in einer Buchhandlung etwas gesehen, das ihr jetzt wieder einfiel und bei ihnen vielleicht auch funktionieren könnte: Dort steckten in vielen Büchern kleine Karteikarten mit Kurzkritiken und persönlichen Empfehlungen von der Belegschaft.

Sie ging ins Büro und fand dort einen Stapel gelber Karteikärtchen, die sie dafür einsetzen konnte. Sie hatte so viele Bücher gelesen und die meisten davon mit großem Vergnügen. Eine Stunde später hatte sie ihre jeweiligen Gedanken dazu aufgeschrieben und die Karten unterhalb der Bücher an die Regale geklebt. Es war keine moderne Technik und auch nicht besonders kreativ, aber immerhin hatte sie etwas unternommen. Und die Bücher hatten verdient, dass man sie anpries – vielleicht würden sie so ihre Abnehmer finden.

23. Kapitel

»Fliegst du gleich los?«, fragte Caitlin, als Julia am Sonntag in den Coffee Shop kam.

»Ja, ich bin gerade auf dem Weg zum Flughafen. Mein Flug geht um drei, und ich dachte, ich hole mir noch einen Kaffee für die Fahrt.«

»Und am Dienstag kommst du zurück?«

Julia nickte. »Dienstagabend. Dann kann ich dir am Mittwoch alles erzählen.«

»Ich hoffe, du hast eine schöne Zeit. Mach viele Fotos.«

In Caitlins Augen las Julia leichte Besorgnis. Sie entsprach ihrer eigenen. Aber sie war entschlossen, die Reise als Urlaub zu betrachten und sich zu amüsieren.

»Danke, das werde ich.«

Sie nahm ihren Kaffee, naschte ein wenig von dem Schaum mit Karamellsirup und ging zu ihrem Wagen. Gepackt hatte sie schon am Abend zuvor, sodass sie sofort vom Geschäft aus starten konnte. Am Sonntagmittag war der Verkehr Richtung Flughafen unberechenbar, je nachdem, wie viele Touristen unterwegs waren, und sie hatte eine Stunde als Puffer eingeplant. Zum Glück war es ein heißer, sonniger Tag, was bedeutete, dass die Leute länger am Strand blieben und erst später in ihre Autos stiegen.

Julia erreichte Logan Airport mit ausreichend Zeit, stellte ihr Auto ab und durchlief entspannt die Sicherheitskontrolle. Während sie aufs Boarding wartete, surfte sie auf dem mitgebrachten Laptop noch ein bisschen im Internet. Der Flug selbst dauerte etwas über zwei Stunden, sodass sie kurz nach fünf in Nashville landete.

Als sie sich im Ankunftsterminal umsah, wunderte sie sich, dass Kyle nirgends zu entdecken war. Sie hatte kein Gepäck eingecheckt und daher nicht auf ihren Koffer warten müssen – vielleicht hatte er sich daher mit der Zeit ein wenig verschätzt. Kurz darauf erhielt sie eine Nachricht.

Tut mir leid, bin spät dran. Hole dich draußen ab.

Eine Viertelstunde später erspähte sie Kyles Wagen. Er fuhr vor dem Terminal rechts ran, stieg aus und umarmte sie zur Begrüßung. Dann verstaute er ihren kleinen Koffer auf dem Rücksitz, und sie fuhren los. Sie konnte sich nicht erinnern, dass Kyle jemals zu irgendetwas zu spät gekommen wäre.

»Ich wurde in der Arbeit aufgehalten. Im Moment ist wahnsinnig viel zu tun. Ich hoffe, du hast nicht allzu lange gewartet?«

Sie schüttelte den Kopf. »Nein, nicht so lange.«

Der Verkehr war einigermaßen ruhig, sodass sie eine halbe Stunde später bei seiner Wohnanlage ankamen. Kyle nahm ihr Gepäck und führte sie in sein Apartment. Es sah genauso aus wie auf seinen Fotos, sauber und ordentlich, allerdings auch noch recht unbewohnt.

»Da fehlen noch ein paar Bilder an den Wänden«, sagte Julia, denn die Wände waren vollkommen nackt, und auch auf den Küchentheken standen noch keine Geräte. Aber sie wusste, dass Kyle ohnehin ungern kochte und lieber Essen bestellte.

»Ich war zu beschäftigt, um irgendwas zu dekorieren.« Seine Stimme klang gepresst, und sie fragte sich, ob sie ihn beleidigt hatte.

»Dann hast du die ganze Zeit zu tun? Wie läuft es denn so im Job?«

Jetzt lächelte er wieder und wirkte gelöster, als er über seine Arbeit redete.

»Es war eine gute Entscheidung herzukommen. Die Firma wächst, und ich kann richtig etwas bewirken. Wir bereiten uns auf den Launch eines neuen Produkts vor, eine super innovative Bestellsoftware. Und sie ist Cloud-basiert, was uns eine gute Stellung auf dem umkämpften Markt sichert. Ich habe also oft bis spät in der Nacht gearbeitet.« Er trat zu ihr, nahm sie in die Arme und gab ihr einen schnellen Kuss. »Aber du fehlst mir. Es ist nicht einfach, die ganze Zeit so weit weg zu sein. Hast du mich auch vermisst?« Er sah ihr tief in die Augen, und sie spürte, dass sie Herzklopfen bekam.

»Natürlich habe ich dich vermisst. Es ist nicht mehr dasselbe, jetzt wo du hier bist.«

Er grinste. »Ich wusste, dass du mich vermissen würdest. Hast du dir schon überlegt, wann du herziehen möchtest?«

Das schöne warme Gefühl verflog.

»Kyle, du bist gerade erst umgezogen. Wir haben doch schon darüber gesprochen – es ist viel zu früh, als dass ich so eine Entscheidung jetzt schon treffen könnte.«

Er schwieg einen Moment, dann nickte er. »Okay. Das war einfach Wunschdenken meinerseits, weil ich dich so vermisse.« Er sah auf die Uhr. »Wir sollten dann gleich mal los. Ich habe für halb sieben einen Tisch im *Bluebird Café* reserviert.«

Julia ging kurz ins Bad, warf sich etwas Wasser ins Gesicht, bürstete die Haare und trug ein wenig Lippenstift auf. Sie freute sich schon auf das Essen und die »Writer's Night«. Das *Bluebird Café* war berühmt für diese Veranstaltungen, bei denen unbekannte Singer-Songwriter auftraten in der Hoffnung, von einem Manager oder einer Plattenfirma entdeckt zu werden.

Das Lokal war kleiner als erwartet, mit etwa hundert Plätzen, was bedeutete, dass man die Bühne von überall aus gut sehen konnte und eine heimelige Atmosphäre herrschte. Der Service war gut, und ihr Kellner zählte geduldig alle Tagesgerichte auf. Sie beschlossen, sich eine Portion gegrillten Rosenkohl zu teilen, und bestellten jeder ein Club-Sandwich mit Putenfleisch. Das Essen schmeckte schon gut, aber die Auftritte waren geradezu phänomenal.

Insgesamt traten fünf Künstler auf. Alle spielten drei Songs, plauderten ein wenig darüber, was sie zu diesen Songs inspiriert hatte, und waren allesamt ausnehmend gut.

»Ich frage mich, ob wir heute jemanden gesehen haben, der bald Karriere macht«, überlegte Julia nach der letzten Nummer laut. Der Kellner, der gerade ihr Wasserglas nachfüllte, hatte sie gehört.

»Das kann man tatsächlich nie wissen. Hier wurden schon viele große Stars entdeckt: Keith Urban, Taylor Swift, Garth Brooks … Wussten Sie, dass der Nashville schon verlassen wollte, nachdem er von allen Plattenfirmen Absagen bekommen hatte? Danach spielte er hier, erntete stehende Ovationen, und zufällig war jemand von Capitol Records da. Die haben ihm noch hinter der Bühne einen Plattenvertrag unter die Nase gehalten und unterzeichnen lassen. Der Rest ist Geschichte.«

»Wow, das wusste ich nicht. Wie spannend! Ist das nicht unglaublich, Kyle?« Begeistert strahlte Julia ihn an und spürte noch immer die besondere Atmosphäre, die von den Auftritten nachklang.

Kyle gähnte und warf einen kritischen Blick auf den Kellner, der auffallend gut aussah. »Erstaunlich, ja. Ich möchte dann zahlen, bitte.«

Draußen auf der Straße war Julia noch immer von der Musik beseelt. »Können wir noch woanders hingehen und Livemusik hören? Es gibt doch bestimmt mehr Musikbars in der Nähe, und der Abend ist noch jung.«

Kyle sah auf die Uhr. »Es ist fast elf, und ich muss morgen arbeiten. Ich denke, wir fahren besser nach Hause.«

»Ach, du hast morgen nicht frei?« Sie war davon ausgegangen, dass er sich Montag und Dienstag freinehmen würde, wenn sie da war.

»Ich habe am Dienstag frei, damit ich dich nachmittags zum Flughafen bringen kann, und vorher könnten wir noch etwas essen gehen. Im Moment ist zu viel los, als dass ich zwei Tage fehlen darf. Ich dachte, du kannst dich morgen tagsüber einfach ausruhen, ein bisschen shoppen oder so, und abends gehen wir noch mal aus.«

»Na gut.« Sie war enttäuscht, aber versuchte, sich nichts anmerken zu lassen.

»Du kannst morgen mein Auto haben. Das Büro liegt nur ein paar Meilen die Straße runter, da könntest du mich morgens absetzen und dann die Stadt erkunden.« Er lächelte sie an, als gäbe es nichts Schöneres, als einen ganzen Tag lang allein in einer fremden Stadt herumzulaufen.

»Klar. Das klingt gut. Ich werde ein paar Sehenswürdigkeiten abklappern.«

Zurück in der Wohnung, war Kyle wieder bester Laune, und so blieben sie doch noch eine ganze Weile auf und bekamen auch im Bett nur wenig Schlaf. Die körperliche Anziehung zwischen ihnen war schon immer stark gewesen, und Julia merkte erst jetzt, wie sehr sie seine Berührungen und das Aufwachen neben ihm vermisst hatte. Es war wie früher und doch auch irgendwie anders.

Kyles Wecker klingelte um kurz nach sechs. Als Julia die Augen aufschlug und die fremde Umgebung sah, war sie zunächst desorientiert. Sie gähnte, rollte sich zur Seite und wollte noch so lange wie möglich liegen bleiben. Kyle fluchte leise, schwang sich aus dem Bett und tapste ins Bad. Eine halbe Stunde später mahnte er sie von der Schlafzimmertür aus aufzustehen. Behäbig schlurfte sie in die Küche, wo Kyle vor einem Müsli und Kaffee saß.

»Wann musst du denn da sein?« Es war erst sieben Uhr.

Kyle blickte auf. »Ich bin gern um halb acht schon da.«

»Okay, gib mir zwei Minuten zum Anziehen.« Sie warf sich in Jeans und T-Shirt und band die Haare zum Pferdeschwanz. Immer noch müde, versuchte sie sich den Weg zu merken, während Kyle zur Firma fuhr. Vor dem Eingang gab er ihr seine Schlüssel und wünschte ihr einen tollen Tag.

»Du kannst mich um halb sechs hier am Eingang wieder abholen, ich warte da auf dich.« Gutgelaunt gab er ihr noch einen schnellen Kuss, dann sprintete er praktisch ins Gebäude. Julia freute sich, dass ihm seine Arbeit so gut gefiel, fühlte aber auch ein wenig Enttäuschung, weil er nicht einmal versucht hatte, den Tag freizubekommen.

Sie fuhr in die Wohnung zurück, machte sich nun auch einen Kaffee und holte ihren Laptop, um den Tag zu planen. Sie wollte das Beste daraus machen und möglichst viel von Nashville sehen. TripAdvisor empfahl einige Stadtrundfahrten, und sie entschied sich für eine über neunzig Minuten mit vierzehn Haltestellen und etwa einhundert Sehenswürdigkeiten, bei der sie nach Belieben aus- und in einen nächsten Bus wieder einsteigen konnte, falls sie irgendwo länger verweilen wollte. Eine Tour dieser Art hatte sie schon in London gemacht und sehr bequem und interessant gefunden.

Außerdem gab es noch eine »Food-Tour« mit verschiedenen Essensangeboten, die sich spannend las. Julia dachte, das könnte zur Mittagszeit praktisch sein, gefolgt von einer Besichtigung der *Country Music Hall of Fame* mit ihrem Museum.

Beide Touren war großartig. Nach der zweiten war sie gut gesättigt von den verschiedenen lokalen Spezialitäten wie etwa gebratenem Hühnchen, gegrilltem Schweinefleisch mit geriebenem Käse und himmlischen Donuts als Nachtisch. Nach ihrem Museumsbesuch, der sie ebenfalls faszinierte, fuhr Julia wieder zu Kyles Apartment und hatte noch eine halbe Stunde bis zu seinem Feierabend. Sie rief ihre Mutter an, um hallo zu sagen und zu hören, was sie so machte. Ihre Mutter nahm beim ersten Klingeln ab und klang überrascht von ihrem Anruf.

»Hallo, mein Schatz. Ist alles in Ordnung?« Im Hintergrund hörte Julia die Kasse auf- und zuspringen.

»Ja, alles gut. Ich dachte nur, ich melde mich mal kurz. Ich bin gerade von zwei Stadtbesichtigungen zurück und habe noch ein bisschen Zeit, bevor ich Kyle abhole. Bist du im Laden? Wenn viel zu tun ist, kann ich auch auflegen.«

»Ja, ich bin im Geschäft, aber es ist nicht besonders viel los. Brooklyn übernimmt die Kasse, da kann ich ein bisschen plaudern. Wo ist Kyle denn? Hat er dich heute nicht herumgeführt?«

»Nein, er arbeitet. Aber er hat sich morgen freigenommen.«

Ihre Mutter schwieg einen Moment. »Na ja, das ist dann wohl ein gutes Zeichen, wenn er viel zu tun hat.«

»Ja, das hat er. Wegen seiner neuen Stelle wollte er nicht um Urlaub bitten. Irgendwie verstehe ich das ja, aber es hat mich schon überrascht«, gab Julia zu.

»Habt ihr gestern Abend etwas Spannendes unternommen?«

»O ja!« Julia erzählte ihr vom *Bluebird Café*.

»Na, das klingt ja toll, mein Schatz. Mach dir mal keine allzu großen Sorgen wegen Kyle. Er ist noch neu in dem Job, und immerhin nimmt er sich morgen frei, oder?«

»Ja. Ist schon gut. Ich habe mich nur gewundert. Wie läuft es bei euch?«

»Im Coffee Shop ist so viel los wie nie, aber bei den Büchern ist es eher ruhig. Ich weiß, dass Jess sich Sorgen macht, so wie ich auch ... Ich will nicht, dass sie ihr Geld verliert.«

»Ihr habt doch auch erst wenige Wochen auf, Mom. Sobald ihr ein paar der Veranstaltungen durchführt, über die wir gesprochen haben, wird es bestimmt besser.« So hoffte Julia jedenfalls.

»Du hast sicher recht. Ich wünsch dir eine sichere Rückreise, und wir sehen uns ja, wenn du wieder hier bist.«

Am Ende des Gesprächs klang ihre Mutter ein bisschen fröhlicher, und Julia fühlte sich etwas weniger frustriert wegen Kyle. Ihre Mutter hatte recht; Kyle war immer noch neu in seinem Job, und sie hatte ihn noch nie so sehr auf seine Arbeit fokussiert erlebt. Sie freute sich für ihn.

Punkt halb sechs fuhr Julia vor den Eingang der Firma. Noch war nichts von Kyle zu sehen. Sie wartete ein paar Minuten, dann schickte sie ihm eine Nachricht. Nach weiteren zwei Minuten kam die Antwort.

Sorry. Bin in ein paar Minuten draußen, müssen hier noch was fertigmachen.

Es vergingen weitere zehn Minuten, und um Viertel vor sechs war Julia wieder genervt. Endlich, um zehn vor, kam Kyle mit zwei Kollegen aus dem Gebäude. Sie lachten, und bevor er zum Wagen ging, klatschten sie ihn per *high five* ab. Offenbar gab es etwas zu feiern. Julia stieg aus und gab Kyle den Autoschlüssel.

»Tut mir furchtbar leid, aber ich habe tolle Neuigkeiten. Wir haben gerade einen riesigen Deal abgeschlossen. Riesig!«

»Das ist super.« Julia zwang sich zu einem Lächeln, ging um das Auto herum und setzte sich auf den Beifahrersitz.

Auf der Fahrt erzählte Kyle ihr alles über diesen großen Deal. »Das bedeutet, dass wir noch mehr Leute einstellen müssen. Allein in meinem Team brauche ich noch zwei oder drei. Und sie reden davon, dass wir in ein paar Jahren vielleicht an die Börse gehen. Da könnten meine Aktien irgendwann mal richtig viel wert sein.« Seine Begeisterung war ansteckend – so enthusiastisch hatte Julia ihn schon lange nicht mehr erlebt.

»Das ist großartig, Kyle. Da müssen wir heute Abend ja feiern.«

Er grinste sie an. »Auf jeden Fall. Und morgen können wir ausschlafen. Das wird mit Sicherheit ein schöner Abend.«

Sie gingen wunderbar essen und stießen mit einer Flasche gutem Champagner auf Kyles Firma und den erwarteten Erfolg an. In einem anderen Club besuchten sie wieder eine »Writer's Night«, und Julia konnte wiederum kaum fassen, wie talentiert die vielen jungen Musiker waren.

»Wie kann überhaupt jemand entdeckt werden, wenn alle so gut sind?«, fragte sie nach dem letzten Song.

»Ja, die haben alle wahnsinnig viel Talent«, stimmte Kyle zu. »Möchtest du noch woanders etwas trinken gehen und Musik hören, bevor wir nach Hause fahren? Heute haben wir es ja nicht so eilig.«

»Gern.« Er führte sie in eine nahe gelegene Bar, vor der ein großes Schild für Livemusik warb.

»Es gibt immer genug Auswahl, wenn man gute Musik hören will. Es würde dir bestimmt gefallen, hier zu wohnen«, sagte Kyle, während sie hineingingen und sich an die Theke setzten. Es sah so aus, als wollte die Band gleich mit ihrem zweiten Set beginnen, und nachdem Kyle und Julia bestellt hatten, ging es tatsächlich los. Sie spielten etwa zwanzig Minuten vor der nächsten Pause und waren exzellent. Wie bei den meisten Konzerten, die Julia hier erlebt hatte, spielten sie Country, aber in einer bluesigen Rockversion, die ihr besonders gut gefiel. Die Band schien sich schon einen Namen gemacht zu haben, denn die Musiker wirkten älter als die anderen, die sie gestern und heute gehört hatte, etwa Mitte bis Ende dreißig.

Vor allem der Leadsänger war beeindruckend. Er hatte eine tolle Stimme und zudem eine unglaubliche Bühnenpräsenz und viel Charisma. Als er lächelte, lächelte Julia geradewegs zurück – als würde er sie direkt ansingen, was er natürlich nicht tat. Sie kam auch nicht umhin zu bemerken, wie gut er aussah, mit seinem etwas zu langen, fast schwarzen Haar und dem leichten Stoppelbart – diesen Look hatte sie schon immer attraktiv gefunden. Sie warf einen Blick auf Kyle, der ganz auf die

Musik konzentriert schien. Soweit sie sich erinnern konnte, hatte sie ihn noch nie mit dunklem Bartschatten gesehen; er war immer sauber rasiert, und wenn sein Haar nur minimal zu lang wurde – also an dem Punkt, wo sie gerade anfing, es toll zu finden –, ging er zum Friseur.

Nach dem Set begann Kyle wieder von seiner Firma zu reden und dass er, wenn alles so weiterliefe, am Jahresende die große Chance auf einen fetten Bonus habe.

»Anstatt also den Mietvertrag für mein Apartment zu verlängern, könnte ich gleich eine Anzahlung für ein eigenes Haus leisten.«

»Möchtest du denn wirklich auf Dauer hierbleiben? Ein Haus ist doch eine große Verpflichtung.« Julia hatte gedacht, sein Leben in Nashville wäre vielleicht nur vorübergehend, für ein oder zwei Jahre, wonach er wieder zurückziehen würde – wenn nicht direkt aufs Cape, dann wenigstens ins Einzugsgebiet von Boston.

»Ein Haus ist eine gute Investition – auch falls ich nur ein paar Jahre hier sein sollte. Aber das weiß ich jetzt noch nicht. Ich lebe mich gerade gut in Nashville ein und fühle mich bisher sehr wohl. Ich kann mir durchaus vorstellen, länger hierzubleiben.« Er nahm ihre Hand und drückte sie. »Vor allem, wenn du auch herkommst. Ich weiß, dass du im Moment noch nicht bereit dazu bist, aber ich hoffe, du ziehst es ernsthaft in Erwägung.«

Julia nickte und versuchte, nicht genervt zu sein. Sie mochte es nicht, wenn man sie zu etwas drängte, zu dem sie noch nicht bereit war. Sie wollte gerade antworten, als sie etwas Kaltes auf ihrer Hand spürte und sie schnell zurückzog. Als sie sich umdrehte, sah sie den Sänger der Band neben sich stehen, der sie entschuldigend anlächelte. Er hatte das Bierglas, das der Barkeeper ihm zugeschoben hatte, zu schnell hochgenommen und dabei etwas Bier auf ihr Handgelenk verschüttet. Julia griff im selben Moment nach einer Cocktailserviette wie er auch.

»Keine Sorge, ist nicht schlimm«, sagte sie.

»Es war auf jeden Fall ungeschickt von mir, tut mir furchtbar leid.« Er tupfte alles auf und winkte dem Barkeeper. »Bitte noch zwei Drinks für die beiden Gäste hier, die gehen auf mich.«

»Ach, das ist doch nicht nötig. Es waren nur ein paar Tropfen … überhaupt nicht schlimm.«

»Es ist das mindeste, was ich tun kann«, beharrte er.

»Dann vielen Dank. Die Band ist übrigens richtig gut, es hat uns sehr gefallen.«

»Sie haben bestimmt schon mal hier gespielt, oder?«, fragte Kyle.

»Ja, vor ein paar Wochen. Ich bin übrigens Harry.«

»Nett, Sie kennenzulernen, Harry. Ich bin Julia, und das ist mein Freund Kyle.«

»Wohnen Sie hier, oder sind Sie nur zu Besuch?«

»Kyle wohnt hier, ich bin gerade zu Besuch. Ich bin zum ersten Mal hier. Gestern waren wir zur ›Writer's Night‹ im *Bluebird Café*, das war auch unglaublich gut. Eine tolle Energie.«

Harry grinste. »Ja, die Kneipe ist super. Wir haben vor ein paar Jahren dort gespielt und dadurch einen Vertrag bei einer kleinen Plattenfirma hier vor Ort bekommen. Wir sind noch nicht so bekannt, können uns jetzt aber hauptberuflich der Musik widmen.«

»Das klingt super.«

»Tja, ich sollte mal wieder zurück zur Band, wir spielen in ein paar Minuten weiter.«

»Danke noch mal für die Drinks«, sagte Julia, als der Barkeeper die neue Runde vor ihnen abstellte.

Harry lächelte charmant, und Julia vermutete, dass er bei Frauen ausgesprochen gut ankam. »Herzlich gern. Genießen Sie den Rest Ihres Aufenthalts.«

Sobald er gegangen war, griff Kyle nach seinem Bier und warf ihr einen bösen Blick zu.

Julia war sicher, dass sie das falsch interpretierte, also ignorierte sie es und trank einen Schluck von ihrem frischen Chardonnay.

Kurz darauf sagte er jedoch: »Noch deutlicher hättest du ihn wohl nicht anschmachten können, oder?« Er schien tatsächlich sauer zu sein, was sie überhaupt nicht nachvollziehen konnte. »Kyle, was ist denn los?«

»Du hast dem Typen die ganze Zeit schöne Augen gemacht. Während ich danebensitze! Das war oberpeinlich.« Er war richtiggehend wütend.

Julia war sprachlos. Sie starrte ihn nur an und wurde dann selbst sauer. »Du hast sie doch wohl nicht alle! Er hat Bier über mich geschüttet, hat sich entschuldigt und uns eine Runde Getränke ausgegeben. Uns. Nicht mir, sondern uns beiden. Ich habe mich bedankt und aus Höflichkeit noch ein wenig geplaudert. Das war alles – sei nicht albern.«

»Klar, ich bin albern. Okay.« Er drehte ihr den Rücken zu, trank sein Bier, und ignorierte sie für den Rest des Sets. Als die Band aufhörte zu spielen, schien er immer noch schlechte Laune zu haben.

»Lass uns gehen. Für heute Abend habe ich genug Musik gehört.« Er bat um die Rechnung und warf noch etwas Trinkgeld auf die Theke, bevor sie die Bar verließen.

»Bist du immer noch sauer?«, fragte sie auf dem Weg zum Wagen.

Er schwieg, bis er aus dem Parkplatz manövriert hatte und sie auf dem Weg zu ihm waren. »Ich bin nicht sauer. Ich bin nur verwundert. Du hast vor meinen Augen mit diesem Kerl geflirtet.«

»Ich habe nicht geflirtet, nicht mal ansatzweise. Ich war nur freundlich. Er hatte ein schlechtes Gewissen, weil er mich mit Bier getränkt hatte. Das war doch ganz harmlos.«

»Also für mich sah das wie Flirten aus. Und ich frage mich, ob du das sonst auch so machst, wenn ich nicht dabei bin.«

»Da solltest du mich aber besser kennen! Ich würde dich nie betrügen, Kyle.« Seine Reaktion war derart übertrieben, dass ihr eine Idee kam. »Bist du vielleicht sauer, weil du selbst in Versuchung warst, mich zu betrügen?«

Er warf ihr einen kühlen Blick zu. »Ich fasse es nicht, dass du das auch nur denken kannst.«

»Na, dann weißt du ja, wie ich mich fühle.«

Den Rest der Fahrt über schwiegen sie. Sobald sie in der Wohnung waren, versuchte Kyle, die Stimmung wieder anzuheben, aber für Julia kam das deutlich zu spät. Er nahm ihre Hände und zog sie an sich. »Ich hasse es zu streiten. Es ist so lange her, seit wir uns zuletzt gesehen haben. Lass uns die Zeit miteinander einfach genießen.«

Julia nickte. Sie wollte auch nicht streiten. Aber im Moment hegte sie keinerlei romantischen Gefühle für ihn. Als er versuchte, sie zu küssen und zum Bett zu ziehen, gestattete sie ihm einen kurzen Kuss und gähnte dann. »Ich bin wirklich müde. Ich glaube, ich ziehe mich gleich aus und gehe schlafen.«

Im Bett versuchte Kyle erneut eine Annäherung und wollte sie ihn seine Arme ziehen, doch sie drehte ihm den Rücken zu und kuschelte sich in ihr Kissen. »Gute Nacht, Kyle.«

*

Am nächsten Morgen schliefen sie aus. Julia hatte keine Eile aufzustehen. Kyles Verhalten am Vorabend ärgerte sie immer noch und rief alle früheren Zweifel über die Beziehung wach. Sie war glatt versucht, die Sache hier und jetzt zu beenden, als er sie am Flughafen absetzte, aber das wäre ihr dann doch zu impulsiv gewesen, denn sie wollte sichergehen, dass sie es nicht aus Wut tat. Sie brauchte ein paar Tage, um sich in Ruhe über ihre Gefühle klarzuwerden und eine Entscheidung zu treffen, wie es weitergehen sollte.

»Du bist ja so still«, sagte Kyle, als er am Terminal vorfuhr. Sie hatten noch in einem seiner neuen Lieblingslokale zu Mittag gegessen, wo sie sich lächelnd zu etwas Smalltalk durchgerungen hatte, aber nun konnte sie es kaum erwarten, ins Flugzeug zu steigen und nach Hause zu fliegen.

»Ich bin einfach müde. Das wird ein langer Tag. Aber der Besuch hat mir gefallen. Ich bin froh, dass ich hergekommen bin und gesehen habe, wie du wohnst. Und endlich einmal Nashville besichtigt habe.«

»Es tut mir leid, dass ich nicht die ganze Zeit bei dir sein konnte. Wenn du das nächste Mal kommst, bin ich ein besserer Fremdenführer, versprochen.« Er lächelte, und seine Augen baten um Versöhnung.

»Ja, das wäre schön, Kyle. Wir telefonieren bald, okay?« Julia gab ihm einen schnellen Abschiedskuss, nahm ihre Reisetasche und ging in Richtung Sicherheitskontrolle.

24. Kapitel

»Es lief nicht besonders gut. Ich glaube, ich rufe ihn diese Woche noch an und mache Schluss.« Julia trank von ihrem Chardonnay, während sie Caitlin von ihrem Besuch in Nashville erzählte. Es war Mittwochabend, und sie saßen bei einem Feierabend-Drink im *Squire*. Julia hatte ihr das Treffen schon am Nachmittag im Coffee Shop vorgeschlagen, und Caitlin war davon ausgegangen, dass sie es wohl nicht erwarten konnte, von ihrer Reise zu erzählen. Mit diesen Neuigkeiten hatte sie jedoch nicht gerechnet.

»Ich hatte keine Ahnung, dass er so eifersüchtig sein kann. Das tut mir wirklich leid für dich.«

»Dann fändest du es nicht schlimm, wenn ich am Telefon mit ihm Schluss mache? Ich war fast schon so weit, als ich am Flughafen ausgestiegen bin, aber da fühlte es sich einfach nicht richtig an. Ich wollte noch einmal darüber schlafen und mir sicher sein.«

»Du solltest tun, was sich für dich richtig anfühlt. Vielleicht ist es ja gut, dass er diesen Job angenommen hat, wenn du sowieso schon Zweifel an eurer Beziehung hattest.«

Julia nickte. »Ich weiß. In gewisser Hinsicht macht es das einfacher. Aber diesen Teil jetzt hasse ich.«

»Das Ende einer Beziehung ist nie leicht, egal, von wem es ausgeht.« Caitlin erzählte ihr von ihrem Abendessen mit Prescott.

»O nein! Du dachtest, er macht dir einen Antrag? Aber du warst auch nicht richtig in ihn verliebt, oder?«

»Nein. Es hat durchaus wehgetan, weil ich es nicht erwartet und mir fast schon eingeredet hatte, dass es okay wäre und funktionieren würde, wenn wir uns verloben. Aber verliebt war ich nicht. Deshalb hat es mir nicht das Herz gebrochen. Ich war nur traurig. Er schien vordergründig so perfekt und war in vielerlei Hinsicht der Richtige für mich, aber ich hatte nie Herzklopfen bei ihm. Das klingt wahrscheinlich blöd. Manchmal frage ich mich, ob ich nicht zu anspruchsvoll bin – jedenfalls sagen das einige meiner verheirateten Freundinnen.«

Energisch schlug Julia mit der flachen Hand auf den Tisch. »Auf keinen Fall. Eine Ehe soll für immer halten, und das ist eine zu lange Zeit, um sie mit jemandem zu verbringen, den man nicht von ganzem Herzen liebt.« Sie sah durchs Fenster und begann zu lächeln, als Jason hereinmarschierte.

Sie winkte ihn an ihren Tisch. Jason trug noch seine Arbeitskleidung, ein dunkelblaues T-Shirt mit dem Schriftzug BRINKER PLUMBING auf der Brusttasche.

»Oho, das sieht nach ernsten Gesprächen aus«, meinte er neckend. »Darf ich mich trotzdem zu euch setzen? Sue und Kevin sind auch auf dem Weg hierher.«

»Na klar«, sagte Julia.

Er setzte sich auf den freien Stuhl neben Caitlin.

»Und? Wie war Nashville?«

Julia und Caitlin tauschten Blicke.

»Nashville ist eine tolle Stadt«, antwortete Julia vorsichtig. »Die ›Writer's Night‹ hat mir supergut gefallen.«

»Wart ihr im *Bluebird Café*?«

Julia nickte. »Da fand ich es am besten.« Sie erzählte noch von den anderen Bars und von ihrer Solo-Tour durch die Stadt.

Jason zog eine Augenbraue hoch. »Kyle war nicht dabei?«

»Nein. Hatte zu viel zu arbeiten.« Sie klang verletzt, was er auch registrierte – Caitlin konnte es an seinem Blick erkennen. Aber er nickte nur und trank einen Schluck von seinem Bier, das gerade gekommen war.

»Ich bin nicht sicher, ob dieses Fernbeziehungsding für uns funktioniert«, gestand sie.

Jason stellte sein Bier ab. »Das ist schade.«

»Ja. Aber genug davon. Habt ihr Hunger? Helft ihr mir mit den Nachos, wenn ich welche bestelle?«

Eine Stunde später, als sie sich an Nachos satt gegessen hatten, kamen Kevin und Sue und setzten sich zu ihnen an die Theke. Caitlin hatte sich angeregt mit Jason unterhalten, er war gesprächig und hatte viel Humor. Über seine Witze hatte sogar Julia gelacht, und Caitlin freute sich, dass sie jetzt besser gelaunt und nicht mehr so deprimiert war. Sie sah sich in dem geschäftigen Lokal um und stellte fest, dass die meisten der neu ankommenden Gäste immer gleich Bekannte an der Bar oder im Gastraum erspähten und ihnen zuwinkten.

»Jeder scheint hier jeden zu kennen«, sagte Caitlin. »Es erinnert mich an diese alte Serie *Cheers*.«

Julia lachte. »Stimmt, genauso ist es. Hier gehen eben die meisten Einheimischen hin. Es ist nicht so herausgeputzt oder teuer wie einige andere Lokalitäten, und das Essen ist immer gut.«

»Ich werde dieses Wochenende mit dem Boot rausfahren, wahrscheinlich am Sonntag – hat jemand Interesse?«, fragte Jason in die Runde.

»Ich wusste gar nicht, dass dein Schätzchen wieder fahrtüchtig ist. Super! Ich komme definitiv mit«, sagte Sue.

»Ich habe es gestern ins Wasser gelassen, nachdem ich ein paar Wochen daran herumgewerkelt habe, um es wieder klar zu kriegen. Es hat einen neuen Motor und einen neuen Anstrich. Bereit zu neuen Fahrten.«

»Wenn du spätnachmittags losfährst, kann ich mitkommen. Ich mache den Laden um drei Uhr dicht«, sagte Julia.

»Um die Zeit sollte ich auch fertig sein. Ich war schon ewig nicht mehr auf einem Boot«, meinte Caitlin.

»Na, prima. Das Wetter soll super werden. Vielleicht können wir auch angeln. Ich werde mal ein paar Ruten einpacken.«

Caitlin lachte. »Ich habe noch nie geangelt.«

»Wenn du es mal versuchen willst, kann ich es dir zeigen.« Sein Blick war warm und freundlich, aber es blitzte noch etwas anderes auf, das Caitlin überraschte. War es ein Funken Interesse? Sie war nicht sicher. Vielleicht wollte er nur nett sein. Aber zum ersten Mal seit einer Ewigkeit spürte sie so etwas wie ein Kribbeln.

»Wann willst du noch mal nach Charleston zurück?«, fragte Julia nun.

Und prompt war das Kribbeln wieder weg.

»Mitte Oktober, denke ich. Aber ich fahre nächstes Wochenende schon mal für ein paar Tage hin.«

»Stimmt, du bist ja nur vorübergehend hier«, sagte Jason.

Sie nickte. »Dies ist die längste Zeit, die ich je hier verbracht habe. Ich hatte nicht damit gerechnet, dass es mir so gut gefällt.«

»Das Cape ist wirklich etwas Besonderes. Ich hätte auch nie gedacht, dass ich mal hierbleiben will. Als wir jünger waren, haben wir immer davon geredet, später wegzugehen. In Boston zu arbeiten oder in New York«, erzählte Julia. »Ein paar meiner Freunde haben das tatsächlich gemacht, und ich war ja auch mal fast ein Jahr lang weg. Aber dann war ich ganz überrascht, dass ich Heimweh bekommen habe. Chatham ist mein Zuhause.«

Jason nickte. »Mir geht es genauso. Allerdings war ich noch nie in Charleston. Es soll dort sehr cool sein, habe ich gehört. Oder sollte ich lieber heiß sagen?« Er lachte.

Caitlin stimmte ein. »Es ist tatsächlich eine tolle Stadt. Und sehr geschichtsträchtig – wobei die Vergangenheit ja teils gut, teils schlecht ist, aber das kann man in den Museen alles gut nachverfolgen. Und ja, um diese Jahreszeit ist es dort ganz schön heiß. Ich freue mich jedenfalls schon darauf, nächstes Wochenende alle meine Freunde wiederzusehen.«

Jasons Handy plingte, und er sah kurz auf das Display. Dann leerte er sein Bier und legte das Geld für seine Getränke auf den Tisch. »Ich muss los. Meine Mom möchte, dass ich vorbeikomme und etwas für meinen Dad mitbringe. Er ist dabei, den Wasserhahn in der Küche zu reparieren … oder will mich das machen lassen, wenn ich da bin.«

»Dann sehen wir uns am Sonntag«, sagte Julia. »Sollen wir direkt zum Anleger kommen?«

»Ja, mein Boot kennst du ja. Ich bin ab etwa zwei Uhr dort, also kommt einfach, wenn ihr mit der Arbeit fertig seid.« Er sah Caitlin an. »Du kommst doch auch, ja?« Ihre Blicke trafen sich, und sie hatte kurz das Gefühl, dass zwischen ihnen etwas geschah, als würde ein unsichtbares Band gesponnen.

Sie nickte und lächelte ihn an. »Ich werde da sein.« Sie war ein bisschen aufgeregt bei der Aussicht, etwas Neues und Spannendes zu unternehmen. Und sie freute sich auf mehr gemeinsame Zeit mit Jason.

25. Kapitel

Das Wetter am Sonntagnachmittag war für eine Bootsfahrt perfekt. Kurz nach drei, nachdem Julia ihr Geschäft geschlossen und Caitlin ihre Schicht beendet hatte, machten die beiden sich auf den Weg zum Bootshafen. Julia hatte Eistee und ein paar Flaschen Wasser dabei. Caitlin hatte nicht gewusst, was sie mitbringen sollte, und sich schließlich für Käse und Cracker entschieden. Sie hatte keine Ahnung, wie lange sie auf dem Boot sein würden, und dachte, dass sie irgendwann bestimmt etwas knabbern wollten.

Als sie Jasons Bootsnamen las, musste sie schmunzeln. Die *Wicked Beauty*, ein etwa acht Meter langes Motorboot vom Typ Boston Whaler, wirkte mit ihrem königsblauen Anstrich zwar nicht »wicked« – verrucht –, aber tatsächlich schön, und die Kombination der beiden Begriffe hatte ihren Reiz. »Toller Name«, sagte sie, während Jason ihr die Hand reichte, um ihr an Bord zu helfen. Tim, Sue und Kevin waren schon da und winkten zur Begrüßung.

Jason grinste. »Danke, ich fand ihn passend. Sie hat gerade einen neuen Anstrich bekommen.«

Sobald alle an Bord waren, löste Jason das Haltetau, manövrierte gekonnt aus dem Liegeplatz und steuerte Richtung Hafen. Es war windstill und die See ganz ruhig, sodass sie gemütlich einige Stunden an der Küste entlangschippern konnten. Hin und wieder machten Jason und Julia auf die besonders hübsche Landschaft aufmerksam. Von den langen Sandbänken, auf denen Seehunde sich sonnten, hielt Jason sich allerdings fern. »Da drehen auch gern die weißen Haie ihre Kreise, und denen möchte ich nicht zu nahe kommen«, erklärte er.

»Ja, dafür bräuchten wir ein größeres Boot«, witzelte Kevin, und alle lachten.

Jason hatte Angelsachen mitgebracht, und als er meinte, einen guten Platz gefunden zu haben, versuchten er und Tim sein Glück. Während sie angelten, servierten Caitlin und Sue die Snacks, und Julia verteilte Getränke. Die Zeit verging fast zu schnell. Sie erzählten einander jede Menge dumme Geschichten, lachten und witzelten herum, und Caitlin spürte deutlich, dass alle eng befreundet waren und einander schon viele Jahre kannten. Sie hatte sich gleich wohlgefühlt und war Julia dankbar für die Einladung in diesen Freundeskreis.

»Du siehst aus, als wärst du eine Million Meilen entfernt«, sagte Jason plötzlich.

Caitlin zuckte leicht zusammen und lachte. »Tut mir leid, ich habe vor mich hin geträumt. Ich dachte nur, wie froh ich bin, dass ich euch alle kennengelernt habe. Es wurde ein bisschen langweilig, immer nur zu arbeiten und nach Hause zu fahren. Ich vermisse meine Freundinnen in Charleston. Ich hatte nicht vorgehabt, so lange zu bleiben.«

»Also, ich freue mich, dass du noch ein bisschen hierbleibst. Der Herbst ist hier meine liebste Jahreszeit. Keine Touristenmassen mehr, tolles Wetter. Du wirst sehen.«

»Ich bin gespannt.«

Er hielt ihren Blick einen Moment lang fest. »Wenn du jetzt in Charleston wärst, was würdest du dann tun?«

»Na ja, keine meiner Freundinnen hat ein Boot, also würde ich auf keinen Fall so etwas wie jetzt machen. Wahrscheinlich würde ich auf eine Party gehen oder zum Essen, vielleicht ein bisschen Tennis spielen.« Sie hielt kurz inne, ehe sie hinzufügte: »Aber ich bin viel lieber auf einem Boot.«

»Ich auch. Ich fahre so oft raus, wie ich kann, möglichst jedes Wochenende. Bis zum Columbus Day – da nehme ich sie aus dem Wasser und lagere sie den Winter über ein.«

»Zum Sommerausklang gibt es immer ein tolles Fest. Es wird mit jedem Jahr größer«, sagte Julia.

Jason nickte. »In diesem Jahr soll die bislang größte Party stattfinden, am Montag nach dem Labor-Day-Wochenende – um den Beginn der Nebensaison zu feiern.«

Tim legte die Angelrute beiseite. »Mir reicht es jetzt mit dem Angeln.« Weder er noch Jason hatten etwas gefangen. Jason verstaute die Ruten wieder, dann verschwand er kurz in der Kabine und kehrte mit einer großen verschweißten Tüte wieder. »Hat jemand Hunger? Ich habe Hummerbrötchen mitgebracht.« Alle langten begierig zu. Es waren geröstete Hot-Dog-Brötchen mit Butter, viel frischem Hummerfleisch und etwas Zitronenmayonnaise. Natürlich waren die Brötchen nicht mehr warm, aber Caitlin fand, dass sie trotzdem köstlich schmeckten.

»So was gibt es in Charleston nicht. Superlecker – danke schön!« Sie wusste auch, dass Hummer ziemlich teuer war, denn im Kühlschrank ihrer Großmutter hatte sie einmal das Preisschild auf einem abgepackten Hummer gesehen.

»Gern geschehen. Ein Kumpel von mir hat gestern seine Reusen eingeholt und mehr gefangen als erwartet, deshalb hat er mir was angeboten. Dazu konnte ich natürlich nicht nein sagen.«

»Was guten, frischen Hummer angeht, sind wir hier wirklich verwöhnt«, sagte Julia. »Es gibt nichts Schlimmeres als ein Hummerbrötchen mit Tiefkühl-Hummer.«

»Wofür ist Charleston denn berühmt? Ich bin sicher, ihr habt eine leckere Spezialität, die wir hier nicht haben«, meinte Sue.

Caitlin dachte nach. »Hm … das wären dann wohl Garnelen mit Maisgrütze. Das habe ich noch nirgendwo anders gesehen.«

Jason verzog das Gesicht. »Vielleicht deshalb, weil Grütze irgendwie eklig schmeckt?«

Caitlin hatte das schon häufiger gehört. »Das kann passieren, ja. Aber sie kann auch furchtbar lecker sein, je nach Zubereitung. Meine würdest du auf jeden Fall mögen.«

Jason wirkte immer noch skeptisch. »Da wäre ich mir nicht so sicher. Was ist an deiner denn anders?«

»Ich mache sie mit viel Butter, Käse und Gewürzen, und dazu gibt's dicke, frische Garnelen. Genau wie Hummer schmecken auch Garnelen am besten frisch. Ich kann das gern mal für euch alle kochen.«

»Ich lasse mich gern eines Besseren belehren.« Jason sah ihr tief in die Augen, bevor er sich wieder seinem Hummerbrötchen widmete. Caitlin war nicht sicher, ob es Einbildung gewesen war, aber sie hatte kurz ein vages Kribbeln gespürt. Doch so schnell, wie es gekommen war, war es auch schon wieder vorbei.

Der Nachmittag verging wie im Flug, und als Jason sein Handy hervorholte, um nach der Zeit zu sehen, staunte sie, wie spät es schon war: kurz nach sieben. Noch war es hell, und sie amüsierten sich bestens.

»Ich schätze, wir sollten mal wieder anlegen«, meinte Jason widerstrebend.

Zwanzig Minuten später vertäute er das Boot an seinem Anleger im Bootshafen, und auf dem Parkplatz verabschiedeten sich alle.

»Vielen, vielen Dank fürs Mitnehmen«, sagte Caitlin, »das war ein ganz toller Tag.« Es war der schönste, den sie in Chatham bisher gehabt hatte. Die anderen waren schon ein Stück vorgegangen, und Jason blieb kurz mit ihr stehen.

»Das können wir jederzeit wiederholen«, sagte er lächelnd. »Und wenn du Lust hast: Nächstes Wochenende ist ein Kunstmarkt, der ganz interessant sein könnte. Wenn du mitgehen möchtest, kann ich uns Eintrittskarten besorgen.« Caitlins Herz machte einen Satz. Sie war nicht sicher, ob er mit *allen* gehen wollte oder ob er sie gerade zu einem Date einlud. Dann fiel ihr ein, dass sie gar keine Zeit hatte.

»Das klingt toll, aber ich bin leider nicht hier. Da fliege ich doch nach Charleston.«

Jasons Lächeln versiegte; die Enttäuschung war ihm deutlich anzumerken. »Ach ja, stimmt. Na, dann wünsche ich dir viel Spaß.«

Auch Caitlin spürte einen Stich der Enttäuschung, dass sie mit Jason nicht zu diesem Markt gehen konnte. Es gefiel ihr auf dem Cape immer besser, und sie verbrachte gern die Zeit mit ihren neuen Freunden. Sie waren alle so fröhlich, entspannt und umgänglich. Ganz anders als in Charleston. Und allmählich begann sie, diesen Unterschied zu schätzen.

26. Kapitel

Kommst du bald zurück?

Die Textnachricht auf Jess' Handy kam von Parker. Seit sie in Chatham war, hatten sie nicht mehr miteinander gesprochen, und abgesehen von einer ähnlichen Nachricht vor ein paar Wochen hatte sie keinen weiteren Kontakt mit ihm gehabt. Damals hatte sie noch nicht gewusst, dass sie die Buchhandlung kaufen und länger bleiben würde. Es konnte sicher nicht schaden, ihm mitzuteilen, dass ihr Aufenthalt hier sich verlängern würde.

Habe beschlossen, bis Mitte Oktober zu bleiben. Ab dann bin ich wieder in Charleston.

Oh! Und was ist mit Caitlin?

Sie bleibt auch noch. Wobei sie wohl nächstes Wochenende für ein paar Tage runterfliegt. Nancy gibt ihre Party.

Stimmt. Die darf sie ja nicht verpassen. Sag ihr doch bitte, dass ich mich freuen würde, sie zu sehen.

Mach ich.

Wie geht es dir? Können wir bald einmal reden?

Jess seufzte. Sie hatte keine Lust, mit Parker zu reden. Es gab nichts zu reden.

Mir geht's gut. Ich hoffe, dir auch. Sie hoffte, er würde sich damit zufrieden geben.

Okay. Vielleicht können wir ja bald mal telefonieren.

Sie entschied, darauf nicht zu antworten, und rief stattdessen bei ihrer Anwältin an. Eine Stunde später kam der Rückruf.

»Jess? Hier ist Rebecca. Du bist nun also bereit?« Als Jess nach Chatham gekommen war, hatte sie Rebecca per Mail informiert, dass sie möglicherweise bald ihre Dienste benötigen würde, und Rebecca hatte geantwortet, sie solle sich gern Zeit lassen und sich melden, wenn sie bereit sei, die Scheidung anzugehen.

»Ich glaube, ja. Ich will die Sache zumindest in Gang bringen.«

In der nächsten Dreiviertelstunde besprachen sie alle Details, die für Jess' Scheidung nötig waren. Sie musste Rebecca noch einige Unterlagen zusenden, vor allem finanzieller Art: Steuererklärungen, Kontoauszüge, Geldanlagen. Zum Glück hate Jess auf alles online Zugriff und versprach, sie umgehend zu schicken.

»Wir haben zwei Möglichkeiten: Du könntest dir auf gerichtlichem Weg eine Auflistung seines gesamten Vermögens verschaffen einschließlich der Kanzlei seines Vaters, da ihr dort ja beide Partner seid. Das wird dich allerdings nicht sonderlich beliebt machen, vor allem nicht bei seiner Familie, aber falls du den Verdacht haben solltest, er könnte etwas vor dir verbergen, wäre das der beste Weg, um dir deinen bestmöglichen Anteil zu sichern. Oder du kannst einfach schätzen, was deine Hälfte wäre, und versuchen, auf diese Weise eine einigermaßen gerechte Aufteilung zu erwirken. Das ist die freundschaftlichste und auch schnellste Art.«

Jess musste nicht lange nachdenken – sie wollte seine Familie nicht mit hineinziehen. Parkers Vater war immer noch Gründungspartner, auch wenn er nicht mehr Vollzeit in der Kanzlei arbeitete, und sie wollte nicht im Streit mit Parker auseinandergehen. Es wäre für alle einfacher, vor allem für Caitlin, wenn sie dieses Drama so zivilisiert wie möglich hinter sich brachten.

»Ich möchte es auf die freundschaftliche Art machen. Einfach und schnell ist gut.«

»Okay. Weiß er von der Buchhandlung?«

Jess zögerte. »Nein, ich wollte ihn da nicht mit reinziehen. Hoffentlich ist das kein Problem. Ich habe nur meine eigenen Ersparnisse dafür verwendet.«

Nun zögerte Rebecca. »Dann werden wir es genau so darstellen und hoffen, dass er keine Schwierigkeiten macht.«

»Das kann ich mir nicht vorstellen«, versicherte Jess, »Parker ist eigentlich unkompliziert.«

»Hoffen wir es. Eine Scheidung kann allerdings ganz schön belastend sein, und dann werden Menschen schon mal unberechenbar. Für heute wäre das alles – wir machen nächste Woche weiter, wenn ich alle Unterlagen habe. Ich lasse meine Assistentin gleich einen Gesprächstermin für uns vereinbaren.«

»Perfekt.«

Jess legte auf und atmete tief durch. Sie fühlte sich erleichtert, dass sie nun endlich den Stein ins Rollen gebracht hatte. Sie machte sich einen Tee und ging nach draußen. Ihre Mutter saß auf der Veranda in ihrem Lieblingsschaukelstuhl und las einen Roman von Danielle Steel. Als Jess dazukam, blickte sie auf.

»Hallo, mein Schatz. Was für ein wunderbarer Nachmittag! Setz dich doch einen Moment zu mir.«

Jess machte es sich auf dem weißen Holzschaukelstuhl gemütlich und stellte ihre Teetasse auf dem Glastisch zwischen ihnen ab. Es wehte ein leichter Wind, und sie beobachtete eine

Biene, die in einer der leuchtend blauen Hibiskusblüten gelandet war, die die Veranda umgaben.

»Ich habe Rebecca angerufen.« Ihre Mutter kannte Rebecca. Sie war Jess' Zimmerkollegin im College gewesen, und ihre Kanzlei lag in Charleston nur ein paar Häuser weiter.

»Das freut mich. Sie wird dich gut beraten. Hast du schon mit Parker darüber gesprochen?«

Jess schüttelte den Kopf. »Heute kam eine Nachricht von ihm. Er will reden, aber ich habe einfach keine Kraft dazu. Ich weiß nicht, was es zu bereden gäbe. Er sagt, er will uns noch einmal eine Chance geben.« Sie seufzte. »Aber für mich ist dieser Zug abgefahren.«

»Du könntest ihm schreiben, dass du deine Anwältin eingeschaltet hast. Dann weiß er, dass du es ernst meinst.«

»Das könnte ich wohl … Ja, vielleicht mache ich das. Aber jetzt noch nicht. Ich warte lieber, bis Caitlin aus Charleston zurückkommt. Falls sie sich dort mit ihm trifft, möchte ich nicht, dass es sie belastet.«

Ihre Mutter wirkte nachdenklich, als sie nach ihrem Glas Wasser griff. »Wann fliegt sie denn?«

»Jetzt am Wochenende.«

»Ach, das ist ja schon bald. Ich denke mal, dann kann es auch bis nächste Woche warten.«

»Ja, das denke ich auch. Ich bin nur froh, dass ich es endlich angegangen bin. Als wäre mir eine Last von den Schultern genommen. Ich war davor gar nicht ganz bei mir.«

»Du warst einfach noch nicht bereit, und das ist vollkommen verständlich. Wie wäre es, wenn du in Chatham eine Kanzlei eröffnest, statt in Charleston?«

»So weit habe ich noch gar nicht gedacht. Charleston ist seit über dreißig Jahren mein Zuhause.« Jess lachte. »Ich glaube, zu viele Veränderungen auf einmal kann ich nicht verkraften. Und so einfach ist das auch nicht mit der Kanzlei – ich habe für Massachusetts keine Zulassung und müsste wahrscheinlich eine extra Prüfung ablegen. In Charleston wäre es außerdem leichter, weil man mich kennt.«

»Ach, das mit der Zulassung wusste ich nicht. War ja auch nur ein Gedanke. Oder du gibst das Juristische ganz auf und kümmerst dich einfach mit Alison um die Buchhandlung, wie wäre das?«

Jess schüttelte den Kopf. »Das ist für mich keine Option – es wäre ein zu großer finanzieller Rückschritt. Wir haben immer noch nicht so viel Umsatz, wie wir uns wünschen.«

»Wie auch immer du dich entscheidest: Ich bin sicher, dass alles gut wird.« Ihre Mutter lächelte so zuversichtlich, dass auch Jess optimistischer an die Zukunft dachte. Irgendwie würde sich schon alles zum Guten wenden.

27. Kapitel

»Deine Restaurantkritik ist toll geworden. Es waren fast keine Änderungen nötig.« Alison blickte auf. Sie war so in ihre Arbeit vertieft gewesen, dass sie Jim nicht gehört hatte. Jetzt stand er vor ihrem Schreibtisch und reichte ihr einen Ausdruck ihres Artikels mit ein paar wenigen Randnotizen. Sie war erleichtert. In Anbetracht dessen, dass es ihre erste Rezension war, hatte sie mehr Änderungen erwartet.

Sie lächelte. »Danke. Es war ein schöner Abend. Ich habe meine Tochter und meine beste Freundin mitgenommen, und wie du siehst, hat es uns sehr gut geschmeckt.«

»Richtig. Abgesehen vom ›knoblauchlastigen‹ Caesar Salad.«

Sie lachte. »Klingt es zu negativ?«

Er setzte sich auf die Schreibtischkante. »Nein, gar nicht. Es ist mir nur aufgefallen, weil ich dich kenne. Alle Knoblauchfans werden begeistert sein.«

»Wie kommst du mit dem Buch voran?« Sie hatte den Eindruck, dass er etwas auf dem Herzen hatte. Wenn Jim kam und sich auf ihren Schreibtisch setzte, hatte er üblicherweise etwas Größeres zu besprechen.

»Oh, das läuft hervorragend. Ich bin gerade bei den letzten Überarbeitungen der ersten Hälfte und dachte, ich könnte es dir dann mal schicken – falls du gerade Zeit dafür hast? Dann kannst du mir sagen, ob ich total irre geworden bin oder ob die Sache tatsächlich Hand und Fuß hat.« Er wirkte plötzlich so verunsichert, dass sie lachen musste. Sie war überzeugt, dass sie sein Buch lieben würde.

»Ja, schick mir gerne, was du hast. Ich bin schon wahnsinnig gespannt – und bin mir sicher, dass es gut ist. Mehr als das!«

»Vielen Dank. Dann gebe ich dir den Text heute, bevor ich gehe. Aber ich wollte dich noch etwas anderes fragen.«

»Ach ja? Was denn?«

»Morgen Abend ist die Eröffnung der neuen Kunstgalerie an der Main Street, zusammen mit einer Vernissage. Sie haben schon ganzseitige Anzeigen in unseren nächsten drei Ausgaben gebucht und mich dazu eingeladen, samt Gast. Ich würde dich gern mitnehmen, wenn du Lust hast.« Er lächelte. »Ich weiß ja, dass du solche Sachen magst.«

Er kannte sie gut. Alison liebte Kunstausstellungen und Galerien. Sie hatte schon immer einen Hang zur Kunst gehabt, und wenn sie es sich leisten konnte, kaufte sie gern Aquarelle von aufstrebenden Künstlern – bevor ihre Werke zu teuer wurden. Dabei ging sie immer nach ihrem Gefühl und kaufte, was sie persönlich ansprach. Aber sie hatte ein gutes Auge, und viele der Werke, die sie über die Jahre erstanden hatte, waren heute viel wert – auch wenn sie sich nie freiwillig von ihnen trennen würde.

»Das mit der neuen Galerie habe ich gar nicht mitbekommen. Direkt an der Main Street, sagst du?«

»Fünf Häuser neben eurer Buchhandlung.«

»Tatsächlich? Da sieht man mal, was für ein Gewohnheitstier ich geworden bin! Ich fahre zum Laden, stelle das Auto auf dem Parkplatz dahinter ab und gehe rein. Ich bin schon ewig nicht mehr über die Main Street gebummelt – außer natürlich zu Julias Laden –, deshalb habe ich das wohl nicht mitbekommen. Liebend gern würde ich dahin gehen.«

»Das freut mich. Du arbeitest morgen hier, oder?«

»Vormittags, ja. Am Nachmittag bin ich im Geschäft – bis ungefähr um fünf.«

»Dann kann ich ja vorbeikommen, und wir gehen von dort aus zusammen hin. Okay?«

»Perfekt.« Sie strahlte ihn an, und erst, als er wieder weg war, wurde ihr klar, dass man dies als offizielles Date betrachten konnte. Sah Jim das auch so? Diesen Eindruck hatte Alison nicht gehabt, aber sie hatte auch nicht speziell darauf geachtet. Der Gedanke, eine neue Galerie zu besuchen, war aufregend genug gewesen.

Es war nicht so, dass sie nicht schon in romantischer Hinsicht über Jim nachgedacht hatte – in letzter Zeit sogar mehrfach –, aber da er ihr Boss war, hatte sie solche Überlegungen immer schnell wieder verworfen. Allerdings änderte sich im Verlag gerade einiges, und sie wusste, sie sollte sich auch für persönliche Veränderungen öffnen.

*

»Du siehst heute so gutgelaunt aus. Und hübsch. Ist das ein neuer Pullover?«, wollte Jess wissen, als sie und Alison am nächsten Tag hinter der Kasse standen. Jess hatte gerade eine Kundin abkassiert, und nun war es im Laden plötzlich leer und ruhig.

»Ja, der ist neu. Den habe ich vor ein paar Wochen im Sonderangebot entdeckt.« Die türkise Farbe hatte ihr gefallen – sie erinnerte sie an den Ozean.

»Die Farbe steht dir ausgezeichnet.« Jess sah genauer hin. »Und du hast Make-up aufgelegt. Was ist los? Gehst du nachher noch aus?«

Alison merkte, dass sie rot wurde.

»Jim kommt kurz vor sechs und nimmt mich zur Eröffnungsveranstaltung der neuen Galerie hier ein paar Häuser weiter mit.«

Jess strahlte. »Jim holt dich ab? Du hast ein Date! Wie wunderbar!«

Schlagartig spürte Alison ihre Aufregung, eine eigenartige Mischung aus Nervosität und Freude, wie sie sie schon viele

Jahre nicht mehr erlebt hatte. »Nein, so ist das nicht. Das ist rein beruflich, denke ich. Sie haben Werbung in unserer Zeitschrift gebucht und haben ihm deshalb zwei Einladungen zur Vernissage zukommen lassen.«

»Soso. Und er hat dich gefragt, ob du mitkommst. Also, für mich klingt das nach einem Date.«

»Wirklich nicht, versprochen.« Aber Jess hatte recht. Alison hatte lange überlegt, was sie anziehen sollte, und sich zum ersten Mal seit Ewigkeiten wieder geschminkt. Zwar nur mit ein bisschen Mascara und rosa Lippenstift, doch der Unterschied war im Spiegel sofort erkennbar gewesen.

»Jedenfalls siehst du toll aus. Date oder nicht, ich bin froh, dass du mal ausgehst. Und du liebst Kunstgalerien.« Sie schwieg einen Moment. »Ich habe dir auch was zu erzählen. Gestern habe ich meine Anwältin angerufen und die Scheidung ins Rollen gebracht.« Ihr Lächeln versiegte, und Alison spürte großes Mitgefühl. Die Tatsache, dass sie schon einige Stunden zusammen hier arbeiteten und Jess erst jetzt davon erzählte, zeigte, wie sehr sie die Sache mitnahm.

»Ich hoffe, du bekommst keine Zweifel. Du hast das Richtige getan«, versicherte Alison.

Jess bekam feuchte Augen und sah einen Augenblick zur Seite, dann atmete sie tief durch. »Ich weiß. Es ist einfach schwer. Ich habe keine Ahnung, warum ich so emotional bin. Den einen Moment geht es mir gut, und ich bin sicher, dass ich das Richtige tue, und im nächsten fühle ich mich verunsichert und traurig. Tatsächlich bin ich in letzter Zeit meistens traurig.«

Alison zog ihre Freundin in die Arme und drückte sie. »Eine Scheidung ist traurig. Ich finde es vollkommen in Ordnung, wenn man emotional reagiert. Man muss nicht die ganze Zeit stark sein. Ich weiß, du weinst nicht gern, aber es ist heilsam.«

Jetzt musste Jess lachen, während sie ihre Tränen hochschniefte. »Stimmt, ich weine nicht gern und nicht oft, aber in den letzten Monaten habe ich mehr Tränen vergossen als in meiner gesamten Ehe. Und es hilft tatsächlich. Eigentlich dachte ich, ich müsste inzwischen leer geweint sein, aber das stimmt wohl nicht.«

»Du weißt, ich bin immer für dich da. Egal, was du brauchst.«

»Das ist lieb, danke. Ich weiß nicht, wie ich ohne dich zurechtkäme. Und ohne meine Mutter und Caitlin. Hier in Chatham zu sein hilft wirklich sehr, da hattest du absolut recht.«

28. Kapitel

Um Viertel vor sechs schellte die Türglocke, und Jim betrat die Buchhandlung. Jess sah ihn als Erste, und bevor Alison sich umdrehten konnte, raunte sie ihr zu: »Jim ist da, und er sieht klasse aus. Ich habe ihn schon lange nicht mehr gesehen und ganz vergessen, wie attraktiv er ist.«

Alison konnte ihr nur zustimmen. Jim war groß und schlank und trug ein schickes blaues Jackett über dem hellblauen Button-down-Hemd und eine coole Krawatte mit Haien darauf, die Alison noch nie gesehen hatte.

»Jim, erinnerst du dich an meine Freundin Jess?«

Lächelnd gab er ihr die Hand. »Natürlich – auch wenn es lange her ist. Schön, dich wiederzusehen.« Dann wandte er sich Alison zu. »Gut siehst du aus.«

Sie wirkten beide etwas verlegen. »Danke. Du auch. Die Krawatte ist scharf.«

Er lachte. »Danke. Ich fand sie irgendwie passend. Hebt auf jeden Fall die Stimmung.« In den letzten Jahren war Chatham ein beliebtes Ausflugsziel für den Haitourismus geworden. Ausflugsboote fuhren zu den Sandbänken mit den Seehunden hinaus, weil sich dort häufig Haie tummelten und auf Beute lauerten, sodass eine gute Chance bestand, einen zu sichten.

Schnell fügte Jim hinzu: »Du siehst natürlich immer gut aus. Aber diese Farbe steht dir besonders.«

Alison merkte, dass Jess ihr Geplänkel aufmerksam und mit leicht amüsiertem Lächeln verfolgte.

»Vielen Dank. Ich gehe dann mal. Bis morgen, Jess.« Sie nahm ihre Jacke und Handtasche und ging auf Jim zu.

»Viel Spaß, ihr zwei«, rief Jess ihnen nach, als sie sich auf den Weg machten.

Jim hielt Alison die Tür auf. Es war ein wunderschöner Abend, wenn auch etwas kühler als tagsüber, sodass sie ihre Jacke überzog. Auf der Main Street waren noch recht viele Leute unterwegs, entweder zum Shoppen oder um essen zu gehen. Bis zur Galerie war es nur ein kurzes Stück. Sie kamen ein paar Minuten zu früh, trotzdem hatten sich bereits einige Gäste versammelt, und ein Mann an der Tür erkannte Jim und winkte ihn herein.

»Schön, dass Sie es einrichten konnten. Herzlich willkommen.« Er war in den Sechzigern, schätzte Alison, mit dichtem silbergrauem Haar und stylisher Nickelbrille. Sein gesamtes Outfit wirkte künstlerisch, mit rosa Poloshirt, cremefarbenem Blazer und türkisfarbener Hose. Jim stellte ihn Alison vor.

»Alison, das ist Blair Wheaton. Ihm und seinem Partner Rich gehört die Galerie.«

Blair reichte ihr die Hand. »Freut mich, Sie kennenzulernen. Rich muss auch irgendwo stecken, wahrscheinlich schenkt er Champagner aus. Holen Sie sich gerne ein Glas und schauen sich um.«

Sie traten ein und spazierten langsam durch die Räumlichkeiten.

»Sie haben alles umgestaltet«, sagte Alison. »Hier im Erdgeschoss war ja mal ein Friseurgeschäft und im ersten Stock ein Nagelstudio. Ob sie die erste Etage wohl auch nutzen?« Sie hatten die Bar erreicht, an der ein weiterer elegant gekleideter Mann Champagner ausschenkte. Ihre Frage hatte er offenbar gehört.

»Ja, wir stellen in beiden Etagen aus«, sagte er, während er ihnen zwei Gläser reichte. »Gehen Sie ruhig nach oben und sehen sich um. Ich bin übrigens Rich.«

Jim stellte Alison vor und unterhielt sich noch eine Weile

mit Rich, bevor neue Gäste an die Bar kamen, denen sie Platz machten. Mit dem Champagner in der Hand gingen sie weiter herum und betrachteten die ausgestellten Bilder. Alison spürte das vertraute Gefühl von Aufregung und Genuss, das sie immer hatte, wenn sie von schöner Kunst umgeben war – wie gern würde sie etwas kaufen.

Nach einem Blick auf die Preisliste war ihr jedoch schnell klar, dass sie so bald kein Stück erwerben könnte. Sie seufzte. Eines der Bilder sprach sie außerordentlich an. Es war ein flirrendes abstraktes Aquarell mit Segelbooten im Hafen, und die Blau- und Grüntöne lachten sie an. Jim bemerkte ihren bewundernden Blick und nickte.

»Das wirkt irgendwie ganz besonders, nicht wahr?«

»Ja, wirklich. Viele Bilder hier sind gut. Ich kann mir vorstellen, dass sie prima ankommen – eine tolle Sammlung.«

»Lass uns nach oben gehen und dort weiterschauen.«

Im ersten Stock waren interessante Plastiken und Ölgemälde ausgestellt, während im Erdgeschoss vor allem Aquarelle hingen. Sie bewunderten gerade eine gusseiserne Plastik, als ein schwarz-weiß gekleideter Kellner kam und Mini-Krabbenpasteten auf einem silbernen Tablett anbot. Wenige Minuten später reichte eine weitere Bedienung gefüllte Champignons herum. Allmählich wurde es immer voller, und sie beschlossen, wieder nach unten zu gehen.

Dort hatte es sich mittlerweile auch gefüllt. Alison sah, dass eine Angestellte an der Kasse ein Bild nach dem anderen abkassierte und vorsichtig in Papier einschlug.

»Das sieht nach einem guten Start aus«, sagte sie.

»Allerdings. Das freut mich für die beiden. Sie scheinen sich auf dem Markt gut auszukennen.« Ein weiterer Kellner servierte Teigtaschen mit Spinat, Feta und Frischkäse. Sie waren köstlich.

Bei einer erneuten Runde durch den Raum blieben sie noch

einmal vor dem Aquarell stehen, das ihnen beiden so gefiel. Auf einmal sah Alison eine attraktive Frau auf sich zukommen, die ihr vage bekannt vorkam. Sie trug ihr blondes Haar in einem kinnlangen, leicht lockigen Bob, der die durchdringenden blaugrauen Augen betonte. Ihr schmallippiges Lächeln weitete sich, als sie Alison erkannte.

»Alison? Das ist ja schon ewig her! Vor ein paar Wochen habe ich Jess' Mutter beim Einkaufen getroffen, und sie sagte, ihr wärt beide in der Stadt. Und dass du sowieso dauerhaft hier wohnst. Ich bin erst vor kurzem wieder hergezogen.« Sie stellte sich Jim vor. »Lavinia O'Toole. Ich bin mit Alison und Jess zur Schule gegangen.« Jim gab ihr die Hand und entschuldigte sich dann. »Ich sehe gerade jemanden, dem ich hallo sagen möchte. Dann können die Damen sich in Ruhe unterhalten.«

Als er wegging, gesellte sich noch eine weitere Frau zu ihnen. »Alison, erinnerst du dich an Chelsea? Sie war einen Jahrgang über uns.«

Alison nickte. Chelsea Nelson war auf der Highschool Lavinias beste Freundin gewesen und nach ihrem Studium in Chatham geblieben. Sie hatte ihren Freund von der Highschool geheiratet, Billy Nelson, der mittlerweile einer der größten Bauträger in der Region war. Ihre riesige Villa lag direkt am Meer, und Chelsea hatte keinen Beruf ergriffen, sondern sich um den Haushalt und die Kinder gekümmert. Ihr Äußeres war stets makellos, ihre Stirn zeigte keine einzige Falte und bewegte sich kein bisschen, als sie lächelte, sodass Alison vermutete, ein wenig Botox könnte mitgeholfen haben. Nicht dass sie es verurteilte. Chelsea war klein und dünn, vermutlich Kleidergröße 34, und ihre braungebrannten Arme unter dem türkisfarbenen Sommerkleid zeigten trainierte Muskeln. In ihrem hellbraunen Haar war keine einzige Strähne Grau zu sehen, es fiel glatt und glänzend über ihre Schultern. Wann immer sie Alison begegnete, was nicht häufig passierte, grüßte sie freundlich.

»Ich war neulich im Geschäft deiner Tochter und habe ein Armband gekauft. Sie hat wirklich hübsche Sachen«, sagte Chelsea.

»Oh, danke. Ja, ich bin sehr stolz auf Julia.«

»Wer ist der Mann, der gerade hier war? Dein Freund?«, fragte Lavinia vorsichtig nach.

»Jim ist mein Boss. Ich arbeite als Lektorin bei seiner Zeitschrift.«

»Ach, dann seid ihr nur geschäftlich hier? Er sieht gut aus.« Lavinia drehte sich noch einmal zu ihm um, und Alison folgte ihrem Blick. Jim unterhielt sich angeregt mit zwei Männern, die Alison nicht kannte, lachte und gestikulierte, und sie nahm ihn jetzt durch Lavinias Augen wahr. Ja, er sah heute wirklich gut aus. Also eigentlich immer. Sie war überrascht, einen kleinen Stich der Eifersucht zu spüren. Zwar waren sie und Jim definitiv kein Paar, aber sie merkte, dass ihr die Vorstellung, er könnte mit Lavinia oder einer anderen Frau ausgehen, überhaupt nicht gefiel.

Alison nickte. »Die Galeristen sind neue Anzeigenkunden für unser Magazin, deshalb haben sie ihn eingeladen.«

Sie plauderten noch eine Weile, dann sah Lavinia wieder in Jims Richtung. »Anscheinend hat er auch viel für Kunst übrig.«

Wie Alison nun ebenfalls feststellte, stand Jim an der Kasse und kaufte eines der Bilder – welches, konnte sie nicht erkennen. Kurz darauf gesellte er sich wieder zu ihnen, das sorgsam verpackte Kunstwerk in der Hand.

»Welches Bild haben Sie gekauft?«, wollte Lavinia wissen.

»Ein Aquarell mit Booten im Hafen von Chatham. Es hat mich magisch angezogen, die Farben sind einfach wunderschön. Ich musste es haben.«

Alisons Puls beschleunigte. Er hatte *ihr* Bild gekauft. Ihr war nicht klar gewesen, dass er es tatsächlich ebenso großartig gefunden hatte wie sie.

»Das freut mich für Sie«, sagte Lavinia.

Jim fing Alisons Blick auf. »Hast du Hunger? Ich würde gern noch etwas essen gehen, wenn du mitkommst.«

»Ja, gern.« Sie wandte sich wieder an Lavinia und Chelsea. »Es war schön, euch wiederzusehen.«

»Ja, bis bald mal wieder. Euch noch einen schönen Abend«, sagte Chelsea. Lavinia nickte nur und sah ihnen hinterher. Aus dem Augenwinkel bekam Alison mit, dass sie Chelsea etwas zuflüsterte, und sie vermutete, die beiden spekulierten, ob sie und Jim etwas miteinander hatten.

Sie gingen zu Jims Wagen, der hinter dem Coffee Shop stand. Vorsichtig verstaute Jim das Bild auf dem Rücksitz.

»Wo sollen wir hingehen? Ich hatte ans *Neptune* gedacht, aber da warst du ja gerade erst. Wie wäre es mit dem *Impudent Oyster*? Da war ich schon eine ganze Weile nicht mehr.«

»Eine gute Idee. Da gehe ich immer gerne hin.«

Das Lokal lag nicht weit entfernt an einer Seitenstraße der Main Street, und obwohl dort viel los war, hatten sie Glück und bekamen schnell einen frei werdenden Tisch am Fenster. Immer noch waren draußen viele Leute unterwegs.

»Diese kleinen Häppchen waren richtig gut, aber sie haben mich vor allem hungrig gemacht«, gestand Jim, als die Bedienung kam. Sie bestellten eine Flasche französischen Rosé und als Vorspeise Muscheln in der Schale angerichtet, mit Paprikastückchen, Knoblauch und Speck in Butter. Als Hauptgericht wählte Alison Kürbisravioli mit einer Soße aus Jakobsmuscheln, Crevetten und Hummerfleisch in brauner Butter. Jim entschied sich für gegrillten Schwertfisch.

Das Essen schmeckte phantastisch, und sie unterhielten sich dabei angeregt. Irgendwann fragte Alison ihn nach dem Gemälde. »Weißt du schon, wo du es aufhängen wirst?«

»Ich dachte, irgendwo im Verlag. Die Wände dort sind ein wenig kahl, und dann haben wir alle etwas davon.«

Alison hatte angenommen, er würde das Bild in seiner Wohnung aufhängen und war freudig überrascht. »Oh, wirklich? Das finde ich wunderbar – aus ganz egoistischen Gründen, denn dann kann ich es immer wieder bewundern.«

Er lachte. »Das ist kein bisschen egoistisch. Kunst ist dazu da, gesehen und bewundert zu werden. Das Büro wird damit viel schöner aussehen und uns allen gute Laune bereiten. Ich werde morgen nach einem passenden Plätzchen dafür Ausschau halten.«

»Ich habe gestern dein Manuskript gelesen.«

»So schnell? Ich hoffe, das ist ein gutes Zeichen. Ich wollte nicht nachfragen … also, ich wollte schon, aber ich wollte dich auch nicht drängen. Ich weiß ja, dass du viel zu tun hast.«

»Es war mir eine Freude. Und ich habe es quasi in einem Rutsch durchgelesen. Bis ich ins Bett musste. Heute Morgen habe ich noch schnell den Rest gelesen. Es ist wirklich gut, Jim. Allerdings hätte ich ein paar Fragen und Vorschläge … falls du sie hören möchtest?« Sie war nicht sicher, wie viel Feedback Jim vertrug.

»Auf jeden Fall. Sei so ehrlich wie möglich. Ich will alle Schwächen ausmerzen, bevor ich es einem Agenten schicke.«

In der nächsten Dreiviertelstunde, noch während der köstlichen Crème brûlée, die sie sich teilten, redeten sie über sein Buch. Alison erläuterte, was Jim ihrer Meinung nach verbessern könnte, wo er mehr Hintergrund vermitteln oder etwas genauer erklären sollte. Er hörte aufmerksam zu und fragte zu einigen ihrer Anmerkungen noch nach. Gemeinsam überlegten sie, mit welcher Szene es weitergehen könnte, und als sie mit dem Essen fertig waren, schien Jim es kaum erwarten zu können, die besprochenen Änderungen einzuarbeiten.

»Ich habe mir beim Lesen zu allem, was wir jetzt besprochen haben, Notizen gemacht. Die kann ich dir schicken, wenn du möchtest.«

»Perfekt. Und ich kann dir gar nicht genug danken. Du warst mir eine riesige Hilfe.«

Sie lachte. »Mir hat es Spaß gemacht. Und wenn du es überarbeitet hast, lese ich es noch einmal mit Rotstift und korrigiere die Grammatikfehler.«

»Welche Grammatikfehler?« Er machte ein übertrieben entsetztes Gesicht. »Nein – nur Spaß! Es sind bestimmt etliche darin. Man wird irgendwann betriebsblind und sieht so etwas nicht mehr. Und bei Kommaregeln bin ich sowieso ziemlich schwach.«

Als ihre Kellnerin die Rechnung brachte, griff Alison nach ihrem Portemonnaie, um wie gewohnt zu teilen, aber Jim wehrte ab.

»Auf keinen Fall wirst du etwas zahlen. Du bist eingeladen, und das mit Vergnügen.«

»Also gut. Vielen Dank.«

Sie nahmen die Kartons mit den Resten mit – für jeden war genug für eine weitere Mahlzeit übriggeblieben. Draußen war es kühl und windig, und Alison zog ihre Jacke fester um den Körper, als sie zum Parkplatz gingen. An den Autos angekommen, nahm Jim sie zum Abschied kurz in den Arm.

»Danke, dass du mitgekommen bist. Ich habe mich sehr wohl gefühlt.«

»Ich mich auch. Und danke noch mal für das Essen und dass du mich in die Galerie mitgenommen hast.«

»Gern geschehen. Wir sehen uns morgen.«

Alison stieg in ihren Wagen, startete den Motor und fuhr an. Jim wartete, bis sie zur Ausfahrt abbog, dann folgte er ihr. Sie wusste, dass es kein Date gewesen war, aber sie hatte den Abend mit ihm sehr genossen und wünschte, sie würden so etwas wiederholen – vielleicht als echtes Date. Ob er das wohl auch dachte? Oder sah er in ihr nur eine gute Freundin und Mitarbeiterin?

29. Kapitel

»Gut siehst du aus. Wo geht's hin?« Caitlins Vater saß mit seinem Laptop in der Küche und trank Wasser aus der Flasche.

»Danke. Ich fahre jetzt zu Beth, und wir gehen zusammen auf Nancys Party.«

»Ach, das hast du gestern Abend ja erzählt.« Ihr Vater hatte sie am Flughafen abgeholt, und sie hatten zu Hause noch Pizza gegessen, bevor sie zu einem Treffen mit ihren Freundinnen gestartet war.

»Arbeitest du?« Ihr Vater war ein Workaholic, aber an den Wochenenden nahm er sich meistens frei.

»Ich schaue nur in meine Mails. Wir haben einen neuen Fall, ziemlich groß. Wir haben jede Menge zu tun.« Er sah aus, als wollte er »jetzt, wo deine Mutter weg ist« hinzufügen, was er sich jedoch verkniff. Caitlin vermutete, dass er noch niemand Neues eingestellt hatte in der Hoffnung, ihre Mutter würde zurückkommen – in die Kanzlei und in sein Leben.

»Hast du heute Abend auch etwas vor?« Er trug noch immer seine Sportsachen.

»Linda und ich gehen essen und dann ins Kino. Aber ich bin sicher vor dir zu Hause. Wir können ja später noch reden, und du kannst mir sagen, ob deine Party es wert war, dass du dafür extra hergeflogen bist.« Er lächelte. »Wobei ich mich natürlich freue, dass du hier bist, Party hin oder her. Und ich kann es auch kaum erwarten, bis du wieder ganz zurückkommst. Es war recht still hier diesen Sommer.«

Einerseits tat er Caitlin ein bisschen leid, andererseits war sie auch sauer. Schließlich war es seine Schuld gewesen, dass sie weggegangen waren.

»Ich muss los, Dad. Bis später.«

Bei Beth angekommen, klopfte sie, und Beth rief laut, sie möge reinkommen.

»Ich bin oben und kann mich nicht entscheiden, was ich anziehen soll. Komm, hilf mir mal.«

Caitlin ging nach oben. Beth wohnte in einer alten Stadtvilla in der historischen Altstadt von Charleston. Es war eine schicke Gegend und ausgesprochen praktisch, da sie zu Fuß zu Nancys Party laufen konnten. Und wenn sie davor oder danach auf dem Weg noch Lust hatten, boten sich mindestens zwölf Lokale an, wo sie auf einen Drink einkehren konnten. Das Gebäude gehörte Beths Vater, und er hatte es Beth und ihrem Mann Spencer zur Hochzeit überlassen. Spencer war übers Wochenende mit seinen ehemaligen Studienkollegen zum Golfen gefahren. Caitlin mochte Spencer, aber sie war froh, dass er gerade nicht da war, damit sie die Zeit mit ihrer Freundin voll genießen konnte.

Beth war in ihrem Schlafzimmer und trug ein ausgesprochen hübsches ärmelloses Kleid in Knallrosa von Lilly Pulitzer. Zwei weitere Kleider und eine Jeans samt blauem Pulli lagen auf dem Bett. Sie drehte sich zu Caitlin um und schnitt eine Grimasse.

»Heute gefällt mir nichts an mir. Was denkst du?«

»Du siehst super aus. Die anderen Kleider sind auch hübsch, aber das Pink steht dir ausnehmend gut.«

Beth lächelte. »Okay, dann behalte ich es an. Danke! Lass uns nach unten gehen. Ich habe gerade eine Flasche Pinot Grigio aufgemacht, davon können wir uns ein Glas genehmigen, bevor wir losziehen.«

In der Küche schenkte Beth den Weißwein in zwei kleine Gläser. Sie nahmen sie mit auf den Balkon und beobachteten das bunte Treiben auf der Straße. Dann spekulierten sie, was auf der Party wohl alles los sein würde.

»Wie ich gehört habe, ist Nancys Bruder in der Stadt. Den habe ich schon ein paar Jahre nicht mehr gesehen«, sagte Beth. In Nancys älteren Bruder Peter waren sie alle während der Highschool-Zeit verknallt gewesen. Er hatte zu denen gehört, die in allem gut waren – er war ein Ass im Football gewesen und hatte als Klassenbester auch die Abschiedsrede auf ihrer Abschlussfeier gehalten. Danach hatte er die Angebote mehrerer Sport-Unis ausgeschlagen, weil er kein professioneller Footballspieler hatte werden wollen, und war lieber nach Yale gegangen und für den Abschluss als Betriebswirt nach Harvard. Das Letzte, was Caitlin von ihm gehört hatte, war, dass er an der Wall Street arbeitete. Sie hatte keine Ahnung, als was, aber es hieß, er habe es gut getroffen.

»Sind er und Marcy schon verlobt?«, wollte sie wissen. Er war seit Jahren mit Marcy zusammen, einer zierlichen, blonden, lebenslustigen Frau, und sie passten so gut zusammen, dass alle von einer Verlobung als nächstem logischem Schritt ausgingen.

Beth lehnte sich vor und lächelte hintergründig. »Nicht verlobt und nicht mehr zusammen. Nancy erzählte, Marcy habe ihm vor ein paar Monaten den Laufpass gegeben und sei jetzt mit einem anderen verlobt.«

»Oh! Wow. Armer Peter.«

»Na, ich bin sicher, es wird nicht lange dauern, bis er die Nächste hat. Im Moment ist er allerdings Single und das ganze Wochenende über in der Stadt.«

»Wohnt er noch in Manhattan?«

Beth nickte. »Ja. Aber das liegt nur einen kurzen Flug entfernt, ist also machbar.«

Caitlin lachte. »Für mich klingt das ganz schön kompliziert.«

»Du solltest für alles offen sein. Er ist nur eine Option von vielen. Du musst dich aber wirklich beeilen und endlich wieder herkommen. Ich hätte nie damit gerechnet, dass du den ganzen Sommer lang so elend weit weg bist.«

»Ich auch nicht. Aber inzwischen gefällt es mir in Chatham richtig gut. Du solltest mich wirklich mal besuchen kommen, solange ich noch da bin. Ich wette, es wird dir auch gefallen, und ich kann Fremdenführerin spielen und dir alles zeigen. Spencer würde es bestimmt auch gefallen.«

Beth schüttelte den Kopf. »Der hat jedes Wochenende irgendein Golfturnier und wird bestimmt nicht mitkommen. Aber vielleicht kann ich tatsächlich ein langes Wochenende einrichten. Allerdings nur, wenn bei euch wirklich genug Platz ist. Ich möchte keinem auf die Nerven gehen.«

»Sei nicht albern. Im Haus meiner Großmutter ist jede Menge Platz.«

Sie lachten und plauderten noch eine Weile, bis sie ihren Wein geleert hatten. Es war ein warmer Abend, aber zum Glück nicht so schwül und drückend, wie es in Charleston auch häufig vorkam. Schließlich machten sie sich auf den Weg zu Nancy, die in einer imposanten Villa im Herzen der Altstadt wohnte. Caitlin hörte die Party schon, bevor sie um die Ecke bogen und das hell erleuchtete Haus sahen. Parkassistenten warteten dort auf die Gäste, die mit dem Auto kamen, um diese für sie irgendwo in der Nähe abzustellen.

»Spielt da etwa eine Band?« Die Musik, die Caitlin hörte, schien nicht von einem Partysender aus dem Radio zu kommen. Jetzt konnte sie die Terrasse sehen, auf der schon eine Menge elegant gekleideter Gäste standen. Rechts und links an den Seiten war jeweils eine Bar aufgebaut, und Bedienstete im Frack reichten warme Appetithappen.

»Ich glaube, Nancy hatte erwähnt, dass es Livemusik geben würde. Da ist sie ja!« Auf der Terrasse angekommen, wurden sie sofort von Nancy entdeckt, die angelaufen kam und sie herzlich begrüßte. Caitlin hatte sie seit ihrer letzten Party vor einem Jahr nicht mehr gesehen. Nancy sah immer perfekt aus. Das glatte schwarze Haar endete knapp über ihren Schultern, sie hatte eine süße Stupsnase und große braune Augen. Sie war eine ausgesprochen hübsche Frau und immer tadellos gekleidet. Caitlin wusste, dass sie bei Middleton's, ihrer früheren Arbeitgeberin, den VIP-Status erreicht hatte – sie hatte ihre Kundenkarte gesehen.

»Caitlin, Beth, wie schön, euch zu sehen! Es ist ja schon so lange her. Wir sollten uns sehr bald noch einmal separat treffen und alle Neuigkeiten austauschen. Die Zeit fliegt einfach so vorbei, findet ihr nicht auch?«

Caitlin und Beth nickten. Das sagten sie jedes Jahr aufs Neue.

»Das stimmt«, sagte Caitlin. »Ich habe gehört, dein Bruder ist dieses Wochenende auch da?«

»Ja. Wir sehen ihn viel zu selten. Er läuft hier irgendwo herum, und falls du es noch nicht gehört hast: Er ist neuerdings Single.« Sie plauderten noch eine Weile, bis neue Gäste kamen und von Nancy begrüßt werden wollten. »Wir reden nachher weiter. Holt euch was zu trinken und stürzt euch ins Getümmel.« Woraufhin Nancy sich den neuen Gästen zuwandte.

Sie taten, wie ihnen geheißen, und holten sich an einer der Terrassenbars zunächst ein Glas Wein, bevor sie ins Haus gingen. Es dauerte nicht lange, bis sie Ashley und Meghan entdeckten, die sich mit Natalie unterhielten, einer weiteren ehemaligen Klassenkameradin. Ihre Männer standen ganz in der Nähe, tranken Whiskey oder Bourbon und lachten laut über irgendetwas. Ashley winkte sie heran, und alle umarmten Caitlin.

»Was haben wir dich vermisst!«, rief Ashley.

»Du warst viel zu lange weg«, ergänzte Meghan.

»Wie ich höre, verbringst du den Sommer auf Cape Cod. Ist es da wirklich so schön, wie alle sagen?«, wollte Natalie wissen.

»Ja, ich bin in Chatham und finde es richtig klasse.«

»Du Glückliche kannst der Hitze entkommen. In letzter Zeit ist es schrecklich heiß und schwül. Heute geht es allerdings«, meinte Natalie.

Sie redeten über gemeinsame Bekannte und tauschten den neuesten Klatsch und Tratsch aus, wovon es stets genug zu geben schien.

Eine hübsche blonde Frau stieß zu ihnen, die die anderen alle kannten, und sie unterhielten sich eine Weile mit ihr. Als sie weiterging, beugte Meghan sich vor und raunte ihnen zu: »Es ist ganz schön traurig: Sie ist erst seit sechs Monaten oder so verheiratet, und es geht das Gerücht, dass ihr Mann sie schon betrügt. Könnt ihr euch das vorstellen?«

Eine andere Bekannte ging an ihnen vorbei, und Caitlin hatte den Eindruck, dass sie anders aussah als sonst, aber sie war nicht sicher, warum.

»Hat Ginger eine neue Frisur?«, fragte sie in die Runde.

»Nein, sie hat sich die Nase machen lassen«, sagte Ashley. »Ich finde, sie hat vorher besser ausgesehen.«

Alle stimmten zu.

»Ach übrigens, Caitlin … Hunter Richards und Ted Royce sind hier – sie sind beide Single. Kennst du sie?«, fragte Meghan.

Caitlin schüttelte den Kopf. »Kennen wäre zu viel gesagt. Ich habe sie über die Jahre vielleicht ein- oder zweimal getroffen, aber ich bezweifle, dass sie sich an mich erinnern.«

»Tja, dann müssen wir dich ihnen wohl vorstellen. Oh, und Peter Hannigan ist auch hier. Hat Beth dir schon erzählt, dass er wieder zu haben ist?«

Caitlin lachte. Meghan hörte sich an, als würden all diese Männer nur danach lechzen, sie kennenzulernen.

»Hat sie, ja. Und das tut mir echt leid für ihn.« Wenn er wirklich erst vor kurzem abserviert worden war, würde er sich wahrscheinlich nicht gleich wieder in eine Beziehung stürzen wollen, vermutete Caitlin. Aber vielleicht war das bei Männern ja auch anders.

»Er war am Boden zerstört«, sagte Ashley. »Es ging ums Zusammenziehen, und sie wollte nicht nach Manhattan gehen, wo er sich aber die nächsten zehn Jahre oder so sieht.«

»Dann hat sie ihn nicht richtig geliebt. Ich hätte die Gelegenheit beim Schopf gepackt. Er arbeitet für ein Hedgefonds-Unternehmen, und ihr wisst ja, was das heißt. Einige Millionen im Jahr, vielleicht sogar 'zig Millionen … Dafür wäre ich gern umgezogen«, sagte Natalie.

Die anderen nickten. Caitlin merkte, dass ihr das ganze Gerede über Geld und angebliche Sensationen allmählich auf die Nerven ging. Ihr war das alles früher schon recht egal gewesen, aber jetzt musste sie auch an Julia denken und wie sehr sie diese Party hassen würde.

»Wer auch immer Peter heiratet, kann wahrscheinlich mit einem Haus wie diesem als Zweitwohnsitz rechnen«, sagte Ashley. Caitlin sah sich um – das Haus war ein Anwesen im typischen Südstaatenstil mit übergroßer Veranda, hohen Decken und einem üppigen, wunderbar gepflegten Garten. Ein ideales Haus, um Gäste zu empfangen und um zu feiern. Die Böden waren aus dunklem poliertem Holz, überall an den Wänden hingen beeindruckende Gemälde, und die Sessel- und Sofabezüge waren aus demselben edlen Stoff wie die Vorhänge. So schön es auch war, hatte es mehr von einem Museum als von einem gemütlichen Zuhause, fand sie.

»Nancy hat ihn im Sommer mal besucht. Er wohnt in seinem eigenen Penthouse in Manhattan mit super Ausblick auf die ganze Stadt«, sagte Meghan.

»Ich war noch nie in Manhattan«, sagte Caitlin.

»Oh, es ist toll. Wir sollten irgendwann mal für ein Mädelswochenende hinfliegen und eine Broadway-Show besuchen.«

Ja, das sollten sie unbedingt tun, fanden auch die anderen.

»Lasst uns ein bisschen herumgehen«, schlug Ashley vor. »Wenn wir die ganze Zeit zusammenstehen, wird Caitlin nie einen Mann abkriegen.«

»Soll ich dich unter meine Fittiche nehmen, Caitlin? Ich kann dich Hunter und Ted vorstellen und natürlich auch Peter«, bot Meghan an. »Ich habe ihn zwar bisher noch nicht gesehen, aber er wird bestimmt bald kommen.«

Caitlin machte also mit Meghan die Runde, und sie blieben alle paar Meter stehen, um mit jemandem zu plaudern. Meghan schien jede und jeden zu kennen, obwohl Gäste aller Altersstufen vertreten waren – auch Freunde von Nancys Eltern, allesamt einflussreiche Bürger von Charleston. Caitlin lernte einen Richter kennen, einen Staatsanwalt, den Besitzer eines der neuesten und besten Restaurants und einige Mitglieder der *Junior League*, einer von Frauen geleiteten Wohlfahrtsorganisation, der Meghan vor ein paar Jahren beigetreten war. Auch Beth war seit ihrer Hochzeit Mitglied, und sie drängten Caitlin nun, ebenfalls beizutreten.

Allerdings waren sich alle einig, dass Caitlin zunächst beruflich Fuß fassen müsse. Ihr war klar, dass ihre nur vorübergehenden Beschäftigungen wie Verkäuferin und Zeitarbeiterin niemanden im Aufnahmekomitee beeindrucken würden. Sie würde Fürsprecher benötigen, und man würde ihren Lebenslauf genau unter die Lupe nehmen. Sie sollte sich also erst bewerben, sobald sicher wäre, dass man sie auch aufnehmen würde.

»Da ist Nancys Mutter. Ihr müssen wir natürlich unbedingt hallo sagen.« Meghan schlängelte sich zu Penny Hannigan durch, die ein Glas Martini in der Hand hielt und sich umsah. Ihr Gespräch mit ein paar Damen hatte sie gerade beendet und stand im Moment allein.

»Mrs. Hannigan, ganz herzlichen Dank für die Einladung. Erinnern Sie sich an Caitlin Coleman?«

Mrs. Hannigan nickte. »Aber natürlich. Erst letzte Woche haben ich Ihren Vater im Club getroffen. Wie geht es Ihrer Mutter?«, fragte sie freundlich. Caitlin war nicht sicher, wie genau die ältere Dame über ihre Familienverhältnisse informiert war, aber wahrscheinlich wusste sie genug.

»Es geht ihr bestens. Wir verbringen den Sommer auf dem Cape, in Chatham.«

»Wie schön!« Sie lächelte die beiden an. »Und wie geht es Ihren Ehemännern? Sind sie heute Abend auch hier?«

Caitlin und Meghan tauschten kurz Blicke. Wie sollte Caitlin eine so unangenehme Frage am besten beantworten? Bevor sie etwas sagen konnte, sprang Meghan ein.

»Unsere Männer sind heute Abend alle hier, bis auf den von Beth, der bei einem Golfturnier spielt.«

Caitlin fühlte sich aber nicht ganz wohl, es bei dieser Aussage zu belassen. Sie lächelte. »Ich bin noch nicht verheiratet und im Moment Single.«

»Oh, aber es sind ein paar interessante junge Männer hier. Sie sollten keine Mühe haben, jemanden kennenzulernen.«

Meghan schmunzelte. »Wir arbeiten gerade daran.«

Sie verabschiedeten sich, als Freunde von Mrs. Hannigan zu ihnen stießen.

»Ich frage mich, warum sie davon ausging, dass ich verheiratet bin«, sagte Caitlin im Weggehen.

»Na ja, letztes Jahr warst du mit Prescott hier, richtig? Und alle dachten, ihr zwei würdet zwangsläufig den nächsten Schritt tun. Aus unserem Kreis sind ja mittlerweile alle verheiratet«, sagte Meghan und fügte schnell hinzu: »Nicht dass es irgendwie schlimm wäre, nicht verheiratet zu sein. Manchmal fehlt es mir sogar ein bisschen.«

Meghan hatte als Erste von ihnen geheiratet. Sie und ihr Freund aus dem College hatten vor fünf Jahren Hochzeit gefeiert.

»Wie läuft es mit dir und Derek eigentlich?«, erkundigte sich Caitlin.

»Danke, ganz gut. Derek reist wegen seines Jobs ja viel. Oft ist er die ganze Woche weg, besucht einen Kunden und fliegt am Freitag wieder nach Hause. Die freie Zeit kann ich ganz gut genießen, aber manchmal fühle ich mich auch einsam. Aber das ist in Ordnung so. Ich kann mich nicht beklagen.« Derek war für eine große Software-Firma im Verkauf tätig. So häufig unterwegs zu sein war für Caitlin keine Option, merkte sie. Sie empfand es für den Partner oder die Partnerin als unzumutbar, die ganze Woche über allein zu sein.

Insgesamt wirkte Meghan auf sie jedoch zufrieden. Sie hatte einen guten Job bei der Werbeagentur, bei der Caitlin auch einmal gearbeitet hatte. Dass man dort nicht so gut zahlte, war nicht schlimm, denn Derek verdiente für sie beide mehr als genug. Außerdem würde Meghan, sobald Kinder kämen, ihre Arbeit aufgeben und zu Hause bleiben. Es sah tatsächlich so aus, als hätte jede aus ihrer Gruppe ihr Leben im Griff und die Perspektiven geklärt. Nur Caitlin nicht.

Fast bekam sie Angst davor, nach Charleston zurückzukehren – die Vorstellung, sich wieder bei der Zeitarbeitsfirma zu melden und nebenher eine neue feste Stelle zu suchen, war deprimierend. Dagegen erschien es verlockender, die Zeit in Chatham länger auszudehnen. Es tat gut, dort einfach zu entspannen und nicht über die Zukunft nachzudenken.

Inzwischen hatte Meghan Hunter und Ted gesichtet und stellte ihnen Caitlin vor. Als ehemaliger Footballspieler an der »Ole Miss«, der ältesten und größten Universität von Mississippi, war Hunter ein großer, massiger Typ. Jetzt arbeitete er als Finanzberater in Charleston, und eine seiner ersten Fragen war, ob ihr Partner mit Aktien spekuliere.

»Mein Vater kennt sich damit aus, beziehungsweise einer seiner besten Freunde. Da könnte er gute Tipps geben.«

Als Caitlin verneinte, verlor Hunter das Interesse und entdeckte plötzlich jemanden, dem er unbedingt hallo sagen musste. Ted war etwas mitteilsamer. Er war groß und recht dünn und hatte etwas Lehrerhaftes an sich. Als er sagte, er arbeite als Forschungsbeauftragter in einem Labor des städtischen Krankenhauses, war sie nicht überrascht.

»Bist du vielleicht gerade dabei, ein Heilmittel gegen Krebs zu finden?«, fragte Meghan augenzwinkernd.

Er lachte. »Im Moment nicht, nein. Wir beschäftigen uns zurzeit mit der Lyme-Borreliose und hoffen, einen geeigneten Impfstoff zu finden.« Er erklärte in aller Ausführlichkeit, was es mit dieser von Zecken übertragenen Krankheit auf sich hatte, bis Meghan unterbrach und sagte, sie müssten dort hinten einer alten Freundin hallo sagen. Sie zog Caitlin mit zur Bar, wo sie sich ein neues Glas Wein holten.

»Na, die zwei können wir wohl von der Liste streichen. Kein Wunder, dass die noch Single sind.«

»Ted war doch ganz okay«, meinte Caitlin. Er war nett gewesen, wenn auch ein wenig langweilig.

Meghan lachte. »Hast du auch nur die Hälfte von dem verstanden, was er gesagt hat? ›Regressionstest‹ oder wie auch immer das hieß? Mir haben irgendwann die Ohren geklingelt.«

»Ja, an der Stelle hatte er mich auch verloren. Aber er war trotzdem nett.«

»Du kannst ja zurückgehen und euer Gespräch wiederaufnehmen, wenn du Interesse hast«, schlug Meghan vor.

Caitlin lächelte. »Das wollte ich damit nicht sagen. Manchmal frage ich mich aber doch, ob ich nicht zu wählerisch bin.«

»Das bist du nicht«, versicherte Meghan. »Und wir haben Peter noch nicht gesehen. Komm, wir spazieren mal herum und schauen, ob er jetzt da ist.«

Fünf Minuten später entdeckten sie ihn draußen, wo er Zigarre rauchend an der Terrassenbrüstung lehnte. Er hatte sich gerade mit zwei Männern unterhalten, die nun aber weiterzogen, und so ergriff Meghan die Chance und stellte ihm Caitlin vor. Es war einige Jahre her, seit sie Peter das letzte Mal gesehen hatte, und das auch nur flüchtig bei einer Party. Er war größer, als sie ihn in Erinnerung hatte, bestimmt um die eins neunzig. Sein braunes Haar wirkte dunkler, fast schwarz, und als er lächelte, erschienen die Grübchen in seinen Wangen und im Kinn tiefer und ausgeprägter als früher. Er sah gut aus.

»Peter! Das ist ja schon ewig her. Wie geht es dir? Kannst du dich noch an meine Freundin Caitlin erinnern?«

Peter legte die Zigarre in einen Aschenbecher und musterte Caitlin. »Du kommst mir auf jeden Fall bekannt vor. Ich weiß, dass ihr beide Freundinnen von Nancy seid. Schön, euch zu sehen.«

»Nancy hat erzählt, dass du nur übers Wochenende hier bist, stimmt das?«, fragte Caitlin.

»Ja, ich bin schon lange nicht mehr hier gewesen, aber die Party wollte ich auf keinen Fall verpassen. Die Familie hätte mich umgebracht.«

»Wie gefällt es dir in Manhattan?«, erkundigte sich Meghan.

»Ich finde es klasse. Die Stadt lebt und pulsiert in schnellem Tempo, das kommt mir gerade sehr entgegen.«

»Caitlin war noch nie dort. Wir haben gerade überlegt, dass wir mal ein Mädelswochenende machen könnten, mit Broadway-Show und Stadtbesichtigung.«

»Das solltet ihr unbedingt. Und lasst es mich auf jeden Fall wissen, wenn ihr da seid, dann gehen wir zusammen etwas trinken.« Er zog sein Portemonnaie aus der Hosentasche, fischte zwei Visitenkarten heraus und verteilte sie. »Da ist meine Privat- und meine Handynummer drauf. Ihr könnt es über beide versuchen.«

»Das werden wir, danke.« Meghan und Caitlin steckten die

Karten ein. Dann sahen sie, dass die zwei Männer von vorhin wiederkamen und verabschiedeten sich.

Eine Stunde später, als Caitlin sich etwas von dem kleinen Snack-Buffet neben der Bar holen wollte, traf sie Peter wieder. Sie war gerade dabei, sich etwas Käse, Cracker, Nüsse und Dips auf ihren Teller zu laden.

»Vergiss nicht den Pimento-Cheese«, hörte sie seine Stimme hinter sich.

Caitlin drehte sich um. Peter lehnte an der Wand, nippte an einem Bourbon und beobachtete sie mit amüsiertem Blick.

»Ich meine es ernst. Den hat die Haushälterin meiner Mutter heute Morgen gemacht, und er schmeckt hervorragend. Tatsächlich möchte ich auch noch was.« Er legte sich ein paar Cracker auf einen Teller und häufte etwas von dem würzigen Käsedip dazu.

Caitlin lächelte ihn an. »Na gut, wenn du ihn so ausdrücklich empfiehlst.« Sie lud sich einen Löffel voll auf ihren schon gut bestückten Teller.

»Und jetzt iss, damit ich sehe, ob es dir schmeckt.« Er nahm selbst einen Cracker, tunkte ihn in den Dip und schob ihn sich in den Mund.

Caitlin tat es ihm gleich. Normalerweise mied sie diesen Käsedip, weil er ziemlich fettig war – eine Mischung aus geraspeltem Cheddar, Frischkäse, Mayonnaise und Gewürzen. Aber er schmeckte köstlich.

»Hm, superlecker.«

Peter lachte. »Ich wusste, dass du das magst. Erzähl mir mal mehr über dich, Caitlin. Ich sehe keinen Ring, dann bist du vermutlich auch Single, so wie ich. Oder hast du einen festen Freund?«

Sie schüttelte den Kopf. »Im Moment nicht.«

»Gut. Manchmal frage ich mich, ob dieses ganze Geheirate nicht überschätzt wird. Aber es ist ja klar, dass ich so was sage, nachdem meine Beinahe-Verlobte mich verlassen hat. Ich schätze mal, du hast davon gehört.« Er sagte es wie beiläufig, aber sie merkte, dass er sie genau beobachtete, wohl um ihre Reaktion zu testen.

»Das habe ich, ja. Tut mir leid, dass es mit euch nicht geklappt hat.«

»Das muss dir nicht leidtun. Wie meine Mutter immer sagt: ›Alles geschieht aus gutem Grund.‹ Marcy ist durch und durch ein Südstaatenmädel, hier geboren und aufgewachsen. Sie hat mich ein paarmal in Manhattan besucht und es dort gehasst. Aber das ist okay. Manhattan ist nicht jedermanns Geschmack.«

»Ich würde es gern einmal kennenlernen.« New York hatte etwas Legendäres, aber Caitlin wusste nicht, ob sie dort leben wollen würde.

»Wo wohnst du denn? Du bist doch auch hier in Charleston geboren, oder?«

»Ja, aber diesen Sommer verbringe ich auf Cape Cod, in Chatham. Meine Mutter stammt daher. Warst du schon mal dort?«

»Im Ernst jetzt? Ich liebe es! Vor ein paar Monaten war ich in Nantucket, am Memorial-Day-Wochenende. Wir sind mit dem Boot eines Freundes zur Figawi gefahren. Das ist eine große Regatta von Hyannis nach Nantucket und zurück. Es war riesig. Tatsächlich werde ich am Labor-Day-Wochenende auch wieder auf dem Cape sein. Ich besuche Freunde in Wellfleet.«

»O ja, da ist es auch toll.« Wellfleet lag nicht weit von Chatham entfernt.

»Es ist der letzte offene Tag des *Beachcomber* am Cahoon Hollow Beach. Kennst du diese Strandbar schon? Du könntest ein paar Freunde mitbringen, und wir treffen uns dort. Es wird bestimmt lustig.«

»Ja, ich habe vom *Beachcomber* gehört. Die Sommerausklangsparty soll ganz toll sein.«

Peter zog sein Handy aus der Tasche. »Gib mir mal deine

Nummer, dann rufe ich dich an, wenn wir unten sind, und du kannst zum Essen dazukommen. Es ist immer eine lockere Atmosphäre, und meistens spielt eine gute Band.«

Caitlin diktierte ihre Nummer, und er tippte sie ein.

»Super. Ich ruf dich dann an dem Samstag an. Hoffentlich kannst du es einrichten.«

»Das klingt gut. Ich werde meine Freundin Julia fragen, ob sie mitkommt – sie war schon einige Male dort und hat erwähnt, dass sie auch zu dieser Party will.«

»Perfekt. Dann feiern wir zusammen das Ende des Sommers.«

Zwei blonde Frauen kamen anspaziert, und Caitlin wollte nicht länger dabeibleiben.

»Ich freue mich schon«, sagte sie lächelnd und ging weiter.

»Peter! Wir haben dich überall gesucht. Das ist meine Freundin Misty. Ich glaube, du kennst sie noch nicht.«

Peter lächelte. »Nein, ich glaube, ich hatte noch nicht das Vergnügen.«

*

»Du warst ja ziemlich lange weg. Hast du jemand Interessantes getroffen?«, fragte Beth, als Caitlin wieder zu ihr stieß.

»Ich bin Peter noch mal über den Weg gelaufen, und wir haben eine Weile geplaudert. Wie sich herausstellte, ist er am Labor-Day-Wochenende auch auf dem Cape.«

Beth strahlte. »Ah! Und hat er gefragt, ob ihr euch treffen könnt?«

Caitlin nickte und erzählte von dem vagen Plan, sich im *Beachcomber* zu treffen. »Wer weiß, ob er sich tatsächlich meldet. Vielleicht flirtet er auch einfach nur gern. Als ich ging, hat er zwei Blondinen angestrahlt, die sich gerade zu ihm gesellten.«

Beth machte ein nachdenkliches Gesicht. »Tja, vielleicht möchte er gerade wirklich nichts Festes. Ich würde ihn trotzdem treffen und mich amüsieren. So ganz ohne Erwartungen und sehen, was passiert.«

»Das klingt nach einem guten Plan. Julia meinte, sie wolle dieses Jahr auch zum *Beachcomber* gehen, dann könnten wir das zusammen machen.«

Caitlin hatte sich sowieso schon darauf gefreut, das berühmte Strandlokal einmal kennenzulernen, und wollte noch so viel wie möglich auf dem Cape unternehmen, bevor sie wieder nach Charleston zurückkehrte. Peter in einer anderen, ihr nun schon recht vertrauten Umgebung wiederzusehen fand sie spannend, und sie fragte sich, wie er sich wohl in den speziellen Vibe am Cape einfügen würde. Dort wäre es egal, wie einflussreich seine Familie war oder wie viel Geld er verdiente. Während ihr Bauch voller Vorfreude ein wenig kribbelte, dachte sie aber auch an Jason. Wie es ihm wohl gerade ging? Sie lächelte, als sie sich ihn im *Beachcomber* vorstellte – das war bestimmt genau das Richtige für ihn.

30. Kapitel

»Wie geht es deiner Mutter denn so?« Caitlin und ihr Vater frühstückten am nächsten Tag in einem Restaurant in der Nähe des Flughafens. Bisher hatte keiner Jess erwähnt. Es hatte Caitlin ein wenig überrascht, dass ihr Vater dieses Lokal vorgeschlagen hatte – es war eines der Lieblingsrestaurants ihrer Mutter.

Sie biss von ihrem warmen Zimt-Toast mit Mandelkruste ab und überlegte, wie sie antworten sollte. »Mom geht es gut. Bislang war es ein richtig schöner Sommer, für uns beide.«

Ihr Vater nippte an seinem Sekt mit Orangensaft und aß schweigend sein Omelett zu Ende. Als er fertig war, legte er das Besteck beiseite und musterte Caitlin eingehend. »Bist du den Strand inzwischen nicht leid? Ich verstehe nicht, warum du so lange dortbleibst. Willst du wirklich nicht vor Mitte Oktober nach Charleston zurückkommen?«

Caitlin nickte. »Ich habe dir doch gesagt, dass ich da einen Job habe. Ich arbeite in der Buchhandlung und in dem angeschlossenen Coffee Shop. Im Café ist richtig viel los, und wir wollen nicht, dass Alison für den restlichen Sommer noch mal jemand Neues suchen muss. Ab Mitte Oktober sind dann kaum noch Touristen auf dem Cape.«

Sobald ihr Alisons Name herausgerutscht war, wusste sie, dass sie einen Fehler gemacht hatte. Sie hoffte, ihr Vater hätte es nicht bemerkt, aber das hatte er natürlich.

»Was hat Alison damit zu tun? Gehört die Buchhandlung etwa ihr? Oder der Coffee Shop?«

»Beides«, gestand sie.

»Alison – die beste Freundin deiner Mutter? Ich dachte, die arbeitet in einem Zeitschriftenverlag?«

»Das tut sie auch, aber nur noch in Teilzeit. Sie mussten Personalkürzungen vornehmen.«

Er sah sie verständnislos an. »Hat sie etwa Geld?«

»Nicht dass ich wüsste.«

Sie konnte sehen, wie es in ihm arbeitete. »Wie kann sie sich dann leisten, eine Buchhandlung und einen Coffee Shop zu kaufen? Vor allem, wenn sie nur noch Teilzeit arbeitet? Da passt doch etwas nicht zusammen.«

Schweigend griff Caitlin nach ihrem Sekt-Orange und hoffte, ihr Vater würde das Thema fallen lassen. Was nicht sehr wahrscheinlich war.

»Hat deine Mutter da ihre Finger im Spiel? Hat sie Alison Geld geliehen?«

»So ungefähr.« Caitlin atmete tief durch. »Sie sind Geschäftspartnerinnen.«

»Partnerinnen? Du meinst, deine Mutter hat Geld investiert?«

»Ja. Es ist eine super Buchhandlung, und der Coffee Shop läuft richtig gut.«

»Und die Buchhandlung? Läuft die nicht gut? Sag deiner Mutter, sie soll mich dringend anrufen. Ich kann nicht fassen, dass sie Geld investiert hat, ohne es mit mir abzusprechen.« So sauer hatte Caitlin ihren Vater schon lange nicht mehr erlebt.

»Das werde ich ihr sagen. Aber, Dad, sie hat nur ihr eigenes Geld genommen, von ihrem persönlichen Sparkonto.«

Er warf seine Serviette auf den Teller. »Ach ja? Tja, wenn Menschen verheiratet sind, gibt es so etwas wie ›ihr Geld‹ oder ›sein Geld‹ nicht – es ist gemeinsames Geld.«

Caitlin hatte jetzt schon Angst, ihrer Mutter von diesem Gespräch zu erzählen.

»Können wir bitte das Thema wechseln? Was gibt es denn bei dir Neues?«

*

Jess stand in der Küche und schnitt Gemüse für ein neues Pfannenrezept, das sie ausprobieren wollte, als draußen lautstark eine Hupe ertönte. Sie hielt kurz inne und wollte gerade weitermachen, als es erneut hupte. Irritiert legte sie das Messer beiseite und ging zum Fenster. In der Auffahrt stand ein fremder Wagen, aber sie konnte nicht erkennen, wer am Steuer saß. Die Hupe dröhnte ein weiteres Mal, was ihr ziemlich unhöflich vorkam.

Jess öffnete die Haustür und sah ihre Mutter auf die Hupe eines brandneuen hellblauen Mini Cooper drücken. Sie ging zur Fahrertür, und ihre Mutter ließ das Fenster herunter.

»Na, das wurde aber auch Zeit! Wie findest du ihn?« Sie lächelte stolz. Es war ein sehr schöner Wagen. Jess wusste, dass ihre Mutter schon immer für Minis geschwärmt hatte.

»Hast du den gekauft?«, fragte Jess verwundert. Sie hatte gar nicht gewusst, dass ihre Mutter ein neues Auto haben wollte.

Ihre Mutter nickte. »Geleast. Was praktisch dasselbe ist, außer, dass ich mir keine Gedanken um den Unterhalt machen muss. So einen Mini wünsche ich mir schon lange, und heute Morgen beim Einkaufen ist bei meinem alten Wagen der Auspufftopf kaputtgegangen. Vielleicht bin ich über ein Schlagloch gefahren oder so etwas, weil es ganz plötzlich passierte, und es machte so einen Lärm, dass es mir ganz peinlich wurde. Zufällig war ich gerade in Hyannis, und ich sah diesen Mini-Cooper-Händler, also bin ich gleich abgebogen. Nur, um mal zu gucken … und jetzt: Tadaaa!« Sie stieg aus und bewunderte das Auto von allen Seiten. »Ist er nicht phantastisch?«

»Ja, das ist er. Herzlichen Glückwunsch! Hast du deinen alten Wagen in Zahlung gegeben?«

»Nein. Sie bauen einen neuen Auspufftopf ein, und ich hole ihn am Dienstag ab. Ich dachte, es kann nicht schaden, einen Zweitwagen zu haben, und abgesehen vom Auspuff war ja alles in Ordnung. Caitlin kann ihn fahren, solange sie hier ist.«

»Das ist überaus großzügig von dir, Mom. Ich komme mit, wenn du ihn abholst, dann kann ich ihn zurückfahren.«

»Das hatte ich gehofft.«

Sie gingen ins Haus, und Jess kochte ihre Gemüsepfanne mit Huhn fertig, während ihre Mutter ihnen beiden ein Glas Pinot Grigio einschenkte. Es war ein warmer, klarer Abend, und sie beschlossen, auf der Veranda zu essen. Dabei erzählte Jess, was sie mit ihrer Anwältin besprochen hatte.

»In ein, zwei Tagen wird Parker die Scheidungspapiere überreicht bekommen.«

»Hast du denn schon mit ihm gesprochen?«, fragte ihre Mutter überrascht. »Weiß er, was auf ihn zukommt?«

»Noch nicht. Ich wollte sein Wochenende mit Caitlin nicht stören. Ich dachte, ich rufe ihn morgen früh einmal an, am besten natürlich, bevor er die Unterlagen bekommt. Ich will ihn ja nicht mehr belasten als nötig. Es wird einfacher für uns beide, wenn wir das so unaufgeregt und freundschaftlich wie möglich durchziehen.«

»Ich glaube, mir fällt niemand ein, der eine freundschaftliche Scheidung hinbekommen hat. Nicht, solange sie lief, jedenfalls. Vielleicht schafft man es hinterher, seinen Frieden damit zu finden.«

»Wie Alison.«

Ihre Mutter legte die Gabel beiseite und sah Jess an. »Während der Scheidung ging es weder unaufgeregt noch freundschaftlich zu. Weißt du nicht mehr, wie gestresst sie war? Ich glaube, sie hat innerhalb kürzester Zeit mindestens fünfzehn Pfund abgenommen. Ich hatte sie mal beim Einkaufen getroffen, da stand sie vor dem Eisbergsalat und weinte. Wir sind einen Kaffee trinken gegangen, und sie fragte, ob sie nicht doch einen riesigen Fehler macht.« Sie schwieg kurz, ehe sie hinzufügte: »Das hat sie dir aber bestimmt alles erzählt, oder nicht?«

Jess versuchte sich zu erinnern. Sie hatte damals schon in Charleston gewohnt, und ihre Mutter hatte recht. Alison hatte wirklich heftige Zweifel gehabt. Aber als sie miteinander darüber sprachen, hatte Alison erkannt, dass sie es wirklich wollte – dass beide Seiten es wollten. Trotzdem war es das Ende einer Beziehung gewesen, und es war nur normal, darüber zu trauern. Man verlor den Traum einer gemeinsamen Zukunft.

»Das hat sie. Aber sie und Chris hatten sich nie zerstritten. Sie wollten beide die Scheidung, auch wenn es zunächst für beide schwer war, sich einzugestehen, dass sie nicht wirklich glücklich waren. Ich glaube, Parker und ich werden den Punkt auch erreichen. Er sagt zwar, dass er es noch mal versuchen will, aber ich glaube nicht daran, denn sonst hätte er ja nichts mit Linda angefangen, oder? Wir hätten das schon vor einem Jahr durchziehen sollen.«

Ihre Mutter nickte. »Dann hätte er dich nicht betrügen müssen. Nicht, dass ich sein Verhalten entschuldigen will, aber ich weiß, dass ihr schon einige Zeit nicht mehr glücklich wart miteinander.« Sie legte ihre Hand auf Jess' und drückte sie. »Ich bin froh, dass du den Schritt gewagt hast. Wenn du es hinter dir hast, wirst du erleichtert sein und frei für Neues.«

Jess spürte, dass sie Tränen in die Augen bekam, und atmete tief durch. »Danke, Mom. Ich hoffe, du hast recht.«

*

Gleich am nächsten Morgen rief sie Parker an. Sie kannte ja seine Gewohnheiten und wusste, dass er morgens um Viertel nach acht gerade ins Büro gekommen sein musste. Aber seine Assistentin, die schwangere Linda, teilte ihr mit, er sei gerade in einem Klientengespräch und könne nicht gestört werden.

»Ich werde ihm ausrichten, dass du angerufen hast, dann kann er dich so bald wie möglich zurückrufen.« Sie räusperte sich und wirkte verlegen. »Aber er hat heute Morgen einen sehr vollen Terminkalender.«

Natürlich hatte er das. Es war ein typischer Montag. Allerdings hielt er sich die Zeit zwischen zwölf und eins meistens frei, sodass sie nicht überrascht war, als er kurz nach Mittag zurückrief.

»Jess? Linda sagte, du hättest angerufen, und dann wurden mir hier gewisse Dokumente zugestellt. Eine Vorwarnung wäre durchaus nett gewesen.«

Uh … Es war also genau das passiert, das sie zu verhindern versucht hatte. »Es tut mir leid, Parker. Ich hatte heute schon ganz früh angerufen, um dir Bescheid zu geben.«

»Ich war den ganzen Morgen über im Gespräch mit Klienten. Als ich endlich Pause machen konnte, wartete der Zusteller mit den Scheidungsunterlagen auf mich. Ich dachte, wir wollten vorher noch einmal darüber reden?«

Jess seufzte. »Es gibt nichts mehr zu bereden. Ich weiß, du hast gesagt, du willst es noch einmal versuchen, aber ich glaube, wir wissen beide, dass wir über diese Möglichkeit längst hinaus sind. Ich möchte einfach, dass die Sache jetzt offiziell geregelt wird.«

»Was hat es mit dieser Buchhandlung und dem Coffee Shop auf sich, die du gekauft hast, ohne mich zu informieren? Caitlin hat mir gestern beim Frühstück davon erzählt.«

Caitlin hatte Jess bereits vorgewarnt, sodass sie diese Frage erwartet hatte.

»Das hat überhaupt nichts mit dir zu tun, oder mit uns. Es ist eine Investition in meine Zukunft. Ich habe das Geld von meinen eigenen Ersparnissen genommen.«

»Jess, wir sind immer noch verheiratet. Mein Geld ist dein Geld, und deine Buchhandlung ist meine Buchhandlung. Ich sollte wohl bald einmal nach Chatham fliegen und meine Investition begutachten – um zu sehen, ob sie sich gelohnt hat.«

Er klang verärgert, und Jess konnte es ihm im Grunde nicht verübeln. Sie wusste, sie hätte mit ihm über den Buchladen reden sollen und ihn warnen, dass sie die Scheidung eingereicht hatte. Sie hatte sich davor gedrückt, weil sie sich nicht mit etwaigen Schwierigkeiten oder Einwänden seinerseits hatte auseinandersetzen wollen – und er hätte verhindern können, dass sie die Buchhandlung überhaupt erst hätte kaufen können. Sie versuchte, es ihm zu erklären. Die Buchhandlung war wichtig für sie und für Alison. Jess durfte nicht zulassen, dass Parker ihnen das kaputtmachte.

»Parker, das betrifft dich oder deinen Anteil an unserem Geld überhaupt nicht. Du verfügst über genauso viel Ersparnisse, also dachte ich, es wäre in Ordnung, weil wir ja sowieso alles teilen. Ich würde das Ganze gern so einfach und so fair wie möglich halten.«

»Ich möchte die Buchhandlung trotzdem sehen – und du bist es mir zumindest schuldig, dass wir uns zusammensetzen und alles von Angesicht zu Angesicht besprechen. Ich werde für das kommende Wochenende einen Flug buchen und melde mich, wenn ich in Chatham bin. Und jetzt muss ich los.« Er legte auf, ohne eine Antwort abzuwarten, und Jess konnte nur den Kopf schütteln. Normalerweise war Parker besonnen und vernünftig, aber wie ihre Anwältin sie bereits gewarnt hatte, konnte eine Scheidung die Menschen unberechenbar werden lassen. Jess spürte, dass sich Kopfschmerzen anbahnten, und hoffte, die ganze Angelegenheit würde nicht zu einem riesigen Problem anwachsen.

31. Kapitel

Jess legte das Handy beiseite, griff nach ihrer Handtasche und machte sich auf den Weg. Caitlin war bereits im Coffee Shop, und ihre Mutter arbeitete draußen im Garten. Als sie Jess kommen hörte, blickte sie auf und lächelte ihre Tochter an.

»Wie lief es mit Parker? Hast du ihn noch rechtzeitig erwischt?«

»Nein. Er ist total sauer auf mich und will dieses Wochenende herkommen, um ›seine‹ Investition zu begutachten und um zu reden.«

»Ach herrje. Ich hoffe, er macht dir und Alison keine Schwierigkeiten.«

»Das hoffe ich auch. Vielleicht muss er das alles erst einmal verdauen und einsehen, dass die Scheidung tatsächlich vollzogen wird.« Manchmal brauchte Parker etwas Zeit, um sich mit Dingen zu arrangieren oder seine Meinung zu ändern.

»Viel Glück, mein Schatz.«

Jess stieg in ihren Leihwagen und fuhr zum Laden. Immer wieder gingen ihr Parkers Worte durch den Kopf. Ihrer Mutter gegenüber hatte sie es abgetan, aber sie machte sich tatsächlich Sorgen, dass Parker ihnen Schwierigkeiten bereiten könnte. Sie war so sehr in Gedanken, dass sie fast die Einfahrt zum Parkplatz hinter der Buchhandlung verpasste, und trat zum Abbiegen abrupt auf die Bremse. Fast umgehend hörte sie hinter sich ein lautes Krachen und sah im Rückspiegel, dass ein Transporter ausgewichen war, um nicht aufzufahren, und einen Telefonmast gerammt hatte.

Sie parkte das Auto und lief an die Unfallstelle. Es war ein weißer Lieferwagen mit einer seitlichen Aufschrift OLIPHANT'S

OYSTERS in grünen Buchstaben auf der Seite. Die Kühlerseite, die am Telefonmast klebte, war eingedellt, aber es sah nicht allzu schlimm aus.

Als Jess ankam, öffnete sich die Fahrertür, und ein dunkelhaariger Mann in grünem Angler-Overall stieg aus. Wütend sah er sie an.

»Haben Sie den Wagen vor mir gefahren?«

»Ja. Es tut mir leid. Geht es Ihnen gut?«

»Mir ja. Dem Wagen aber nicht.« Seine Augen blitzten böse. Er war verärgert, was sie ihm kaum verübeln konnte. »Treten Sie immer so plötzlich auf die Bremse?« Sein unfreundlicher Ton allerdings versetzte sie bei allem Verständnis sofort in die Defensive.

»Nein, das tue ich nicht. Und ich habe schon gesagt, dass es mir leidtut. Und Sie? Fahren Sie immer so dicht auf?«

Er seufzte. »Ich bin nicht dicht aufgefahren.«

»Also gut. Sollen wir die Polizei rufen? Ich hole eben meine Versicherungsdaten.«

Nun entspannte sich seine Miene, und sie stellte fest, dass er ohne den bösen Blick sogar recht gut aussah. Er mochte etwa in ihrem Alter sein.

»Nein. Ich rufe den Abschleppdienst. Es war nicht Ihre Schuld. Sie haben recht, wenn ich mehr Abstand gehalten hätte, wäre das nicht passiert.«

Jess fühlte sich schrecklich, denn auch sie hätte besser aufpassen können.

»Sind Sie sicher? Möchten Sie mit reinkommen und im Café warten? Ich könnte Ihnen zumindest einen Kaffee und einen Bagel oder so etwas servieren. Falls Sie Hunger haben.«

»Gehört der Coffee Shop Ihnen?«

Sie nickte. »Meine beste Freundin und ich haben ihn vor etwas über einem Monat übernommen.«

»Ich war schon ein paarmal drin. Das Café ist jetzt deutlich besser als der letzte Laden. Ihr Angebot nehme ich gerne an. Ich bin übrigens Ryan. Ryan Oliphant.« Er gab ihr die Hand. Sie war groß und hatte Schwielen zwischen Daumen und Zeigefinger. Unwillkürlich richtete sie ihren Blick darauf, was ihm nicht entging. »Das kommt vom Austern-Öffnen. Das ist mein Beruf – wir liefern Austern an Restaurants und Fischgeschäfte auf dem ganzen Cape.«

»Oh, das klingt gut. Ich bin Jessica Coleman. Aber meine Freunde nennen mich Jess.«

»Freut mich, Sie kennenzulernen, Jess, auch wenn das nicht gerade auf die eleganteste Art passiert ist.« Er sah seinen beschädigten Transporter an.

»Es tut mir wirklich leid. Kommen Sie mit.« Er folgte ihr in den Coffee Shop und rief im Gehen den Abschleppdienst.

»Also, die gute Nachricht ist, dass sie einen Mitarbeiter in der Nähe haben, sodass ich nicht lange warten muss. Nur etwa eine Viertelstunde«, informierte er sie nach dem Telefonat.

Jess servierte ihm den gewünschten Kaffee – groß, zwei Stück Zucker, keine Milch – und einen einfachen getoasteten Bagel mit Frischkäse.

»Möchten Sie hier essen, oder soll ich alles in eine Tüte packen?«

»Packen Sie es lieber ein. Ich esse beim Wagen, damit ich gleich an Ort und Stelle bin, wenn der Abschleppdienst kommt.«

Als Jess ihm die Tüte reichte, musterte er sie einen Moment. »Sind Sie eine Freundin von Chris und Alison? Ich überlege die ganze Zeit, wo ich Sie schon mal gesehen habe. Vielleicht im *Squire*?«

»Ja, Alison ist die Freundin, mit der ich das alles hier übernommen habe. Ich war neulich mit den beiden in der Bar, aber Alison wurde dann müde und ist schon früher nach Hause gefahren.«

»Ah, ja. Ich war mit ein paar Freunden aus dem College dort, die hier ein Golfturnier hatten.«

Jess erinnerte sich an die Gruppe von Männern, die an der Theke gegenüber gesessen hatten. Einer von ihnen hatte sie angesehen und gelächelt, aber das war nicht Ryan gewesen.

»Sind Sie mit Chris zusammen?«

Jess lachte. »Nein! Alison ist meine beste Freundin.«

Ryan hielt ihren Blick fest. »Nun, die beiden sind ja schon lange geschieden.«

Jess dachte an den Abend zurück und dass sie tatsächlich dieses leichte Kribbeln gespürt hatte. Möglicherweise hatte Ryan das selbst aus der Entfernung mitbekommen.

»Ja, aber Chris kenne ich auch schon ewig. Er ist wie ein Bruder für mich.«

Ryan bedankte sich für den Bagel und den Kaffee. »Tja, dann werden wir uns sicherlich wieder über den Weg laufen. Aber jetzt gehe ich mal lieber zu meinem Wagen.«

»Okay. Und nochmals Entschuldigung. Ich war tatsächlich ein wenig abgelenkt – ich habe heute die Scheidung eingereicht«, gab sie zu.

Ryan sah sie mitfühlend an. »Das tut mir leid. Ich weiß, dass so was ganz schön hart sein kann. Ich bin auch seit ein paar Jahren geschieden. Mittlerweile verstehen wir uns wieder gut, aber eine Zeitlang war es schwierig.« Er lächelte. »Es wird also besser werden.«

»Danke.« Seufzend sah sie ihm nach.

*

»Ryan Oliphant ist in dich reingefahren?« Alison stand an der Kasse, als Jess in die Buchhandlung kam und erzählte, warum sie sich verspätet hatte.

»Nein, er ist gegen einen Telefonmast gefahren, aber ich habe den Unfall gewissermaßen verursacht. Er hätte aber nicht so dicht auffahren dürfen.«

»Er ist ein guter Freund von Chris. Ryan betreibt auch ein Geschäft, einen Großhandel für Austern, Muscheln, Krabben und Fisch, den die Fischer hier tagsüber fangen. Wir kennen ihn schon ewig. Ein netter Kerl. Hat vor ein paar Jahren eine schwierige Scheidung durchgemacht.«

»Ja, das hat er erwähnt. Nachdem ich ihm gesagt hatte, dass ich abgelenkt war, weil ich gerade die Scheidung eingereicht hatte. Oh, und Parker hat es nicht sonderlich gut aufgenommen. Er will am Wochenende herkommen.«

»Was will er? Warum?« Alison machte ein überraschtes Gesicht.

Jess zögerte, weil sie Alison nicht beunruhigen wollte. Aber schließlich waren sie Geschäftspartnerinnen, und sie sollte Bescheid wissen. Jess erzählte also, dass Parker sauer war, weil sie die Buchhandlung ohne Rücksprache mit ihm gekauft hatte.

Alison drehte sich eine Haarsträhne um den Finger – das übliche Zeichen, dass sie nervös war. »Wird er uns Ärger machen?«

»Ich hoffe nicht. Aber das könnte er. Er will reden, und ich bin einem Gespräch die ganze Zeit aus dem Weg gegangen, weil ich keinen Sinn darin sehe.«

»Lass mich wissen, wenn ich irgendetwas tun kann.«

»Das werde ich.«

»Wo wir gerade von Chris reden … Er bat mich, dich und Caitlin am Samstag zum Grillen einzuladen. Ein paar Freunde von ihm kommen auch – wahrscheinlich sogar Ryan, wenn ich jetzt darüber nachdenke.« Alison schmunzelte.

Jess schüttelte den Kopf. »Versuch ja nicht, mich zu verkuppeln. Wir hatten nicht gerade einen tollen Start, und ich bin sowieso noch nicht bereit für etwas Neues. Ich habe keine Ahnung, wann ich es sein werde.«

»Okay, aber mir sagst du immer, ich solle ›mehr rausgehen‹.

Es ist ja nicht so, dass das mit dir und Parker aus heiterem Himmel passiert ist – ich meine, du bist vielleicht noch nicht bereit für eine neue Beziehung, aber ihr wart doch definitiv schon eine ganze Weile nicht mehr glücklich.«

Jess seufzte. »Du hast recht. Also sollte ich mich vielleicht also auch schon mal mit dem Gedanken anfreunden.«

Alison lächelte. »Tu das. Du musst ja nicht gleich einem Dating-Portal beitreten. Sei einfach offen … Und wir sollten bald wieder ausgehen.«

»Laut Chris kommt die Band, die wir so gut fanden, bald wieder ins *Squire*.« Jess hatte sich dort wohl gefühlt. Es war nicht nur eine Bar, es war vor allem ein sympathischer Familienbetrieb mit gutem Essen.

»Dann sollten wir auf jeden Fall wieder hingehen. Und beim Grillen wirst du noch andere nette Leute kennenlernen – das wird bestimmt schön.«

32. Kapitel

Julia schob es über eine Woche vor sich her, Kyle anzurufen. Sie hatte darüber geschlafen, dann mit Caitlin und einigen anderen Freundinnen die Angelegenheit durchgesprochen, und trotzdem zögerte sie. Sie wusste, sie musste es ihm sagen, aber sie hatte Angst davor. Wahrscheinlich hätte sie es noch länger hinausgezögert, wäre nicht am Nachmittag, während sie gerade an einem selbst entworfenen Schmuckstück arbeitete, eine Textnachricht von Kyle gekommen. Ihr Handy dudelte mit dem Ton, den sie nur für ihn eingerichtet hatte.

Ruf mich bitte an, wenn du nach Hause kommst. Ich will fürs Wochenende einen Flug Richtung Chatham buchen – vielleicht kannst du mich am Flughafen abholen?

Sie musste ihn erreichen, bevor er diesen Flug buchte. Und sie würde ihn definitiv nicht am Flughafen abholen. Logan Airport lag mindestens zwei Autostunden entfernt, und das ohne Berufsverkehr. Sie würde sich dafür einen Nachmittag freinehmen müssen, und das wollte sie auf keinen Fall.

Aber ihr war klar, er würde es nicht gut aufnehmen. Kyle war es gewohnt, seinen Willen zu bekommen. Julia öffnete eine Flasche Cabernet, um sich ein wenig Mut anzutrinken. Während sie an dem Wein nippte, sah sie aus dem Fenster. Es war ein wunderbarer Augustabend, wie man ihn auf dem Cape häufig erlebte. Die Luft war warm mit einer lauen Brise, und würde nicht dieses unangenehme Gespräch auf sie warten, würde sie eine Runde spazieren gehen und den ansonsten perfekten Sommerabend genießen.

Sie leerte ihr Glas und schenkte sich noch ein halbes nach. Es war fast halb sieben. Nashville lag eine Stunde in der Zeit zurück, und sie wusste, wenn sie nicht bald anriefe, würde Kyle sich selbst melden. Sie sammelte sich noch ein paar Minuten, atmete tief durch und wählte seine Nummer.

Er hob beim ersten Klingeln ab. »Ich wollte dich auch gerade anrufen!« Er klang, als hätte er gute Laune, was es ihr nur noch schwerer machte.

»Ja, ich habe deine Nachricht erhalten«, begann sie.

»Ich kann mir den Freitag freinehmen und dann für Donnerstagabend schon einen frühen Flug buchen. Ich dachte, wenn du ein bisschen eher Schluss machst, könntest du mich abholen.«

Julia holte tief Luft. »Kyle … Ich bin nicht sicher, ob das eine gute Idee ist. Ich möchte nicht, dass du dein Geld umsonst ausgibst. Ich habe viel über uns nachgedacht und finde nach wie vor, dass du ein toller Mann bist. Ich habe die Zeit mit dir sehr genossen, aber ich glaube, unsere Wege sollten sich jetzt trennen.«

Nach langem ungemütlichem Schweigen fragte Kyle: »Was sagst du da?« Seine Stimme klang eisig.

»Ich finde, dass jetzt, wo du in Nashville bist und ich in Chatham, der Abstand zwischen uns zu groß ist, als dass wir die Beziehung aufrechterhalten können. Ich sehe mich in nächster Zeit nicht umziehen, und deshalb glaube ich, es ist besser, wenn jeder von uns sich neu orientiert.« Das kam ein wenig ungünstig heraus, und Julia bereute ihre Worte, sobald sie sie ausgesprochen hatte.

»Wieso? Ist da ein anderer? Hast du dich bereits ›neu orientiert‹? Willst du mir das sagen?« Kyle klang verärgert und sprach so laut, dass Julia die Lautstärke herunterregeln musste. Sie schaltete auf Lautsprecher und entfernte sich ein paar Schritte von ihrem Telefon.

»Nein, natürlich nicht. Ich habe es dir schon einmal gesagt: Ich würde dich nie betrügen. Ich glaube nur nicht, dass das so weiter für uns funktioniert. Für keinen von uns.«

»Ich möchte dich trotzdem sehen. Wir sollten uns zusammensetzen und darüber sprechen«, beharrte er.

Das war das Letzte, was Julia wollte. »Kyle, bitte. Du wirst meine Meinung nicht mehr ändern. Es tut mir leid, aber es funktioniert für mich nicht mehr. Ich glaube wirklich, dass es das Beste ist, wenn wir uns trennen. Du kannst dir in Nashville ein neues Leben aufbauen. Du scheinst dich dort doch sehr wohl zu fühlen.«

»Ja, ich fühle mich hier sehr wohl. Aber wenn du hier wärst, würde ich mich noch viel wohler fühlen.«

Julia schwieg eine Weile, dann sagte sie: »Das wird nicht passieren, Kyle. Es tut mir leid.«

»Das war's dann also? Ich habe dir einen Antrag gemacht, Julia. Und jetzt ist es vorbei? Einfach so?«

»Es tut mir leid, Kyle.«

»Ich lege jetzt auf. Ich bin … furchtbar enttäuscht.« Die Verbindung wurde unterbrochen. Julia atmete aus. Sie hatte nicht einmal gemerkt, dass sie die ganze Zeit über die Luft angehalten hatte. Es war vorbei.

*

»Dann ist es jetzt wirklich aus zwischen euch? Und wie geht es dir damit?«, fragte Alison ihre Tochter.

Jess hatte sie spontan zum Abendessen zu ihrem berüchtigten »Impro-Sugo« eingeladen, wofür sie Nudeln kochte und dazu eine Soße aus allem Möglichen improvisierte, was sie gerade in der Küche hatte – Gemüse, Hühnerklein, Wein, Brühe und Butter –, und alles zusammen schmeckte meistens phantastisch. Sie hatte das schon immer geliebt: ohne besonderes

Rezept einfach ein paar Sachen zusammenzuwerfen. Während sie auf der Veranda aßen, erzählte Julia von ihrem Gespräch mit Kyle.

»Gut, dass er dir vorher eine Nachricht geschickt hat«, sagte Caitlin. »Stell dir vor, er hätte einfach vor deiner Tür gestanden.«

Julia lachte. »So etwas würde Kyle nie tun. Er hätte immer Bescheid gesagt, damit ich planen kann. Als ich ihn besucht habe, war es okay für ihn zu arbeiten, aber er hätte bestimmt erwartet, dass ich mir jetzt extra Zeit für ihn nehme.«

»Tja, da es nun offiziell vorbei ist, kann ich ja gestehen, dass ich nie wirklich begeistert von ihm war«, sagte Alison. »Dein Vater denkt übrigens genauso. Keiner von uns konnte so richtig sagen, warum. Kyle benahm sich uns gegenüber immer ziemlich reserviert.«

»Ich weiß, dass ihr keine Fans von ihm wart, aber ich dachte, ihr würdet ihn schon noch mögen, wenn ihr ihn erst einmal besser kennengelernt hättet. Aber stattdessen habe ich gemerkt, als ich ihn besser kennenlernte, dass er nicht der Richtige für mich war.«

»Hast du schon jemand anderen im Visier?«, fragte Jess' Mutter nach.

»Nein! Ganz und gar nicht. Ich hätte nichts dagegen, eine Weile mal Pause zu machen und überhaupt nicht an eine Beziehung zu denken.«

»Falls du eine Beschäftigung brauchst, um dich abzulenken, könntest du mir vielleicht helfen, eine Marketing-Mail zu verfassen«, schlug Alison vor. »Ellen Campbell hat mir die Login-Daten für *Constant Contact* gegeben, wo sie eine Mailing-Liste von Kundinnen hinterlegt hat. Dafür zahlen wir jetzt Gebühren, und ich habe heute Morgen viel Zeit damit verbracht, das Ganze zu verstehen. Ich fand es ziemlich verwirrend.«

Julias Gesicht hellte sich auf. »Damit helfe ich dir gern. Ich habe auch eine Mailing-Liste für meinen Newsletter erstellt und tatsächlich heute vor Ladenschluss meine erste Werbe-Rundmail verschickt, um ein neues Armband zu bewerben.«

»Deine Hilfe wäre uns sehr willkommen – diesen Samstag haben wir unsere erste Signierstunde. Grace Barrows wird von eins bis drei zu uns kommen, und vielleicht könnten wir dazu eine Rundmail an alle registrierten Kundinnen und Kunden verschicken?«, meinte Jess.

»Na klar. Ich kann auch auf Facebook und Instagram etwas posten. Oh, vielleicht können wir die Leute in der Mail auch gleich über die Treuekarten informieren. Caitlin und ich haben neulich erst darüber gesprochen – das ist eine super Idee.«

»Wie genau soll diese Karte bei euch funktionieren?«, wollte Jess' Mutter wissen.

»Mom war nämlich die Erste, die so was vorgeschlagen hat«, sagte Jess.

»Ah.« Caitlin lächelte. »Ich kenne einen kleinen Laden in Charleston, die das machen, und fand das auch immer eine tolle Idee. Sie geben Kunden eine Karte, die sie bei jedem Einkauf mitbringen und dann pro zehn Dollar einen Stempel bekommen. Wenn sie zehn Stempel gesammelt haben, bekommen sie einen Gutschein für zehn Dollar für den nächsten Einkauf.«

»Und wie sich herausstellt, kann unsere Software das automatisch machen«, sagte Alison. »Unsere Kundinnen und Kunden brauchen bloß ihre Karte zu zeigen oder ihren Namen zu nennen, dann kann die Software das selbsttätig zuordnen.«

»Das gefällt mir«, sagte Jess.

»Und für nächstes Wochenende habe ich noch eine Signierstunde gebucht«, ergänzte Alison. »Jack Higgins schreibt historische Romane und hat eine recht große Fangemeinde. Sein neues Buch kommt gerade heraus, daher könnte das eine gute Werbung für uns sein.«

»Oh, davon wusste ich noch gar nichts«, sagte Julia. »Das kann ich auch in den Newsletter aufnehmen und ein paar Tage vorher noch eine Erinnerungsmail verschicken.«

»Und unsere Märchenstunde startet auch diesen Samstag, um zehn Uhr«, sagte Alison.

Julia lachte. »Dann kommt das natürlich auch in den Newsletter.«

»Das klingt ja, als wäre bei euch ganz schön viel los. Läuft es denn jetzt auch mit dem Umsatz besser?«, fragte Jess' Mutter.

Alison und Jess sahen einander an.

»Nicht so, wie wir gehofft hatten«, gab Jess zu. »Wobei die Empfehlungskarten, die Alison verfasst hat, ebendiesen Büchern einen guten Schub gegeben haben. Im Coffee Shop läuft es immer besser, und ich hoffe, dass die Buchhandlung nachzieht, sobald die neuen Termine bekannt werden.«

Jess' Mutter lächelte. »Das wird sie bestimmt. Ich sage all meinen Freunden Bescheid, dass sie zu euch kommen und sich für ihre Treuepunkte registrieren sollen. Ah, dabei fällt mir ein, dass ich Gladys morgen früh auf einen Kaffee eingeladen habe. Sie hat irgendein juristisches Problem und braucht einen Rat. Ich habe ihr gesagt, sie könne dich ja mal fragen.«

Alison musste an sich halten, um über Jess' entsetzten Gesichtsausdruck nicht zu lachen.

»Ich rede gern mit ihr, Mom, und versuche zu helfen, aber ich darf hier eigentlich keine juristische Beratung erteilen. Für diesen Bundesstaat habe ich keine Zulassung.«

Ihre Mutter schien das nicht weiter zu kümmern. »Ach, das weiß ich doch. Ich dachte nur, du könntest sie in die richtige Richtung schubsen.«

*

Als Julia am nächsten Morgen im Laden ihre Post sortierte, fand sie die üblichen Werbeprospekte und Rechnungen, aber auch einen ungewöhnlich dünnen Umschlag von ihrer Bank. Er erinnerte sie an die Tage, in denen sie allzu sorglos mit ihrem Kontostand umgegangen war. Sie riss den Brief auf und zog ein einzelnes Blatt heraus, auf dem »Unzureichende Kontodeckung« stand.

Julia stöhnte. Sie hatte nicht auf den Kontostand für das Geschäft geachtet, und nun war der Dauerauftrag für die Telefongesellschaft nicht abgebucht worden. Sie würde Geld von ihrem Sparkonto transferieren müssen. Es war nicht das erste Mal, dass sie etwas von ihren Ersparnissen dazunehmen musste, aber normalerweise konnte sie rechtzeitig verhindern, dass das Geschäftskonto ins Minus rutschte.

Sie klappte sofort ihren Rechner auf, um die Überweisung online vorzunehmen. Dabei stellte sie fest, dass sie keine Internetverbindung hatte. Julia seufzte. Natürlich hatte sie keine Verbindung. Die Telefongesellschaft war schnell darin, ihre Dienste einzustellen, sobald eine Zahlung ausblieb. Sie rief dort an, und zehn Minuten später hatte sie wieder Internet und konnte die Überweisung veranlassen.

Das war kein schöner Start in den Tag gewesen. Sie gestattete sich eine kurze Pause, um sich im Coffee Shop einen großen Kaffee mit ihrem Lieblingshimbeermuffin zu gönnen. Allerdings hatte Caitlin ihren freien Tag, sodass Julia nicht mit ihr plaudern konnte. Sie kehrte ins Geschäft zurück und setzte sich mit Kaffee und Muffin an den Laptop, um ihre E-Mails aufzurufen. Immer noch keine Nachricht wegen des Wettbewerbs. Allmählich machte sie sich Sorgen, dass die Entscheidung längst gefallen war und man nur vergessen hatte, sie zu benachrichtigen. Bei all dem Drama um ihr Konto hatte sie ihre Werbemail vom Vortag fast vergessen, aber sie rechnete auch nicht mit großer Resonanz, denn sie spekulierte, dass die meisten Leute solche Mails ignorierten.

Umso mehr staunte sie, als sie sechs Antworten vorfand, alle mit ähnlichem Text: »Wann, wie, wo kann ich dieses Armband kaufen?«

Julia war in ihr neuestes Design selbst ganz verliebt – der Armreif mit den Wellen und blau schimmernden Steinen. Sie hatte ein Foto davon gemacht und spontan beschlossen, es in die Rundmail einzufügen, die sowohl an bereits bestehende Kundschaft als auch an interessierte Besucher gegangen war. Und jetzt konnte sie fünf weitere Armreifen anfertigen! Schnell rechnete sie aus, welchen Gewinn sie damit machen würde, und strahlte. Es wäre genug, um sich für die nächsten Monate keine Sorgen mehr um zurückgehende Überweisungen machen zu müssen.

Sofort überlegte sie, welche weiteren Marketing-Ideen ihren Umsatz ankurbeln könnten. Sie hatte nicht damit gerechnet, dass eine einfache E-Mail solch eine Wirkung haben würde. Jetzt könnte sie Ähnliches mit anderen neuen Stücken probieren. Vielleicht wäre es auch eine gute Werbung für den Schmuck, der bisher keine Abnehmer gefunden hatte. Und sie könnte ihre Webseite, den Blog und Social Media intensiver bedienen. Hier und da hatte sie mal etwas gepostet und gewusst, dass es neue Kundinnen angelockt hatte, weil sie es ihr bei ihrem Besuch erzählt hatten. Aber nichts war bisher so erfolgreich gewesen wie diese E-Mail.

Gleichzeitig lieferte es ihr auch Ideen für die Buchhandlung. Vielleicht könnte sie Jess und ihrer Mutter tatsächlich helfen, das Beste aus Rundmails und einem Newsletter herauszuholen. Julia wurde ganz aufgeregt. Sie war jetzt bester Laune. Erstaunlich, wie schnell schlechte Stimmung wieder in gute umschlagen konnte.

33. Kapitel

Punkt zehn Uhr am nächsten Morgen klingelte Gladys an der Tür. Jess saß gerade mit ihrem Laptop in der Küche und ging die Bestsellerlisten durch, um zu prüfen, ob sie vielleicht Titel daraus für die Buchhandlung bestellen musste. Sie hörte, wie ihre Mutter Gladys begrüßte, und kurz darauf kamen die beiden zu ihr in die Küche.

»Gladys, du erinnerst dich sicher an meine Tochter Jess.«

Jess stand auf und gab der Freundin ihrer Mutter die Hand. »Schön, Sie wiederzusehen.«

Die ältere Dame lächelte. »Natürlich erinnere ich mich an Sie. Vielen Dank, dass Sie sich bereit erklärt haben, mir zu helfen.«

Jess wollte gerade klarstellen, dass sie keinen offiziellen Rechtsbeistand leisten konnte, doch ihre Mutter kam ihr zuvor.

»Nur zur Erinnerung, Gladys: Jess kann dich auf keinen Fall als Anwältin vertreten oder Ähnliches, weil sie hier keine Zulassung hat. Aber sie kann versuchen, dir zu helfen.«

Jess nickte. »Das mache ich gern. Wobei brauchen Sie denn Hilfe?«

»Setz dich doch, Gladys. Ich wollte mir gerade einen Tee machen, willst du auch einen – oder lieber Kaffee?«, fragte ihre Mutter, während sie den Wasserkessel befüllte.

Gladys setzte sich Jess gegenüber an die Kücheninsel. »Nein, danke. Ich bin Ihnen wirklich sehr dankbar, Jess. Mein Mann hatte vor kurzem einige gesundheitliche Probleme. Jetzt geht es ihm wieder ganz gut, aber das hat uns doch zum Nachdenken gebracht, ob wir nicht besser unsere finanziellen Angelegenheiten regeln sollten für den Fall, dass so etwas noch einmal passiert. Ich habe gelesen, man könne sein Haus als eine Art Treuhandfonds anlegen, damit niemand einen Anspruch darauf erheben kann, wenn einer von uns mal in ein Pflegeheim muss oder so etwas. Wissen Sie, was ich meine?«

Das tat Jess sehr wohl. Viele ihrer Klienten wollten ihre Eigenheime als Immobilien-Treuhandfonds anlegen. Hier war der Zeitpunkt entscheidend, denn das war nicht mehr möglich, sobald einer der Bewohner so krank wurde, dass er in ein Pflegeheim umziehen musste. Jess erklärte das Prozedere und erläuterte noch weitere Möglichkeiten, die Gladys in Erwägung ziehen konnte.

»Wenn Sie hier zu einem Anwalt gehen, zu jemandem, dem Sie vertrauen, dann sollte er oder sie Ihnen auf jeden Fall helfen können. So etwas wird häufig praktiziert«, versicherte sie ihr.

»Vielen, vielen Dank. Jetzt fühlte ich mich schon viel besser. Wirklich schade, dass Sie das nicht selbst in die Hand nehmen können – ich hätte Ihnen gern den Auftrag dafür erteilt.« Gladys stand auf und verabschiedete sich. »Nochmals herzlichen Dank, dass Sie sich Zeit für mich genommen haben. Das war ausgesprochen nett von Ihnen.«

»Das habe ich doch gern gemacht.«

Ihre Mutter unterhielt sich noch eine Weile mit ihrer Freundin, dann verabschiedete sich Gladys erneut. Danach kam ihre Mutter wieder in die Küche und schenkte sich Tee ein.

»Danke, mein Schatz. Gladys ist eine alte Freundin, und der Herzinfarkt ihres Mannes hat sie beide unheimlich erschreckt.«

»Und jetzt geht es ihm wieder gut?«

»Ja, er scheint wieder ganz fit zu sein und macht sich auch keine weiteren Gedanken darüber, aber ich kann es ihr nicht verdenken, dass sie vorsorgen will. Apropos Vorsorge: Hast du dir schon überlegt, wie du es machen willst, wenn du wieder in Charleston bist?«

Jess zog die Stirn kraus. »Tatsächlich habe ich versucht, nicht darüber nachzudenken und mich nur auf die Buchhandlung und den Coffee Shop und den Strand zu konzentrieren. So oft am Meer war ich zuletzt vor meiner Hochzeit.« Wenn sie nicht arbeiten musste und das Wetter schön war, ging sie gern mit einem Buch zum nächsten Strand und genoss die Wärme. Selbst mit Sonnencreme war sie braungebrannter, als sie es seit Jahren gewesen war, und es gefiel ihr gut. Sie fühlte sich viel entspannter und wirkte – wie sie gern glauben wollte – auch ein wenig jünger. Aber das war vielleicht auch nur Wunschdenken.

»Rechne heute Abend übrigens nicht mit mir.« Etwas im Tonfall ihrer Mutter ließ Jess aufhorchen.

»Oh, was hast du denn vor?«

Ihre Mutter lächelte, und ihre Augen leuchteten kurz auf, was Jess schon seit Jahren nicht mehr gesehen hatte.

»Ach, ich gehe mit einem Freund essen.«

»Mit wem denn?«

»Ray McGuinness.«

Den Namen kannte Jess von irgendwoher, und sie versuchte, eine Person zuzuordnen. Dann fiel es ihr ein.

»Der vom Bestattungsunternehmen?«

Ihre Mutter nickte. »Das ist ein gut laufendes Geschäft. Rezessionsunabhängig.«

Jess schmunzelte. »Ganz bestimmt. Und ist das ein Date? Bist du schon mal mit ihm aus gewesen?«

»Ja, wir waren schon ein paarmal essen. Ich fühle mich wohl mit ihm, und er ist lustig. Bei einem Bestatter denkt man gar nicht, dass er so viel Humor hat.«

»Ich wette, gerade das hilft«, meinte Jess. »Das freut mich für dich, Mom. Wohin geht ihr denn?«

»In dieses neue *Neptune*, denke ich. Es ist nur ein Essen. Nichts Aufregendes.«

»Tja, dann wünsche ich dir viel Spaß. Das Essen dort ist sehr gut.«

Nachdem sie ihren Tee ausgetrunken hatte, fuhr ihre Mutter zum Einkaufen, und Jess sah auf die Uhr. Es wurde Zeit, dass sie ihre Schicht in der Buchhandlung antrat. Während der Fahrt dachte sie darüber nach, was sie in Charleston erwartete, und fühlte sich immer noch unentschlossen. In Parkers Kanzlei zurückzugehen stand außer Frage. Und die Aussicht, Bewerbungen zu schreiben und Vorstellungsgespräche zu führen, war auch nicht sonderlich attraktiv. Irgendwie gefiel ihr der Gedanken, eine eigene kleine Kanzlei zu eröffnen.

Sie war ausreichend vernetzt, um sich vorstellen zu können, dass es funktionieren würde. Eine innere Stimme fragte sie allerdings, ob ihre Scheidung dabei ein Problem werden könnte, weil Parkers Familie in Charleston so bekannt war. Sie wusste, dass Freunde und Bekannte von Paaren sich nach einer Scheidung üblicherweise auf eine Seite schlugen. Jedoch hoffte sie, dass viele ihrer Bekannten sich entweder davon nicht beeinflussen ließen oder sich für sie entschieden.

Sich selbständig zu machen beinhaltete immer ein Risiko. Sie würde auch umziehen müssen, weil sie nicht mehr in dem Haus wohnen bleiben wollte, in dem sie über dreißig Jahre lang mit Parker gelebt hatte. Die Nachfrage nach Immobilien war jedoch hoch und das Haus ziemlich groß, sodass es einfach sein sollte, es zu verkaufen und den Erlös mit Parker zu teilen. Vielleicht wollte er es aber auch behalten und sie ausbezahlen. Für sie wäre beides in Ordnung. Sie wollte einen Neuanfang.

34. Kapitel

Alison sah von ihrem Computer auf und lächelte. Am Tag nach der Vernissage hatte Jim das Aquarell, das sie so liebte, mitten ins Büro gehängt, sodass jeder sich daran erfreuen konnte. Es hing direkt in ihrem Blickfeld, und jedes Mal, wenn ihr Blick darauf fiel, machte ihr Herz einen Satz.

Sie sah auf die Uhr – es war halb zwölf, und sie hoffte, bis spätestens zwölf Uhr in die Buchhandlung zu kommen. Sie überarbeitete einen Artikel, den sie bereits redigiert hatte, noch ein letztes Mal und mailte ihn dann zur Freigabe an Jim. Seit er heute gegen acht ins Büro gekommen war, hatte sie ihn nicht mehr gesehen – er hatte den ganzen Morgen über in seinem Büro verbracht. Als sie gerade ihren Rechner ausschaltete, ging jedoch seine Tür auf, und er kam zu ihr herüber.

»Willst du gehen?«

»Ja. Ich habe dir gerade den überarbeiteten Artikel über den Leuchtturm geschickt.«

»Prima. Ich sehe ihn mir an, wenn ich zurück bin. Ich begleite dich eben nach draußen.«

»Willst du essen gehen?«, fragte Alison nach.

»Erst muss ich zur Bank, aber ja, danach werde ich mir ein Sandwich holen. Ich habe gestern übrigens Chris getroffen. Er hat mich zu einer Grillparty eingeladen, die am Wochenende stattfinden soll. Er meinte, es würden viele Leute kommen – heißt das, du wirst auch da sein?«

Sie lachte. »Ja. Und so ungefähr jeder, den ich kenne. Schön, dass du auch kommst, es wird bestimmt lustig. Chris ist ein guter Gastgeber.« Sie war allerdings ein wenig überrascht, dass er Jim eingeladen hatte.

»Wir haben neulich zufällig nebeneinander geangelt. Dann sind wir uns noch ein paarmal über den Weg gelaufen und ins Gespräch gekommen.« Das erklärte es.

»Ich wusste gar nicht, dass du auch angelst.«

»Ich fange nicht viel, aber ich finde es sehr entspannend. Manchmal gehe ich nach der Arbeit für ein paar Stunden los.«

»Chris hat das auch immer geliebt. Tut es noch.« Sie schmunzelte. »Aber daran, dass er etwas gefangen hätte, kann ich mich auch nicht erinnern.«

»Wenn ich einen Fisch erwische, werfe ich ihn meist gleich wieder zurück. Ich glaube, er macht das genauso. Ich freue mich auf Samstag.«

Mit einem Schlag war die Grillparty für Alison viel reizvoller geworden.

»Ich auch. Dann bis Samstag.«

*

Als sie in der Buchhandlung ankam, freute sie sich zu sehen, dass mehr Betrieb herrschte als sonst. Jess kassierte gerade jemanden ab, und eine Menge Leute streiften herum und stöberten. Sie schaute kurz in den Coffee Shop und stellte fest, dass sich vor der Theke eine lange Schlange gebildet hatte, die jedoch schnell vorankam. Caitlin nahm Bestellungen entgegen und kassierte, und Sally schenkte Kaffee aus und toastete Bagels. Als sie Alison sah, winkte Caitlin kurz. Alison nickte ihr zu und kehrte wieder in die Buchhandlung zurück.

Eine ihrer Stammkundinnen, Edith Winslow, lächelte sie an.

»Hallo, meine Liebe. Schöner Tag heute, nicht wahr?« Es war ein phantastischer Tag – perfektes Augustwetter auf dem Cape, warm mit einer lauen Brise.

Nachdem Alison ein wenig mit Mrs. Winslow geplaudert hatte, fiel der wieder ein, was sie hatte fragen wollen.

»Heute Morgen habe ich die Bestsellerliste der *New York Times* gelesen und wollte fragen, ob Sie das neue Buch von Danielle Steel dahaben? Ich kaufe jeden neuen Roman von ihr und leihe ihn dann meiner Schwester – oder andersherum.« Alison wusste aus früheren Gesprächen, dass Mrs. Winslow und ihre Schwester in einer der hübscheren Residenzen für betreutes Wohnen lebten. Bei ihrer ersten Begegnung hatte sie Alison erzählt, dass sie und ihre Schwester »irische Zwillinge« seien, also im Abstand von weniger als einem Jahr geboren. Edith war mit ihren zweiundneunzig Jahren die ältere. Sie kam mindestens einmal pro Woche und war eine echte Leseratte.

»Das wurde gerade gestern geliefert – kommen Sie, ich zeige Ihnen, wo es liegt.« Alison führte Mrs. Winslow zum Tisch mit den Neuerscheinungen.

»Danke, meine Liebe. Ich werde mal ein bisschen stöbern und schauen, was ich noch gebrauchen kann.«

Alison ging zur Kasse, an der Jess gerade Wechselgeld herausgab.

»Den ganzen Morgen ging das schon so«, sagte Jess. »So viel war bis jetzt noch nie los. Das macht wirklich Mut.«

Kurz darauf kam Mrs. Winslow mit drei Büchern zu ihnen. Alison erklärte ihr das neue Treue-System und händigte ihr eine Plastikkarte mit einer individuellen ID-Nummer aus.

»Muss ich die jetzt immer mitbringen?«

»Sie können uns entweder die Karte geben oder Ihren Namen sagen, denn die Einkäufe sind auch bei uns im System gespeichert. Sobald Sie für hundert Dollar gekauft haben, bekommen Sie einen Zehn-Dollar-Gutschein.«

»Ach, das ist ja mal eine schöne Idee. Das werde ich auf jeden Fall weitererzählen. Meine Schwester braucht unbedingt auch so eine Karte.«

»Vielen Dank, Mrs. Winslow. Ich hoffe, wir sehen Sie bald

wieder.« Alison reichte ihr die Papiertüte mit ihren Büchern und dem Kassenbon.

»Das werden Sie, meine Liebe, das werden Sie.«

Als sie gegangen war, sagte Jess: »Ich wünschte, wir könnten sie klonen. Sie ist eine meiner Lieblingskundinnen.«

»Meine auch. Und ich glaube, wir sind jetzt auf dem richtigen Weg. Im Coffee Shop war gerade auch eine Menge los.«

»Das glaube ich gern. Allerdings habe ich gerade eine E-Mail von unseren Mietern oben im Haus bekommen – sie wollen ausziehen. Das heißt, wir müssen bis Mitte Oktober Nachmieter gefunden haben.«

»Das sollte nicht allzu schwer sein, denke ich. Es ist zwar nur eine kleine Wohnung, aber in toller Lage. Vor allem für jemanden, der oder die in der Innenstadt arbeitet.«

»Das stimmt. Es sollte nicht schwer sein, jemanden zu finden, also reicht es, wenn wir uns nächsten Monat darum kümmern. Wir dürfen nur nicht vergessen, die Kreditwürdigkeit zu überprüfen. Eine meiner Freundinnen in Charleston hatte mal einen üblen Mieter an der Backe, der plötzlich einfach keine Miete mehr bezahlt hat und auch nicht ausziehen wollte – es ist sehr schwer, solche Leute wieder loszuwerden.«

Alison hatte solche Geschichten auch schon gehört. Ein unzuverlässiger Mieter konnte ein wahrer Albtraum sein.

»Hast du eigentlich noch was von Parker gehört? Glaubst du wirklich, er wird dieses Wochenende herkommen? Oder hat er das nur so gesagt?«

Jess seufzte. »Die Chancen stehen fifty-fifty, würde ich sagen. Ich bin mir nicht sicher. Bislang habe ich nichts weiter von ihm gehört. Aber ich würde ihm durchaus zutrauen, dass er hier ohne Ankündigung einfach aufkreuzt, wenn er da ist. Allerdings werde ich wenig Zeit für ihn haben. Caitlin und ich gehen am Samstag zu Chris' Party, und dazu werde ich ihn bestimmt nicht einladen.«

Alison lachte. »Oh nein, lieber nicht. Jim hat heute übrigens erzählt, dass er auch eingeladen ist.«

Jess war überrascht. »Ich wusste gar nicht, dass er mit Chris befreundet ist.«

»Ich auch nicht. Anscheinend sind sie Angelfreunde. Aber ich freue mich, dass er kommt.«

»Wie ist er denn so seit dieser Galeriesache? Hat er noch mal gefragt, ob ihr ausgehen wollt?«

»So wie immer, und nein – erst heute, als er von der Grillparty erzählte und fragte, ob ich auch hingehe. Ich glaube, er sieht mich einfach nur als Mitarbeiterin.«

»Willst du denn mehr?«

Wollte sie? »Ich weiß es nicht. Manchmal denke ich: vielleicht, und dann denke ich wieder: das ist doch albern, und wir sollten besser nur Freunde bei der Arbeit sein, beziehungsweise Arbeitgeber-Arbeitnehmerin. Wahrscheinlich ist es besser, daran nicht zu rütteln.«

»Ich glaube, du machst dir zu viele Gedanken. Warte doch einfach ab, was passiert.«

»Das ist ein guter Rat. Genau das mache ich.« Und trotzdem merkte Alison, dass sie sich auf die Grillparty viel mehr freute, seit Jim ihr gesagt hatte, er werde auch kommen.

35. Kapitel

Am Freitagnachmittag fühlte Julia sich froh und erleichtert, als wäre ihr eine Last von den Schultern gefallen. Selbst Caitlin schien das zu merken, denn als Julia in ihrer Nachmittagspause ins Café kam, sagte sie: »Hey, du strahlst ja geradezu! Du siehst glücklicher und entspannter aus, als ich dich je erlebt habe.« Sie reichte Julia ihren Kaffee.

»Danke. Dasselbe habe ich vorhin auch schon gedacht: dass ich mich viel leichter fühle. Ich hätte gedacht, dass Kyle es mir schwerer machen würde … dass ich noch mal etwas von ihm höre. Aber anscheinend hat er es geschluckt.«

»Gut, das freut mich.«

»Hast du Lust auf einen Drink im *Squire* heute nach der Arbeit? Ich bin irgendwie in Feierlaune.«

Caitlin lachte. »Klar! Ich mache gegen vier hier Schluss, fahre dann nach Hause und springe schnell unter die Dusche. Wann möchtest du dich treffen?«

»Wie wäre es mit sechs Uhr? Ich muss tatsächlich auch noch kurz nach Hause und mich umziehen, denn ich habe Klebstoff auf meine Bluse gekleckert und würde sie gern schon mal einweichen.«

»Sechs Uhr ist perfekt. Wenn ich vor dir da bin, versuche ich, Plätze an der Theke zu ergattern.«

*

Der Rest des Nachmittags flog nur so dahin. Immer wieder kamen Touristen in den Laden, und Julia hatte gut zu tun. Sie verkaufte mehr als sonst und arbeitete zwischendurch an einem bestellten Armreif mit hohem Goldanteil: Wellenmuster mit kleinen Diamanten, ähnlich dem, den sie in ihrer E-Mail abgebildet hatte. Immer noch bekam sie Anfragen und Bestellungen dazu, was sie sehr überraschte. Auch per Mundpropaganda tat sich etwas, und immer mehr Kundinnen wollten handgefertigte Einzelexemplare, was sowohl finanziell als auch künstlerisch sehr befriedigend war.

Um Punkt fünf Uhr drehte sie ihr GEÖFFNET-Schild auf GESCHLOSSEN und machte sich auf den Heimweg. Ihr blieb gerade genug Zeit, um sich frisch zu machen, ihren hellblauen Lieblingspulli anzuziehen, Fleckenspray auf ihr Top zu sprühen und es zum Einweichen ins Waschbecken zu geben. Gerade, als sie sich die Haare gebürstet hatte und zur Tür ging, klopfte es. Sie fuhr zusammen, denn sie erwartete niemanden und hatte sofort eine böse Vorahnung, wer es sein könnte. Und tatsächlich: Durch das Seitenfenster sah sie Kyle vor der Tür stehen. Sie atmete tief durch und machte auf.

»Kyle, was für eine Überraschung. Ich wollte gerade los.«

Er kniff die Augen zusammen. »Ich dachte, du würdest dich mehr freuen, mich zu sehen.«

»Ich habe dich nicht erwartet.« Fast hätte sie »weil wir uns getrennt haben« hinzugefügt. Aber sie wollte, dass er möglichst bald und ohne große Diskussion wieder ging.

»Ich hatte doch gesagt, dass ich dich am Wochenende besuchen möchte.«

»Kyle, ich habe absolut ernst gemeint, was ich dir am Telefon gesagt habe. Es ist vorbei. Unsere Wege haben sich getrennt.«

Er runzelte die Stirn und trat entschlossen einen Schritt auf sie zu. »Und ich dachte, du würdest wieder zur Vernunft kommen. Wir müssen darüber reden, von Angesicht zu Angesicht.«

»Kyle, es tut mir leid, aber da gibt es nichts mehr zu reden. Und ich muss jetzt wirklich los, denn ich bin verabredet.«

»Wie bitte? Hast du etwa schon den Nächsten am Start? Das hat ja nicht lange gedauert«, sagte er scharf.

»Ich habe kein Date. Ich treffe mich mit Caitlin, wenn du es genau wissen willst.«

»Okay, aber ich möchte wirklich dringend noch mal mit dir reden. Vielleicht morgen?«

»Morgen arbeite ich, und abends hat mein Vater zum Grillen eingeladen. Wir haben alles Nötige am Telefon besprochen, es gibt nichts mehr zu bereden.«

Er stand eine ganze Weile nur schweigend da, und Julia fühlte sich schrecklich. Behutsam berührte sie ihn am Arm. »Kyle, geh zurück nach Nashville. Es scheint dir dort doch wirklich gut zu gehen.«

Er riss seinen Arm zurück und stürmte zum Wagen. Julia wartete ab, bis er weggefahren war, dann schloss sie die Tür ab und setzte sich in ihr eigenes Auto.

*

Als Julia ins *Squire* kam, saß Caitlin schon an der Theke, einen freien Platz neben sich. »Tut mir leid, dass ich zu spät bin. Gerade als ich gehen wollte, kam unerwartet Besuch.« Sie erzählte Caitlin von ihrer Begegnung mit Kyle und bestellte beim Barkeeper ein Glas Wein.

»Ich kann nicht fassen, dass er tatsächlich hergeflogen ist«, meinte Caitlin. »Ich hoffe, du fühlst dich nicht bedroht?«

Julia lachte. »Ich weiß nicht, ob das blöd klingt, aber ich halte Kyle für absolut harmlos. Er ist es eben gewohnt, seinen Willen zu bekommen. Wahrscheinlich dachte er, wenn er herfliegt und persönlich mit mir redet, kann er mich überzeugen, dass alles wieder so wird wie früher.«

»Das klingt ziemlich kontrollsüchtig. Ich bin froh, dass du dich von ihm getrennt hast.«

»Früher war er nicht so. Zumindest ist es mir nie aufgefallen, aber sein Verhalten in letzter Zeit war tatsächlich etwas fragwürdig. Ich dachte, ich hätte am Telefon deutlich gemacht, dass es für mich vorbei ist.«

»Klingt, als hätte sein Ego das nicht vertragen.«

»Stimmt. Aber ich denke, jetzt hat er es kapiert. Hoffentlich besucht er hier einfach nur seine Familie und fliegt dann wieder nach Nashville.«

»Ich bin froh, dass er nicht mehr vor Ort wohnt. Das macht es für dich leichter.«

»Ja, das stimmt. Aber jetzt genug von Kyle. Ich habe Hunger, lass uns mal in die Speisekarte schauen.«

Sie teilten sich ein paar kleine Vorspeisen und verbrachten einen vergnüglichen Abend. Eine Stunde später spielte noch eine Band, aber sie gingen trotzdem nicht allzu spät nach Hause, weil sie ja am nächsten Tag arbeiten mussten. Es war schön gewesen, sich nach einer geschäftigen Woche für eine Weile in der Bar zu entspannen. Nun freute Julia sich auf die Grillparty bei ihrem Vater am nächsten Abend.

Fast rechnete sie damit, dass Kyle sie zu Hause noch einmal abfing, was natürlich lächerlich war. Und doch verspürte sie Erleichterung, als sie in ihre Auffahrt abbog und seinen Wagen dort nicht vorfand. Sein Besuch hatte sie mehr mitgenommen, als sie Caitlin gegenüber zugegeben hatte. Kyle hatte durchaus etwas Manisches an sich, das sie zuweilen beunruhigt hatte – wenn etwas nicht nach seinem Willen geschah oder ihm nicht gefiel, konnte seine Stimmung schlagartig kippen. Julia hoffte, er würde wirklich schnell wieder nach Nashville zurückfliegen.

36. Kapitel

Jess wunderte sich nicht, als sie am frühen Samstagmorgen eine Textnachricht von Parker erhielt.

Bin gestern Abend angereist. Werde gegen Mittag zur Buchhandlung kommen und mich umsehen. Fände es schön, wenn wir uns dann zum Essen oder auf einen Kaffee zusammensetzen und alles besprechen können.

Während sie sich Kaffee machte, spürte sie, dass sie innerlich vor Wut kochte. Was sollte sie antworten? Sie hatte definitiv keine Lust, mit Parker essen zu gehen. Allerdings war ihr klar, dass sie über die Scheidung reden mussten – auch wenn sie dieses Gespräch jetzt schon fürchtete. Vor allem, wenn er ihr Schwierigkeiten wegen des Ladenkaufs machen wollte.

Ich werde den ganzen Tag da sein und kann mir bestimmt mal eine Viertelstunde freinehmen. Wir können uns nebenan in den Coffee Shop setzen – dann bin ich sofort verfügbar, falls es doch hektisch wird.

Die Samstage waren inzwischen ihre umsatzstärksten Tage, deshalb wollte sie Alison nicht zu lange allein lassen. Brooklyn würde erst am späten Nachmittag kommen und die Abendschicht übernehmen, da sie beide ja zu Chris' Grillabend eingeladen waren.

Er antwortete umgehend.

Dann bis morgen Mittag.

Sie teilte Caitlin mit, dass ihr Vater vorbeischauen werde, und als sie in der Buchhandlung ankam, informierte sie auch Alison.

»Was, glaubst du, will er?« Auch Alison war in Sorge, dass Parker ihnen Probleme bereiten könnte. Jess hingegen dachte eher, er wolle sich nur ein wenig aufplustern und sie von seiner Sichtweise überzeugen – wie auch immer die aussah. Sie glaubte nicht mehr daran, dass Parker tatsächlich ihre Ehe retten wollte. Wie Caitlin ihr erzählt hatte, war er immer noch mit Linda zusammen, und mit dem Kind, das unterwegs war, schien der Weg vorgegeben.

Allerdings wusste Jess auch, wie sehr Parker Überraschungen hasste und es gewohnt war, seinen Willen durchzusetzen. Mit Sicherheit hatte es ihn gefuchst, dass Jess eine Buchhandlung und ein Café gekauft hatte, ohne es mit ihm abzusprechen. Dennoch bereute sie es nicht. Sie wusste, er hätte darauf bestanden, sich in irgendeiner Weise zu beteiligen – wenn er den Kauf nicht sogar hätte verhindern wollen.

Den ganzen Vormittag über war im Geschäft viel los, und sie stellten mit Begeisterung fest, dass die Treuekarten großen Zuspruch fanden. Julia hatte ihre registrierten Kundinnen und Kunden per Rundmail ermuntert, die Karte in der Buchhandlung zu beantragen. Außerdem hatte sie auf die heutige Signierstunde um dreizehn Uhr hingewiesen, was auch ein Grund war, weshalb Jess sich nicht allzu lange mit Parker aufhalten wollte. Lieber wollte sie sich darum kümmern, dass alles reibungslos verlief, und für eventuelle Wünsche der Schriftstellerin zur Verfügung stehen.

Als Parker um Punkt zwölf Uhr die Buchhandlung betrat, stand Jess an der Kasse. Er nickte ihr kurz zu, nahm sich jedoch erst einmal Zeit, durch das Geschäft zu schlendern und alles zu begutachten, bevor er zur Kassentheke kam.

»Hallo, Parker, wie schön, dich zu sehen«, sagte Alison. Jess wusste, dass sie es aus reiner Höflichkeit sagte, doch Parker nahm sie beim Wort und strahlte sie an.

»Ich freue mich auch, dich zu sehen. Es ist viel zu lange her!«

Jess kam hinter der Theke hervor. »Hallo, Parker.« Sie wandte sich an Alison. »Wir sind gleich nebenan, falls du mich brauchst.«

Parker wollte sie zur Begrüßung umarmen, aber es fühlte sich seltsam an, und beide ließen es schnell wieder sein.

»Wo hast du übernachtet?«, erkundigte sie sich, während sie in den Coffee Shop gingen.

»Ich habe ein Zimmer im *Chatham Bars Inn*. Ein ganz hübsches Hotel.« Das war untertrieben. Es war das beste Hotel in der Gegend, direkt am Meer, mit weiten Rasenflächen, Croquet und köstlichem Essen. Wo auch sonst hätte er übernachten sollen?

Caitlin war gut beschäftigt und machte einen zufriedenen Eindruck, doch als sie ihren Vater sah, versteinerte ihr Gesicht für einen Moment. Sie verließ die Theke und nahm ihn in den Arm.

»Was kann ich dir bringen? Du solltest den ›Bagel mit allem‹ ausprobieren, Dad, den magst du bestimmt.«

Parker lachte. »Wenn du das sagst, dann muss ich ihn wohl nehmen. Jess, was möchtest du?«

»Ich nehme dasselbe und einen großen schwarzen Kaffee, bitte.« Jess hatte nicht vorgehabt, etwas zu essen, aber ihr knurrender Magen erinnerte sie daran, dass ja tatsächlich Mittagszeit war. Caitlin reichte ihnen den Kaffee. »Setzt euch doch. Ich bringe die Bagels, wenn sie fertig sind.«

»Danke, Liebes.« Parker bezahlte, und Jess führte ihn zu einem kleinen Tisch am Fenster, an dem sie ein wenig für sich waren. Die meisten Leute nahmen ihre Bestellungen gleich mit, aber es gab natürlich auch ein paar Tische neben der Theke, von denen zwei besetzt waren. Jess wollte vermeiden, dass

Caitlin ihre Unterhaltung mithörte, also wählte sie den am weitesten entfernten Tisch.

Sie unterhielten sich ein paar Minuten über dies und das, bis Caitlin die Bagels brachte. Danach kam Parker zur Sache.

»In der Buchhandlung scheint viel Betrieb zu sein. Vielleicht ist es ja doch keine so schlechte Investition.« So wie er es sagte, konnte man meinen, es sei auch *seine* Investition.

Jess kniff die Augen zusammen und kehrte ihren ungnädigsten Anwaltston hervor. »Das hat aber nichts mit dir zu tun, Parker. Das Geschäft gehört mir und Alison, Punkt.«

Parker lehnte sich zurück und verschränkte die Arme. »Tja, tatsächlich ist das rechtlich nicht der Fall. Wir sind immer noch verheiratet – und könnten es bleiben, wenn du auch daran arbeiten wolltest. Ich möchte eine Scheidung eigentlich verhindern, du nicht? Wir haben uns etwas aufgebaut, haben ein Kind zusammen ...«

»Caitlin ist kein Kind mehr. Und da wir schon von Kindern sprechen: Wie kannst du im Ernst vom Zusammenbleiben sprechen, während du gleichzeitig mit einer anderen Frau ein Baby bekommst? Was hast du dir dabei gedacht?«

Immerhin besaß er den Anstand, verlegen zu wirken. »Ich habe mir gar nichts gedacht. Wenn du es wirklich wissen willst: Ich glaube, es war eine Midlife-Crisis. Ich weiß, dass es zwischen uns nicht gut lief – ich meine, wir sind immer gut miteinander ausgekommen, aber das gewisse Etwas war verloren. Es kam mir so vor, als lebten wir in einer Wohngemeinschaft.«

Da hatte er recht. »Ich habe genauso empfunden. Ich habe immer überlegt, was ich tun soll, ob ich dir vielleicht eine Eheberatung vorschlagen soll, auch wenn ich nicht sicher war, ob das etwas bringen würde. Ich habe es aufgeschoben, weil es einfacher war, unsere Probleme zu ignorieren«, gab sie zu.

Er nickte. »Ich habe es auch vor mir hergeschoben. Aber ich

fühlte mich einsam, und Linda war … nun ja, sie war einfach da … und sie schien sich in meiner Nähe wohl zu fühlen …«

»Wie hat das mit euch denn angefangen?« Noch immer wunderte sich Jess, dass sie überhaupt nichts mitbekommen hatte.

»Sie geht auch in mein Fitnessstudio. Und zu denselben Zeiten wie ich, das heißt, sie ging auch gern morgens, und da haben wir uns oft unterhalten. Und dann hatten wir diesen einen Fall mit dem Großkonzern, an dem wir so viel arbeiten mussten, und haben wochenlang noch spätabends zusammengesessen. Als der Fall abgeschlossen war, hat das ganze Büro mit einem Glas Wein zum Feiern angestoßen, und Linda schlug mir vor, noch ein Glas zusammen zu trinken. Ihre Wohnung liegt nur ein, zwei Straßen von der Bar entfernt, in der wir waren, also landeten wir bei ihr. Wir waren beide ziemlich beschwipst, und eins führte zum anderen. Es war nie meine Absicht, dass so was passiert, ich schwöre es dir.«

Jess glaubte ihm. Linda war süß und hatte offenbar keinen Hehl daraus gemacht, dass sie sich für ihn interessierte. Sie war zwanzig Jahre jünger, was ihm natürlich nur schmeicheln konnte. Trotzdem hätte er es besser wissen müssen.

»Es blieb aber nicht bei dem einen Mal, oder?« So leicht wollte sie ihn nicht vom Haken lassen.

Er schüttelte den Kopf. »Nein, es wurde schnell eine Regelmäßigkeit daraus. Jeden Mittwoch- oder Donnerstagabend arbeiteten wir länger, und sobald alle anderen weg waren, holten wir uns etwas zu essen und gingen zu ihr.«

»Liebst du sie?«

»Nein.« Die Antwort kam schnell und klang aufrichtig. »Ich weiß, ich habe es komplett verbockt. Aber das hat mich wachgerüttelt. Dadurch habe ich erst gemerkt, wie wichtig du mir bist. Ich will dich nicht verlieren, Jess. Kannst du bitte nach Charleston zurückkommen? Wir können es doch noch einmal probieren – oder nicht?«

Sie war fassungslos. »Ist das dein Ernst? Wie soll das deiner Meinung nach denn aussehen? Wie soll unsere Ehe weitergehen, wenn du bald ein Kind mit einer anderen Frau hast?«

Parker starrte sie nur an.

Jess schüttelte den Kopf. »Ich sehe keinen Weg. Wie kann ich dir je wieder vertrauen, Parker?« Sie hielt einen Moment inne, um ihre Gedanken zu sammeln. »Wir hätten früher darüber sprechen sollen. Aber das haben wir uns beide zuzuschreiben.«

Er nickte. »Du hast recht. Ich habe es wirklich verbockt.« Beide schwiegen und widmeten sich ihren Bagels, bis Parker anhob: »Was ist mit der Kanzlei? Wir haben Arbeit ohne Ende und brauchen dich, Jess, wirklich! Versprich wenigstens, dass du dorthin zurückkommst, wenn du wieder in Charleston bist.«

»Ich habe viel darüber nachgedacht, Parker. Ich glaube nicht, dass das für mich das Richtige wäre. Es würde mir zu schwerfallen, jeden Tag so eng mit euch zu arbeiten.« Sie wollte Lindas Babybauch nie wieder sehen – das Bild war ihr auch so schon tief ins Gedächtnis gebrannt.

»Was willst du denn sonst machen? In eine andere Kanzlei gehen? Zur Konkurrenz?« Die Vorstellung schien ihn zu entsetzen.

»Das weiß ich noch nicht. Ich könnte mich selbständig machen – meine eigene Kanzlei eröffnen und sehen, was passiert.«

»Willst du das wirklich wagen? Ganz von vorn anfangen, in deinem Alter?«

Jetzt wurde sie wütend. »Wenigstens bekomme ich kein Kind mehr«, gab sie zurück, und er zuckte zusammen, als hätte sie ihn geschlagen.

»Ich schätze, das habe ich verdient. Ich meinte aber nur, dass es schwer werden könnte.«

»Ich weiß es wirklich nicht. Wenn ich darüber nachdenke, gefällt mir die Vorstellung. Wir werden sehen.«

»Okay. Was willst du mit dem Haus machen? Ich denke mal, du willst es behalten?«

Jess schüttelte den Kopf. »Ich will das Haus nicht. Wir können es verkaufen, oder du kannst mich ausbezahlen.«

»Ich hatte angenommen, du würdest es haben wollen. Aber dann können wir es verkaufen. Der Markt spielt verrückt, und es sollte schnell weggehen. Alles Übrige können unsere Anwälte klären.«

»Und du lässt die Finger von der Buchhandlung? Kann das einfach als meine Hälfte unserer Ersparnisse gelten? Das sollte doch genau hinkommen.«

»Lass mich darüber nachdenken und mit meinem Anwalt sprechen. Ich melde mich.«

»Nein, Parker. Da gibt es nichts nachzudenken. Ich bin mir sicher, dass unsere Sparkonten gleichermaßen gefüllt waren.«

Parker setzte sich aufrecht hin. Er wirkte streitlustig. »Aber jetzt sind sie nicht mehr gleich, oder? Du hast die Buchhandlung gekauft, ohne mich zu informieren. Das ist unverzeihlich.«

Jess lachte. »Das ist ein starkes Stück, Parker. Wirklich. Abgesehen vom Betrügen und Schwängern warst du doch auch fleißig beim Geld-Ausgeben, oder nicht?«

»Hast du etwa mein Konto kontrolliert?« Das schien ihn ehrlich zu überraschen.

»Habe ich, ja. Ich war ziemlich sicher, dass wir ungefähr das Gleiche auf dem Konto hatten, wollte das aber noch einmal nachprüfen. Ich war sehr überrascht, als ich zwei höhere Überweisungen entdeckte. Beide an einen Immobilienmakler. Was hast du damit gemacht?« Für eine Weile herrschte ungemütliches Schweigen, dann fügte sie hinzu: »Hast du ihr ein Haus gekauft?«

Verräterische Röte überzog seine Wangen. »Es ist kein Haus, sondern eine größere Wohnung als ihre vorherige, in der Nähe der Kanzlei. Und es ist nicht ihre, sondern meine. Ich will zwar mit dir zusammenbleiben, hatte jedoch das Gefühl, auch für sie etwas tun zu müssen … sie zu unterstützen. Und ich dachte, es sei eine gute Investition.«

»Aber du hast nicht mit mir darüber gesprochen.« Sie schüttelte den Kopf. Parker hatte auf Nummer sicher gehen wollen. Sie bezweifelte nicht, dass er ihre Ehe retten wollte, Linda schien er sich trotzdem warmhalten zu wollen. Vielleicht wusste er tatsächlich nicht, was er wollte, und war noch nicht bereit, etwas aufzugeben. »Ich werde deine ›Investition‹ nicht weiter erwähnen, wenn du mich mit der Buchhandlung in Ruhe lässt. Lass uns einfach jeder seiner Wege gehen.«

Parker seufzte. »Bist du dir wirklich sicher?«

Sie wusste, im Hinblick auf eine klare Trennung war sie ihm ein paar Schritte voraus. Er musste alles erst noch verarbeiten.

»Ich bin mir ganz sicher. Wir hatten eine gute Ehe, und das eine lange Zeit. Jetzt ist es einfach vorbei.«

Er nickte und wandte für einen Augenblick den Kopf zur Seite. Als er ihren Blick wieder suchte, war sie überrascht, in seinen Augen echte Trauer zu sehen.

»Es tut mir aufrichtig leid, Jess. Ich wollte nie, dass es auf diese Art passiert.«

Sie seufzte. »Ich weiß.«

»Geht Caitlin mit zu diesem Grillabend heute?«

»Ja. Alisons Exmann Chris hat uns eingeladen.«

»Okay. Dann verabschiede ich mich jetzt schon von ihr. Ich hatte meinen Rückflug für morgen früh gebucht, aber ich werde mal sehen, ob ich noch einen für heute Abend bekomme.«

»Ich sollte jetzt wieder in die Buchhandlung zurück. Wir haben gleich eine Signierstunde.«

Sie brachten ihr Geschirr zurück zur Theke.

»Chris und Alison verstehen sich super, selbst nach der Schei-

dung, oder? Vielleicht schaffen wir das eines Tages ja auch.«
Parker sah sie hoffnungsvoll an.

Jess schüttelte den Kopf. »Ich weiß nicht. Lass uns abwarten – wenn es klappt, wäre das schön.«

37. Kapitel

»Wie ist es gelaufen?«, wollte Alison wissen, als Jess zurückkam. Sie berichtete von ihrem Gespräch mit Parker.

»Ich denke, im Großen und Ganzen war es okay. Es ist für uns beide traurig, aber er scheint unsere Scheidung jetzt akzeptiert zu haben.«

»Und die Buchhandlung? Meinst du, er wird sich irgendwie einmischen?« Alison war immer noch besorgt, und Jess konnte es ihr nicht verübeln.

»Er will mit seinen Anwälten sprechen, damit alles gerecht aufgeteilt wird. Wir werden das Haus verkaufen.«

Alison war ebenso überrascht, wie Parker es gewesen war. »Du willst es nicht behalten? Das ist doch ein tolles Haus.« Alison war über die Jahre einige Male dort gewesen.

Jess schüttelte den Kopf. »Es stecken zu viele Erinnerungen darin. Und es ist groß. Ich will mit etwas Kleinerem neu anfangen.«

»Und Caitlin kommt natürlich mit, oder?«

»Tatsächlich weiß ich nicht genau, was sie will. Vielleicht möchte sie eine eigene Wohnung. Aber natürlich wird sie bei mir immer ein Zimmer haben.« Ganz begeistert hatte Caitlin ihr von Julias kleinem Häuschen erzählt und schon in den letzten Jahren einige Male erwähnt, dass sie gern in eine eigene Wohnung investieren würde, sobald sie einen festen Job hätte.

Eine attraktive blonde Frau etwa Ende dreißig kam zur Kasse. Sie trug eine große rote Tasche und lächelte die beiden Frauen an.

»Hallo, ich bin Grace Barrows. Ich soll hier gleich eine Signierstunde geben.«

»Hallo, Grace, und herzlich willkommen. Ich bin Jess, und das ist meine Geschäftspartnerin Alison. Wir freuen uns riesig, dass Sie hier sind.« Jess führte sie zu einem Tisch nahe der Eingangstür, den Alison zuvor mit Stapeln ihrer Bücher bestückt hatte. Grace wohnte in der Nähe, in Orleans, und schrieb eine beliebte Frauenromanserie, die auf dem Cape spielte.

Sie nahm am Tisch Platz und zog einen Stapel Lesezeichen aus ihrer Tasche, ein Notizbuch und eine Glasschüssel, die sie alle auf dem Tisch platzierte. Dann befüllte sie die Schüssel mit kleinen, abgepackten Schokostückchen, schlug das Notizbuch auf und legte einen Stift daneben. Oben auf der Seite stand »Tragen Sie sich ein, wenn Sie meinen Newsletter erhalten möchten«.

»Möchten Sie einen Kaffee oder ein Glas Wasser?«, bot Jess an.

Grace zog eine Flasche Wasser aus ihrer Tasche. »Danke, aber ich habe alles dabei.«

Jess lachte. »Sie haben offensichtlich schon Übung. Wir veranstalten so etwas das erste Mal. Haben Sie irgendwelche Tipps für uns, wie wir Sie am besten unterstützen können?«

Grace dachte kurz nach. »Wenn Kunden an die Kasse kommen, könnten Sie sie vielleicht darauf hinweisen, dass ich eine Autorin hier vom Cape bin. Ansonsten sieht alles gut aus.«

»Ach ja, ich hatte ein Schild vorbereitet, das ich draußen aufstellen wollte. Das mache ich gleich einmal.« Alison lief ins Büro und kehrte einen Moment später mit einem doppelseitigen Aufsteller zurück, auf dem HEUTE AUTORINNEN-SIGNIERSTUNDE stand. Sie befestigte noch zwei rosa Luftballons daran. »Na, was meinen Sie? Die Ballons sind doch ein guter Blickfang, oder?«

»Wunderbar!«, sagte Grace.

»Perfekt«, stimmte Jess zu.

Und tatsächlich tat der Aufsteller seine Wirkung, sobald Alison ihn vor dem Geschäft positioniert hatte. Immer wieder kamen Leute in den Laden, und noch vor Ablauf der geplanten zwei Stunden waren alle Bücher von Grace ausverkauft.

»Es tut mir furchtbar leid, dass wir offensichtlich nicht genug Exemplare bestellt haben«, sagte Jess. »Wir waren unsicher, wie viele wir veranschlagen sollten.«

»Mit einer solchen Resonanz hatte ich auch nicht gerechnet«, gestand Grace. »Aber es ist ein herrlicher Tag, und viele Leute sind zu Fuß unterwegs. Ich habe noch eine Kiste voll Bücher im Auto, die ich gerne holen kann, wenn Sie möchten. Die hatte ich vorsichtshalber als Reserve eingepackt.«

»Natürlich, sehr gern! Wie schön, dass Sie daran gedacht haben.« Jess begleitete Grace zum Wagen und half ihr, die zwei großen Stapel Bücher ins Geschäft zu tragen. Damit hatten sie bis zum Ende der Signierzeit ausreichend Exemplare – nur zwei blieben zum Schluss noch übrig.

»Vielen Dank noch mal für die extra Bücher«, sagte Alison. »Wir können die zwei übrigen ins Regal stellen und sofort Nachschub bestellen.«

Grace packte ihre Sachen wieder in die Tasche. »Danke, dass Sie mir dieses Forum geboten haben. Es hat Spaß gemacht, und wir können das gern wiederholen.«

»Auf jeden Fall, sehr gern«, versicherte Jess. Nachdem sie Grace verabschiedet hatte, ging Jess nach nebenan zu Caitlin.

»Hast du eigentlich Leute zur Signierstunde rübergeschickt?« Ihr war aufgefallen, dass ungewöhnlich viele Kundinnen diesmal auch aus dem Café ins Geschäft gekommen waren.

Caitlin grinste. »Na klar. Ich habe allen gesagt, heute sei eine berühmte Autorin da und dass sie unbedingt zu euch rübergehen müssen. Wie ist es gelaufen?«

»Vielen Dank für die Unterstützung. Es lief wirklich gut. Und auch die Treuekarten sind ein Hit.«

»Das freut mich. Weißt du was: Ich habe mir überlegt, dass

wir dasselbe auch für den Coffee Shop machen könnten. Aber statt einer bestimmten erreichten Kaufsumme zählen wir da einfach die Kaffees, die bezahlt wurden. Nach dem zehnten ist der elfte umsonst, was hältst du davon? Die Stammkunden wären sicher begeistert.«

»Super Idee. Ich rede mal mit Alison darüber, aber ich denke, das sollte klappen.«

Caitlin schloss die Ladentür ab. Sie hatten mit verschiedenen Öffnungszeiten herumexperimentiert und sich als Schließzeit auf drei Uhr nachmittags geeinigt. Hatten sie länger geöffnet, zum Beispiel bis vier, dann kamen zwar noch hin und wieder Gäste, aber nach zwei Uhr wurden es deutlich weniger, sodass es sich nach drei schlicht nicht mehr lohnte.

»Wir sehen uns nachher zu Hause, mein Schatz.« Jess ging zurück in den Buchladen, wo Brooklyn gerade Stellung an der Kasse bezogen hatte. Alison klappte den Signiertisch zusammen. Vor der Tür tanzte ein Luftballon in der lauen Brise, und Jess holte den Aufsteller herein und deponierte ihn wieder im Büro.

»Das war ja mal ein Erfolg«, sagte sie zu Alison, als die den Tisch danebenschob.

»Ich habe mal kurz auf unsere Einnahmen geschaut. Es könnte sein, dass dies unser bisher bester Tag ist.«

Das hörte Jess gern. Der Aufsteller hatte viel Kundschaft angelockt, und sie hatten den ganzen Nachmittag gut zu tun gehabt. »Das hat wirklich Spaß gemacht. Solche Veranstaltungen müssen wir unbedingt regelmäßig einplanen.«

»Genau. Und heute Abend können wir feiern.«

38. Kapitel

Als Alison bei Chris ankam, war schon ein hübsches Grüppchen versammelt. Sie stellte ihren Teller mit Brownies auf den Buffettisch, den Chris auf der Terrasse aufgebaut hatte und auf dem bereits Salate, Sandwiches, Dips, Chips und Soßen standen. Am Grill schob und wendete Chris mit der Zange unzählige Würstchen, Burger-Patties und marinierte Hühnerteile. Er strahlte, als er sie sah, und sie gab ihm ein Begrüßungsküsschen auf die Wange.

»Hast du die ganze Stadt eingeladen?«, fragte sie scherzhaft.

Er lachte. »Tja, fast. Irgendwie hat sich das Ganze diesmal verselbständigt. Aber das gefällt mir. Ich habe tonnenweise Essen, und die Leute haben auch noch einiges mitgebracht. Sehe ich da drüben deine Brownies?«

»Natürlich.« Alison brachte immer ihre speziellen Brownies mit, die Chris liebte.

»In der Küche ist ein Wein offen, wenn du dir selbst einen holen magst?«

»Das mache ich. Möchtest du auch irgendwas?«

»Nein, danke, ich bin versorgt. Geh und amüsier dich.«

Alison fand den Wein, einen Pinot Grigio, und schenkte sich ein Glas davon ein. Während sie daran nippte, ließ sie ihren Blick über die Gäste schweifen. Viele standen auf der Terrasse und plauderten mit Chris, andere standen oder saßen auf dem Rasen, auf dem jede Menge Gartenstühle verteilt waren sowie einige Biertischgarnituren und auch ein paar schicke Holzsessel von Adirondack mit kleinen Abstelltischchen.

»Hier steppt schon der Bär«, sagte Jess, die sich mit Caitlin zu ihr gesellte. Sie unterhielten sich eine Weile, dann ging Caitlin zu Julia hinüber, die gerade mit einigen ihrer Freunde eintraf.

»Chris weiß einfach, wie man eine Party schmeißt«, sagte Jess, und so war es auch. Als Alison und er noch zusammen gewesen waren, war er immer der Aufgeschlossene und Kommunikative gewesen und Alison eher die Zurückhaltende. »Ich bin gleich wieder zurück, ich will nur schnell hallo sagen und mir auch einen Wein holen.«

Alison bemerkte, wie Chris' Augen zu leuchten begannen, als ihre Freundin ihn begrüßte. Er legte seine Grillzange beiseite und nahm sie fest in die Arme. Sie plauderten einige Minuten, dann ging Jess ins Haus. Kurz darauf kam sie mit einem Glas Wein zurück.

»Klingt so, als würde Chris noch viel, viel mehr Gäste erwarten. Er meinte, er hätte auch alle Nachbarn eingeladen, damit sich niemand über den Lärm beschwert. Oder über die Autos, die die ganze Straße zuparken.«

»Das macht er, seit ein Nachbar vor vielen Jahren mal die Polizei gerufen hat. Das war damals wirklich albern, es war nicht mal eine richtige Party. Er hatte ein paar Freunde zum Football-Gucken eingeladen, und nach dem Spiel haben sie draußen noch ein Bier getrunken. Einer von ihnen hatte eine ziemlich laute Stimme, und Chris musste ihn immer wieder ermahnen, doch bitte leise zu sprechen. Aber so nah am Wasser hört man eben jedes Geräusch.« Chris wohnte an einem Fluss mit sumpfigen Auen.

»Ich glaube, ich kann mich noch erinnern, dass du davon erzählt hast. Als die Polizei kam, waren alle Gäste schon weg gewesen?«

Alison nickte. »Wir saßen schon lange drinnen, aßen ein Stück Kuchen und guckten fern. Die Polizisten entschuldigten sich und meinten, ein Nachbar hätte eine laute Party angezeigt.«

»Du meine Güte!«

»Danach war er immer sehr achtsam, wenn jemand zu Besuch kam, und bei einer Party lädt er die Nachbarn seitdem gleich mit ein.«

Alison bemerkte, dass Jess die Augen zusammenkniff, wie um etwas oder jemanden besser erkennen zu können.

»Ist das da hinten Lavinia? Aus unserer Highschool?«, wollte sie wissen.

Alison folgte ihrem Blick, und tatsächlich standen dort Lavinia und Chelsea, und Lavinia unterhielt sich mit Jim – ihrem Jim. Sie hatte ihn nicht einmal kommen sehen.

»Ja, das ist Lavinia. Chris muss ihr irgendwo über den Weg gelaufen sein und sie eingeladen haben.«

»Ist das nicht Jim, mit dem sie spricht?«

»Ja, das ist er. Er ist wohl auch gerade erst gekommen. Na, sie verliert ja keine Zeit. Sie hat sich neulich in der Galerie schon nach ihm erkundigt.«

»Er sieht gut aus.«

Alison dachte dasselbe. Jim trug ein hellblaues Button-down-Hemd und ausgebleichte Jeans. Sein dichtes, leicht gewelltes Haar wirkte in der Sonne noch blonder als sonst. Er lachte über irgendetwas, das Lavinia gesagt hatte, und sein Lächeln ließ ihn noch attraktiver aussehen.

»Du solltest besser hingehen«, sagte Jess.

»Das werde ich. Aber ich möchte ihr Gespräch nicht unterbrechen.«

Jess lachte. »Stimmt, so bist du nicht. Aber ich wette, Lavinia wäre so jemand.«

»Ohne Zweifel«, stimmte Alison zu.

Es kamen immer mehr Leute, und Alison stellte Jess viele weitere ihrer Bekannten vor. Als Chris das Buffet eröffnete, luden sie sich Burger, Kartoffelsalat und Chips auf den Teller und setzten sich an einen der kleineren Gartentische. Alison sah sich um, konnte aber weder Lavinia noch Jim entdecken. Es war zu voll.

»Ich finde es schön, dass Caitlin und Julia sich jetzt so gut verstehen.« Alison sah, dass die beiden mit einer Reihe von Julias Freunden rund um einen Tisch saßen.

»Ich auch. Seit Julia sie vor einer Weile zu dieser Party eingeladen hat, verbringen sie recht viel Zeit miteinander. Es ist nett von Julia, dass sie sich ein bisschen um sie kümmert. Ich glaube, Caitlin hat seitdem viel mehr Spaß hier in Chatham.«

»Darf ich mich zu euch setzen?« Beim Klang der vertrauten Stimme blickte Alison auf. Jim hielt einen vollen Teller in der einen und eine Flasche Bier in der anderen Hand. Lavinia war nirgends zu sehen.

»Aber natürlich.« Alison und Jess waren zwar schon fast fertig, aber Alison war gerne bereit, sich mit dem Rest noch etwas Zeit zu lassen.

»Oh, da hinten sehe ich jemandem, dem ich hallo sagen möchte.« Jess nahm ihren leeren Teller und ging in Richtung Haus. Alison ahnte, dass sie sie nur allein lassen wollte.

»Wie lief denn heute die Signierstunde?«, erkundigte sich Jim.

»Besser als erwartet. Zum Glück hat die Autorin selbst noch eigene Bücher mitgebracht, denn unsere waren schon vor dem Ende ausverkauft.«

Jim lächelte, und sie sah, dass er sich ehrlich für sie freute. »Das sind ja tolle Neuigkeiten. Dann geht es mit den Umsätzen aufwärts?« Sie hatte ihm gegenüber erwähnt, dass sie sich ein wenig Sorgen gemacht hatten.

»Ja, endlich. Einige der Aktionen, die wir gestartet haben, scheinen zu wirken, was eine große Erleichterung ist.«

»Die Buchhandlung ist immer gut gelaufen. Ich bin sicher, ihr werdet auch weiterhin Erfolg damit haben.«

Sie unterhielten sich eine Weile über dies und das, dann fragte Alison ihn nach seinem Buch.

»Wie kommst du mit der zweiten Hälfte voran? Wenn du sie mir zur Überarbeitung schicken willst, gern! Ich bin bereit.«

»Vielen Dank für das Angebot. Noch ein paar Tage, denke ich, dann ist es fertig. Ich füge hie und da noch ein paar kleine Korrekturen ein ... Manchmal ist es schwer, sich zu einem endgültigen Abschluss durchzuringen. Klingt das blöd?«

»Nein, überhaupt nicht. Du willst es eben so gut machen, wie es geht. Aber irgendwann musst du dich davon trennen. Deinen Anspruch an Perfektion wirst du möglicherweise nie erreichen.«

Jim lachte. »Das mag wohl stimmen. Hast du selbst schon einmal darüber nachgedacht, ein Buch zu schreiben?«

»Auf keinen Fall einen Roman, nein. Ich schreibe hin und wieder gern einen Artikel oder eine Restaurantkritik, ansonsten macht es mir mehr Spaß zu korrigieren, was andere Leute geschrieben haben. Da sehe ich eher meine Rolle: indem ich anderen helfe, etwas noch besser zu machen.«

»Tja, darin bist du auf jeden Fall sehr gut. Ich habe wirklich Glück, dass du mir hilfst.« Jim lächelte und hielt ihren Blick einen Moment länger fest, als nötig gewesen wäre.

»Danke. Es ist eine gute Geschichte, Jim. Ich kann es gar nicht erwarten, den Rest zu lesen.« Sie lächelte ihn an. »Sobald es erschienen ist, müssen wir dich für eine Signierstunde in die Buchhandlung einladen.«

»Auf jeden Fall.«

Jim hatte aufgegessen und ging, um sich noch einen Nachtisch zu holen. Mit zwei Brownies kehrte er an den Tisch zurück und gab Alison einen ab. »Hast du die mitgebracht? Die sehen aus wie die, die du immer zu unseren Büropartys mitbringst.«

»Genau, die sind von mir. Die halbgesunden mit den schwarzen Bohnen.«

Er lachte. Und überraschte sie kurz darauf mit seiner nächsten Frage. »Sag mal, du und Chris … Denkst du, ihr kommt irgendwann einmal wieder fest zusammen?« Erst dachte sie, er mache einen Scherz, doch sein Gesichtsausdruck war vollkommen ernst.

»Aber nein. Wir sind doch seit Jahren schon geschieden.«

»Ich weiß, aber ihr geht so locker und natürlich miteinander um. Und es ist selten, dass Geschiedene so viel Zeit miteinander verbringen. Er erzählt auch viel von dir.«

»Ich liebe Chris noch immer auf eine gewisse Art und werde das wohl auch immer tun – aber eben auf die Art, auf die ich auch Jess liebe. Die beiden sind meine besten Freunde.«

»Gut, okay … entschuldige bitte. Ich musste das einfach fragen, um sicherzugehen. Ich will nämlich meine Zeit nicht sinnlos … Ich meine …« Er schwieg.

»Was meinst du?«

»Na ja, ich glaube, das ist einfach meine unbeholfene Art, dich zum Essen einzuladen. Ich wollte nur niemandem auf die Füße treten.«

Alison spürte eine freudige Erregung im Bauch, und es gefiel ihr, dass Jim plötzlich nervös und unsicher wirkte. Es spiegelte ihre eigenen Gefühle wider. Sie hatte hin und her überlegt, sich auf eine neue Beziehung einzulassen, und irgendwann erkannt, dass sie einfach nur aus Angst immer passiv geblieben war.

»Du trittst niemandem auf die Füße. Und ich würde gern mit dir essen gehen.«

»Wirklich? Wie wäre es dann mit nächstem Freitag? Wir können uns ja noch überlegen, wo es hingehen soll.«

»Das klingt gut.« Alison fühlte sich wie im siebten Himmel und merkte nicht einmal, dass jemand an ihren Tisch gekommen war.

»Jim, wie schön, dich hier zu sehen.« Reggie Howard war eine der wichtigsten Anzeigenkundinnen ihres Magazins. Jim stellte Alison vor, dann entschuldigte sie sich, um die beiden reden zu lassen und ging ins Haus, um sich noch etwas Wein zu holen.

Während sie einschenkte, hörte sie auf einmal hinter sich jemanden »Jess« sagen. Sie drehte kurz den Kopf und sah Ryan Oliphant mit einem anderen Freund von Chris ins Gespräch vertieft. Sie konnte nicht anders, sie musste den beiden lauschen.

»Ja, ich habe sie neulich kennengelernt. Ich bin jedoch fest davon überzeugt, dass Chris an ihr interessiert ist, also werde ich das nicht weiterverfolgen.«

»Davon weiß ich nichts, aber ja … dann solltest du vielleicht erst mal noch die Füße stillhalten.«

Sie wechselten das Thema, und Alison stand wie im Schock. Hatten sie über ihren Chris gesprochen? Er und Ryan waren gute Freunde, also war es wohl so. Aber Chris und Jess? Er hatte nie erwähnt, dass er sich für sie interessierte. Allerdings war sie sich nicht sicher, ob er das überhaupt tun würde. Chris hatte nie mit ihr über Frauen gesprochen, auf die er ein Auge geworfen hatte. Plötzlich fiel ihr ein, wie freudestrahlend er Jess begrüßt hatte.

Sie schämte sich ein wenig, dass ihre automatische Reaktion darauf ein Nein war. Sie wollte Chris nicht mit Jess teilen, nicht auf diese Weise. Alison wollte keine romantische Beziehung mehr zu Chris, aber ihr missfiel die Vorstellung, er könnte eine solche mit Jess eingehen, ihrer besten Freundin.

Sie wusste, dass es ihre Beziehung zu Chris verändern würde. Und sie kam sich wie eine schreckliche Freundin vor, weil sie so empfand. Es war den beiden gegenüber nicht fair – falls Jess ihrerseits überhaupt an Chris interessiert war. So unangenehm Alison die Vorstellung auch war, wusste sie, dass sie mit Jess reden musste.

*

Jess lehnte auf der Terrasse am Geländer, knabberte an einem Brownie und beobachtete dabei die Leute. Als Alison mit ihrem frisch gefüllten Glas auf sie zuging, hob sie ihr Glas, um Alison zuzuprosten. »Der Wein und deine Brownies passen hervorragend zusammen.«

Alison lächelte. »Danke.« Sie nahm einen Schluck und sah aus, als hätte sie etwas Wichtiges zu sagen.

»Als ich gerade in der Küche war, hörte ich Ryan Oliphant erzählen, er sei an dir interessiert, wolle aber nichts unternehmen, weil wohl zwischen dir und Chris etwas liefe ... also, weil er denkt, dass Chris ein Auge auf dich geworfen hat.« Sie trank noch einen Schluck und beobachtete Jess' Reaktion genau.

»Ryan hat gesagt, er würde sich für mich interessieren?« Jess war überrascht, dass sie sich darüber freute. Sie fragte sich, wie es Alison mit der Behauptung über sie und Chris wohl ging, und konnte auch tatsächlich eine Irritation wahrnehmen.

»So klang es, ja. Aber was ist mit der Aussage über dich und Chris? Hat er recht? Wenn du an Chris interessiert bist, solltest du etwas daraus machen. Ich würde nicht wollen, dass du dich meinetwegen zurückhältst. Der Zug ist schon vor langer Zeit abgefahren.« Alison lachte, aber Jess kannte ihre beste Freundin gut und konnte in ihren Augen lesen, was sie tatsächlich empfand: Die Vorstellung, sie und Chris könnten etwas miteinander haben, war ihr gar nicht recht. Nur weil sie ihre Freundin gernhatte und ihr das Beste wünschte, wollte sie ihr Mut machen. Jess liebte sie dafür. Doch auch wenn sie zwischen Chris und sich einen kleinen Funken gespürt hatte, wusste sie, dass es dabei weniger um Chris gegangen war als um das Gefühl, dass überhaupt jemand sie attraktiv fand. Das brauchte sie nicht zwingend von Chris, und sie würde auf keinen Fall etwas tun, das ihre Freundschaft zu Alison gefährdete. Dafür bedeutete sie ihr zu viel.

»Das hat er falsch interpretiert«, versicherte sie Alison. »Chris will nichts von mir. Vielleicht hatte Ryan diesen Eindruck, weil ich im *Squire* noch mit Chris zusammengesessen habe, nachdem du gegangen warst. Chris ist wie ein Bruder für mich. Ryan dagegen ...« Sie lachte. »Hm, der Gedanke ist tatsächlich verlockend, aber ich glaube, ich bin noch nicht wieder bereit, mich auf jemanden einzulassen. Trotzdem ist es schön zu wissen, dass jemand Interesse an mir hat.«

Alison wirkte schlagartig erleichtert. »Ich dachte mir schon, dass da wahrscheinlich nichts dran ist. Aber du solltest mit Ryan sprechen. Nur, damit er Bescheid weiß. Du musst ja nichts überstürzen.«

»Wenn er mir hier über den Weg läuft, werde ich das ganz bestimmt tun.«

Auf einmal ertönte eine laute, verärgerte Stimme. Jess erkannte sie nicht, aber Alison schien sofort zu wissen, wer da wütend »Julia!« rief.

»Das ist Kyle.« Stirnrunzelnd sah Alison sich nach ihrer Tochter um. »Und ich bin sicher, dass er definitiv nicht eingeladen ist.«

39. Kapitel

»Dein Vater sieht total happy aus«, sagte Tim. Julia sah zur Terrasse, wo ihr Vater noch immer am Grill stand, Würstchen und Hamburger umdrehte und mit seinen Freunden quatschte und lachte. Sie selbst saß mit Tim, Caitlin, Sue, Kevin und Jason an einem der langen Biertische. Mit dem Essen waren sie schon eine Weile fertig und unterhielten sich nun angeregt, während allmählich die Sonne unterging. Die Luft wurde ein wenig kühler, aber es war immer noch eine wunderbar laue Nacht. Gerade wollte Julia aufstehen und sich einen der Brownies ihrer Mutter holen, als eine vertraute Stimme laut durch den Garten rief.

»Julia!«

»Ist das nicht Kyle?« Sue klang so überrascht, wie Julia sich fühlte. In diesem Moment sah sie Kyle, der sie ebenfalls gerade entdeckt hatte. Sie sprang auf und lief zu ihm hin, um eine Szene zu vermeiden.

»Kyle, was willst du denn hier?« Sein Blick wirkte wild, und seine Wangen waren leicht gerötet. Als er sprach, roch sie Bier in seinem Atem.

»Julia, wir müssen reden. Du hast mir gesagt, dass du bei deinem Vater bist, also hatte ich keine andere Wahl. Wir können das hier vor den anderen austragen, oder wir gehen vors Haus und reden unter vier Augen. Ganz, wie du willst.« Er war nicht betrunken, aber definitiv beschwipst – und mit einem hatte er Recht: Sie wollte keine große Szene.

»Also gut. Gehen wir vors Haus.«

»Ist alles gut bei euch?« Ihr Vater kam, die Grillzange in der Hand, und sah sie besorgt an.

»Ja, alles in Ordnung, Dad. Kyle und ich wollen uns nur unterhalten. Er bleibt nicht lange.«

»Na gut.« Er blieb stehen und sah ihnen nach, während sie ums Haus gingen. Julia setzte sich auf die Eingangstreppe, Kyle dagegen tigerte unruhig auf und ab.

»Ich verstehe das einfach nicht, Julia. Ich dachte, zwischen uns wäre alles im Lot. Was ist eigentlich passiert?«

Sie seufzte. »Ich habe nie das Gefühl gespürt, das ich gebraucht habe, um zu heiraten. Und jetzt, wo du in Nashville bist, ergibt das alles für mich überhaupt keinen Sinn mehr. Ich will nicht nach Nashville ziehen, nicht jetzt und auch nicht irgendwann.« Wobei sie wusste: wäre er der Richtige, und würde sie ihn lieben, dann würde sie auch einen Weg finden. Es kam ihr jedoch gemein vor, es so klar zu formulieren, also verkniff sie es sich.

»Dann kann ich also nichts weiter tun? Und du schwörst, dass es keinen anderen gibt?«

Julia schüttelte den Kopf. »Ich schwöre es. Und nein, es gibt nichts, das du tun kannst. Mir fehlt einfach das Gefühl. Es ist nicht so, wie es sein sollte. Wie du es verdienst.«

Er nickte, und es sah so aus, als würde er es endlich verstehen.

»Na gut, wenn es das war, dann sollte ich jetzt wohl besser gehen.« Er drehte sich um, aber Julia hielt ihn zurück.

»Kyle, ich denke, du solltest lieber nicht mehr fahren. Das ist zu gefährlich.«

»Ist schon okay.« Er versuchte, ihre Hand an seinem Arm abzuschütteln.

»Wie viel Bier hast du getrunken, bevor du hergekommen bist?«

»Ich habe keine Ahnung … vier, vielleicht fünf.«

»Kyle, das Letzte, was du jetzt gebrauchen kannst, ist eine Anzeige wegen Alkohols am Steuer. Du weißt, dass die Polizei um diese Zeit vermehrt unterwegs ist. Ich sage Tim Bescheid, dass er dich nach Hause fährt. Und ich fahre mit meinem Wagen hinterher und sammle Tim dann wieder ein.«

Er seufzte. »Also gut.«

»Warte hier bitte. Versprich mir, dass du nicht allein losfährst.«

»Geh einfach. Hol Tim.«

Julia lief zurück auf die Party und holte Tim, der Kyle dann nach Hause brachte. Julia folgte ihnen, und eine Viertelstunde später standen sie vor Kyles Haus. Julia stieg aus, um sich ein letztes Mal von Kyle zu verabschieden.

»Das war es jetzt also?«, meinte Kyle.

»Ich warte im Auto«, sagte Tim und setzte sich in Julias Wagen auf den Beifahrersitz.

»Ja, das war's, Kyle. Ich wünsche dir alles Gute.« Kurz hatte sie den Eindruck, er wolle sie zum Abschied noch einmal umarmen, aber dann trat er einen Schritt zurück.

»Mach's gut, Julia. Leb wohl.« Er drehte sich um und ging ins Haus, und sie atmete die Luft aus, die sie angehalten hatte, ohne es zu merken.

Auf dem Weg zum Auto füllten sich ihre Augen mit Tränen. Auch wenn sie die Trennung gewollt hatte, war es trotzdem traurig.

Sie stieg ein, startete den Motor und setzte rückwärts aus der Einfahrt.

»Wie geht es dir?«, erkundigte sich Tim nach einer Weile. Ganz in ihre Gedanken versunken, hatte Julia minutenlang geschwiegen. Sie bereute die Trennung zwar nicht, fühlte sich aber dennoch schuldig, weil sie Kyles Gefühle nicht in gleicher Stärke hatte erwidern können. Sie hatte es versucht, doch es hatte einfach nicht gereicht.

»Ich bin schon okay. Trennungen sind immer scheiße, auch wenn man selbst diejenige ist, die sich getrennt hat.«

»Das stimmt. Aber Kyle wird schon klarkommen. Und du auch.«

Sie lächelte und bekam gleichzeitig einen Schluckauf, worüber sie beide lachen mussten. »Danke. Ich weiß, dass es etwas Zeit braucht. Wahrscheinlich hätte ich Kyle schon viel früher eine Erklärung geben müssen, denn so war es für ihn bestimmt frustrierend. Aber ich hatte nun mal keine Erklärung. Es passte einfach nicht mehr. Er hat schon bald nach Beginn der Beziehung von Liebe gesprochen, und ich hatte immer gehofft, ihn in seinen Gefühlen einzuholen. Das ist dann nicht passiert, und irgendwann habe ich eingesehen, dass es auch nie passieren wird. Das war ziemlich blöd.«

»Was war blöd?«

»Woher soll man wissen, ob die Liebe noch kommt? Ich habe es versucht. Ich habe es wirklich versucht.«

Tim schwieg eine ganze Weile. Als er dann wieder sprach, spürte sie seinen Blick auf sich ruhen, während sie konzentriert auf die Straße sah. »Ich glaube nicht, dass es mit der Liebe so schwer sein sollte. Es sollte nicht so lange dauern, bis man merkt, ob man jemanden liebt. Ich denke, die meisten Leute merken das viel früher und ringen dann mit dem Gefühl, weil sie glauben, dass es zu schnell ging.«

Julia lachte auf. »Hm, vermutlich hast du recht.«

Sie wandte ihm kurz ihr Gesicht zu, und er schenkte ihr ein zuversichtliches Lächeln. »Mach dir deswegen keinen Druck. Er war einfach nicht der Richtige. Der ist immer noch irgendwo da draußen.« Einen Moment später fügte er hinzu: »Vielleicht kennst du ihn ja auch schon.«

Julia wurde lockerer. In Tims Gegenwart fühlte sie sich immer sehr wohl. Sie verbrachte gern Zeit mit ihm. »Ach, da mache ich mir gar keine Sorgen. Ich habe nicht vor, mich gleich wieder in eine neue Beziehung zu stürzen.«

»Na, das klingt doch gut. Häng einfach mit deinen Freunden

ab und amüsier dich. Genieß den restlichen Sommer.« Sie bremste an der nächsten Ampel ab und sah Tim an. Sein Blick war warm und freundlich, und sie bemerkte zum ersten Mal die feinen Lachfältchen um seine Augen und seinen Mund, als er lächelte.

Julia atmete tief durch und fühlte sich tatsächlich leichter und freier. »Das werde ich. Bestimmt.« Sie freute sich schon darauf, weitere Sommertage mit guten Freunden zu verbringen – wie Tim einer war.

40. Kapitel

»Also, das New-York-Wochenende ist gesetzt. Kannst du dann am Freitag zu uns stoßen? Und ich könnte am Sonntag mit dir zum Cape zurückreisen und eine Woche bleiben«, schlug Beth vor.

Caitlin saß am Montagnachmittag gerade entspannt mit einem Buch auf der Veranda ihrer Großmutter, als Beth anrief.

»Ich muss noch mal nachfragen, wer in der Arbeit für mich einspringen kann, aber das sollte klappen. Solange du nicht erwartest, dass ich dann jeden Tag von morgens bis abends für dich Zeit habe. Wenn ich am Wochenende weg bin, kann ich unter der Woche nicht mehr so viel freinehmen.«

»Na, aber abends wirst du doch freihaben, oder? Und du hast gesagt, ihr schließt immer um drei? Dann kannst du zu mir an den Strand kommen.«

Caitlin lachte. »Perfekt. Ich kläre das alles und sehe euch dann am Freitag in Manhattan.«

*

Am Freitag fuhr ihre Großmutter sie in ihrem neuen Mini Cooper nach Hyannis. Sie war ganz aufgeregt, eine längere Fahrt zu unternehmen, und Caitlin musste zugeben, dass es ein wirklich niedliches Auto war. Vor ihrem Flug gingen sie noch mittagessen am Hafen und sahen den Fähren und allen anderen Schiffen und Booten zu, während sie sich einen Teller mit gebratenen Muscheln und ein Hummerbrötchen teilten.

»Es ist eine Million Jahre her, seit ich zuletzt in Manhattan war«, sagte ihre Großmutter, als sie schließlich am Flughafen vor das Terminal fuhr. »Und ich wette, es ist jetzt noch größer und aufregender als damals. In dieser Stadt pulsiert eine Energie, wie ich sie sonst nirgendwo erlebt habe. Ich freue mich schon auf alles, was du mir dann erzählen wirst.«

»Vielen, vielen Dank, Grammy. Ich werde ganz viele Fotos machen, und Beth und ich werden dir hinterher haarklein Bericht erstatten.«

»Ich bin dann am Sonntag wieder hier und hole euch ab.«

Caitlin drückte ihre Großmutter und gab ihr einen Abschiedskuss, dann schnappte sie sich ihren kleinen Koffer und zog los. Der Flug mit JetBlue war der einzige ohne Zwischenstopp und dauerte nur etwas über eine Stunde. Um Viertel vor drei flog sie los und war um zehn vor vier schon am Kennedy Airport.

Dort nahm sie sich ein Taxi, und bei dem dichten Verkehr dauerte es eine ganze Stunde, bis sie das Hotel in Midtown Manhattan erreichte. Sie starrte aus dem Fenster auf die Massen von Menschen, die unterwegs waren, und auf die imposant hohen Gebäude. Alles war hier so viel größer und quirliger als in Boston.

Ihr Hotel, das *Marriott Marquis*, lag mitten in der Stadt am Times Square – eine ideale Lage. Beth hatte alles gebucht und gemeint, die Zimmer seien für New Yorker Verhältnisse recht groß. Sie und Caitlin teilten sich ein Zimmer, und Meghan und Ashley ebenfalls. Ein freundlicher junger Mann an der Rezeption sagte ihr, dass Beth und die anderen bereits eingecheckt hätten. Er gab Caitlin eine Zimmerkarte und wies ihr den Weg zu den Aufzügen.

Bei so vielen Fahrstühlen musste sie nicht lange warten und fuhr in die 23. Etage. Das Hotel war riesig und hatte noch doppelt so viele Stockwerke. Caitlin ging noch einen langen Flur hinunter, dann öffnete sie ihre Zimmertür. Beth quietschte vergnügt und lief ihr entgegen, um sie zu umarmen.

»Wir sind gerade mal vor einer Viertelstunde angekommen,

und sie haben uns als Upgrade zwei Zimmer direkt nebeneinander gegeben. Mit Verbindungstür. Toll, oder? Jetzt haben wir überlegt, wo wir essen gehen sollen.«

Caitlin stellte ihren Koffer ab und folgte Beth in das angrenzende Zimmer, in dem Ashley und Meghan mit einem Stapel altmodischer Restaurant-Flyern zwischen ihnen auf einem der Betten saßen. Sie sprangen auf, um Caitlin zu begrüßen, dann fläzten sie sich wieder aufs Bett.

»Was hat der nette Mann an der Rezeption denn empfohlen?«, wollte Beth wissen.

»Ernie meinte, hier gibt es viele gute Restaurants in der Nähe. Er hat uns diesen Stapel in die Hand gedrückt, aber gleich gesagt, uns könnte bestimmt das *Becco* am besten gefallen. Das liegt fußläufig in der Restaurantmeile«, sagte Ashley.

»Er hat uns insbesondere die Pasta empfohlen«, fügte Meghan hinzu.

Sie beschlossen also, gleich dorthin zu gehen und am nächsten Abend in ein anderes Lokal. Tagsüber wollten sie eine Broadway-Show besuchen und hofften, am Ticket-Kiosk am Times Square günstige Restkarten im Last-Minute-Angebot zu ergattern.

»Wir sollten Peter anrufen, ob er sich auf einen Drink mit uns treffen möchte. Willst du ihm Bescheid geben, Caitlin? Oder soll ich?«, fragte Meghan.

Caitlin überlegte nicht lange. »Ruf du ihn an. Du kennst ihn viel besser als ich.« Sie wollte nicht übereifrig wirken.

Meghan rief Peter an, und obwohl sie seinen Anteil am Gespräch nicht hören konnte, hatten Caitlin den Eindruck, dass es mit dem Treffen nachher klappen würde. Sobald Meghan aufgelegt hatte, berichtete sie.

»Er muss heute länger arbeiten, deshalb kann er nicht zum Essen dazukommen, aber er will uns hinterher auf einen Drink treffen. Allerdings kann er dann nicht allzu lange bleiben, weil er heute später am Abend noch etwas vorhat. Und morgen Abend auch.«

»Na ja, aber das passt doch prima. Zumindest sehen wir ihn kurz«, sagte Beth.

»Und Caitlin hat noch mal die Chance, einen guten Eindruck zu hinterlassen.« Meghan blickte zuversichtlicher drein, als Caitlin sich fühlte. Auf jeden Fall freute sie sich, dass Peter sie treffen wollte.

Danach machten sie einen Stadtbummel. Meghan führte sie zu 260 Sample Sale an der Fifth Avenue, nördlich des Madison Square Park. Sie liefen fast eine halbe Stunde zu Fuß, aber das war es auch wert. Der »Designer des Tages« war Rag and Bone, und sie stöberten mit Hochgenuss durch Kleider, Schuhe und Handtaschen. Alle fanden etwas Hübsches, und Caitlin freute sich riesig über ihr Schnäppchen: eine Zweihundert-Dollar-Jeans, die sie für nur dreißig Dollar ergattert hatte.

Auf dem Weg zurück ins Hotel gingen sie noch in den M&M-Laden am Times Square. Das Schokoladengeschäft lag in einem enorm hohen Gebäude und erstreckte sich über mehrere Etagen mit hübschen und leckeren Schokoladenvariationen. Nachdem sie etwas zum Naschen geholt hatten, kehrten sie in ihre Unterkunft zurück, um zu duschen und sich für das Essen umzuziehen.

Das Restaurant war tatsächlich so gut, wie Ernie angekündigt hatte. Sie bestellten alle das Gleiche: das Drei-Pasta-Spezialmenü mit einem Caesar Salad als Vorspeise. Da Ashley sich am besten mit Weinen auskannte, überließen sie ihr die Entscheidung, und sie wählte einen Amarone, den Caitlin noch nie getrunken hatte: ein samtweicher, köstlich fruchtiger Rotwein.

Die Pasta war phantastisch. Die drei Sorten wurden jeden Abend unterschiedlich zusammengestellt, wie der Kellner erklärte. Außerdem konnten sie so viel Nachschlag bekommen, wie sie wollten. Heute gab es Spaghetti mit Tomaten und frischem Basilikum, Orechiette mit Weißkohl und Speck und Grieß-Gnocchi mit Grana Padano in Sahnesoße. Alle drei schmeckten hervorragend, aber die Orechiette mochte Caitlin am liebsten.

Immer wieder kamen Kellner mit den verschiedenen Nudelgerichten an den Tischen vorbei, und die vier ließen sich jeweils eine zweite Portion geben. Wären sie danach nicht so satt gewesen, hätten sie gern noch ein drittes Mal zugelangt. Für ein Dessert war kein Platz mehr, und sie verzichteten auch gern auf das Taxi und gingen lieber zu Fuß zu ihrem Treffen mit Peter.

Weit war es ohnehin nicht, denn sie waren in der Piano-Bar *Rum House* des *Edison Hotels* an der 47th Street verabredet. Mit der auf Hochglanz polierten Holztheke, dem gedimmten Licht und der dezenten Live-Jazzmusik wirkte die Bar überaus edel. Es war brechend voll, und trotzdem hatte Peter einen Tisch in der Ecke für sich. Er unterhielt sich gerade mit der Bedienung, einem hübschen jungen Mädchen im College-Alter. Als er Meghan sah, winkte er ihr zu, und nach der allgemeinen Begrüßung setzten sie sich an seinen Tisch, Meghan rechts von ihm, und Beth schubste Caitlin dezent an seine linke Seite.

»Wartest du schon lange?«, wollte Meghan wissen.

»Nein, ich bin vor fünf Minuten erst gekommen. Kylie war so lieb, mir diesen Tisch zu reservieren.«

»Tja, du gehörst ja auch zu unseren Lieblingsgästen«, meinte Kylie und zwinkerte ihm zu. Dann blickte sie in die Runde. »Was möchtet ihr trinken? Falls ihr das erste Mal hier seid, empfehle ich unsere Rum-Cocktails – Trader Nic's Mai Tai, Ananas-Daiquiri und Hotel Nacional sind meine Lieblingsdrinks. Wenn ihr Ingwer und Zimt mögt, ist der Tortuga auch sehr lecker.«

Meghan sah auf Peters Glas. »Was ist das da?«

»Ich trinke als Erstes immer Nic's Mai Tai. Damit macht man nichts verkehrt.«

Meghan nickte. »Den nehme ich auch.«

Ashley und Beth bestellten Ananas-Daiquiris, und Caitlin beschloss, den Tortuga zu probieren.

»Und? Wie gefällt euch New York bisher?«, wollte Peter wissen.

»Es ist herrlich«, sagte Meghan. Sie erzählte von ihrer nachmittäglichen Schnäppchenjagd und schwärmte vom Essen im *Becco*.

Er lachte. »Eine Schnäppchenjagd habe ich zwar noch nie gemacht, aber bei *Becco* war ich schon mehrmals. Ein günstig gelegenes Lokal, wenn man danach in eine Show gehen will.«

»Das machen wir dann morgen – hoffentlich«, sagte Caitlin.

Kylie brachte ihre Cocktails, und als alle verteilt waren, hob Peter sein Glas. »Auf euer tolles Wochenende in Manhattan«, sagte er, und sie stießen darauf an.

»Arbeitest du freitags immer so lang?«, erkundigte sich Meghan.

Peter nickte. »Nicht immer, aber meistens. Ich muss zwar viele Überstunden machen, aber ich liebe meinen Job. Unsere Fonds fahren gerade Rekorderträge ein.« Er grinste. »Das bedeutet, dass wir alle gerade viel Geld verdienen. Unsere Chefs haben uns für morgen zum Abendessen zu sich eingeladen – das wird bestimmt bombastisch. Sie haben einen Privatkoch und einen hervorragend bestückten Weinkeller. Da gibt es ein paar Flaschen, die Tausende kosten.«

»Wow, das kling phänomenal«, sagte Ashley. Caitlin trank gerne Wein, aber ihr war unbegreiflich, wie eine Flasche Tausende Dollar kosten konnte. Es schien ihr übermäßig extravagant, war aber wohl für reiche Leute nichts Besonderes. Beth hatte ihr erzählt, dass einige dieser Hedgefonds-Manager Millionen verdienten, wenn ihre Fonds gut angelegt waren. Normalerweise bekamen sie einen festen Prozentsatz der investierten Gelder als Verwaltungsgebühr und zusätzlich noch zwanzig Prozent der Erträge. Es war unvorstellbar.

»Gefällt es dir hier in der Stadt? Vermisst du Charleston überhaupt nicht?«, fragte Caitlin.

»Klar vermisse ich Charleston auch einmal. Aber hier gefällt es mir besser, als ich anfangs gedacht hätte. Ich liebe die Energie, die in dieser Stadt herrscht. Alles ist schneller und größer, das finde ich aufregend und auch herausfordernd. Irgendwas ist immer los, egal, um welche Uhrzeit.« Er lächelte. »Charleston hat gute Lokale und auch ein reges Nachtleben, aber mit Manhattan kann es nicht mithalten. Hier gibt es alles, was man sich nur vorstellen kann.« Sein Gesicht leuchtete beim Erzählen, und seine Energie war ansteckend. Caitlin warf einen kurzen Blick auf ihre Freundinnen. Alle saßen in seine Richtung geneigt und hingen ihm an den Lippen. So wie diese Stadt war auch Peter faszinierend – das war er immer schon gewesen. Es hatte nie ein Zweifel bestanden, dass er es weit bringen würde.

Kylie sah wieder bei ihnen vorbei. Caitlin hatte kaum etwas von ihrem Cocktail getrunken, denn sie war immer noch satt vom Abendessen. Aber die Süße des Rums kombiniert mit der würzigen Schärfe von Ingwer und Zimt schmeckte köstlich. Kylie hielt ein Glas mit Eiswürfeln in der einen und eine Flasche unbekannten Inhalts in der anderen Hand. Sie deutete damit auf Peters fast leeres Glas. »Bist du bereit für den 21er?«

Peter nickte. »Sehr gern.« Kylie stellte das Glas auf den Tisch und schenkte großzügig und schwungvoll ein. Es war offensichtlich, dass Peter dieser dramatische Touch gefiel.

Er blickte in die Runde. »Dies ist ein spezieller, äußerst hochwertiger Rum – El Dorado 21. So heißt er, weil er einundzwanzig Jahre lang gereift ist. Normalerweise fange ich mit einem Mai Tai an und gehe dann dazu über.« Er hob sein Glas, trank einen Schluck und schloss genießerisch die Augen. Als er sie wieder öffnete, sah er Caitlin an und lächelte.

»Ich erinnere mich, dass du gesagt hast, du wärst noch nie hier gewesen. Wie findest du es denn bisher?«

»Es ist größer, als ich es mir vorgestellt hatte. Und es ist viel mehr los. Alle scheinen es furchtbar eilig zu haben.«

Er lachte. »Das war auch mein erster Eindruck. Und es stimmt tatsächlich.«

Die anderen hatten ein paar Fragen, und Peter erzählte ihnen Geschichten aus seinem Leben in der Stadt und von seinem Job. Für Caitlin klang das alles ziemlich stressig, aber es war offensichtlich, dass es ihm so gefiel. »Wir arbeiten viel«, sagte er, »im Durchschnitt wahrscheinlich um die siebzig Stunden pro Woche, aber das machen hier alle so.«

Sein Handy vibrierte, und er las kurz eine Nachricht. Dann runzelte er die Stirn.

»Tut mir leid, aber ich muss los. Das war mein Kumpel Dave, der gefragt hat, wo ich bleibe. Er wohnt nicht weit entfernt, und alle außer mir sind jetzt da – wir haben Pokerabend.« Er winkte Kylie und bat um die Rechnung. »Und bitte noch eine Runde für die Damen.« Nach einem weiteren Schluck aus seinem Glas schob er den Rest beiseite.

Kylie kehrte mit einer weiteren Getränkerunde zurück, und Peter zahlte alles mit seiner Kreditkarte. Bevor er aufstand, wandte er sich an Caitlin. »Sind wir immer noch am Labor-Day-Wochenende im *Beachcomber* verabredet?«

»Ja, natürlich. Ich freue mich schon darauf.«

»Prima, ich ruf dich an, wenn ich dort bin. Wir fliegen Freitagabend, dann werden wir Samstag oder Sonntag hingehen.«

»Klingt gut.«

Peter trank einen letzten Schluck, stand auf und verließ die Bar.

»Na, das lief doch super«, sagte Meghan. »Ich bin froh, dass es

geklappt hat. Und dich will er unbedingt wiedersehen, Caitlin –
das freut mich für dich.«

»Stell dir vor, es wird was draus und du ziehst hierher!«, sagte
Ashley.

»Ich bin nicht sicher, ob mir diese Vorstellung gefällt«, gestand Beth. »Aber ich freue mich natürlich für dich, dass ihr
euch wiederseht. Peter ist ein guter Fang.«

Caitlin lachte. »Ich weiß nicht, ob ich hier leben möchte, und
ich halte es für viel zu früh, jetzt schon darüber nachzudenken.
Aber es wird bestimmt schön, ihn auf dem Cape zu treffen.«
Sie war nicht sicher, ob Peter der richtige »Fang« für sie wäre –
immer vorausgesetzt, er hatte an ihr überhaupt Interesse. Er
lebte in einer ganz anderen Welt. Ihre Freundinnen waren hin-
gerissen von ihm, weil er alles in sich vereinte, was auch sie an-
strebten – Geld, Prestige und Ansehen. New York passte perfekt
zu Peter, doch obwohl Caitlin ihre Zeit hier genoss, sehnte sie
sich schon wieder nach dem Cape und der Ruhe. Sie fühlte sich
dort mehr zu Hause als hier. Vielleicht sogar schon mehr zu
Hause als in Charleston, wie sie gerade verwundert feststellte.

*

Die restliche Zeit flog nur so vorüber. Am folgenden Tag besuchten sie eine Broadway-Show, zu der sie äußerst günstige Karten erwischt hatten, und gingen noch einmal gut essen.
Am Sonntagmorgen frühstückten sie gegenüber vom Hotel
in *Junior's Restaurant*, und Caitlin erstand zwei ihrer berühmten
Käsekuchen als Mitbringsel für ihre Mutter und ihre Großmutter.

Kurz vor dem Boarding schickte sie ihrer Großmutter eine
Nachricht, und als sie etwas über eine Stunde später in Hyannis landeten, erwarteten sie die beiden Frauen mit ihrem Mini

Cooper. Sobald sie im Auto saßen und unterwegs waren, sah ihre Großmutter sie an. »Okay, ich bin bereit. Jetzt erzählt mal von eurer Reise. Ich will alles hören.«

41. Kapitel

»Jetzt verstehe ich, warum du es hier so liebst«, sagte Beth. Sie und Caitlin lagen am späten Freitagnachmittag in Chatham am Strand. Beth hatte fast den ganzen Tag dort verbracht, und Caitlin war nachgekommen, sobald sie den Coffee Shop geschlossen hatte.

»Danke. Es war wirklich schön, den ganzen Sommer hier zu verbringen. Ich habe das vorher nie zu schätzen gewusst. Ich kann nicht glauben, dass du morgen schon wieder abreist.«

Die Woche war wie im Flug vergangen, und es hatte Spaß gemacht, mit Beth zusammen Touristin zu spielen. Caitlin hatte sie zu all ihren Lieblingsplätzen mitgenommen, und einmal waren sie zum Shoppen nach Orleans gefahren. Und zum Lunch hatte Caitlin ihr die Krabben-Tacos bei *Guapo's* präsentiert.

Sie gingen auch abends ein paarmal essen oder auf einen Drink in ein Lokal. Julia war Anfang der Woche einmal mitgekommen und traf sie auch heute Abend, zusammen mit Tim, Sue, Kevin und Jason. Sie wollten im Park ein Livekonzert besuchen. Von der Stadt gesponsert, traten den ganzen Sommer über freitags immer Bands auf, was ein wunderbares Ereignis für die ganze Familie von jung bis alt war und entsprechend gut besucht. Es sollte warm und trocken bleiben und damit ein richtig schöner letzter Abend für Beth, wie Caitlin fand. Außerdem freute sie sich, dass sie nun auch ein paar ihrer neuen Freunde kennenlernen würde, insbesondere Jason, und war neugierig, was Beth wohl von ihm hielt.

»Ich verlasse dich nur ungern, aber ich kriege allmählich Heimweh und vermisse auch meinen Mann ein bisschen, wie ich zugeben muss«, sagte Beth.

»Glaubst du, Spencer würde es hier gefallen?«

»Wenn ich ihn jemals von seinem Golf wegkriegen würde, bestimmt. Ich glaube, es würde ihm hier sogar sehr gefallen. Wenn wir weit genug im Voraus planen, könnten wir im nächsten Sommer vielleicht eine Woche zusammen herkommen – in der Zeit, in der du auch hier bist. Du fährst doch immer im Sommer, oder?«

Caitlin nickte. »Ja, normalerweise schon.«

»Es wird wahrscheinlich davon abhängen, welchen Job du und deine Mutter im nächsten Jahr haben werden. Vielleicht ist ja alles ganz anders als jetzt. Was meinst du: Wird deine Mutter zu einer anderen Kanzlei wechseln? Ich kann mir nicht vorstellen, dass sie in ihre alte Stelle zurückwill, oder?«

»Nein. Ich kann gut verstehen, dass sie die Kanzlei verlassen will. Ich würde auch nicht jeden Tag Linda mit ihrem Babybauch sehen wollen. Ich kann immer noch nicht nachvollziehen, was mein Vater sich dabei gedacht hat. Was ich mir auch nicht vorstellen kann, ist, dass sie zusammenbleiben. Sie ist nur ein paar Jahre älter als ich.«

»Hat er mit dir darüber gesprochen?«

»Nicht so richtig. Nur, dass er Mist gebaut hat. Er wollte noch einmal versuchen, mit meiner Mutter zusammen an der Beziehung zu arbeiten, aber natürlich geht das nicht mehr. Ich glaube, sie will ihre eigene Kanzlei eröffnen.«

Beth sah sie überrascht an. »In Charleston?«

»Natürlich. Wo denn sonst?«

»Stimmt. Ich dachte nur … na ja, du weißt ja, wie die Leute sind. Deine Mutter würde eine etablierte Kanzlei verlassen, die Parkers Vater aufgebaut hat. Alle wissen das. Es könnte eine Herausforderung werden, in Konkurrenz zu gehen.«

Caitlin dachte eine Weile darüber nach. »Ich weiß, dass die Leute sich bei einer Scheidung häufig auf eine Seite schlagen, aber meine Mutter hat auch einen Haufen Bekannte und ist seit über dreißig Jahren im Geschäft. Ich kann mir vorstellen, dass sie das hinbekommt – falls sie sich tatsächlich dazu entscheiden sollte.«

»Ach, sie wird das schon schaffen. Ich persönlich wäre nur zu ängstlich, glaube ich. Aber deine Mutter kriegt das bestimmt gut hin. Hast du schon darüber nachgedacht, in welche Richtung du dich orientieren willst?«

Caitlin seufzte. »Ehrlich gesagt, nein. Ich habe das bisher komplett ausgeblendet und versucht, einfach nur den Sommer zu genießen. Außerdem kann ich ja bezüglich Jobsuche auch erst in Charleston aktiv werden. Auf jeden Fall werde ich erst mal bei der Zeitarbeitsfirma anfangen, manchmal ergeben sich dadurch auch gute Möglichkeiten einer Festanstellung.«

»Falls ich hören sollte, dass bei uns etwas frei ist, lasse ich es dich auf jeden Fall wissen. Allerdings hat unsere Agentur einen großen Klienten verloren und musste vor ein paar Wochen auch Kündigungen vornehmen, sodass ich nicht glaube, dass bald wieder Stellen ausgeschrieben werden.«

»Den Coffee Shop zu führen gefällt mir tatsächlich ziemlich gut. Ich bin nicht sicher, ob es daher kommt, dass er meiner Mutter gehört, oder weil es einfach ein stressfreier Job mit viel Kundenkontakt ist, aber es macht unglaublich großen Spaß. Ich quatsche immer gern mit den Stammkunden, von denen wir inzwischen eine ganze Menge haben.«

Beth schnitt eine Grimasse. »Das mag als Sommerjob ja schön und gut sein, aber hey, du hast studiert. In einem Coffee Shop zu arbeiten scheint mir da eher vergeudete Zeit zu sein. Und du weißt, dass du so was in Charleston nie machen könntest. Vor allem dann nicht, wenn du in die Junior League aufgenommen werden willst.«

Caitlin dachte darüber nach. »Ja, wahrscheinlich würden die dort so eine Art von Arbeit für unter ihrem Niveau halten.«

Beth lachte. »Absolut. Und das ist sie ja auch tatsächlich, wie du selbst sicher weißt. Du hast Spaß, bist in Urlaubsstimmung ... Wenn du wieder nach Charleston kommst, kannst du dich darauf konzentrieren, eine richtige Arbeit zu finden.«

»Genau.« Die Vorstellung, nach Charleston zurückzukehren und wieder in das Hamsterrad der Jobsuche und der Zeitarbeit einzusteigen, fand Caitlin regelrecht deprimierend. Aber Beth hatte recht. Der Job jetzt bereitete ihr wahrscheinlich nur deshalb solchen Spaß, weil sie ihn vorübergehend machte und dabei ihrer Mutter und Alison aushalf. Außerdem fühlte es sich gut an, dass sie gebraucht wurde und dazu beitragen konnte, dass das Unternehmen Erfolg hatte. Aber vielleicht hatte sie ja demnächst in Charleston mehr Glück und würde über die Agentur einen tollen Job finden.

42. Kapitel

»Danke, Tim. Das ist wirklich lieb von dir. Ich wollte Jason wegen so einer Kleinigkeit nicht belästigen.« Julias Toilette hörte nicht auf zu laufen, wenn sie abzog, und es machte sie allmählich wahnsinnig. Um den Zulauf zu stoppen, musste sie immer wieder leicht den Hebel drücken, und manchmal vergaß sie es auch, wenn sie das Haus verließ, sodass das Wasser immer noch lief, wenn sie wieder zurückkam.

Sie hatte Jason anrufen wollen, es aber immer wieder aufgeschoben. Und nun war Tim sie abholen gekommen, weil sie sich mit den anderen im Park treffen wollten und er nur ein paar Straßen weiter wohnte, und als er das Problem bemerkt hatte, hatte er sofort angeboten, es sich genauer anzusehen.

»Das war eigentlich ganz unkompliziert, und ich denke nicht, dass Jason sauer sein muss, weil ich ihm Arbeit weggenommen habe. Dein Schwimmer war nicht mehr richtig positioniert, und ich habe ihn wieder zurechtgerückt, sodass es nun aufhören sollte.« Bevor sie in ihre jeweils eigenen Wohnungen gezogen waren, hatten Jason und Tim eine Weile zusammengewohnt und hatte Tim ein paar handwerkliche Dinge von seinem Freund gelernt.

Fünfzehn Minuten später erreichten sie den Park. Normalerweise ging es schneller, aber auf den Straßen war einiges los, da die Freitagabendkonzerte viele Leute anzogen, Touristen wie Ortsansässige. Julia hatte neulich gelesen, dass bis zu fünftausend Zuschauer erwartet wurden.

Der Plan lautete, zum Konzert im Park ein Picknick zu veranstalten: Jeder sollte einen Klappstuhl und etwas zu essen mitbringen. Julia und Tim holten auf dem Weg ihre Chicken

Wings-Bestellung ab, die anderen wollten Pizza, Knabbersachen und Getränke beisteuern. Sie stellten den Wagen hinter Julias Laden ab und gingen zu Fuß in Richtung Park.

Gleich entdeckten sie Sue und Kevin, die gerade eine große Picknickdecke ausbreiteten. Kurz darauf tauchte Jason mit einem Sixpack Bier und einer Riesenpizza auf, und nicht lange danach trafen Caitlin und Beth ein, die eine Käseplatte mit Crackern dabeihatten sowie eine Flasche Chardonnay von Bread & Butter – Caitlins Lieblingssorte. Sue und Kevin hatten ebenfalls eine große Pizza dabei, und nachdem alle Stühle aufgestellt waren, platzierten sie das Essen in der Mitte und griffen zu.

Caitlin machte Beth mit allen bekannt, denn bisher hatte sie nur Julia getroffen. Beth hatte einen von Julias Armreifen gekauft, den sie heute auch trug. »Ich liebe diesen Armreif«, erklärte sie Julia nach der Begrüßung, »ich muss ihn ständig ansehen. Verkaufst du die auch online? Dann bestelle ich vielleicht noch mehr als Weihnachtsgeschenke.«

Julia freute sich über dieses Lob. Das neue Modell, das Beth gekauft hatte, fand sie selbst wunderschön, und teuer war es auch gewesen. Der Armreif war aus massivem Gold und trug blaue Türkise auf dem unregelmäßigen Wellenmuster.

»Ja, ich verkaufe auch online. Ich stelle immer wieder neue Artikel auf meine Webseite und verschicke sie auch – natürlich versichert.«

»Ich kann dir nachher die Adresse der Webseite geben«, bot Caitlin an.

»Was arbeitet ihr anderen eigentlich?«, wollte Beth irgendwann wissen. »Caitlin hat mir erzählt, auf dem Cape gebe es viele Jobs in der Tourismusbranche, aber viele Einwohner würden bis nach Boston fahren, weil sie nur dort Arbeit gefunden haben.«

»Ich bin Steuerberater«, antwortete Tim. »Eine Steuererklärung muss jeder machen, und ich arbeite für viele Firmen hier auf dem Cape, also Hotels und Restaurants, aber auch für Einzelpersonen.«

»Ich hab früher mal im Finanzwesen gearbeitet, aber das habe ich vor ein paar Jahren aufgegeben und ein Familienunternehmen übernommen«, sagte Jason. »Ich bin Klempner – die werden auch immer gebraucht.«

»Und Kevin und ich sind nicht nur privat, sondern auch geschäftlich verpartnert«, meldete Sue sich zu Wort. »Wir sind freiberufliche Immobilienmakler.«

Beth hatte zu allem zwar freundlich genickt, trotzdem hatte Caitlin den kurzen Ausdruck der Geringschätzung auf ihrem Gesicht bemerkt, als Jason das Wort »Klempner« gesagt hatte. Caitlin mochte ihre Freundin sehr, aber manchmal konnte die auch ein ganz schöner Snob sein.

»Und was machst du?«, erkundigte sich Sue.

Beth lehnte sich vor und strahlte. So wie Peter fand auch sie ihre Arbeit großartig und redete nur zu gern darüber. »Ich arbeite in der größten Marketing-Agentur von Charleston. Caitlin war früher auch dort.«

Caitlin schnitt eine Grimasse. »Das stimmt. Bis ich gefeuert wurde, weil ein wichtiger Kunde abgesprungen war.« Es war das einzige Mal gewesen, dass sie überhaupt nichts für ihre Entlassung gekonnt hatte. Im Gegenteil, alle hatten ihre Arbeit immer geschätzt und gelobt, aber der Kunde war mit seinem Unternehmen weggezogen. Dadurch war ihr Aufgabenbereich weggefallen.

Beth sah sie mitfühlend an. »Das passiert oft, wenn Agenturen einen Kunden verlieren. Dann ist es einfach Pech, wenn man zu dem Team gehört, das diesen Kunden betreut hat.«

»Die Arbeit im Coffee Shop scheint dir sehr zu liegen, vielleicht könntest du in Charleston ja was Ähnliches machen«, schlug Jason vor.

»Ich bin mir sicher, dass Caitlin etwas Besseres finden kann«, sagte Beth sofort. Es entstand eine unangenehme Stille, bevor Jason weitersprach.

»Ich hätte auch nie gedacht, dass mir die Klempnerarbeit liegt. Ich habe vorher BWL studiert. Manchmal dauert es eine Weile, bis man erkennt, was zu einem passt.«

Beth sah aus, als wollte sie erneut widersprechen, also warf Caitlin schnell ein: »Wahrscheinlich werde ich mich wieder bei der Zeitarbeit anmelden und kann dann verschiedene Jobs ausprobieren. So ergibt sich hoffentlich etwas Interessantes.«

»Ja, ganz bestimmt«, sagte Jason. »Will noch jemand Pizza? Da ist noch jede Menge mit Salami übrig.« Er winkte mit der Schachtel, und Caitlin nahm sich ein Stück.

Das Konzert begann um kurz nach acht, und sie machten es sich bequem, um zu lauschen. Caitlin fing Jasons Blick ein, und er lächelte ihr zu, bevor er sich der Band zuwandte. Es hatte ihr gefallen, dass er seinen Kommentar abgegeben und dann das Thema gewechselt hatte, bevor die Situation unangenehm wurde. Außerdem fiel ihr auf, dass er noch attraktiver aussah als sonst. Er war gebräunter – vermutlich, weil er in letzter Zeit häufiger angeln ging – und trug ein rotes Poloshirt, das hervorragend zu seinen dunklen Haaren passte. In Charleston kannte sie keinen auch nur halbwegs so interessanten Mann – abgesehen von Peter, der aber eigentlich nicht mehr in Charleston lebte.

Ihre Freundinnen fanden ihn vielversprechend, aber Caitlin war nicht überzeugt. Sie mochte ihn gern und war natürlich beeindruckt von seiner Karriere und seinem Wohlstand, aber sie hatten noch kein richtiges Date gehabt, und ihr schwante, dass Peter eine reiche Auswahl an Frauen zum Ausgehen an der Hand hatte. Außerdem sah sie sich auch nicht in New York. Sie konnte Marcys Beweggründe nachvollziehen, sich zu trennen. Es war eine tolle Stadt, aber sie war auch anstrengend, und

Caitlin fühlte sich in einer kleineren Stadt wie Charleston oder in einer sogar noch kleineren wie Chatham viel wohler.

Sie konnte sich tatsächlich vorstellen, in einem Vorort von Charleston zu wohnen, je nachdem, wo sie eine Arbeitsstelle fand. Allerdings stresste sie der Gedanke an ihre Zukunft, daher wollte sie für den Rest ihrer Zeit in Chatham so wenig wie möglich darüber nachdenken.

Es war ein schöner Abend, warm mit einer lauen Brise, und die Band spielte eine große Bandbreite an Musik, sodass das Publikum aller Altersstufen zum Tanzen aufstanden. Kurz nach halb zehn war dann Schluss. Caitlin und Julia sammelten den Abfall zusammen, und Caitlin und Jason trugen ihn zum nächsten Mülleimer. Auf dem Rückweg zur Gruppe wurde er plötzlich langsamer und sah sie ernst an.

»Lass dich nicht von dem verrückt machen, was Beth gesagt hat. Wenn dir die Art von Arbeit gefällt, die du gerade machst, dann mach sie ruhig weiter.« Er lächelte. »Du könntest dich auch einfach entscheiden hierzubleiben – das ist immer eine Möglichkeit. Hattest du nicht gesagt, deine Mutter sucht neue Mieter für die Wohnung über dem Café? Wie wäre es, wenn du dort einziehst?«

Caitlin blieb stehen und dachte über seine Worte nach. Sie hatte Fotos von der Wohnung gesehen, und sie war wirklich hübsch – die perfekte Größe für eine Einzelperson. Ihr Arbeitsweg wäre damit ebenfalls perfekt. Aber das würde bedeuten, nicht wieder nach Charleston zurückzukehren, und das kam nicht in Frage.

»Ich muss zugeben, das klingt sehr verlockend. Aber Beth hat recht. Ich mache hier quasi nur Urlaub, und wenn der vorbei ist, muss ich wieder nach Hause und in meine Realität zurück – und einen richtigen Job finden.«

*

Am nächsten Morgen brachte Caitlin ihre Freundin nach Hyannis, damit sie ihren Heimflug antreten konnte. Vor dem Terminal umarmte Beth sie noch einmal. »Das war wirklich eine tolle Woche – danke noch mal für die Einladung. Jetzt kann ich verstehen, warum es dir hier so gut gefällt. Ich werde Spencer auf jeden Fall überreden, dass wir nächsten Sommer zusammen herkommen.«

»Ja, es war eine wunderbare Woche. Auch meinen ersten Besuch in New York fand ich beeindruckend.«

»Ich wusste, es würde dir gefallen. Aber jetzt kann ich es kaum erwarten, dass du wieder nach Charleston zurückkommst.«

Caitlin sah ihr nach und winkte, als Beth sich noch einmal umdrehte. Die Woche hatte Spaß gemacht, aber jetzt freute Caitlin sich auch wieder auf mehr Ruhe und Stille. Auf einmal verstand sie ihre Mutter, die immer sagte, sie habe liebend gern Besuch, sei aber jedes Mal froh, wenn er wieder abreiste, sodass sie das Haus für sich hätte.

43. Kapitel

»Wir haben heute Abend Besuch«, kündigte Jess' Mutter an, als sie mit ihrem Überraschungsgast ins Haus kam: Ryan Oliphant. Jess ließ fast den Holzlöffel in ihr Risotto fallen. Sie hatte nicht einmal gewusst, dass ihre Mutter Ryan kannte.

Lächelnd betrat Ryan die Küche. Jess bereitete gerade einen großen Topf Risotto mit Hühnchen und Pilzen zu, und Caitlin rieb den frischen Parmesan, den sie am Ende unterrühren wollte.

»Ich weiß, ich komme unangemeldet. Ich kann auch gern nur auf ein Bier bleiben und dann wieder fahren.«

»Ach, Unsinn. Wir haben genug zu essen. Caitlin, schenk Ryan mal ein Glas Wein ein – oder magst du lieber Bier? Ich glaube, das haben wir hier auch noch irgendwo.« Ihre Mutter öffnete den Kühlschrank, um nachzusehen.

»Wein ist gut, danke.«

Caitlin schenkte ihm ein Glas Chardonnay ein, während Jess' Mutter erzählte, dass sie sich auf der Pier über den Weg gelaufen seien. »Ryan hat dort geangelt, und ich wollte sehen, ob ich die Blaureiher, die manchmal an den Felsen zu sehen sind, für ein Foto erwische. Leider hatte ich heute kein Glück, dafür habe ich ein paar schöne Fotos vom Hafen gemacht.«

»Ich kenne deine Mutter aus dem Geschäft«, fügte Ryan zu Jess gewandt hinzu.

»Ja, genau. Er hat mir von eurem Unfall erzählt, und ich dachte, das mindeste, womit wir den Schaden an seinem Wagen kompensieren können, ist doch wohl ein Essen.« Die Augen ihrer Mutter leuchteten, und Jess stöhnte innerlich über diesen sehr offensichtlichen Versuch, sie zu verkuppeln.

»Ich habe ihr natürlich gesagt, dass das vollkommen unnötig ist«, sagte Ryan.

»Was ist mit deinem Van? Konntest du ihn reparieren lassen?« Jess fühlte sich immer noch schuldig.

»Ja. Ich habe ihn zur Werkstatt eines Freundes abschleppen lassen. Es war nur ein kleiner Schaden. Er hat ihn ausgebeult, und jetzt ist er wieder so gut wie neu.«

»Na, das sind ja wunderbare Nachrichten«, sagte ihre Mutter freudestrahlend.

Das Risotto war fast fertig. Caitlin gab den geriebenen Parmesan in den Topf, Jess fügte noch einen Schwung Brühe und einen Klacks Butter hinzu und rührte alles unter. Sie hatte die Reste vom letzten Brathühnchen verwendet – es war eines ihrer Lieblingsrezepte für Essensreste. Mit cremigem Käserisotto schmeckte alles hervorragend.

»Lasst uns auf der Veranda essen«, schlug ihre Mutter vor.

Jess füllte für jeden einen Teller, und sie nahmen das Essen und den Wein nach draußen.

Ihre Mutter tat so, als seien sie und Ryan die besten Freunde, und sie ermunterte ihn, von sich zu erzählen.

»Du bist hier nicht aufgewachsen, aber schon ziemlich früh hierhergezogen, wenn ich mich richtig erinnere. Stimmt das? Nach dem College, oder? Wie kam das eigentlich?«

»Ich bin in New Jersey groß geworden, aber ich habe mit der Familie jeden Sommer hier Urlaub gemacht. Nach dem College nahm ich einen Ferienjob bei einem Austernfischer an – ich wollte noch einen schönen Sommer haben, bevor ich im Herbst mit der Jobsuche anfangen würde.«

»Was wolltest du beruflich denn machen?«, erkundigte sich Caitlin.

»Ich hatte keine konkreten Pläne. Ich habe Geisteswissenschaften studiert, und viele meiner Freunde haben Jobs im Finanzwesen angenommen, etwa Kundenbetreuung oder Buchhaltung oder dergleichen, und ich dachte, so etwas könnte ich auch machen. Aber dann bot sich unerwartet eine andere Möglichkeit. Don, mein Boss, wollte sich ein Jahr Auszeit nehmen und um die Welt segeln. Er fragte mich, ob ich mir vorstellen könne, das Geschäft ein Jahr lang zu übernehmen – und dabei mietfrei in seinem Haus zu wohnen, das dann ja leer stünde, seine Katze zu füttern und ein Auge auf das Ganze zu haben.« Er grinste. »Dazu konnte ich natürlich nicht nein sagen.«

»Ja, das klingt cool.«

»Es war ein unglaubliches Jahr. Und weil ich kaum Ausgaben hatte, konnte ich richtig viel zusammensparen. Als Don zurückkam, machte er mir einen Vorschlag. Weil er sich in die Florida Keys verliebt hatte, wollte er dort hinziehen und einen neuen Austernhandel eröffnen. Falls ich Interesse hätte, könnte ich sein Geschäft hier übernehmen. Er machte mir einen guten Preis, und da mir die Arbeit an der frischen Luft inzwischen so gut gefiel, dass ich gar keinen Bürojob mehr antreten wollte, sagte ich zu. Ich nahm einen Kredit auf, konnte einen Teil meiner Ersparnisse für die Abzahlungsraten nutzen, und mein Vater war so lieb, für den Rest zu bürgen. Und hier bin ich nun.«

»Und geschieden ist er auch«, fügte ihre Mutter hinzu. »Jess ist auch bald geschieden – das habt ihr zwei gemeinsam.«

»Hast du Kinder?«, wollte Jess wissen.

»Ich habe einen Sohn. Der interessiert sich allerdings nicht für die Austernfischerei. Er ist Rektor der hiesigen Highschool.«

Jess fragte sich, ob seine Exfrau wohl noch in der Nähe wohnte und warum sie sich hatten scheiden lassen. Aber sie traute sich nicht zu fragen.

»Ann wohnt jetzt weiter im Süden, oder?«, fragte ihre Mutter, als hätte sie ihre Gedanken gelesen.

»Ja, meine Ex wohnt in der Nähe von Asheville in North Carolina. Ihre Familie stammt von dort. Wir haben uns am Boston College kennengelernt und ein Jahr nach unserem Abschluss geheiratet. Mit meinem Beruf konnte sie nie viel anfangen. Sie war Lehrerin. Ich schätze, wir haben uns einfach auseinandergelebt – als die Scheidung endlich durch war, waren wir beide erleichtert. Aber es war trotzdem nicht schön.«

Das konnte Jess gut nachempfinden. »Bei mir und meinem Mann Parker war es ähnlich.«

»Nicht unbedingt«, warf ihre Mutter ein. »Was Parker sich geleistet hat, war absolut nicht in Ordnung.«

»Das stimmt. Und ich will ihn auch gar nicht in Schutz nehmen. Aber es lief schon eine Weile nicht mehr gut zwischen uns, und dann kam Linda.«

»Mein Vater hat mit seiner Sekretärin geschlafen, die nur ein paar Jahre älter ist als ich. Und jetzt ist sie schwanger«, warf Caitlin ein.

»Autsch«, sagte Ryan.

Für einen Moment herrschte ungemütliches Schweigen, bis Jess die Hände hob und lachte. »Und jetzt kennst du all unsere schmutzigen Geheimnisse.«

»Du brauchst dich für nichts zu schämen. Für sein Verhalten ist allein er verantwortlich«, sagte Ryan.

»Ryan hat recht«, bestätigte ihre Mutter.

»Parker war tatsächlich der Meinung, dass wir es noch mal miteinander versuchen könnten«, sagte Jess.

»Was natürlich überhaupt nicht in Frage kommt«, ergänzte ihre Mutter indigniert.

»Nein«, meinte Jess traurig. »Auf keinen Fall. Vielleicht hätten wir es noch mal hinbekommen, wenn wir zur Eheberatung gegangen wären, bevor er fremdging, aber selbst da bin ich mir nicht sicher. Wahrscheinlich ist es einfach so wie bei deiner Frau und dir, Ryan. Wir haben uns auch auf dem College kennengelernt und jung geheiratet. Für viele mag das funktionieren, aber bei uns hat es das eben nicht.«

»Erst letztes Wochenende habe ich alle meine alten Schulfreundinnen wiedergetroffen. Sie sind allesamt verheiratet, und ich bin in der Runde der einzige Single. Früher hat mich das gestört, aber jetzt ist es mir ziemlich egal. Ich warte lieber, bis der Richtige kommt«, sagte Caitlin.

»Du bist erst dreißig, Caitlin, und damit immer noch jung«, sagte ihre Großmutter. »Du hast alle Zeit der Welt.«

Caitlin lachte. »Na ja, nicht alle Zeit. Aber ja, ich habe es im Moment nicht mehr so eilig.«

»Hilfst du mir mal, den Tisch abzuräumen, Caitlin?«, fragte Jess' Mutter. »Möchte jemand Kaffee? Ich hätte auch noch einen Käsekuchen, den ich anschneiden kann. Caitlin hat nämlich zwei von *Junior's* aus New York mitgebracht, und einen haben wir schon verputzt. Du musst unbedingt ein Stück probieren, Ryan.«

Ryan rieb sich den Bauch und lächelte. »Bei Käsekuchen sag ich niemals nein. Aber Kaffee möchte ich keinen, vielen Dank.«

»Ich möchte auch nur Käsekuchen. Danke, Mom.«

Sobald ihre Mutter und Caitlin im Haus waren, bat Jess um Entschuldigung.

»Tut mir leid, dass meine Mutter diesen so offensichtlichen Verkupplungsversuch gestartet hat. Das ist mir echt unangenehm.«

Ryan lachte. »Ach, das macht mir nichts aus. Wir sind an der Pier ins Gespräch gekommen, und als sie erzählte, sie sei deine Mutter, bin ich neugierig geworden. Tatsächlich kam sie mir vom Gesicht her gleich bekannt vor, aber ich konnte sie nicht einordnen, bis sie es dann erwähnte.«

»Und das hat dich nicht abgeschreckt?«, meinte Jess augenzwinkernd. »Ich habe immer noch ein schlechtes Gewissen wegen deines Wagens.«

»Das brauchst du überhaupt nicht. Es ist ja alles wieder in Ordnung und hat mich nicht mal was gekostet. Mein Kumpel war mir noch etwas schuldig, weil ich ihm neulich Austern und Muscheln für eine Party spendiert hatte.«

»Gut. Damit geht es mir gleich besser.«

»Und eigentlich war ich sogar froh, deine Mutter zu treffen, denn ich wollte dich etwas fragen. Ich hatte gehofft, dich auf Chris' Party zu sehen, aber ich glaube, wir haben uns dort verpasst.«

Nach ihrem Gespräch mit Alison hatte Jess ihn ebenfalls treffen wollen, um wenigstens hallo zu sagen, doch als sie ihn entdeckt hatte, war er mit Lavinia im Gespräch. Sie war wieder weggegangen, hatte noch einmal mit Alison und Chris gequatscht und die Party bald darauf verlassen.

»Ja, irgendwie hat es wohl nicht geklappt. Du hattest dich so intensiv mit Lavinia unterhalten, dass ich mich nicht dazwischendrängen wollte.«

»Das hätte mir überhaupt nichts ausgemacht, ehrlich. Lavinia ist nett, aber sie kann auch ziemlich … vereinnahmend sein. Also … Ich hatte gehofft, dich zu treffen, weil ich fragen wollte, ob ich dich mal zum Essen einladen darf.«

Die Frage verblüffte sie so sehr, dass ihr im ersten Moment keine Antwort einfiel. Während sie noch nach Worten suchte, fügte er hinzu: »Aber wenn es für dich noch zu früh ist, mach dir keine Gedanken. Ich kann auch später noch mal fragen.«

»Es ist nicht so, dass ich kein Interesse hätte. Ich finde es aber tatsächlich noch etwas früh. Vor gut einer Woche erst habe ich Parker die Scheidungspapiere zukommen lassen, und ich glaube, ich bin noch nicht bereit, mich schon auf etwas Neues einzulassen.« Trotzdem spürte sie einen Stich des Bedauerns, denn dieser Mann neben ihr war abgesehen von Parker der Einzige, bei dem sie so etwas wie ein Knistern gespürt hatte. Und außerdem wohnte sie ja in Charleston. Eine Fernbeziehung zu führen wäre doch ziemlich anstrengend.

»Und ich fliege bald wieder nach Charleston zurück. Das ist

also auch ein Grund, weshalb das keine ganz so gute Idee wäre.«

»Steht es denn wirklich endgültig fest, dass du wieder zurückgehst? Hast du mal darüber nachgedacht, wie es wäre, die Hälfte der Zeit hier und die andere dort zu verbringen? Dann könntest du dich auch mehr um die Buchhandlung und den Coffee Shop kümmern«, schlug Ryan vor.

Jess lächelte. »Meine Mutter hat das auch schon vorgeschlagen. Ich bin nicht sicher, ob das mit einer Anwaltskanzlei vereinbar wäre. Auch darüber muss ich mir noch Gedanken machen.«

»Das verstehe ich. Du musst vieles in deinem Leben klären. Man sagt ja, das richtige Timing sei das Wichtigste … Also dann vielleicht ein andermal.«

»Bei mir ist vieles noch sehr vage. Das wird hoffentlich anders, wenn ein bisschen Zeit vergangen ist.«

Ryan nickte zustimmend, und Caitlin und Jess' Mutter kamen mit vier Tellern Käsekuchen zurück.

»Habe ich was verpasst?«, fragte ihre Mutter beim Hinsetzen.

»Überhaupt nichts«, versicherte Jess. »Ryan und ich haben uns nur ein bisschen näher kennengelernt.« Er lächelte und sah ihr einen Moment lang in die Augen, sodass sie ihre Absage erneut bedauerte und sich fragte, ob sie richtig entschieden hatte. Aber ihr Bauch sagte ihr, dass es noch zu früh war. Parker mochte sich gleich in eine neue Beziehung stürzen können, aber sie war dazu nicht bereit. Noch nicht.

44. Kapitel

Alison dachte sich nichts dabei, als Jim sie am Montagmorgen gleich nach ihrer Ankunft in sein Büro bat. Sie hatte es sich gerade mit einem Kaffee an ihrem Schreibtisch bequem gemacht, als seine E-Mail kam. Vielleicht ging es um den Artikel, an dem sie im Moment arbeitete. Oder er hatte eine Rückmeldung auf sein Anschreiben an diverse Agenten erhalten. Sie hatte ihm ihre Notizen zur zweiten Hälfte seines Buchs übermittelt, seine Überarbeitung korrekturgelesen und angeregt, er könne jetzt Agenten kontaktieren und erfragen, ob jemand an der Vermittlung an einen Verlag interessiert sei.

Auch im persönlichen Kontakt war es vorangegangen – sie waren bisher zweimal ausgegangen, hatten gut gegessen und sich dabei gut unterhalten. Sie genoss die Zeit mit ihm und war froh, dass er es langsam angehen ließ. Sie griff nach ihrem Kaffeebecher und ging in sein Büro.

Als er aufblickte, merkte sie sofort, dass etwas nicht stimmte. Sein Gesichtsausdruck wirkte gequält, und er bat sie, sich zu setzen. Fahrig raufte er sich die Haare, die heute ungewöhnlich zerzaust aussahen. Dicke Ringe unter seinen Augen ließen darauf schließen, dass er kaum oder nicht gut geschlafen hatte.

»Jim, was ist los?«

Er seufzte. »Ich habe mich verkalkuliert – schon wieder. Ich dachte, ich hätte die Ausgaben ausreichend reduziert, um uns noch etwas Zeit zu verschaffen und den schlimmsten Schaden abzuwenden, aber der Umsatz bei den Anzeigen ist noch weiter eingebrochen, weil immer mehr Kunden zu Facebook und anderen Online-Anbietern wechseln. Die Ausgabe unseres Magazins hat im nächsten Monat nur den halben Umfang wie noch vor einem Jahr.« Alison wusste, dass die Anzahl der Werbeanzeigen über die Größe der Ausgabe bestimmte – je mehr, desto mehr Seiten konnten sie produzieren.

»Das tut mir leid. Dann musst du also noch mehr Leute entlassen?« Sie waren bereits beim Minimum angelangt, und Alison konnte sich nicht vorstellen, wen er noch entbehren wollte.

»Ja. Leider. Ich habe die ganze Nacht darüber nachgedacht und versucht, eine Lösung zu finden, aber es geht nicht anders. Ich muss mehr Stellen streichen, und sosehr ich es auch hasse: deine gehört dazu. Ich weiß, dass du schon in Teilzeit bist, aber selbst das können wir uns nicht mehr leisten. Es tut mir leid.«

Alison nickte. Sie war geschockt, und gleichzeitig konnte sie es nachvollziehen. Sie wusste, dass es ihm nicht leichtfiel. »Wie willst du das Lektorat bewerkstelligen?«

»Fürs Erste werde ich das selbst übernehmen. Falls es irgendwann wieder besser läuft, könnte ich ein paar Projekte outsourcen, die du dann freiberuflich übernehmen könntest – wenn du bereit dazu bist. Ich könnte gut verstehen, wenn du nichts mehr mit dem Verlag zu tun haben willst. Es tut mir wirklich furchtbar leid. Ich habe lange versucht, es zu vermeiden.«

»Das ist schon okay, Jim. Die Buchhandlung läuft immer besser. Mein Ziel war es ohnehin, irgendwann Vollzeit dort zu arbeiten, also mache ich das jetzt eben ein bisschen früher. Außerdem backe ich für den Coffee Shop und habe dadurch ein kleines Extra-Einkommen. Es wird schon gehen.« Zwar machte es ihr durchaus Angst, die finanzielle Sicherheit des Halbtagsjobs zu verlieren, andererseits hatte sie mittlerweile mit all dem Lektorieren, Backen und Bücherverkaufen auch viel zu bewältigen. Vielleicht war es im Grunde ein Segen – der letzte Schubs, den sie benötigte, um sich voll und ganz ihrem Buchladen zu widmen.

»Du siehst gar nicht so verzweifelt aus, wie ich befürchtet

hatte. Es freut mich, dass es mit der Buchhandlung jetzt besser läuft.«

Sie nickte. »Das kam jetzt eben schon als Schock, aber es stürzt mich nicht in die Verzweiflung. Jetzt kann ich mehr Zeit im Laden verbringen, insofern ist es sogar ganz gut. Und der Coffee Shop läuft ganz phantastisch.«

»Ich muss gestehen, dass mich das sehr erleichtert. Ich muss noch zwei weiteren Leuten kündigen, die sogar Vollzeit arbeiten, was mich ganz fertigmacht. Aber es ist leider nicht mehr zu ändern.«

Alison griff nach seiner Hand und drückte sie. »Du tust, was du kannst. Mehr kann man von dir nicht verlangen.«

In seinen Augen spiegelte sich Dankbarkeit. »Lieb, dass du das sagst. Ich hatte auch große Sorge, dass diese Situation unser Verhältnis belasten könnte – ausgerechnet jetzt, wo wir uns gerade besser kennenlernen. Zumindest habe ich das so empfunden ...?«

Alison lächelte. »Ich auch. Und es muss überhaupt nichts belasten. Ich bin weiterhin in Chatham, nur eben nicht jeden Tag bei dir im Büro. Wir werden das schon hinkriegen.«

*

»Was ist los?«, fragte Jess, als Alison am Mittag in die Buchhandlung kam. Es war kurz vor eins. Sie war nach der Arbeit im Verlag schnell nach Hause gefahren, um sich ein Truthahnsandwich einzuverleiben, und dann zurück in die Innenstadt. Auf Jess' Frage schwieg sie zunächst; sie hatte sich vorgenommen, ihrer Freundin vorerst nichts zu sagen, um sie nicht zu beunruhigen und weiteren Druck zu erzeugen, wo die Umsätze doch gerade erst anfingen, besser zu werden. Aber Alison hatte noch nie Geheimnisse vor Jess gehabt, und ihr Gesicht sprach offenbar Bände. Sie konnte nicht lügen, selbst wenn sie es wollte.

Sobald Brooklyn, die neben Jess an der Kassentheke stand, ihre Kundin abkassiert hatte, schlug Jess vor, sie könne jetzt in die Mittagspause gehen. Als sie allein waren, sah Jess ihre Freundin an. »Raus damit. Was ist los?«

»Nichts Dramatisches, aber Jim hat mir heute Morgen endgültig gekündigt. Ich wusste, das würde irgendwann passieren, aber so bald hatte ich nicht damit gerechnet. Es kam also als ziemliche Überraschung, aber es wird schon gehen.« Sie lächelte. »Jetzt kann ich häufiger hier sein.«

Jess wirkte trotzdem beunruhigt. »Wenn er dich entlassen hat, muss es wirklich schlecht um die Zeitschrift stehen. Ich bin sicher, er hatte keine andere Wahl.«

Alison nickte. »Das hat er auch gesagt. Und er fühlte sich dabei richtig mies. Er muss noch zwei weitere Mitarbeiter entlassen. Das wird bestimmt nicht einfach für ihn.«

»Ich mag es mir gar nicht vorstellen«, sagte Jess. »Und bist du jetzt sauer auf ihn? Wird das zwischen euch etwas ändern?«

»Nein, natürlich nicht. Er hat sich deswegen tatsächlich Sorgen gemacht, aber ich weiß ja, dass er das nicht freiwillig gemacht hat. Wie du schon sagtest: Er hatte keine andere Wahl.«

»Das muss wirklich furchtbar sein. Das Verlagswesen hat es ganz schön schlimm getroffen.«

»Unsere Hefte waren früher doppelt bis dreimal so dick wie heute. Die Anzeigenkunden und auch die Leser orientieren sich in andere Richtungen. Was eine Schande ist, denn das Magazin ist richtig gut.«

»Wenn du jetzt mehr Zeit hier verbringst, müssen wir uns überlegen, wie wir dir mehr Geld zukommen lassen. Ich habe sowieso schon darüber nachgedacht, weil ich ja im Oktober gehe und dann nur noch du vor Ort bist. Wir werden ein faires Gehalt festlegen, und den ganzen Gewinn werden wir natürlich teilen. Wir kriegen das schon hin. Guck dir mal die Zahlen von letzter Woche an – die machen wirklich Mut.«

Jess rief die Finanz-Software auf und zeigte Alison das Diagramm mit den Tagesumsätzen. Seit den letzten zwei Wochen ging die Kurve beständig aufwärts. Eine große Erleichterung.

»Ja, das ist tatsächlich ermutigend.«

»Und mit dem Coffee Shop läuft es sogar noch besser.« Jess rief auch dessen Umsätze auf: Der Unterschied war deutlich zu erkennen.

»Wow. Der Coffee Shop macht weitaus mehr Umsatz als die Buchhandlung!«

»Und das liegt vor allem an Caitlin. Sie führt den Laden richtig gut, hat einen super Überblick und offensichtlich großen Spaß an der Sache. Immer wenn ich reingehe, plaudert sie mit irgendwelchen Stammkunden, und die scheinen sie alle wirklich gernzuhaben.«

»Das stimmt«, bestätigte Alison. »Wir werden uns gut überlegen müssen, wie wir sie ersetzen, wenn ihr wieder nach Charleston zurückgeht. Ich weiß nicht, ob von den anderen jemand in der Lage ist, das so gut zu managen wie sie.«

»Ich weiß. Darüber habe ich auch schon nachgedacht. Ich werde Caitlin noch mal selbst fragen, aber ich weiß auch so schon, dass sie die Arbeit von Sally, Joan und den beiden Studentinnen sehr schätzt. Vielleicht will sich ja eine von ihnen in die Geschäftsführung einarbeiten? Wenn nicht, werden wir jemanden mit Management-Erfahrung einstellen müssen. Aber wir haben ja noch etwas Zeit.«

»Für die Wohnung sollten wir aber bald eine Anzeige in die Zeitung setzen«, mahnte Alison.

»Stimmt, das sollten wir tun. Bald ist Labor Day, und dann sind es nur noch sechs Wochen, bis die jetzigen Mieter ausziehen – und wir sind dann auch weg. Das kommt alles viel schneller, als man denkt.«

*

»Können Sie mir einen guten Thriller empfehlen?« Die Stimme klang leicht belustigt. Jess stand mit dem Rücken zur Kasse und sprach mit Alison, sodass sie nicht sah, wer hereingekommen war. Doch die Stimme kam ihr bekannt vor. Als sie sich umdrehte, stand dort Ryan und lächelte sie an. Vermutlich hatte er Mittagspause, denn er trug eines seiner Firmenshirts mit dem Aufdruck OLIPHANT'S OYSTERS auf der Brusttasche.

»Ich muss mal eben ins Büro«, sagte Alison, um Jess und Ryan ein wenig Privatsphäre zu geben.

Jess lächelte zurück. »Du magst es also, wenn es spannend wird?«

»Ich mag packende Geschichten, bei denen man so richtig auf die Folter gespannt wird. Harlan Coben ist mein Lieblingsautor – der hat einen guten Humor, und die Handlung geht schnell voran. Fallen dir noch ähnliche Autoren ein?«

»Sogar zwei. Komm mit.« Sie führte ihn zur Krimi-Abteilung und deutete auf zwei Namen, die ihr eingefallen waren. »Joseph Finder und Linwood Barclay. Die beiden erinnern mich an Cobens immer sehr turbulente Geschichten.« Sie gab Ryan eine Ausgabe von Finders *Nightmare*. Das ist ein richtig rasanter Action-Thriller.«

Ryan nahm das Buch und las die Zusammenfassung auf der Rückseite. »Hört sich gut an. Dann nehme ich das andere auch noch, das du mir empfehlen wolltest.«

»Von Linwood Barclay?« Sie nahm seinen neuesten Thriller vom Stapel und gab ihn weiter.

An der Kasse sagte er: »Ich bin noch aus einem anderen Grund gekommen.« Er zog zwei Kinokarten aus der Tasche. »Einer meiner Kunden hat mir die heute gegeben. Ich wollte dich fragen, ob du gern ins Kino gehst.«

Jess lachte. »Rasend gern, ich liebe Kino! Wer nicht?«

»Das klingt gut. Hättest du auch Lust, mit mir ins Kino zu gehen? Heute Abend? Und vorher vielleicht eine Kleinigkeit essen?« Sein Blick war warm und hoffnungsvoll.

Jess zögerte. Es klang verlockend, allerdings hatte sie ihm schon gesagt, dass sie für eine neue Beziehung noch nicht bereit war.

Doch Ryan war darauf vorbereitet. Mit verschmitztem Lächeln sagte er: »Das soll übrigens kein Date sein oder so etwas. Nur zwei Leute, die sich ein bisschen angefreundet haben und gern ins Kino gehen. Daran ist doch nichts auszusetzen, oder? Und jeder Mensch muss essen.«

Sie lachte. Und schätzte seinen Humor und die Bereitschaft, sich auf ihr Tempo einzulassen. »Na, wenn du das so siehst, kann ich ja kaum noch nein sagen.«

Er grinste. »Prima. Dann komme ich gegen sechs bei deiner Mutter vorbei, passt das? Der Film fängt um halb acht an, da können wir vorher noch in Ruhe etwas essen.«

»Einverstanden. Bis dann.«

Ryan verließ das Geschäft, und Jess war immer noch beschwingter Laune, als Alison zurückkam. Sie erzählte ihr von der Einladung.

»Wie schön, dass ihr ausgeht«, sagte Alison. »Das freut mich – auch wenn ihr es nicht als Date bezeichnet … was es natürlich trotzdem ist. Aber ich finde das vollkommen okay.«

»Nein, es ist kein Date. Das habe ich ihm neulich schon klargemacht. Wir treffen uns einfach als gute Freunde.«

Alison schmunzelte. »Na klar. Ich wünsche euch jedenfalls viel Spaß, und morgen musst du mir alles erzählen.«

45. Kapitel

»Hast du etwa Mascara aufgelegt?«, fragte Caitlin, als Jess in die Küche kam. Jess benutzte fast nie Wimperntusche, aber sie hatte nicht erwartet, dass es ihrer Tochter auffallen würde, wenn sie welche trug. Ihre Mutter blickte auf und lächelte. »Du siehst hübsch aus. Wohin gehst du?«

»Ich gehe mit Ryan ins Kino.«

Ihre Mutter schien sich zu freuen. Caitlin wirkte überrascht. »Ich dachte, du wärst noch nicht wieder bereit für eine neue Beziehung?«

»Das ist ja auch kein Date. Wir gehen einfach so, als gute Freunde.«

Caitlin zog die Augenbrauen hoch. »Ja, genau.«

»Wirklich. Wir gehen doch nur ins Kino.«

»Und vorher nicht zum Essen?« Ihre Mutter klang enttäuscht.

Jess seufzte. »Doch, wir werden auch einen Happen essen. Ich weiß aber noch nicht, wo. Das ist jetzt keine große Sache.«

An der Haustür klopfte es, und Caitlin grinste. »Dein ›Freund‹ ist da.«

Jess machte auf, und Ryan sagte allen kurz hallo, bevor er und Jess sich auf den Weg machten. Ob Date oder nicht, Jess hatte ihren rosa Lieblingspulli und die ausgebleichte Jeans angezogen, die ihre Figur von allen ihren Hosen am besten zur Geltung brachte. Und sie hatte zur Mascara auch einen Hauch Lippenstift aufgetragen.

Auch Ryan sah aus, als hätte er sich ein wenig zurechtgemacht. Er trug ein schickes dunkelblaues Poloshirt zu seiner Jeans, sein Haar war hinten noch leicht feucht, und er war frisch rasiert und duftete nach Rasierwasser.

»Magst du Hamburger?«, fragte er, als sie aus der Auffahrt bogen.

Ein Burger klang tatsächlich verlockend. Jess aß selten rotes Fleisch, aber hin und wieder hatte sie richtig Appetit darauf.

»Ja, einen Burger würde ich jetzt gern essen.«

»Warst du schon mal im *Red Nun*? Da gehe ich für Burger am liebsten hin, und es liegt auch gleich neben dem Kino. Wir können also anschließend zu Fuß weiter.«

»Nein, da war ich noch nicht, obwohl es mir schon einmal empfohlen wurde. Ich bin sehr gespannt.«

Obwohl das Lokal gut besucht war, bekamen sie schnell einen Tisch, und Jess' Magen begann zu knurren, als sie die Beschreibungen auf der Speisekarte las. Sie stellten ihre Burger aus drei verschiedene Arten Rindfleisch her – aus der Querrippe, der Brust und der Lende. Jess und Ryan entschieden sich beide für den Nun Burger, der mit gebratenen Pilzen und Zwiebeln, Cheddarkäse, Speck, Salat und Tomate auf einem großen englischen Burger-Muffin serviert wurde.

Jess fiel es ausgesprochen leicht, mit Ryan zu plaudern, und sie hatte tatsächlich das Gefühl, den Abend mit einem guten Freund zu verbringen – der noch dazu ungemein attraktiv war. Er erzählte ihr mehr über seine Arbeit, und sie erfuhr, dass er in der Wachstumsperiode alle drei bis sechs Wochen die Austern rütteln und wenden musste.

»Wir legen immer einen Schwung in eine Art Schleudergerät, in dem sie durchgeschüttelt werden. Das verhindert, dass sie zusammenwachsen, und stoppt außerdem das Längenwachstum; sonst werden sie zu lang und schmal, und auf diese Weise werden sie eher etwas dicker und damit schön saftig. Die meisten Restaurants mögen es, wenn sie so etwa zehn Zentimeter lang sind.«

»Bist du das ganze Jahr hindurch mit den Austern beschäftigt?«, fragte Jess, als ihr Kellner die Burger servierte.

»Im Winter ist naturgemäß recht wenig los. Normalerweise schließe ich den Laden ein paar Monate und mache dann im April wieder auf.«

Jess probierte ihren Burger – er schmeckte so gut, wie er aussah. »Und was machst du in deiner freien Zeit?«

»Ich nehme an Fortbildungen teil und lerne, was ich besser machen kann oder welche neue Ausrüstung es gibt. Diesen Austernrüttler habe ich zum Beispiel erst vor ein paar Jahren gekauft. Normalerweise gehe ich auch ein bisschen auf Reisen. Manchmal besuche ich Don auf den Keys und schaue mir an, was er so macht. Warst du schon mal dort unten? Es erinnert mich ein bisschen ans Cape – nur ohne die kalten Winter.«

»Ich war mal vom College aus zum Springbreak auf Key West, das ist also schon lange her. Aber jetzt, wo du es sagst, hat es mich tatsächlich auch ans Cape erinnert. Wir waren damals im Hemingway-Haus.«

»Das mit den ganzen Katzen?« Ryan lachte.

»Genau.«

»Ich war noch nie in Charleston. Vielleicht fahre ich diesen Winter ja mal hin.«

Jess lächelte. »Wenn du kommst, führe ich dich gern herum. Es gibt viel zu sehen … auch viel Historisches.«

»Und du fliegst Mitte Oktober wieder zurück?«

Jess nickte. »Eigentlich muss ich schon etwas früher zurück, um nach einem geeigneten Büro zu suchen, in dem ich eventuell meine eigene Kanzlei eröffnen kann.«

»Ah, du willst dich selbständig machen?«

»Ich glaube, ja. Ich habe hin und her überlegt, und im Moment kann ich mir nicht vorstellen, in einer anderen Kanzlei zu arbeiten. Die Vorstellung, ein eigenes kleines Büro zu haben, das ganz mir gehört, finde ich gerade sehr verlockend. Da kann ich alle Fälle annehmen, die ich möchte – und abwechslungsreicher arbeiten.«

»Wäre das eine große Veränderung?«

»In meiner Kanzlei sind wir ziemlich spezialisiert. wir haben keine allzu große Bandbreite an Fällen. Eine Freundin meiner Mutter kam vor ein paar Wochen vorbei, weil sie juristischen Rat brauchte, und obwohl ich hier nicht offiziell praktizieren darf, konnte ich ihr die wichtigsten Fragen beantworten und ihr ein paar Tipps geben. Wäre sie in Charleston zu mir gekommen, hätte ich sie als Klientin annehmen und richtig für sie arbeiten können.«

»Das klingt interessant: viele verschiedene Fälle bearbeiten.«

»Ja, das würde mir tatsächlich gut gefallen. Es macht mir natürlich auch ein bisschen Angst, so allein ganz von vorn anzufangen, aber ich glaube, ich bin für eine Veränderung bereit.«

Ryan lächelte. »Ich habe keinen Zweifel daran, dass du das gut schaffen wirst.«

Sie aßen ihre Burger auf und hatten keinerlei Mühe, die ganze Zeit mit Unterhaltung zu füllen. Immer wieder fanden sie neue Themen, und das Gespräch verlief so locker und angenehm, als würde sie Ryan schon seit Ewigkeiten kennen.

Als die Rechnung kam, wollte sie die Hälfte übernehmen, aber Ryan bestand darauf zu zahlen und reichte der Bedienung seine Kreditkarte.

»Ich wünschte, du würdest mich die Hälfte zahlen lassen.«

»Ich war derjenige, der dich eingeladen hat. Gute Freunde können einander doch auch mal ein Essen ausgeben, oder nicht?«

Er hatte recht, und trotzdem war es ihr unangenehm und verlieh dem Abend doch die Aura eines Dates. »Also gut, danke schön. Aber du hättest das nicht tun müssen.«

Er lächelte sie freundlich an und zwinkerte ihr zu, sodass sie sich wieder entspannte. »Ich weiß. Sollen wir dann rübergehen?«

Zum Chatham Orpheum war es nur ein kurzer Spaziergang, und tatsächlich war es eines ihrer Lieblingskinos. Das Gebäude war über hundert Jahre alt und schon früher ein Filmtheater gewesen, bis es in den späten Achtzigern zumachte und als Apotheke wiedereröffnete. Erst zwanzig Jahre später zog die Apotheke wieder aus, und es wurde eine gemeinnützige Organisation gegründet, um alte Kultureinrichtungen zu restaurieren. Die Ausstattung war jetzt natürlich hochmodern, und so verband es das beste beider Zeiten – ein modernes Kino in einem hübschen historischen Gebäude.

Der Film war ein unsäglich spannender Thriller, der ihnen beiden gut gefiel. Als sie das Kino verließen, war Jess direkt ein wenig traurig, dass der Abend nun enden sollte. Sie hatte sich ausnehmend gut unterhalten. Abgesehen von ein paar Restaurantbesuchen mit Alison oder Caitlin war sie diesen Sommer kaum ausgegangen.

»Hast du noch Lust auf ein Eis? Vorhin war ich zu satt für einen Nachtisch, aber jetzt würde mir etwas Süßes gut passen.«

Jess fand den Vorschlag wunderbar. »Ja, gern.«

An der Main Street gab es mehrere Eisdielen, und sie gingen einfach zur ersten, an der sie vorbeikamen. Beide bestellten eine Kugel in der Waffel, und diesmal war Jess schneller darin, ihre Kreditkarte zu zücken.

Ryan lachte. »Na, dann sage ich jetzt einfach danke, denn du siehst fest entschlossen aus, dir das nicht nehmen zu lassen.«

Gemütlich spazierten sie zu Ryans Wagen zurück, schleckten ihr Eis und sprachen über den Film und sein überraschendes Ende. Dann fuhr Ryan sie nach Hause. Bevor sie ausstieg, sah sie ihm tief in die Augen.

»Das war ein wirklich schöner Abend, Ryan. Vielen Dank.«

»Der Dank liegt ganz auf meiner Seite. Ich habe den Abend sehr genossen. Das sollten wir unbedingt bald wiederholen.« Er reichte ihr sein Handy. »Wenn du möchtest, kannst du deine Nummer eintippen, und ich schreibe dir kurz eine Nachricht, dann hast du auch meine Nummer. Und wenn du mal

Lust hast, etwas zu unternehmen, kannst du dich einfach melden.«

Jess tippte ihre Nummer ein und gab das Handy zurück. Er schrieb kurz etwas und schickte die Nachricht ab. Nun plingte ihr Handy, und als sie aufs Display sah, musste sie lächeln.

Gute Nacht, gute Freundin.

»Gute Nacht, Ryan.«

46. Kapitel

»Ich kann nicht fassen, dass wir schon Labor-Day-Wochenende haben«, sagte Julia. Es war Freitagabend, und Caitlin war nach der Arbeit ins *Squire* gegangen, um sich mit Julia, Tim und Jason zu treffen. Sue und Kevin wollten etwas später dazustoßen. Das Lokal war voll, aber sie hatten die letzten freien Plätze an der Theke ergattert. Caitlin saß neben Jason am Tresenrand, und Julia saß mit Tim über Eck, sodass sie sich gut unterhalten konnten.

»Nicht mehr lange, und es ist Herbst«, sagte Jason. »Willst du immer noch nach Charleston zurück?«

Caitlin lachte. »Ja, meine Pläne haben sich nicht geändert.«

»Wie schade.« Er grinste. Seit sie sich kannten, hatte er sie immer wieder gefragt und damit zum Lachen gebracht. Andererseits war sie auch traurig, dass ihre Zeit in Chatham bald vorbei sein würde. Sie hatte viel Zeit mit Julia und ihren Freunden verbracht, vor allem mit Jason. Allerdings waren sie immer als Gruppe unterwegs, sodass es sich nicht wie romantische Verabredungen anfühlte. Tatsächlich war sie ein bisschen überrascht gewesen, dass Jason sie nie nach einem richtigen Date gefragt hatte. Sie hatte einige Male definitiv ein Knistern zwischen ihnen gespürt, aber anstatt sie um eine Verabredung zu bitten, hatte er immer wieder nur nachgefragt, ob sie denn wirklich wieder nach Charleston zurückgehen wolle.

»Er verabredet sich nicht leichtfertig«, hatte Julia ihr einmal verraten. »Wenn er dich nicht fragt, liegt es wahrscheinlich daran, dass er weiß, dass du wieder weggehst. Da will er sich eben gar nicht erst auf dich einlassen.«

»Oder er mag mich doch nicht so gern«, sagte Caitlin. Manchmal war es schwer, Jason zu lesen, und manchmal waren die Signale, die sie von ihm empfing, einfach nur die eines guten Freundes. Vielleicht wollte er auch nur rein freundschaftlichen Umgang mit ihr. Sie hatte ihn ja auch in keiner Weise zu etwas Weitergehendem ermutigt. Nach Prescott wollte Caitlin keine Beziehung mehr eingehen, die nicht das Potential zu etwas Beständigem hatte. Obwohl ihr schon früh klar gewesen war, dass ihre Beziehung mit Prescott keine Zukunft haben würde, hatte sie quasi ein ganzes Jahr verloren. Das wollte sie nicht noch einmal erleben.

»Der steht auf jeden Fall auf dich«, sagte Julia. »Ich habe mitbekommen, wie er dich ansieht, und es ist eindeutig zu erkennen. Jason ist eben vorsichtig. Ich garantiere dir: Wenn du dich je entschließen solltest, nicht nach Charleston zurückzugehen, würde er keine Sekunde zögern.«

Trotzdem fragte Caitlin sich, ob sie recht hatte. Aber es spielte nun ohnehin keine Rolle mehr, denn nach dem Labor-Day-Wochenende wäre sie weg. Und sie war immer noch ein bisschen neugierig, wie sich die Sache mit Peter entwickeln würde. Er hatte ihr vor kurzem getextet und die Verabredung für morgen bestätigt. Sie und Julia würden ihn und seine Freunde gegen vier am *Beachcomber* treffen. Julia und Caitlin wollten gleich nach der Arbeit losfahren.

»Was macht ihr eigentlich morgen? Es soll ein toller Tag werden, und ich habe mir überlegt, mit dem Boot rauszufahren. Kevin habe ich schon Bescheid gesagt, und er und Sue sind dabei«, sagte Jason.

»Klingt gut«, sagte Tim.

Julia und Caitlin sahen einander an. »Ich würde ja gern, aber Caitlin und ich sind morgen nach der Arbeit mit ein paar Freunden im *Beachcomber* verabredet.«

»Wer ist alles da? Kennen wir jemanden?«, wollte Tim wissen.

»Tatsächlich ist es ein Freund von Caitlin.«

»Es ist jemand, den ich aus Charleston kenne. Er arbeitet in Manhattan und ist mit ein paar Freunden übers Wochenende hier.«

»Ach, cool. Habt ihr ihn getroffen, als du vor ein paar Wochen mit deinen Freundinnen in New York warst?«

»Ja, genau. Peter hat sich an einem Abend auf einen Drink mit uns getroffen.«

»Das ist schön. Ich bin sicher, dass es dir im *Beachcomber* gefällt, da ist es immer großartig.« Jason sprach wie unbeteiligt und sagte danach den ganzen Abend über nicht mehr viel. Caitlin fragte sich, ob es etwas mit ihr zu tun hatte. Aber vielleicht war er nur müde. Dass sie sich mit Peter traf, durfte ihn im Grunde ja nicht weiter stören, nachdem zwischen ihnen nichts lief.

*

Am folgenden Nachmittag ließ Caitlin nach der Arbeit ihr Auto am Coffee Shop stehen und fuhr mit Julia nach Wellfleet. Sie war schon sehr gespannt auf den berüchtigten *Beachcomber*.

»Ich versuche, mindestens einmal in jedem Sommer hinzufahren«, sagte Julia, während sie langsam die Suicide Alley entlangfuhren – das Stück Highway am äußeren Ende des Cape, das eineinhalbspurig und ohne Mittellinie durchaus als »selbstmörderisch« bezeichnet werden konnte. Mehr als einmal mussten sie anhalten, um einen entgegenkommenden Wagen vorbeizulassen. »Es ist immer toll, aber an den Wochenenden ist der Verkehr einfach verrückt, wie du siehst.«

Sobald sie den Kreisverkehr in Orleans erreichten, konnten sie schneller fahren, weil der Verkehr sich pro Richtung auf zwei Spuren verteilte. Sie durchquerten Orleans, dann Eastham und erreichten schließlich Wellfleet und den *Beachcomber*.

Einer der zwei Parkassistenten winkte sie auf einen großen

Parkplatz hinter dem Lokal. Die Parkquittung galt gleichzeitig als Tagesticket für den Strand, und nachdem sie bezahlt hatten, führte Julia ihre Freundin auf eine Plattform vor dem Restaurant, auf der früher der Parkplatz gewesen war. Jetzt sah man einfach nur den Strand und das Meer.

Als Erstes fiel Caitlin ein Schild mit einem riesigen weißen Hai und der Warnung auf, dass diese Haie hier herumschwimmen könnten. Sie erinnerte sich, vor kurzem etwas über den Angriff eines Hais gelesen zu haben, ein wenig weiter unten am Newcomb Hollow Beach: Dort war ein sechsundzwanzigjähriger Mann auf einem Boogie Board attackiert worden.

»Ich gehe sowieso nie weiter ins Wasser als bis zu den Knien«, sagte Julia. »Meistens ist mir die Strömung zu stark, was natürlich gut fürs Surfen ist. Aber ich bleibe lieber am Strand oder an der Bar.«

»Der Strand hier ist super.« Caitlin ging bis zum Rand der Aussichtsplattform und blickte aufs Meer hinaus. Man konnte die Brandungsrückströme deutlich erkennen, und die würden auch sie nervös machen.

»Die Erosion hier am Strand ist ziemlich schlimm«, sagte Julia. »Das hier war mal ein riesiger Parkplatz. Dann haben ein paar schlimme Stürme eine ganze Reihe an Parkplätzen wegbrechen lassen, und ein Auto ist quasi komplett versunken. Irgendwann werden sie vielleicht das ganze Lokal weiter nach hinten verlegen müssen.«

Sie betraten das *Beachcomber* und kamen als Erstes an einem Stand vorbei, an dem verschiedene T-Shirts, Sweatshirts und Kappen mit dem *Beachcomber*-Logo zum Verkauf standen, alle entweder in Hellblau oder dem beliebten »Nantucket-Rot«, das man vor allem in New England sah. Es war ein hübsches Rot, leicht lachsfarben. Caitlin blieb zurück, um sich die Sachen genauer anzusehen.

»Wenn du einen Pulli kaufen willst, können wir das nachher

beim Rausgehen machen«, sagte Julia. »Sonst musst du ihn die ganze Zeit mit dir rumschleppen, denn zum Anziehen ist es noch viel zu warm.«

Da hatte sie recht. Caitlin folgte ihr in die Bar, die sich im Freien befand, quasi vor dem Eingang zum eigentlichen Restaurant. Am hinteren Ende der Theke wurden rohe Meeresfrüchte angeboten, und einige Gäste bildeten eine Schlange für Austern, Muscheln und Krabbencocktails.

»Austerncocktails bieten sie auch an«, sagte Julia.

»Hm, was ist das denn?« Mit rohen Austern hatte Caitlin sich bisher noch nicht anfreunden können.

»So was wie eine Bloody Mary mit einer rohen Auster. Schmeckt eigentlich ganz lecker.«

Bei der Vorstellung wurde Caitlin ein wenig übel. »Nein, danke, den lasse ich lieber aus.«

Julia lachte. »Okay. Ich weiß nicht, wie dein Peter aussieht. Kannst du ihn irgendwo entdecken?«

Vor der Theke standen die Leute in zwei bis drei Reihen, und linker Hand sah Caitlin eine Gruppe von fünf, sechs Männern, von denen einer eine Baseballkappe der Yankees trug – es könnten also theoretisch seine Freunde sein. Peter selbst war allerdings nirgends zu entdecken.

»Hier draußen sehe ich ihn nicht. Vielleicht ist er noch gar nicht da.«

Julia runzelte die Stirn. »Ich dachte, er wollte recht früh hier sein?«

»Das dachte ich auch, aber vielleicht haben sie sich verspätet.«

»Sollen wir uns schon mal für Getränke anstellen? Die Piña Coladas sind sehr lecker.« Julia ging in Richtung der Fünfergruppe, weil es dort einen Durchbruch zur Theke zu geben schien. Sie schob sich nach vorn, und als sie an der Reihe war, bestellte sie eine Piña Colada und fragte Caitlin über die Schulter, was sie denn wolle.

»Ich nehme dasselbe.«

»Ach, Colin – schreib die zwei Cocktails doch bitte auf meine Rechnung.« Beim Klang der vertrauten Stimme drehte Caitlin sich um. Hinter ihr, in einem langärmligen *Beachcomber*-Shirt mit Baseballkappe, stand Peter und grinste sie an. Nachdem sie sich zur Begrüßung umarmt hatten, stellte sie ihn Julia vor.

»Freut mich, dich kennenzulernen! Und danke für die Piña Colada.« Julia reichte Caitlin ihren Cocktail. Er war weiß mit einer roten Cocktailkirsche und einem Spritzer braunem Rum obendrauf. Sie nippte daran und genoss den Geschmack cremiger Kokosmilch mit Ananas und Rum. Es war der perfekte Urlaubsdrink. »Ja, danke.«

»Nehmt eure Cocktails mit, wir haben da hinten einen Tisch.« Peter brachte sie zu seinen Freunden und stellte alle einander vor. So viele Namen auf einmal konnte Caitlin sich nicht merken – nur Freddie blieb hängen, weil er derjenige mit der Yankees-Kappe war. Peter erklärte, er habe alle über die Arbeit kennengelernt. Die Hälfte arbeitete in seiner Firma, die anderen machten dasselbe wie er, nur in einem anderen Unternehmen. Freddie war auch deswegen auffällig, weil er der größte und der lauteste der Männer war.

»Er ist von uns allen der Beste«, sagte Peter. »Freddie hat einen Killerinstinkt und gerade sein bestes Quartal hingelegt. Wir sind gestern mit seinem Privatjet hergeflogen.«

»Für mich ist das alles noch neu, ich habe erst letztes Jahr angefangen«, erklärte Freddie. »Aber es ist genial. Wir sind nach Provincetown geflogen und haben von dort unsere Mietwagen genommen.«

»Da ist der nächstgelegene Flughafen«, erklärte Peter. »Nach dem Abendessen im *Lobster Pot* – übrigens ein grandioses Lokal – sind wir anschließend gleich hergefahren, um in Freddies Haus noch weiter zu feiern.«

»Was arbeitet ihr beide denn?«, wollte Freddie wissen.

»Ich helfe gerade meiner Mutter aus und manage diesen Sommer über in Chatham ein Café, das sie gekauft hat. Aber bald gehe ich wieder nach Charleston zurück und suche mir dann dort einen Job.«

»Und ich mache Schmuck«, sagte Julia.

»Dann arbeitest du bei einem Juwelier?«, fragte einer der Männer.

»Früher einmal, ja. Aber letztes Jahr habe ich mein eigenes Geschäft eröffnet.«

»Wie cool«, meinte Freddie. Caitlin fand ihn ganz nett und hatte bei den anderen den Eindruck, dass sie sich in allem an Freddie und Peter orientierten. Sie redeten viel über Geld – und scheuten sich dabei nicht, konkrete Zahlen zu nennen. Über manche Summen war Caitlin regelrecht schockiert.

»Ich habe gerade ein Angebot für dieses Mehrfamilienhaus an der Park Avenue reinbekommen«, sagte Freddie. »Die Betriebskosten sind furchtbar hoch, fast zehn Mille pro Monat, aber die Einheit selbst ist für fünf Millionen zu haben.«

»Ich hoffe, du kriegst es«, sagte Peter. »Klingt phantastisch.«

»Danke. Du hast in dem Stadtteil ja auch was gesucht, oder?«

Peter nickte. »Ich suche noch immer, aber bisher habe ich nichts Passendes gefunden.«

Julia lehnte sich zu Caitlin und flüsterte: »Fünf Millionen? Diese Typen leben in einem anderen Universum als wir.«

Caitlin lachte. »Absolut.«

»Hat jemand Hunger?«, wollte Peter wissen. Alle riefen ja, und es wurden Speisekarten herumgereicht. Sie beschlossen, gemischte Vorspeisen zu nehmen – gedämpfte und gegrillte Muscheln, gegrillte Calamari, Nachos, Chicken Fingers –, und einige wollten eine Muschelsuppe. Als das Essen kam, zogen sie sich einen weiteren Stehtisch heran und griffen alle begierig zu. Das Angebot war zwar üppig, aber Caitlin hatte nicht den Eindruck, dass es die getrunkenen Mengen an Alkohol kompensierte. Während Caitlin und Julia noch an ihren ersten Piña Coladas nippten, hatten die Männer schon mehrere Runden Bier und ein paar Austerncocktails intus.

Da Peter darauf bestand, bestellten sie jede eine weitere Piña Colada, aber auch Wasser dazu, und wollten auf keinen Fall noch mehr Alkohol trinken, weil sie ja irgendwann nach Chatham zurückfahren mussten.

»Du musst bald wieder nach Manhattan kommen«, sagte Freddie, als Caitlin erzählte, dass sie vor kurzem das erste Mal da gewesen sei. »An einem Wochenende kriegst du höchstens einen kleinen Vorgeschmack.«

»Ja, du solltest bald wiederkommen«, bekräftigte auch Peter.

Caitlin lächelte. »Ich fand es richtig klasse und will auf jeden Fall wieder hinfliegen. Vielleicht mag Julia das nächste Mal ja mitkommen.«

Peter sah zu Julia hinüber, die sich gerade mit einem der anderen unterhielt. Er schien auf ihre Haare zu starren, deren türkise Spitzen in der Sonne leuchteten. Sie war die Einzige mit so auffällig gefärbten Haaren. Caitlin hatte sich mittlerweile daran gewöhnt und fand, dass es ihr gut stand. Peter schien weniger begeistert.

»Deine Freundin ist eher der künstlerische Typ«, sagte er. »Mit diesem Look dürfte sie in Charleston nicht herumlaufen. Da kann ich mir die Kommentare gut vorstellen. Und ob das in New York gut passt, weiß ich auch nicht so genau. Jedenfalls nicht in den Kreisen, in denen wir verkehren. Aber sie scheint ganz nett zu sein.«

Caitlin fand seine Bemerkung ziemlich snobistisch, trotzdem wusste sie, dass er recht hatte. Ihren Freundinnen in Charleston würden einige Bemerkungen zu Julias Look einfallen, und die wären sicher nicht nett. Beth war anders, sie urteilte nicht so schnell wie die anderen, und schon gar nicht nach dem Aussehen, aber sie war die Ausnahme. Caitlin ahnte, dass Peter es bevorzugen würde, wenn sie Julia nicht nach Manhattan mitbrächte. Sie spürte einen Stich der Enttäuschung.

Dann wechselte er schnell das Thema und war in den nächsten Stunden sein übliches charmantes Selbst, auch wenn er furchtbar viel trank. Das taten sie alle und boten Caitlin und Julia immer wieder an, ihnen noch eine Runde zu spendieren, doch die beiden blieben standhaft bei ihrem Wasser. Freddie war mittlerweile nicht mehr nur lustig und freundlich, sondern in seiner Trunkenheit vor allem laut und albern, und auch Peters Charme verblasste mit jedem weiteren Drink. Als die Runde grölend Jimmy Buffets »Cheeseburger in Paradise« anstimmte, gab Julia Caitlin ein Zeichen, dass es nun Zeit wäre zu gehen.

»Peter, wir machen uns wieder auf den Weg. Wie kommt ihr denn alle nach Hause?« Sie machte sich Sorgen, dass sie noch Auto fahren würden, obwohl keiner mehr nüchtern genug war, um sich ans Steuer zu setzen.

»Wir haben einen Uber-Fahrer, der auf unseren Anruf wartet – einen Bekannten von Freddie. Seid ihr sicher, dass ihr nicht mehr bleiben wollt? Hier spielt gleich noch eine Band, die ist bestimmt ganz toll.«

»Nein, wir müssen ja noch ganz bis Chatham zurück, da wollen wir nichts riskieren. Aber es war ein schöner Abend, vielen Dank.«

»Ja, sehr schön. Toll, dass ihr gekommen seid.« Peter lallte ein wenig. »Ich ruf dich an, dann machen wir was aus.«

»Okay. Ciao, Peter.« Sie verabschiedeten sich auch von den anderen, die immer noch sangen und anscheinend gar nicht mitbekamen, dass sie gehen wollten, sodass sie nur noch winkten und sich Richtung Ausgang durchschlängelten. Am Verkaufsstand holte Caitlin sich noch ein Sweatshirt, und wenige Minuten später saßen sie im Auto.

»Und? Was hältst du von Peter und seinen Freunden?«, fragte Caitlin, während sie Richtung Highway fuhren.

»Für einen Haufen betrunkener reicher Schnösel fand ich sie einigermaßen nett«, meinte Julia.

Caitlin lachte. »Ich habe den Eindruck, die Jungs machen keine halben Sachen. Der Spruch ›work hard, play hard‹ passt bei denen wie die Faust aufs Auge.«

»Die wichtigste Frage lautet aber doch, was du von ihnen hältst. Willst du Peter wiedersehen? Weißt du, ob er mit jemandem zusammen ist?«

»Ich muss davon ausgehen, dass er eine Freundin hat, zumindest eine Affäre. Peter hat schon immer gern geflirtet, und jetzt ist er dazu noch reich, was ihn noch attraktiver macht. Ich habe keine Ahnung, ob er sich tatsächlich noch mal meldet, und wenn, dann glaube ich nicht, dass ich mich fest auf ihn einlassen würde. Das scheint mir viel zu kompliziert, insbesondere über die Distanz.« Noch dazu nach seinen Bemerkungen über Julia. Caitlin wollte es ihr gegenüber nicht ansprechen – aber vergessen konnte sie es auch nicht.

47. Kapitel

»Das Labor-Day-Wochenende ist vorbei, und ehe wir es uns versehen, ist Columbus Day, und Sie werden uns verlassen. Ist das tatsächlich immer noch Ihr Plan?« Ed trank einen Schluck von seinem Kaffee und gab noch einen Löffel Zucker dazu, während Caitlin seinen Frischkäse-Zwiebel-Bagel in eine Tüte schob. Sie hatte ihm in ihrer ersten Unterhaltung erzählt, dass sie hier nur den Sommer über als Aushilfe arbeiten würde. Er hatte ein gutes Gedächtnis.

Betty Smith, eine andere Stammkundin, die hinter ihm in der Schlange stand, hatte seine Frage gehört. »Ach nein, meine Liebe, ich hoffe doch sehr, dass sich das mittlerweile geändert hat. Wir würden Sie nämlich sehr vermissen.«

Caitlin lächelte. »Doch, das ist immer noch der Plan. Aber ich werde Sie alle auch vermissen. Das war ein schöner Sommer für mich.«

»Wird das Café denn geöffnet bleiben?«, wollte Betty wissen.

»Ja«, versicherte Caitlin. »Wir werden bald jemand Neues einstellen, der oder die meine Aufgaben übernimmt.«

»Tja, wie Betty schon sagte: Wir werden Sie sehr vermissen. Aber jetzt sind Sie ja noch hier – und ich konzentriere mich lieber auf das Positive.« Ed nahm seine Sachen und trat zur Seite, damit Betty bestellen konnte. »Bis morgen, Caitlin.«

Den restlichen Tag über war wie immer viel los, und Caitlin kam kaum zu ihrer halbstündigen Mittagspause. Schnell schlang sie ihr Sandwich hinunter und ging in die Buchhandlung, um hallo zu sagen.

Alison und Brooklyn standen an der Kassentheke. Jetzt, wo sie nicht mehr für das Magazin arbeitete, war Alison den ganzen Tag im Laden. Neben Brooklyn, die in Vollzeit arbeitete, gab es noch eine Handvoll Teilzeitkräfte. Caitlins Mutter arbeitete auch hin und wieder im Verkauf, kümmerte sich aber mehr um die Büroangelegenheiten, was sie auch von zu Hause aus erledigen konnte. Wenn sie wieder in Charleston wäre, könnte es also reibungslos so weiterlaufen. Und sobald sie eine Nachfolge für Caitlin gefunden hätten, stand auch dem weiteren Erfolg des Coffee Shop nichts im Wege.

Sie hatte mit Sally gesprochen, die gern mehr Stunden übernehmen würde, aber kein Interesse an mehr Verantwortung hatte. Joan wollte keine längere Arbeitszeit, und Everly und Samantha ging es genauso, da beide für ihr Studium lernen mussten. Allerdings war Everly etwas flexibler, weil sie im nächsten Semester weniger Kurse hatte. Sie brauchten also nur eine fähige Kraft zu suchen, die Schichtarbeit leisten und sich um den Warenbestand kümmern konnte. Die Vorstellung, ihre Aufgaben abzugeben, machte Caitlin traurig. Aber sie wusste, es wurde allmählich Zeit, sich um einen richtigen Job zu kümmern.

Zu Hause angekommen, stellte sie sich lange unter die heiße Dusche und zog dann eine bequeme Sporthose und den neuen *Beachcomber*-Pulli an. Sie war allein im Haus. Ihre Großmutter hatte einen Zettel hinterlassen, sie sei zum Tennisspielen im Club, und wo ihre Mutter war, wusste sie nicht. Caitlin machte sich eine Tasse Tee, setzte sich damit an die Kücheninsel und klappte ihren Rechner auf.

Zum ersten Mal, seit sie in Chatham war, ging Caitlin online und rief die Jobangebote für Charleston auf. Das Ergebnis war frustrierend – es gab nichts, wofür sie qualifiziert war, außer Arbeit im Einzelhandel. Kundenservice-Jobs im Call-Center interessierten sie nicht, und für Verwaltungsarbeit konnte sie sich nicht im mindesten begeistern. Natürlich könnte sie sich bei der Zeitarbeit melden, da gab es immer irgendetwas, aber das waren nur Gelegenheitsjobs, die sie nicht ewig machen wollte.

Seufzend öffnete sie den Gefrierschrank, nahm das Kaffee-Schoko-Eis heraus und gönnte sich eine große Portion. Sie kam sich vor wie ein Kind, das die Sommerferien genoss und keine Lust hatte, im Herbst wieder in die Schule zu gehen. Die Stellenangebote entsprachen genau dem, was sie befürchtet hatte – deshalb hatte sie sich ja den ganzen Sommer davor gedrückt, sie durchzusehen. Vielleicht würde es besser laufen, wenn sie erst einmal in Charleston wäre und sich bei einer Zeitarbeitsfirma angemeldet hätte. Vielleicht wusste eine ihrer Freundinnen ja von einer freien Stelle.

Caitlin nahm ihr Eis mit ins Wohnzimmer und ließ sich aufs Sofa plumpsen. Dann suchte sie auf Netflix, bis sie die eine romantische Komödie fand, die sie sehen wollte. Sie wusste nicht mehr, wie oft sie sich *Harry und Sally* schon angeschaut hatte, aber wenn sie in so schlechter Stimmung war wie jetzt, war es genau der richtige Film, um sie aufzumuntern.

Bei etwa der Hälfte plingte ihr Handy mit einer Textnachricht. Sie war von Jason.

Ich nehme mir morgen Nachmittag frei, um angeln zu gehen. Das Wetter soll gut werden. Möchtest du mitkommen? Ist Dienstag immer noch dein freier Tag?

Schmunzelnd textete Caitlin ihre Antwort.

Ja und ja. Ich hab allerdings noch nie geangelt und werde wohl eine Lehrstunde brauchen.

Jason antwortete umgehend.

Kein Problem. Komm um 11 zum Boot.

*

Am nächsten Morgen befüllte Caitlin eine kleine Kühltasche mit Wasser, Eistee und frisch geschnittener Rohkost mit Joghurtdip. Außerdem packte sie eine Tüte Kartoffelchips ein. Jason hatte am Morgen geschrieben, er werde für ihr Mittagessen Truthahnsandwiches mitbringen. Auf dem Weg zur Marina holte Caitlin noch zwei Kaffee. Kurz vor elf war sie an der Pier, wo Jason bereits an Bord der *Wicked Beauty* herumwerkelte.

Er half ihr ins Boot, und sie stellte ihre Kühltasche in der Kabine neben seine. Es war ein sonniger Tag und trotzdem ein wenig kühl, sodass sie froh war, ihren Pulli mitgenommen zu haben. Während Jason die Leinen löste, zog sie ihn an und kam wieder an Deck. Sein Blick fiel auf das *Beachcomber*-Logo.

»Wie war es denn neulich Abend? Hast du dich amüsiert?«

»Es war ganz okay. Ein tolles Ambiente. Unsere Freunde haben den Abend aber ein bisschen zu sehr genossen. Als wir gingen, haben sie lautstark gesungen.«

Jason lachte. »Das ist im *Beachcomber* gar nicht mal so ungewöhnlich.«

»Ich habe keine Ahnung, wie sie das schaffen. Alle arbeiten in der Finanzbranche und scheinen alles mit einer ungeheuren Intensität zu machen, Arbeit wie Freizeit.« Sie erzählte von dem Privatjet und der Fünf-Millionen-Dollar-Immobilie.

Jason pfiff zwischen den Zähnen. »Das ist ja echt irre. Eine ganz andere Welt als die, in der ich lebe.«

»Ich auch.«

»Aber viele wollen das. Es ist *der* Traum für sie. Von allem mehr haben.«

Caitlin schnitt eine Grimasse. »Zu viel von einer Sache ist nicht immer unbedingt das Beste. Für mich ist das jedenfalls nichts.«

»Freut mich zu hören. Dann werden wir dich also nicht so bald an New York verlieren?«, meinte er augenzwinkernd.

»Eher nicht, nein.«

Er sah aus, als wollte er noch etwas sagen, überlegte es sich dann aber offensichtlich anders und konzentrierte sich darauf, sein Boot aus dem Hafen zu steuern. Ein Stück weiter draußen schaltete er den Motor aus, warf den Anker und holte zwei Angelruten aus der Kajüte. Eine davon gab er Caitlin.

»Hier in diesem Gebiet gibt es viele Felsenbarsche. Ich habe drei Sorten Köder mitgebracht – Heringe, kleine Barsche und Muscheln. Mal schauen, was am besten funktioniert.«

Jason bestückte ihren Angelhaken mit einem Hering und zeigte ihr, wie sie die Schnur ins Wasser werfen sollte. Danach sah sie ihn an und wartete auf weitere Instruktionen.

»Mach es dir bequem. Wir warten.«

Schweigend saßen sie nebeneinander und ließen sich von der Sonne bescheinen, während das Boot sanft hin und her schaukelte. Das Meer war so ruhig, dass es sich eher wie ein sanftes Wiegen anfühlte.

Eine gute halbe Stunde saßen sie einfach nur da und tranken in einvernehmlichem Schweigen ihren Kaffee. Hin und wieder spürte Caitlin ein leichtes Ziehen an der Angelschnur und sprang auf, aber es war doch nichts weiter zu sehen.

»Beim Angeln geht es vor allem um Geduld. Oft merke ich noch nicht mal, dass ein Fisch am Köder knabbert, aber es ist trotzdem schön und entspannend, hier draußen zu sitzen.«

»Das stimmt.« Caitlin hatte nie verstanden, was am Angeln so toll sein sollte, aber jetzt spürte sie es am eigenen Leib. Es war beinahe meditativ. Man konnte seine Gedanken und Sorgen einfach loslassen und spürte nur die Bewegung des Wassers von unten und die Wärme der Sonne von oben. Sie schloss die Augen und glitt allmählich in diesen wunderbaren, tranceähnlichen Zustand, in dem man beinahe schlief, aber nicht vollständig. Ein scharfes Ziehen an ihrer Schnur riss sie jedoch aus ihrer Träumerei, und sie stand auf und hielt die Angelrute fest, die sich immer wieder nach unten bog.

»Oh, bei dir hat was angebissen. Versuch, die Schnur ganz langsam einzuholen.«

Sie tat es und lachte, als sie einen riesigen Fisch aus dem Wasser zog.

»Der ist ja gigantisch! Ist das ein Felsenbarsch?«

»Sieht ganz so aus. Komm, wir holen ihn ins Boot.« Jason trat hinter sie, schlang die Arme um ihren Körper und half mit, den Fisch an Deck zu bringen. Plötzlich von seinen Armen umschlossen zu sein kam unerwartet und löste seltsame Gefühle in ihr aus. Unerwartet schöne Gefühle. Sobald der Fisch im Boot war, ließ Jason sie los und verstaute ihn in einer Kiste mit Eis.

»Du kannst ihn mit nach Hause nehmen und kochen. Oder … wenn du magst, können wir nachher auch zu mir gehen, und ich lege ihn auf den Grill.« Er grinste. »Ich mache den besten Felsenbarsch, den du je gegessen hast.«

Caitlin wurde neugierig. Ihr gefiel die Vorstellung, dass Jason für sie kochte. »Legst du ihn einfach auf den Grill? Gegrillt schmeckt sowieso alles besser.«

»Jep, aber der Trick besteht in dem, was ich vorher mache. Ich reibe ihn mit Mayonnaise und einer speziellen Marinade ein. Du wirst schon sehen. Es sei denn, du willst ihn lieber mit nach Hause nehmen …«

Caitlin lachte. »Jetzt bin ich natürlich gespannt, wie du das machst. Lass uns zu dir gehen.«

»Gern. Wie es aussieht, habe ich nicht so ein Glück wie du. Und … ich weiß ja nicht, wie es dir geht, aber ich habe inzwischen Hunger. Sollen wir kurz mal eine Snackpause einlegen?«

Sie verputzten die Sandwiches, knabberten Chips mit Dip und ließen das Gemüse vorerst unangetastet. Danach angelten sie noch eine Weile, aber es biss kein Fisch mehr an.

»Hast du deinen Badeanzug dabei? Nicht weit von hier ist eine Stelle, wo man super schwimmen kann. Nicht so tief und ganz klares Wasser.«

Caitlin hatte ihr Sweatshirt schon kurz nach Beginn ihres Ausflugs wieder ausgezogen, weil es in der Sonne doch schnell warm geworden war. Sie hob den Saum ihres T-Shirts an, um den Badeanzug darunter zu zeigen. »Ich bin bereit.«

Jason holte den Anker ein, fuhr zu der Stelle, die er beschrieben hatte, und ließ den Anker wieder ab. Dann sprang er vom Boot und winkte kurz darauf aus nicht allzu weiter Entfernung. Das Wasser reichte ihm nur bis knapp zu den Schultern, es war also wirklich nicht sehr tief. Caitlin setzte sich auf den Bootsrand und ließ sich ins kühle Nass gleiten. Zuerst fror sie ein bisschen, doch schon bald hatte sie sich an die Temperatur gewöhnt und schwamm zu Jason hinüber. Lange blieben sie allerdings nicht im Meer. Immer wieder hatte Caitlin das Schild von Cahoon Hollow Beach vor Augen, das vor weißen Haien gewarnt hatte, und sie wusste, dass diese auch in flacheres Wasser vordrangen.

»Ich habe eine App auf dem Handy, die ziemlich genau anzeigt, wo sich gerade Haie aufhalten«, sagte Jason, »jedenfalls die, die sie markiert haben. Wahrscheinlich gibt es auch ein paar, von denen sie noch nichts wissen.« Er zeigte ihr die App, und Caitlin bekam große Augen, als sie all die kleinen Haisymbole sah, die um das Cape herum unterwegs waren, vor allem bei Chatham und weiter südlich zwischen Wellfleet und Provincetown.

»Wie gut, dass du mir die vorher nicht gezeigt hast.«

Jason lachte. »Ja, das dachte ich mir schon. Möchtest du, dass wir zu einer anderen Stelle fahren und noch einmal unser Glück beim Angeln versuchen?«

»Gern.«

Er schipperte ein Stück an der Küste entlang, bis ihm eine Stelle gefiel, an der er wieder vor Anker ging. Diesmal benutzten sie Muscheln als Köder. Sie warfen die Angeln aus und bezogen erneut ihre entspannte Position. Das Schwimmen hatte

Caitlin erfrischt, sodass sie in der Nachmittagssonne nicht mehr müde wurde. Und auch Jason wurde gesprächiger. Er erzählte ihr von der Zeit, in der er mit Tim zusammengewohnt hatte, bevor jeder in seine eigene Wohnung gezogen war.

»Er hat seine Musik lange Zeit sehr ernst genommen. Ich glaube, es ist immer noch sein Traum, auch wenn er jetzt mit seinem Job als Steuerberater ganz zufrieden ist. Er macht seinen Job gut, aber … er brennt nicht wirklich dafür.«

»Brennst du denn fürs Klempnern?«

»Autsch. Touché.«

»Nein, so meinte ich das nicht. Ich meinte nur, dass es nicht das ist, wovon du ursprünglich geträumt hast, aber jetzt, wo du es machst, bist du glücklicher als mit dem, was du vorher gemacht hast. Verstehst du, was ich meine?«

»Du hast recht. Die Arbeit gefällt mir, und ich freue mich, wenn ich den Leuten helfen kann. Niemand ist glücklich, wenn er den Installateur bestellen muss.«

»Ja, das stimmt. Aber du bist gut in deinem Job, und es muss schön sein, ein eigenes Geschäft zu haben, anstatt für jemand anderen zu arbeiten.«

»Ja, das gefällt mir. Sehr sogar.«

»Fehlt es dir, einen Mitbewohner zu haben? Es klang, als hätten du und Tim viel Spaß zusammen gehabt.«

»O ja, das war lustig. Damals waren wir ja auch viel mit der Band unterwegs, bis ich dann den Betrieb übernahm und es zeitlich nicht mehr geschafft habe.«

»Tim macht trotzdem noch beides. Treten sie denn oft auf?«

»Nicht mehr so oft wie früher. Die anderen haben auch nicht mehr so viel Zeit, deshalb bleiben ihre Gigs überschaubar. Meistens spielen sie im Sommer. Tim würde zwar gern mehr machen, aber wenigstens kann er so hin und wieder auftreten.« Jason lächelte. »Manchmal vermisse ich die Zeit durchaus. Wir sind nachts immer lang aufgeblieben und haben morgens ewig lang geschlafen. Spät ins Bett zu gehen ist allerdings nicht mehr so lustig, wenn man morgens um sieben eine verstopfte Toilette reparieren muss.«

Caitlin lachte. »Das kann ich mir vorstellen.«

Sie angelten noch eine knappe Stunde, und gerade, als sie aufhören wollten, fing Jason ebenfalls einen Felsenbarsch. Da der jedoch eineinhalb Zentimeter zu kurz war, warf er ihn wieder ins Meer zurück.

»Das ist schon in Ordnung. Mit deinem haben wir mehr als genug zu essen. Lass uns zurückfahren.«

Eine halbe Stunde später legten sie wieder im Bootshafen an. Jason vertäute das Boot und trug die Eisbox mit dem Fisch von Bord. Caitlin folgte ihm zum Parkplatz, wo er ihr seine Adresse gab, damit sie sie in ihr Navi eingeben konnte für den Fall, dass sie ihn aus den Augen verlor. Aber sie konnte ihm problemlos folgen. Sein Haus war im typischen Stil der Cape-Region erbaut, mit einer rund ums Haus verlaufenden Veranda und großem Garten, und es lag nicht weit vom Strand entfernt, sodass man das Meer sehen konnte.

Das Innere beeindruckte Caitlin noch mehr. Das Haus war nicht groß, aber hell und luftig, mit viel Weiß und marineblauen Akzenten. Die Küchenschränke waren dunkelblau und die Wände und Kücheninsel leuchtend weiß, sodass auch dieser Raum etwas Nautisches hatte. Außerdem war alles sehr sauber und aufgeräumt.

Jason lächelte sie an. »Es ist fünf Uhr – möchtest du ein Glas Wein oder ein Bier?« Er stellte die Kühlbox in die Spüle und wusch sich die Hände, bevor er den Kühlschrank öffnete.

»Ich hätte gern einen Wein, danke.« Er schenkte ihr einen Rotwein ein und machte für sich selbst ein Bier auf.

»Ich gehe mal den Fisch saubermachen. Möchtest du mitkommen und die Terrasse sehen?«

Caitlin folgte ihm nach draußen, wo eine weitere Küchenzeile mit Spüle und Arbeitsfläche stand und daneben ein riesiger Weber-Grill.

»Wow, das sieht schick aus.« Bei ihnen im Süden und auch im Westen hatte Caitlin schon Outdoor-Küchen gesehen, aber in New England baute man sie eher selten, weil es dort im Winter kälter war.

Jason lachte. »Tja, das ist einer der Vorteile, wenn man selbst Installateur ist. Ich dachte: warum nicht? An Tagen wie heute ist das äußerst praktisch.« Er nahm den Fisch aus und ging ins Haus, um kurz darauf mit Alufolie, einer Zitrone, Mayonnaise und einer Schüssel mit irgendwelchen Bröseln wiederzukommen.

»Ist das dein geheimes Topping?«, wollte Caitlin wissen.

»Stimmt genau. Aber so geheim ist es gar nicht. Das sind einfach zerkrümelte Ritz-Cracker, ein bisschen geschmolzene Butter, ein Paar Prisen Thymian, Salz und Pfeffer und ein Spritzer von dem hier.« Er träufelte ungefähr zwei Teelöffel Bier auf die Mischung und rührte um. Dann stellte er den Grill an, legte die Alufolie auf den Rost, teilte den Fisch längs in zwei Hälften und legte ihn auf die Folie. Er strich beide Hälften mit Mayonnaise ein und verteilte gleichmäßig sein Topping darauf.

»Kann ich irgendetwas helfen?«, wollte Caitlin wissen, als er den Grill zuklappte.

»Eigentlich gibt es nichts mehr zu tun«, sagte er. »Ich habe noch ein bisschen Kartoffelsalat, den wir dazu essen können, und einen Rest gegrillten Spargel. Den werfe ich nachher noch dazu, damit er warm wird, ansonsten können wir jetzt einfach ausruhen.«

Er führte sie zu einem gemütlichen Outdoor-Sofa. Seine Terrasse wirkte wie der Ort, an dem er sich am häufigsten aufhielt. Zum Sofa passend gab es noch drei Sessel und einen Gasofen mit breiter Griffleiste, die man als Tisch benutzen konnte.

Es wurde ein wenig frischer, und Caitlin zog wieder ihr Sweatshirt über.

»Hast du dir schon überlegt, wo du in Charleston wohnen wirst, wenn du wieder zurückgehst?«, erkundigte sich Jason.

»Das ist alles noch sehr vage. Meine Eltern wollen das Haus verkaufen, und ich hätte ja auch gern mal etwas Eigenes, aber bevor ich keinen festen, sicheren Job habe, kann ich mir das abschminken. Ich werde also erst einmal bei meiner Mutter bleiben. Mein Erfolg auf dem Arbeitsmarkt ist bisher nicht so berauschend, deshalb würde ich ungern zu früh etwas kaufen und dann womöglich meinen Job verlieren – wieder einmal.«

Sie erzählte Jason von all ihren Fehlschlägen. Es war ihr ein wenig peinlich. »Ich habe das Gefühl, ich hätte das schon längst mal auf die Reihe kriegen sollen«, gestand sie.

»Du hast den richtigen Job nur noch nicht gefunden. Manche Leute wissen früh, was sie wollen, bei anderen dauert das eben länger.« Sein Blick war mitfühlend, sein Lächeln ermutigend. »Ich wüsste nicht, dass irgendeiner meiner College-Freunde genau das macht, wofür er studiert hat. Die Dinge ändern sich nun mal, während man durchs Leben geht. Du wirst schon noch das Richtige finden.«

»Das hoffe ich.«

»Konzentriere dich auf das, was dich glücklich macht – und nicht unbedingt auf das, was du meinst, tun zu müssen. Die Erwartungen anderer können sich durchaus als Fallstricke erweisen.«

»Ja, das ist wahr.« So lange schon hatte sie sich Gedanken darüber gemacht, was andere von ihr erwarteten. Viel zu lange.

»Der Fisch sollte gleich fertig sein. Magst du Teller und den Kartoffelsalat aus der Küche holen?«

Caitlin fand Teller und Besteck und holte den Salat aus dem Kühlschrank. Draußen legte Jason ihr ein großes Stück köstlich duftenden Fisch auf den Teller. Er schnitt die Zitrone in Scheiben, und sie drückte eine davon über ihrem Fisch aus. Als alles fertig war, setzten sie sich wieder aufs Sofa. Der Felsenbarsch hatte festes weißes Fleisch, das sehr mild schmeckte, und das Topping war buttrig und lecker.

Beim Essen plauderten sie über den Rest ihrer Woche. Jason hatte bis zum Wochenende gut zu tun, und Caitlin würde jeden Tag im Coffee Shop arbeiten.

»Julia meinte, sie wolle am Freitagabend ein paar Leute zu sich einladen. Weißt du mehr darüber?«, fragte Jason.

»Ich glaube, sie will ein Abendessen in kleiner Runde veranstalten, aber ich bin nicht ganz sicher, wer alles dabei sein soll. Sie meinte nur, ich solle Freitagabend kommen.«

Jason nickte. »Bei mir passt es jedenfalls.«

Caitlin aß ihren Teller bis zum letzten Krümel leer und war bis obenhin satt. Als Jason ihr einen Nachschlag anbot, musste sie zu ihrem eigenen Bedauern ablehnen.

»Ich wünschte, ich würde noch was reinkriegen – es war wahnsinnig lecker.«

»Ich werde dir die Reste einpacken – immerhin war es ja dein Fisch.«

Caitlin half noch beim Abwasch, und nachdem alles verstaut war und Jason ihr eine Frischhaltedose befüllt hatte, leerte sie ihr Weinglas und fand, dies sei ein guter Zeitpunkt, um sich zu verabschieden. Doch als sie das Glas gerade ausspülen wollte, bot Jason ihr noch etwas an.

»Wie wäre es mit einem zweiten Glas Wein? Es ist noch früh – und ein wunderbarer Abend. Wir könnten noch eine Weile draußen sitzen.« Es war mild und klar, und sie hatte zu Hause nichts weiter zu tun.

»Klar, warum nicht?«

Er schenkte ihr nach und machte sich selbst noch ein Bier auf. Dann setzten sie sich wieder auf die Terrasse und redeten weiter über Gott und die Welt. Caitlin gefiel es, wie leicht sie sich mit Jason unterhalten konnte. Es gab keine unangenehmen Pausen und immer irgendetwas zu erzählen. Sie sprachen über

Bücher und Filme, die sie in letzter Zeit gesehen hatten, und auch einige ernste Themen, wie etwa die Todesstrafe oder den Klimawandel.

»Ich habe mir überlegt, Solarzellen aufs Dach zu bauen. Ein Freund von mir hat das gemacht und spart jede Menge Stromkosten«, sagte Jason.

Sie debattierten auch, welche Serie lustiger sei, *Seinfeld* oder *Friends*.

»*Seinfeld*, definitiv!«, befand Jason. »Er und Larry David sind Genies. Die Comedyshow-Szenen am Anfang gehören mit zu den lustigsten Stand-ups, die ich je gesehen habe.«

»Mir gefällt *Seinfeld* auch sehr gut, aber bei *Friends* muss ich die ganze Zeit lachen, und es ist noch dazu eine gute Story.«

»Wenn du bis zum Ende deines Lebens nur noch eine gucken dürftest – welche wäre das?«

Caitlin zögerte keine Sekunde. »*Friends* natürlich.«

»Uh, dann ist ja alles klar: Wir können nie mehr als nur gute Freunde sein. Wer *Friends* vorzieht, ist für mich inakzeptabel.«

Caitlin lachte. »Als ob du je etwas anderes in Betracht gezogen hättest!«

Jason schwieg. Er sah sie nur an, bis sie den Blick abwandte. Sie trank ihren Wein aus. »Ich sollte dann mal los. Wir müssen ja beide früh aufstehen.« Mittlerweile war es kurz nach zehn – sie hatte zwischendurch jegliches Zeitgefühl verloren.

»Ich bringe dich noch raus.« Jason nahm ihre Tupperdose und begleitete sie zu ihrem Wagen.

»Ich hatte einen ganz wunderbaren Tag. Danke dafür«, sagte Caitlin.

»Gern geschehen. Und gerne wieder.«

Jason zog sie zum Abschied in die Arme und sah sie auf eine Weise an, die in ihr ein elektrisierendes Kribbeln hervorrief. Da war deutlich etwas zwischen ihnen zu spüren. Einen Moment lang dachte sie, er würde sie küssen, und sie merkte, dass sie sich danach sehnte. Sehr sogar. In gespannter Erwartung hielt sie schon die Luft an, doch dann zögerte er und drückte sie nur einmal kurz.

»Okay. Wir sehen uns dann also am Freitag bei Julia«, sagte er.

Enttäuscht atmete Caitlin aus. Trotzdem lächelte sie ihn an. Freitag war ja schon bald, und da würde sie ihn wiedersehen. »Genau. Bis Freitag.«

48. Kapitel

»Ich habe heute Morgen mit Gina von der Immobilienagentur nebenan gesprochen, und sie sagte, sie habe Büroräume im Angebot. Einen in unserem Gebäude und zwei in der Nähe. Wenn du immer noch darüber nachdenkst, eine eigene Kanzlei zu eröffnen, kannst du ja mit ihr Kontakt aufnehmen. Du solltest dich allerdings beeilen, auf dem Immobilienmarkt ist gerade ungemein viel los.« Jess hörte die Sprachnachricht ihrer Steuerberaterin Lee ab.

Lee arbeitete in einem großen Bürogebäude in der Innenstadt. Es wäre der ideale Ort für eine neue Anwaltskanzlei. Und sie wusste, dass sie schnell zugreifen müsste, denn Immobilien waren gerade sehr begehrt.

Jess buchte einen Flug für den nächsten Morgen, sodass sie gegen Mittag in Charleston wäre. Sie könnte ein paar Tage bleiben, sich um weitere Angebote kümmern und vielleicht ein paar Freundinnen treffen. Wohnen wollte sie in dieser Zeit im Haus, allerdings ohne Parker, also schrieb sie ihm eine Nachricht und bat darum, dass er in diesen Tagen woanders unterkommen möge. Eigentlich hatte sie Widerstand erwartet, aber er ging so schnell darauf ein, dass sie sich fragte, ob er überhaupt noch im Haus lebte. Vielleicht war er ja bereits ausgezogen und wohnte mit Linda in der neuen Eigentumswohnung.

Am nächsten Morgen verließ sie früh das Haus, fuhr nach Hyannis, flog nach Boston und von dort nach Charleston. Sie nahm ein Uber zu ihrem Haus, stellte den Koffer ab, sprang in ihr eigenes Auto und fuhr zu der Maklerin, um sich das freie Büro zeigen zu lassen. Das Gebäude war wirklich schön und wunderbar zentral gelegen, und der freie Raum befand sich gleich im Erdgeschoss. Er war großzügig geschnitten, mit Fenstern vom Boden bis zur drei Meter hohen Decke, die viel Sonne einließen. Eine Wand bestand aus unverputztem Backstein, was Jess schon immer schön gefunden hatte. Es war perfekt. Dennoch zögerte sie, ein Angebot zu unterbreiten.

»Ja, das will gut überlegt sein«, sagte Gina. Sie war eine bekannte und erfolgreiche Immobilienmaklerin und sah in ihrem knallrosa Kostüm mit elfenbeinfarbener Seidenbluse, Perlenkette und kessem braunem Bob auch entsprechend aus. »Wir können uns die anderen zwei ja auch noch ansehen, und dann wägen Sie einfach ab.« Die anderen Büroräume lagen nur ein paar Straßen entfernt, sodass sie zu Fuß hingehen konnten. Sie waren auch schön, aber nicht so groß wie das erste Objekt.

»Nun, die beste Wahl scheint mir ziemlich eindeutig zu sein, aber die Entscheidung liegt natürlich bei Ihnen. Wir haben viele Interessenten, also entscheiden Sie sich bitte möglichst schnell. Was denken Sie?«

»Ich finde alle drei Räume schön, aber der erste wäre für meine Belange perfekt. Allerdings möchte ich mich noch nicht sofort entscheiden. Kann ich Sie in ein oder zwei Tagen dazu anrufen?«

»Aber natürlich. Sie haben ja meine Nummer.«

Jess versprach, sich zu melden, sobald sie eine Entscheidung getroffen hätte.

Zu Hause verspürte sie eine eigenartige Unruhe. Sie wanderte im Haus umher, das sich fremd anfühlte – ein Ort, an den sie nicht mehr gehörte. Das frühe Aufstehen und die Reise hatten sie erschöpft, und sie beschloss, Badewasser einzulassen und sich eine Weile in die Wanne zu legen. Sie machte sich eine Tasse Zimttee und fand ein Buch, das sie vor urlanger Zeit einmal angefangen hatte, und nahm beides mit ins Bad.

Die nächste Stunde verbrachte sie bis zum Hals in dickem,

weißem Badeschaum. Zu Anfang nippte sie hin und wieder an ihrem Tee und versuchte, sich auf das Buch zu konzentrieren, aber schon nach fünf Minuten gab sie auf, lehnte den Kopf auf den Wannenrand und schloss die Augen. Es fühlte sich gut an, einfach nur dazuliegen und die Wärme zu genießen.

Entspannt ließ sie sich die Optionen noch einmal durch den Kopf gehen. Sie könnte das Haus verkaufen und eine Wohnung nehmen, die näher an der neuen Kanzlei lag, damit sie nicht mehr zu pendeln bräuchte. Caitlin würde das sicher auch gefallen, denn Jess war klar, dass sie noch eine Weile bei ihr wohnen würde, bis sie einen Job gefunden hätte, den sie behalten wollte. Und das erste Büro war im Grunde perfekt. Wenn sie es sich so vorstellte, gefiel ihr tatsächlich die Idee, noch einmal neu anzufangen und etwas Eigenes aufzubauen. Normalerweise war sie ein Mensch der schnellen Entscheidungen, und sie war selbst überrascht, dass sie nicht sofort zugegriffen hatte. Aber irgendetwas ließ sie zögern.

Immerhin würde es eine riesige Umstellung bedeuten. Und sobald sie einen Mietvertrag unterschrieben hätte, wäre sie in der Pflicht. Sie war ziemlich sicher, dass sie es so machen wollte. Sie musste nur eine Nacht darüber schlafen und alles verarbeiten, bevor sie endgültig die Weichen stellte. Und sie wollte ihre Freundinnen treffen, denn sie war neugierig, was die von ihrer Idee hielten, eine eigene Kanzlei zu eröffnen. Alles war so schnell gegangen, bevor sie und Caitlin nach Chatham aufgebrochen waren, dass sie ihren Freundinnen hier in Charleston noch nicht persönlich davon hatte erzählen können.

Plötzlich hatte sie Ryans Gesicht vor Augen und musste unwillkürlich lächeln. Sie waren noch einige Male zusammen ausgegangen – ein weiteres Mal ins Kino, einmal zum Pubquiz, und an einem Sonntagnachmittag hatten sie einen Ausflug zum Leuchtturm von Chatham unternommen, wo sie schöne Fotos gemacht hatte, und danach Minigolf gespielt.

Ryan hatte Wort gehalten und behandelte sie einfach wie eine gute Freundin. Jess gefiel es, dass sie sich auf diese Weise näher kennenlernten. Sie fühlte sich noch immer nicht bereit, mit jemand Neuem zusammen zu sein – nicht, bevor ihr Leben wieder in geregelten Bahnen verliefe. Aber sie genoss seine Gesellschaft. Durch ihn, ihre Mutter, Alison und Caitlin fühlte sie sich in Chatham richtig wohl.

Zuerst hatte es sich wie ihr üblicher Sommerurlaub angefühlt, aber inzwischen kam es ihr immer häufiger so vor, als wäre sie dort zu Hause. Chatham war ja nun mal ihre Heimatstadt, und sie konnte sich erinnern, dass sie früher für immer hatte dortbleiben wollen. Doch nun war Charleston ihr Zuhause, und es würde aufregend werden, sich der Herausforderung einer eigenen Kanzlei zu stellen. Die Versuchung war groß.

*

Am folgenden Tag traf Jess drei ihrer Freundinnen zum Mittagessen im Country Club. Ava, Caroline und Whitney kannte sie schon seit Jahren. Ihre Männer spielten mit Parker Golf, und ihre Kinder waren mit Caitlin auf die Privatschule gegangen. Ava führte eine erfolgreiche PR-Firma, und Jess hatte einmal gedacht, dass Caitlin dort arbeiten könnte, weil es ein ähnliches Aufgabenfeld war wie in der Werbeagentur damals. Caitlin fand PR jedoch zu verkaufsorientiert.

Und wenn sie genauer darüber nachdachte, konnte Jess das sogar verstehen. Ava verbrachte die meiste Zeit am Handy und war ständig damit beschäftigt, ihre Kunden in diversen sozialen Medien zu positionieren.

Caroline und Whitney hatten keine festen Jobs, leisteten jedoch ehrenamtliche Arbeit für örtliche Wohltätigkeitsorganisationen und richteten in diesem Rahmen Partys und Fundraising-Veranstaltungen aus. Ihre Männer stammten aus wohlhabenden alteingesessenen Charlestoner Familien und hatten mit Investment zu tun.

Auf Jess' Neuigkeit, eine eigene Kanzlei zu eröffnen, reagierten sie entsprechend unterschiedlich.

Ava sprach ihr Mut zu. »Das Büro hätte eine tolle Lage. Wie aufregend, etwas Neues aufzubauen! Ich wette, das läuft großartig für dich.«

»Auf mich wirkt das ziemlich riskant«, sagte Caroline. »Wäre es nicht sicherer, du würdest zu einer bereits etablierten Kanzlei wechseln? Ich kann mir nicht vorstellen, jetzt noch einmal von vorn anzufangen. Wie würdest du denn deine Klienten anwerben?«

»Sie kennt doch massenhaft Leute«, sagte Ava. »Sobald sie Werbung für die neue Kanzlei macht, hat sie mit Sicherheit sofort jede Menge Klienten.«

»Hm, ich weiß nicht«, sagte Whitney. »Die meisten unserer Freunde sind doch auch Freunde von Parker und schon seit Ewigkeiten bei seiner Kanzlei. Meint ihr, die würden wirklich wechseln? Wenn man zu einer bestehenden Kanzlei geht, muss man sich um so was nicht kümmern, weil es dort ja schon einen Klientenstamm gibt.«

»Am Anfang ist es vielleicht ein bisschen schwierig, aber Jess ist eine gute Anwältin. Früher oder später werden die Klienten schon kommen«, meinte Ava.

»Ihr habt alle recht. Natürlich macht es mir auch ein bisschen Angst, etwas Eigenes aufzubauen, aber in einer anderen Kanzlei sehe ich mich nun mal auch nicht. Es wäre genauso ein Neuanfang. Und wenn ich schon neu anfangen muss, dann lieber selbständig.« Ganz abgesehen davon, dass sie ja auch noch eine Buchhandlung und ein Café besaß. Manchmal fragte sich Jess, ob sie sich nicht zu viel aufbürdete, aber es war ja nicht so, als wäre sie mit allem allein. Sie hatte Alison und Caitlin, und irgendwie funktionierte es ja.

Ava lächelte. »Na, dann hast du doch deine Antwort. Sollen wir auf die neue Kanzlei anstoßen?« Sie hob ihr Glas.

Jess lachte. »Ich habe das ja noch gar nicht unter Dach und Fach. Der Maklerin habe ich gesagt, ich würde mich heute oder morgen entscheiden.«

»Hat sie dir gesagt, wie angespannt es gerade auf dem Immobilienmarkt ist? Wenn du das wirklich tun willst und das Büro dir gefallen hat, solltest du ihr lieber sehr schnell Bescheid geben«, riet Ava.

»Ja, das werde ich.«

»Und nun erzähl mal von Parker. Was ist da mit ihm und dieser Frau und dem Kind? Glaubst du, dass sie zusammenbleiben werden?«, wollte Caroline wissen. Jess lächelte. Alle kannten Lindas Namen, nannten sie aus Loyalität zu ihr aber immer »diese Frau«.

»Wirst du das Haus behalten?«, wollte Whitney gleichzeitig wissen.

Jess brachte ihre Freundinnen auf den neuesten Stand.

»Ich bin mir nicht sicher, aber ich vermute, dass sie schon zusammenwohnen. Er hat, ohne mich zu informieren, eine Eigentumswohnung angezahlt. Allerdings habe ich etwas Ähnliches gemacht – ich habe auf dem Cape, ohne es ihm zu sagen, eine Buchhandlung und einen Coffee Shop gekauft. Ich hatte Angst, dass er sich querstellt, und brauchte in diesem Sommer eine neue Aufgabe.«

»Und wie läuft diese Buchhandlung? Das ist doch aber nur eine Investition, oder? Die eigentliche Leitung hat deine Freundin?«, fragte Ava.

»Ja, Alison ist meine Geschäftspartnerin. Am Anfang war es ein bisschen zäh, aber mittlerweile läuft es ganz gut.«

Beim Essen erfuhr Jess nun ihrerseits alle Neuigkeiten aus Charleston. Zwei weitere Frauen aus ihrem Bekanntenkreis hatten ebenfalls die Scheidung eingereicht.

»Es tut mir wirklich leid für sie. Beide waren über dreißig Jahre verheiratet«, sagte Caroline.

»Tja, genau wie ich«, sagte Jess. »Nach so langer Zeit ist es echt schwer.«

»Ich kann mir das überhaupt nicht vorstellen.« Whitney erschauerte. »Ich könnte das nicht durchziehen, glaube ich. Nicht nach so vielen Jahren.«

Jess war nicht sicher, was sie dazu sagen sollte. In ihrer Situation hatte sie nun wahrlich keine große Wahl gehabt. Nach allem, was geschehen war, mit Parker zusammenzubleiben, stand außer Frage. Aber sie vermutete, dass manche Frauen sich trotzdem nicht scheiden lassen würden. Whitney und Caroline hatten zwar kein eigenes Einkommen, aber im Fall einer Scheidung wären sie dennoch finanziell abgesichert, schätzte Jess – während andere in weniger wohlhabenden Verhältnissen in keiner so guten Position wären. Jess war froh, dass sie einen eigenen Beruf hatte und für sich selbst sorgen konnte.

»Mitte Oktober findet der Herbstball statt«, sagte Caroline. »Bist du dann schon wieder zurück, Jess?«

»Nein, wir bleiben das Wochenende über noch auf dem Cape und kommen erst danach wieder.«

»Oh, wie schade, der Ball wird sogar noch größer und schöner als im letzten Jahr. Ich habe ein tolles Kleid bei Middleton's gefunden«, sagte Whitney. Stirnrunzelnd fügte sie hinzu: »Wobei es bestimmt hart für dich wäre, ohne Parker dort hinzugehen.« Sie schnitt eine Grimasse. »Besonders, wenn er mit … *ihr* auftaucht.«

»Jedes Event, das Jess von nun an das erste Mal wieder besucht, wird schwer«, sagte Ava. »Aber danach kann es nur besser werden.« Sie lächelte so strahlend, als wollte sie Jess damit überzeugen, dass alles gut werden würde. Doch Jess wusste, dass an Whitneys Bedenken viel Wahres dran war. Wenn sie das erste Mal allein zu Bällen oder Wohltätigkeitsveranstaltungen ginge, würde man sie anstarren und hinter vorgehaltener Hand flüstern. Und wenn Parker und Linda auch dort wären … Ihr Magen zog sich zusammen.

Sie würde es durchstehen, und das musste sie auch, aber es war nicht unbedingt eine schöne Aussicht.

Die Vorstellung, auch nur irgendeine dieser Veranstaltungen allein zu besuchen, machte sie traurig. Sie war immer mit Parker zusammen gegangen, der es liebte, sich schick anzuziehen und zu feiern. Auch sie hatte es immer genossen und wusste nun nicht, wie viel Spaß es ihr noch machen würde, wenn alle anderen pärchenweise auftauchten.

Aber das gehörte nun mal zu einem neuen Start dazu. Und Ava hatte recht – je eher sie damit anfing, umso besser. Als würde man ein Pflaster abreißen: Zuerst tat es weh, aber danach war alles gut. Hoffentlich.

Sie verabschiedeten sich schließlich, und Jess versprach ihren Freundinnen, sie auf dem Laufenden zu halten und sich wieder zu melden, sobald sie zurück wäre. Zu Hause angekommen, tigerte sie unruhig zehn Minuten lang auf und ab. Sie wusste, sie musste sich entscheiden und die nötigen Schritte unternehmen. Schlussendlich rief sie die Maklerin an, die beim ersten Klingeln abhob.

»Jess! Schön, von Ihnen zu hören. Und – wie sieht es aus? Sind Sie bereit?«

Jess holte tief Luft. »Ja, ich denke schon. Ich würde gern das erste Büro nehmen, das wir besichtigt haben. Das in Ihrem Gebäude.«

Gina zögerte einen Moment. »Hm, das ist jetzt aber ärgerlich. Leider muss ich Ihnen sagen, dass nun schon jemand anders den Mietvertrag unterzeichnet hat. Gerade vor einer Stunde. Ich wusste, das Objekt würde schnell weggehen, aber die anderen zwei sind noch verfügbar. Das sind ja auch sehr schöne Räumlichkeiten.«

Jess spürte eine seltsame Mischung aus Enttäuschung und Erleichterung. Die zwei anderen Büros hatten ihr nicht so gut gefallen, aber natürlich wären sie ebenfalls geeignet.

»Das ist wirklich schade. Besteht dafür denn auch so eine große Nachfrage? Ich muss noch einmal genau darüber nachdenken. Das erste hätte mir als Kanzlei nun mal am besten gefallen.«

»Ja, das fanden alle. Ich glaube, mit den anderen haben Sie noch etwas Zeit. Die werden morgen oder übermorgen wahrscheinlich noch nicht weg sein.«

»Okay. Dann melde ich mich bei Ihnen, sobald ich kann.« Jess legte auf und atmete tief aus. Sie wollte im Moment nicht darüber nachdenken, ob sie eines der beiden anderen Büros mieten würde. Sie wollte schnell aufs Cape zurück. Charleston war zwar ihr Zuhause, und trotzdem fühlte sich alles anders an. Konnte sie sich wirklich vorstellen, hier noch einmal von vorn anzufangen? Im Moment war sie sich da gar nicht mal so sicher. Vielleicht würde es helfen, einen sonnigen Nachmittag am Strand von Chatham zu verbringen, die Wärme zu spüren und an nichts weiter zu denken … Vielleicht kämen die Antworten dann von ganz allein.

49. Kapitel

Als Jess am nächsten Nachmittag nach Chatham zurückkam, saßen Caitlin und ihre Mutter einträchtig beim Tee an der Kücheninsel und schienen etwas Wichtiges zu besprechen. Jess stellte ihren Koffer ab und gesellte sich zu ihnen.

»Möchtest du auch einen Tee, Schatz? Es ist bestimmt noch heißes Wasser im Kessel«, bot ihre Mutter an.

»Ach ja, das klingt gut.« Ihre Mutter wollte aufstehen, doch Jess winkte ab. »Ich mach schon, Mom. Worüber redet ihr gerade? Ihr seht aus, als würdet ihr irgendetwas aushecken.«

Die beiden sahen einander an und schienen ein Schmunzeln zu unterdrücken. Ihre Mutter antwortete nicht, sondern wechselte mit einer Gegenfrage das Thema.

»Wie war deine Reise, mein Schatz? Und hast du Büroräume gefunden, die dir gefallen haben?«

»Tatsächlich habe ich ein ganz tolles Büro gesehen – in demselben Gebäude, in dem auch Lee arbeitet und die Maklerin, die ich getroffen habe. Es hatte die perfekte Größe und war hell und hatte eine Wand aus Backsteinen.«

»Das klingt gut.« Bildete sie sich das nur ein, oder wirkten ihre Mutter und Caitlin enttäuscht.

»Und hast du den Vertrag schon unterschrieben?«, wollte Caitlin wissen.

Jess schüttelte den Kopf. »Nein, ich wollte noch eine Nacht darüber schlafen, und als ich am nächsten Tag anrief, war es schon weg. Es gibt noch zwei andere Büros in der Nähe, aber die haben mir nicht so gut gefallen wie das erste. Vielleicht taugen sie aber doch. Ich wollte ein paar Tage darüber nachdenken, bevor ich mich entscheide.«

»Tja, dann sollte es wohl so sein.« Ihrer Mutter schien die Entwicklung zu gefallen.

»Raus mit der Sprache: Was habe ich verpasst? Was führt ihr zwei im Schilde?«

Ihre Mutter und Caitlin tauschten erneut Blicke, dann sagte Caitlin: »Ich will die Wohnung über dem Coffee Shop mieten.«

Damit hatte Jess nicht gerechnet, und sie brauchte einen Moment, um diese Information zu verarbeiten. »Du willst hierbleiben?«

Caitlin nickte. »Ja. Ich habe viel darüber nachgedacht, vor allem in der letzten Woche. Nachdem ich Peter im *Beachcomber* getroffen hatte und davor ja auch meine Freundinnen in Charleston und in New York, habe ich immer mehr das Gefühl bekommen, dass ich am liebsten in Chatham bleiben möchte. Ich liebe es hier. Und ich liebe meine Arbeit im Coffee Shop.« Sie reckte das Kinn, und Jess sah eine Entschlossenheit und Begeisterung, wie sie sie schon lange nicht mehr bei ihrer Tochter erlebt hatte. »Ich glaube, ich kann das richtig gut.«

»Ja, du machst das hervorragend.« Jess dachte eine Weile nach. »Und du bist sicher, dass du die Wohnung mieten willst? Deine Großmutter hätte sicher auch nichts dagegen, wenn du weiter hierbleibst.«

»Natürlich hätte ich nichts dagegen. Aber ich glaube, Caitlin möchte auch mal etwas Eigenes, und das kann ich gut nachvollziehen.«

Caitlin sah zu ihrer Großmutter und lächelte. »Sie hat recht. Und das Apartment ist geradezu perfekt für mich. Ich könnte mein Bett, ein paar Möbel und natürlich meine ganzen Klamotten herbringen, dann brauche ich hier nicht alles neu zu kaufen.«

»Für deine Sachen brauchst du bestimmt einen Lastwagen«, meinte Jess' Mutter schmunzelnd.

Caitlin lachte. »Du hast recht. Wahrscheinlich werde ich erst mal tonnenweise aussortieren und Sachen in die Kleiderspende geben. Ich dachte, ich fliege ein paar Tage vor dem Umzugstermin runter, packe alles zusammen und lasse es dann zu Montag oder Dienstag herbringen. Die jetzigen Mieter ziehen eine Woche vorher aus.«

Ihre Tochter hatte bereits alles durchdacht. Jess beneidete sie fast um ihre klare Entscheidung. »Also gut, mein Schatz. Wenn du dir wirklich sicher bist …«

»Das bin ich.«

»Prima, dann ist die Wohnung jetzt deine.« Jess war so sehr auf ihre eigenen Themen konzentriert gewesen, dass sie gar nicht mitbekommen hatte, wie sehr Caitlin sich hier mittlerweile zu Hause fühlte. Sie war einfach davon ausgegangen, dass Caitlin wieder nach Charleston zurückgehen würde – mit ihr zusammen. Wenn sie jetzt darüber nachdachte, erschien es ihr aber als logischer Schritt. Caitlin wirkte hier deutlich glücklicher, entspannter und selbstsicherer als in Charleston. Natürlich würde sie sie vermissen. Wenn sie nun nach Charleston zurückkehrte, wäre sie erst einmal ziemlich allein, stellte sie fest.

»Danke! Und ist es für dich auch in Ordnung, wenn ich meinen Job im Coffee Shop behalte?«

Jess nickte. »Natürlich. Ich möchte, dass du das tust, was dich glücklich macht – und wenn das dein Managerposten im Coffee Shop ist, dann bin ich auf jeden Fall dafür. Alison und ich können froh sein, dass du das stemmst. Du hast uns bis jetzt ja schon riesig geholfen.«

Caitlins Augen begannen zu leuchten. »Ich habe noch ein paar Ideen, die ich demnächst ausprobieren möchte, damit der Laden auch in der Nebensaison weiter gut läuft.«

»Lass hören, ich bin sehr gespannt.«

*

Am Montag rief Julia kurz vor Geschäftsschluss ein letztes Mal ihre E-Mails auf, bevor sie mit Caitlin und ihren beiden Müttern am Strand verabredet war. Gerade als sie ihr Konto schließen wollte, ploppte eine neue E-Mail auf. Überrascht zuckte sie zusammen. Dann brach sie in Tränen aus. Freudentränen. Normalerweise neigte sie nicht zum Weinen, aber die Nachricht war einfach überwältigend.

Wir freuen uns riesig, dir mitteilen zu können, dass Kaia Kensington deinen phantastischen Armreif als das Prachtstück für diese Saison auserwählt hat. Sie wird ihn heute im Laufe des Tages in ihrem Blog und auf ihrem Instagram-Account vorstellen. Bereite dich also schon mal auf einen Massenansturm vor.

Julia drehte sich der Kopf. Sie hatte den Verkaufspreis für diesen Armreif im hohen vierstelligen Bereich angesetzt. Wenn nur ein paar Bestellungen eingehen würden, wäre sie darüber mehr als glücklich. Bei einer einzigen schon hätte sie die Materialkosten für das eingeschickte Modell wieder heraus – alles Weitere wäre phantastisch.

*

»Das sollten wir wirklich öfter machen.« Jess schmierte sich noch mehr Sonnencreme auf die Nase und lehnte sich auf ihrer Liege wieder zurück, um weiter die Wärme zu genießen. Es war Montagnachmittag – der Tag der Woche, an dem typischerweise am wenigsten los war. Julia schloss ihr Geschäft meist schon mittags, und Caitlin hatte ihren freien Tag. Jess hatte Brooklyn gefragt, ob sie am Nachmittag allein zurechtkäme, damit sie und Alison sich ihren Töchtern anschließen könnten, und Brooklyn hatte umgehend zugestimmt und sie sogar zum Gehen ermuntert. Sie brauchten alle eine Pause, und es war das erste Mal, dass sie es zu viert an den Strand schafften. Noch dazu gab es etwas zu feiern: Julia hatte ihnen ganz aufgeregt erzählt, sie habe irgendeinen Design-Wettbewerb gewonnen. Wirklich verstanden hatte Jess es nicht, denn es gab keinen Preis im eigentlichen Sinn, sondern Julia wurde lediglich auf irgendwelchen Social-Media-Kanälen genannt und konnte damit wohl ihren Kundenkreis vergrößern. Aber Julia war glücklich darüber, also freuten sie sich natürlich alle für sie.

Alison hatte eine Kühltasche mit Thunfisch- und Truthahn-Sandwiches, einer großen Tüte Kartoffelchips und natürlich ihren Spezial-Brownies gefüllt. Julia steuerte einen Sechserpack Wasser und Eistee bei, Jess Eiswürfel und zwei Flaschen Chardonnay, weil sie dachte, so ab vier oder fünf könnten sie vielleicht Lust auf ein Glas Wein haben. Jess liebte es, am späten Nachmittag am Strand zu sein, wenn es ein klein wenig kühler wurde, aber immer noch ein lauer Wind wehte und nicht mehr so viele Menschen dort waren.

Hier in der Nähe zum Haus ihrer Mutter war ihr liebster Strandabschnitt. Er war zwar öffentlich, aber lange nicht so überlaufen wie die größeren und bekannteren Strände – eher ein Nachbarschaftsstrand. Es gab eine Mole, die bis in den Hafen reichte und gut für einen Spaziergang war, wenn sie genug vom Sitzen hatten. Manchmal, am späten Nachmittag, konnte man sogar Seehunde entdecken, die sich auf den Felsen sonnten. In Jess' Kindheit waren sie oft bis zum Ende der Mole geschwommen und hatten selbst auf den Steinen gelegen. Aber das war nun nicht mehr sicher. In den letzten Jahren kamen immer mehr weiße Haie in die Gegend und tummelten sich vornehmlich dort, wo es viele Seehunde gab.

»Möchtest du eine?« Caitlin hielt ihr einen Stapel Zeitschriften hin, und Jess nahm sich eine Ausgabe von *People*. Es war Teil ihrer Strandroutine: Eine von ihnen sammelte alle möglichen Klatschmagazine und brachte sie mit, und dann sprachen sie über die verschiedenen Schauspielerinnen und Schauspieler und deren Affären, als würden sie sie persönlich kennen, und lachten darüber, wie albern das alles war.

»Neulich habe ich gelesen, dass viele dieser Beziehungen totaler Fake sind. Einfach nur aus PR-Gründen erfunden, um einen neuen Film oder ein neues Album zu bewerben«, sagte Julia. Jess hatte nie darüber nachgedacht, aber es klang realistisch.

Sie plauderten eine ganze Weile, aber irgendwann wirkte die entspannende Kraft der Sonne, und sie schwiegen. Jess hing ihren Gedanken nach. Am Morgen war sie mit einiger Unruhe erwacht – die Ungewissheit, wie es jetzt für sie weiterging, brannte ihr im Magen. Wollte sie eines der beiden anderen Büros mieten? Sie wusste, sie musste schnell zugreifen, sonst wären auch diese nicht mehr verfügbar. Die größere Frage aber war, ob sie überhaupt wieder nach Charleston zurückgehen wollte. Bei der Vorstellung, eines dieser anderen Büros zu mieten, spürte sie fast so etwas wie Beklemmung. Was vielleicht nur bedeutete, dass es nicht die richtigen waren und sie sich einfach weiter umsehen müsste? Sie wusste es wirklich nicht. Sie seufzte und versuchte, an gar nichts mehr zu denken. Dann schlief sie ein.

Eine Stunde später wurde sie wieder wach und hörte vor Lachen kreischende Kinder, die im Wasser tobten. Alison blätterte in einer Zeitschrift, und Julia und Caitlin standen bis zu den Knien im Meer. Jess beobachtete, wie sie ein Stück weiter ins Wasser gingen, kurz untertauchten, um sich abzukühlen, und schnell wieder zu ihren Handtüchern zurückkehrten.

»Wie ist das Wasser?«, fragte sie, als die zwei sich abgetrocknet hatten und wieder hinsetzten.

»Erst war es ziemlich kalt, aber dann doch nicht so schlimm. Du solltest auch reingehen«, drängte Caitlin.

Jess lachte. Sie ging fast nie ins Wasser, vor allem nicht jetzt, wo es so viele Haie in der Gegend gab. Erst neulich hatte sie

Der weiße Hai wieder gesehen, und bei dem Gedanken daran bekam sie eine Gänsehaut. Sie stippte ab und zu ihre Zehen ins Wasser, um sich abzukühlen, und das musste reichen.

»Nein, lass mal.« Sie sah auf ihrem Handy nach der Uhrzeit und war überrascht, dass es schon fast fünf war. Sie hatte länger geschlafen, als sie gedacht hatte. Von einem plötzlichen Hungergefühl getrieben, griff sie nach ihrer Tasche mit den Chips. »Möchte jemand ein Glas Wein?«

Alle nickten, und Jess schenkte den Chardonnay in vier Plastikgläser aus. Er war kühl und schmeckte köstlich, und sie fühlte sich so entspannt und zufrieden wie seit Monaten nicht mehr. Das kleine Nickerchen hatte ihr gutgetan, und allein schon am Strand zu sein war wunderbar. In ihrer Kindheit war sie immer zum Strand gegangen, wenn sie ein Problem gehabt oder vor einer Entscheidung gestanden hatte. Einfach alles loszulassen schien dem Geist genau die Klarheit zu verschaffen, die er brauchte. Und heute war es nicht anders gewesen. Sie hatte zwar noch nicht alle Antworten parat, aber sie hatte das Gefühl, ihnen nahegekommen zu sein.

*

Julia probierte den ersten Schluck Weißwein. Es war ein Chardonnay von La Crema, den sie bisher noch nie getrunken hatte, aber Jess hatte ihr schon davon vorgeschwärmt. Er schmeckte weich und fast buttrig mit Noten von Eichenholz – einfach köstlich. Einen Moment lang konzentrierte sie sich eingehend auf den Abgang, dann vibrierte ihr Handy. Wieder und wieder. Sie sah den Hinweis auf einige Instagram-Nachrichten und E-Mails und ahnte, was das bedeutete. Sie rief Kaia Kensingtons Seite auf und bekam ein Kribbeln im Bauch, als sie ihren wunderschönen, eigenhändig angefertigten Armreif in ihrer Story sah. Kaia machte explizit Werbung für sie und ermunterte ihre Follower, Julias Webseite zu besuchen und den Armreif dort zu bestellen.

Sie atmete tief durch, bevor sie ihre E-Mails checkte. Kaia hatte die Story ja gerade erst gepostet, da konnten ja wohl kaum schon Bestellungen eingegangen sein. Sollte sie überhaupt nachsehen? Doch, ja, sie wollte es unbedingt wissen. Sie rief ihren E-Mail-Account auf ... und brach in Tränen aus. Ihre Mutter, Caitlin und Jess sahen sie besorgt an.

»Kaia Kensington hat meinen Armreif auf Instagram beworben, und jetzt habe ich schon fünf Bestellungen und ein paar Nachfragen für andere Schmuckstücke.«

»Jetzt schon? Ist das nicht der Armreif, von dem du gesagt hast, er wäre so rasend teuer?«

Julia nickte.

»Oh, Schatz, das ist ja phantastisch! Ich bin riesig stolz auf dich«, sagte Alison.

»Julia, das ist der Wahnsinn. Herzlichen Glückwunsch«, rief auch Caitlin.

»Danke, ich danke euch.« Julia war wie benommen von einem Schwall unterschiedlicher Gefühle, von extremer Aufregung bis hin zu ... Panik. Sie würde richtig viel zu tun haben. Aber das war gut. Über geplatzte Schecks würde sie sich keine Sorgen mehr machen müssen.

*

Nachdem Caitlin am nächsten Morgen zur Arbeit gefahren war, saßen Jess und ihre Mutter noch zusammen am Frühstückstisch. Ihre Mutter hatte wieder dieses verräterische Glitzern in den Augen – als führte sie etwas im Schilde. Jess wollte nicht drängeln und fragen, worum es ging, brauchte aber auch nicht lange zu warten, bis ihre Mutter mit der Sprache herausrückte.

»Als Caitlin mir erzählte, was sie vorhat, habe ich mich natürlich sehr gefreut. Und ich habe ein bisschen im Internet geforscht. Wahrscheinlich weißt du es schon, aber ich habe herausgefunden, dass es ein Abkommen zwischen Massachusetts und South Carolina gibt, das die Niederlassung von Anwälten beider Staaten erlaubt. Du bräuchtest also keine extra Prüfung vor der Rechtsanwaltskammer abzulegen, um eine Zulassung zu erwirken, sondern nur eine Lizenz beantragen. Was allein zählt, sind deine Jahre an Berufserfahrung, und davon hast du mehr als genug. Nur mal so als Idee …«

Jess lächelte. »Ich weiß noch nicht, was ich machen werde. Dass ich meine eigene Kanzlei eröffnen möchte, steht fest, aber selbst bei dem Büro, das ich spontan toll fand, habe ich nicht sofort zugegriffen. Und dann war es weg. Es ist einfach eine sehr gewichtige Entscheidung.«

»Das stimmt. Es ist ein Neuanfang, egal, für welchen Raum du dich entscheidest … oder für welche Stadt. Aber jetzt, wo Caitlin sich entschieden hat zu bleiben, gefällt mir die Vorstellung, euch beide hier zu haben. Denk einfach mal darüber nach. Ich will dir keinen Druck machen.«

»Ja, ich denke darüber nach. Ich muss sowieso über einiges nachdenken.«

»Gut. Und ich treffe mich gleich mit Betsy im Fitnessclub. Unsere Aqua-Gymnastik beginnt in einer Dreiviertelstunde, da werde ich mich mal auf den Weg machen.«

Nachdem ihre Mutter gegangen war, klappte Jess ihren Rechner auf und suchte nur mal aus Neugier nach freien Büroräumen in Chatham. Es gab tatsächlich einige, doch die meisten waren zu groß oder zu abgelegen. Jess wollte sich gut sichtbar platzieren – an einem Ort, an dem viele Leute zu Fuß oder mit dem Auto vorbeikamen. Wenn Menschen einen Anwalt brauchten, riefen sie meist den Namen an, der ihnen als Erstes in den Sinn kam. Und je häufiger sie ihr Kanzleischild sähen, desto eher würden sie ihren Namen im Gedächtnis behalten.

In zentraler Lage war jedoch nichts dabei. Doch gerade, als Jess zu ihrem E-Mail-Account wechseln wollte, ploppte eine neue Ausschreibung auf, die augenblicklich ihr Interesse weckte: ein kleines Büro an der Main Street, nicht weit von der Buchhandlung entfernt. Es schien genau die richtige Größe zu haben, und in der weiteren Beschreibung las sie, dass es momentan sogar eine Anwaltskanzlei war, deren Betreiber sich aus Altersgründen zur Ruhe setzte. Falls sie also tatsächlich eine Kanzlei in Chatham eröffnen wollte, wäre dieses Büro geradezu perfekt.

Jess war zwar immer noch nicht sicher, dass sie das wirklich wollte, wählte aber fast reflexartig die Nummer der Maklerin und vereinbarte einen Termin in zwei Stunden.

Barbara Lynch wartete direkt am Objekt an der Main Street auf sie, und sobald Jess auch nur einen Fuß hineingesetzt hatte, verspürte sie ein Gefühl von Ruhe und Frieden. In einer Ecke standen noch ein paar Kisten, die aber binnen ein oder zwei Tagen weggeräumt würden, wie die Maklerin versicherte.

»Stan packt gerade die letzten Sachen zusammen. Er ist Mitte siebzig und hat die Kanzlei fast fünfzig Jahre lang betrieben. Er war sehr beliebt. Wie schön, dass Sie auch Anwältin sind.« Jess hatte Barbara bei ihrem Anruf ein wenig über sich und ihre Vorstellungen erzählt.

Das Büro hatte zwei große, deckenhohe Fenster direkt auf die Main Street hinaus. Es gab einen kleinen Empfangsbereich mit Theke, an der eine Hilfskraft sich um Anrufe, Schreibkram und die Begrüßung der Klienten kümmern konnte. Daneben lag das eigentliche Büro mit einem großen Schreibtisch aus Massivholz, ein paar Lampen, Regalen und Aktenschränken.

»Stan hat die Möbel erst einmal stehen lassen für den Fall, dass jemand sie ihm bei der Übernahme abkaufen will. Er meinte, er wolle sie zu einem günstigen Preis abgeben, weil es ihm dann einen teuren Abtransport erspart.«

Jess sah genauer hin. Der Tisch war gut verarbeitet, mit tiefen Schubladen und glattpolierter Oberfläche – wunderbar passend für ihr Büro und eine Sache weniger, um die sie sich kümmern musste. Die Kanzlei war jetzt schon einzugsbereit.

Und diesmal zögerte sie nicht. Es hatte sich vom ersten Moment an richtig angefühlt.

»Ich nehme es.«

Sie besprachen die Details, und Jess schrieb der Maklerin einen Scheck aus.

»Wenn Sie am Montag in mein Büro kommen, gebe ich Ihnen den Schlüssel.«

»Perfekt.«

*

Nachdem sie sich von der Maklerin verabschiedet hatte, ging Jess die Main Street hinunter zum Coffee Shop. Der erste Mensch, dem sie die Neuigkeiten mitteilen wollte, war Caitlin.

Im Café stand eine lange Schlange, aber wie immer ging es schnell voran, und sobald es ruhiger wurde, trat Jess an die Theke.

»Hey, Mom. Arbeitest du heute in der Buchhandlung?«

»Nein, ich war gerade in der Innenstadt und dachte, ich schaue mal vorbei. Ich habe Neuigkeiten: Soeben habe ich den Mietvertrag für ein Büro unterschrieben.«

Caitlin wirkte enttäuscht und schien sich ein Lächeln abzuringen. »Oh, das ist ja toll, Mom. Für welches der beiden hast du dich denn entschieden?«

Jess schmunzelte. »Für keines von beiden. Meine neue Kanzlei befindet sich an der Main Street.«

»Na, das ist dann ja wohl besser.« Caitlin sah kein bisschen glücklicher aus.

»Das ist sogar sehr viel besser. Vor allem, weil es in der Main

Street von Chatham liegt. Ich habe heute Morgen im Internet die Angebote durchforstet, und das von der Main Street kam genau in dem Moment neu herein. Es war bislang sogar auch eine Kanzlei – passt also perfekt.«

Nun begann Caitlin zu strahlen und schoss hinter der Theke hervor, um ihre Mutter zu drücken.

»Das ist grandios. Ich freue mich riesig, dass du dich dazu entschieden hast. Ich glaube, du wirst hier viel glücklicher sein, Mom. Alle Menschen, die dir wirklich wichtig sind, sind hier.« Sie bekam feuchte Augen, und auch Jess merkte, dass ihr vor Rührung die Tränen kamen.

»Da hast du wohl recht, mein Schatz. Ich kann es kaum erwarten, dir alles zu zeigen. Am Montag bekomme ich den Schlüssel. Und ich bin gerade zu Fuß gekommen – es liegt ganz nah.«

Da nun neue Gäste eintrafen, machte Jess Platz und ging nach nebenan in die Buchhandlung. Alison kassierte gerade Mrs. Winslow ab. Als sie Jess erblickte, wusste sie sofort, dass etwas passiert war.

»Worüber freust du dich denn so?«

»Ich habe gerade den Mietvertrag für eine neue Kanzlei unterschrieben – hier in Chatham. Stan Murphy geht in den Ruhestand.«

Alison sah sie mit großen Augen an. »Das sind ja unfassbare Neuigkeiten. Ich dachte, du wolltest ein Büro in Charleston mieten?«

»Das hätte ich auch fast getan.« Jess erzählte ihr von ihren Erlebnissen in Charleston. »Wie meine Mutter schon sagte: Es sollte wohl nicht sein. Und ich glaube, das hier sollte sein. Das Büro hat sich vom ersten Moment an richtig angefühlt. Ach, und Caitlin hat mir gestern Abend eröffnet, dass sie hierbleiben und die Wohnung über dem Coffee Shop mieten will. Ich habe ihr zugesagt, da ich davon ausging, dass du nichts dagegen hast.«

»Was sollte ich dagegen haben? Das ist ja unglaublich. Ich hatte mir schon Sorgen gemacht, weil sich bis jetzt niemand gemeldet hatte, der die passenden Referenzen dabeihatte. Und jetzt brauchen wir noch nicht einmal eine Nachfolge für Caitlin. Und du bleibst auch hier. Ach, Jess, etwas Schöneres hätte ich mir nicht wünschen können.« Alison strahlte vor Freude, und auch Jess spürte ein tiefes Glücksgefühl. Anstatt eines wöchentlichen Telefonats konnte sie ihre beste Freundin nun ständig sehen. Es war perfekt.

»Ich fühle mich mit dieser Entscheidung auch richtig gut. Ich habe eine Weile gebraucht, aber sobald ich das Büro heute gesehen hatte, gab es keinen Zweifel mehr. Weißt du noch, wie ich vor vielen Jahren einmal sagte, ich würde Chatham nie verlassen? Jetzt habe ich das Gefühl, endlich nach Hause zu kommen – und es fühlt sich unfassbar gut an.«

50. Kapitel

Julia freute sich auf ihre erste Dinnerparty. Eine ganze Weile schon hatte sie alle einmal zu sich einladen wollen, aber bisher hatten ihre mangelnden Kochkünste sie davon abgehalten. Doch dann war ihr eine Idee gekommen, wie sie dieses Dilemma lösen konnte. In ungefähr fünf Minuten würden ihre Gäste eintreffen. Tim wohnte in der Nähe, also käme er vermutlich als Erster.

Sie drehte die letzte Haarsträhne um ihren Lockenstab, erhitzte sie kurz und schüttelte dann den Kopf, sodass alle frisch gedrehten Korkenzieherlocken an ihren Platz fielen. Ihre türkisen Spitzen hatte sie erst vor einer Woche nachfärben lassen und war mit dem Ergebnis sehr zufrieden. Schnell steckte sie noch die silbernen Tropfenohrringe an und streifte sich den breiten silbernen Armreif mit den Türkisen über das Handgelenk.

Ihr neues Top war ein Angebot gewesen, dem sie nicht hatte widerstehen können. Sie hatte es bei Marshalls entdeckt, als sie nach Schuhen suchte, und sich sofort in den schwarzglänzenden Crinkle-Stoff und die Glockenform verliebt. Das Top hatte einen tiefen runden Ausschnitt und dreiviertellange Ärmel und passte hervorragend zu ihren engen Jeans und den weichen schokoladenbraunen Cowboystiefeln.

Als sie nach unten ging, hörte sie es klopfen, und durch die Glasscheibe sah sie tatsächlich Tim als ihren ersten Gast. Lächelnd hielt er ihr einen Blumenstrauß entgegen.

»Die sind ja wunderschön! Ich werde sie gleich ins Wasser stellen, aber du hättest keine Blumen mitbringen müssen. Komm rein.« Tim folgte ihr in die Küche, wo sie den Strauß in eine viereckige Kristallvase stellte. Er hatte herrliche Farben für sie ausgesucht: leuchtendes Blau, Pink und Violett mit weißen Akzenten. Wie die Blumen hießen, wusste sie nicht, aber sie war begeistert.

»Meine Mutter hat mir beigebracht, dass man zu einer Essenseinladung Blumen mitbringt«, sagte Tim, und sie lachte. Sie konnte sich direkt vorstellen, in welchem Ton seine Mutter es gesagt hatte. Er hatte auch eine Flasche Wein dabei, die er ihr nun überreichte. »Das ist der, den du so gern magst, oder?« Es war der Chardonnay von Bread & Butter, der dank Caitlin ihr neuer Lieblingswein war.

»Danke schön. Ich habe aber auch Bier im Kühlschrank, wenn du das lieber magst.« Sie wusste, dass er normalerweise kein Weintrinker war.

»Bier klingt gut.« Sie gab ihm eine Flasche Ale von der Sorte, die er und Jason gern tranken.

»Danke. Du siehst gut aus heute Abend. Ich meine, du siehst immer gut aus, aber dein Top gefällt mir.« Er klang ein wenig nervös, was ihm gar nicht ähnlich war.

»Danke.« Verstohlen musterte sie auch sein Outfit. Er trug eine hellbraune Stoffhose und ein jagdgrünes Freizeithemd. Die Farbe stand ihm gut, weil sie seine grünen Augen betonte. Ihr war vorher nie aufgefallen, wie grün sie waren. Auch sein Haar schien sorgfältiger zurechtgemacht als sonst.

»Du siehst auch gut aus. Warst du beim Friseur?«

Er nickte. »Ja, heute Nachmittag. Es war schon ziemlich strubbelig.«

Darüber musste sie lachen. Sein Haar war alles andere als strubbelig, weil er es immer recht kurz trug. Aber er sah auf jeden Fall gut aus. Sie hatte ihn nie als besonders groß wahrgenommen, vielleicht so eins fünfundsiebzig oder achtundsiebzig, aber jetzt, so dicht bei ihm, spürte sie dennoch deutlich seine körperliche Präsenz. Sie war selbst nur eins sechzig, und

als sie zu ihm aufsah, wirkte er auf einmal viel größer als sonst –
eigentlich sogar genau richtig.

Plötzlich wurde ihr ganz warm im Bauch, denn sie hatte Tim
immer nur als guten Freund betrachtet – und nicht als in irgendeiner Weise »richtig«. Sie kannten sich schon viele Jahre,
allerdings war dies das erste Mal, dass sie beide zur selben Zeit
Single waren. Er hatte ihr nie auf irgendeine Weise zu verstehen gegeben, dass er anders als freundschaftlich an ihr interessiert war. Oder hatte sie es nur nicht mitbekommen?

Julia stellte den Ofen an und schenkte sich ein Glas Wein ein.
Sie hatte eine Flasche desselben Winzers, die Tim ihr mitgebracht hatte, schon geöffnet.

»Brauchst du bei irgendwas noch Hilfe?«, erkundigte er sich.

»Ach, nein danke. Aber ich habe ein Geheimnis – du darfst
es also niemandem verraten.«

Er lächelte. »Was denn?«

»Na ja, du weißt doch, dass ich nicht besonders gut kochen
kann, oder?« Lachend öffnete sie den Kühlschrank und holte
mehrere Plastikbehälter heraus. Dann stellte sie eine noch un-
benutzte Bratpfanne auf den Herd und legte Fleisch aus einem
der Container hinein.

»Was gibt es denn?«

»Rinderbraten mit Butternut-Gemüse, Ofenkartoffeln und
grünen Bohnen an Mandeln und Cranberries. Das kommt alles
aus dem *Chatham Village Market*. Also, abgesehen von den Ofenkartoffeln. Die habe ich tatsächlich selbst gemacht und muss
sie nur noch aufwärmen.«

Tim lachte. »Dein Geheimnis ist bei mir sicher. Im *Market*
haben sie phantastisches Essen. Und ich wette, so ist es viel weniger stressig.«

»Auf jeden Fall.«

Julia verteilte die Beilagen in weitere Töpfe auf dem Herd,
um sie aufzuwärmen, und warf die Behälter mit der Aufschrift

Chatham Village Market in den Müll. »Und damit sind alle Beweise vernichtet.« Danach befüllte sie ein paar hübsche Schüsseln mit Crackern, Käsewürfeln, gerösteten Mandeln, Chips und einem Dip – alles ebenfalls aus dem *Market*.

»Okay, fertig. Dann mal prost!« Sie stieß ihr Glas gegen das von Tim, und beide tranken einen Schluck.

Kurz darauf kam Caitlin, dicht gefolgt von Jason, Sue und Kevin.

Alle nahmen sich entweder Wein oder Bier und bedienten sich an den Knabbereien. Als das Essen fertig war und alle am Tisch saßen, verkündete Julia feierlich: »Liebe Freunde, unsere Caitlin hat eine Überraschung für euch.«

Caitlin blickte in die Runde. »Das stimmt. Ich habe beschlossen, in Chatham zu bleiben. Ich werde die Wohnung über dem Coffee Shop beziehen und ihn auch weiter managen. Ich liebe meine Arbeit dort und fühle mich hier mittlerweile wie zu Hause. Das liegt nicht zuletzt an Julia, denn dank ihr habe ich euch alle kennengelernt, worüber ich mich riesig freue.«

Aus dem Augenwinkel beobachtete Julia Jasons Reaktion. Sie lächelte. Mit dieser Neuigkeit hatte er nicht gerechnet, und nun spiegelten sich von Überraschung über Staunen bis hin zu Freude eine Reihe von Gefühlen in seinem Gesicht.

»Das sind die schönsten Nachrichten, die ich seit langer Zeit gehört habe«, sagte Jason und hob sein Glas. »Herzlichen Glückwunsch!« Sie stießen auf Caitlin an.

Es wurde ein wunderbarer Abend. Alle lobten das Essen, und am Ende gestand Julia ihnen doch, dass sie es nicht selbst gekocht hatte.

»Ich habe ein schlechtes Gewissen, wenn ich die Lorbeeren dafür einheimse. Aber es ist viel besser als alles, was ich selbst zubereitet hätte.«

»Deine Ofenkartoffeln waren superlecker«, sagte Tim.

Julia lachte. »Die sind das Einzige, was ich kann.«

»Wen kümmert es, ob du kochen kannst oder nicht? Es war lecker, und wir hatten eine schöne Zeit. Und eigentlich halte ich es für eine super Idee. Wenn ich euch demnächst einmal zu mir einlade, könnt ihr euch jetzt schon auf das Gleiche einstellen«, sagte Caitlin.

Gegen elf war Sue die Erste, die gähnte, und Kevin meinte, sie sollten nun wohl besser gehen. Auch Caitlin und Jason verabschiedeten sich.

»Ich sollte dann auch los«, sagte Tim. »Danke fürs Essen, das hast du prima hingekriegt.« Er war jetzt der Letzte und auch schon auf dem Weg zur Tür.

»Danke. Ja, es war ein richtig schöner Abend … Nochmals danke für die Blumen.«

»Gerne wieder.« Er hielt kurz inne, dann fragte er: »Hast du vielleicht Lust, morgen Abend ins Kino zu gehen? Da läuft ein neuer Film, der ziemlich gut sein soll.«

»Gern.« Sie ging häufiger mit Tim ins Kino, deshalb dachte sie sich nichts weiter dabei. Aber als er sie zum Abschied umarmte, hielt er sie einen Augenblick länger fest als üblich. Falls sie es sich nicht nur einbildete, was auch möglich war. Aber es fühlte sich anders an. Oder lag es daran, dass sie ihn zum ersten Mal anders wahrgenommen hatte? Seit der Trennung von Kyle hatte sie mehr Zeit mit ihm als mit ihren anderen Freunden verbracht.

Julia wusste, dass sie mit Männern kein allzu großes Glück hatte. Normalerweise verliebte sie sich schnell in solche, die schon von vornherein nicht zu ihr passten, oder sie versuchte, an Beziehungen festzuhalten, die nicht mehr funktionierten, so wie bei Kyle. Sie war noch nie mit einem Mann zusammen gewesen, mit dem sie vorher befreundet gewesen war. Vielleicht war das eine Basis, auf die man etwas aufbauen konnte. Falls er überhaupt an ihr interessiert war. Sie war sich nicht sicher, aber sie war neugierig darauf, es herauszufinden.

*

»Caitlin, warte mal eben.«

Caitlin war schon ein paar Meter aus dem Haus, als Jason ihr nachrief. Sie wartete auf ihn, und zusammen gingen sie zu ihren Autos, die nebeneinander in Julias Auffahrt standen.

»Wann hast du denn beschlossen, hierzubleiben?«, fragte er.

»Ich hatte es schon eine ganze Weile überlegt. Nach meinem Besuch in Charleston und nachdem ich zum ersten Mal in New York war und dann mit Peter im *Beachcomber*, habe ich viel darüber nachgedacht, was ich will und was nicht und wo ich wohl am glücklichsten wäre. Wenn du mir anfangs gesagt hättest, als ich mit meiner Mutter herkam, dass ich mal einen Coffee Shop managen würde, hätte ich dich für verrückt erklärt. Aber genau das ist es jetzt, womit ich glücklich bin. Und mit euch allen zusammen zu sein.«

»Einschließlich mir?«

Sie lachte. »Mit dir ganz besonders.«

»Wie wäre es dann, wenn wir morgen zusammen essen gehen? Nicht nur als gute Freunde?«

»Dann bittest du mich jetzt um ein echtes Date?«, fragte sie zwinkernd.

»Genau das. Und es gibt noch etwas, das ich schon lange tun wollte. Aber ich weiß nicht, ob du es auch willst …«

Er neigte sich ein Stück vor, und sie hielt die Luft an. »Was denn?«

»Das hier.« Er berührte ihre Lippen mit seinen, ganz vorsichtig zunächst, doch als sie sich an ihn schmiegte, vertiefte er den Kuss, und sie hatte das Gefühl zu fliegen. Schon lange hatte auch sie ihn küssen wollen, und es war noch viel besser, als sie es sich hätte vorstellen können.

Als er sich schließlich von ihr löste, flüsterte er: »Dann wolltest du es also auch.«

»Das kann man wohl sagen.«

Er küsste sie ein weiteres Mal, dann sagte er gute Nacht. »Ich ruf dich morgen an.«

51. Kapitel

Alison und Jess staunten, dass an einem Freitagnachmittag im Oktober in der Buchhandlung derart reger Betrieb war.

»Wenn ich aber darüber nachdenke, war dies schon immer das Wochenende, an dem auf dem Cape noch einmal so richtig viel los war«, sagte Alison. »Danach wird es ruhiger.«

Jess rief ihre Firmensoftware auf und prüfte die Tages- und Wochenumsätze. Sie klickte ein paar Tasten, um Alison das Ganze als Grafik auf dem Bildschirm zu zeigen. »Sieh mal, wie hoch die Verkaufszahlen sind. Das ist unsere bisher beste Woche.«

Alison war beeindruckt. »Ich denke mal, dass sich jetzt alles auszahlt, was wir bisher unternommen haben. Die Treuekarten, die regelmäßigen Signierstunden und auch die Werbemails und Anzeigen in den sozialen Medien, die Julia für uns eingestellt hat.«

»Da hast du sicher recht. Genau wie beim Coffee Shop. Und von der Bank habe ich gestern auch gute Nachrichten erhalten: Sie gewähren mir einen Unternehmerkredit zu überaus günstigen Konditionen. Damit bekomme ich mein investiertes Geld komplett zurück, und wir können die monatlichen Kreditraten aus unserem Gewinn bezahlen. Wahrscheinlich werden wir in der Nebensaison etwas weniger zu tun haben und können dann einfach die Arbeitszeiten zurückfahren.«

Alison lachte. »Ich verstehe nicht wirklich, was du da alles erklärst, aber es klingt gut, und ich bin froh, dass du dein Geld zurückkriegst.«

Die Ladenglocke klingelte, und Jim kam herein.

Alison lächelte. »Geht das wirklich in Ordnung, wenn ich mal eben zwanzig Minuten Pause mache?«

Jess nickte ihr zu. »Aber klar doch. Brooklyn sollte jeden Moment hier sein, und jetzt gerade ist ja nicht so viel los. Bis nachher!«

Alison ging mit Jim in den Coffee Shop hinüber, wo sie zwei Becher Kaffee und zwei Brownies holten und sich nach draußen setzten.

»Was ist los, Jim? Was treibt dich um diese Uhrzeit in die Innenstadt?« Jim verließ den Verlag tagsüber nur selten.

»Tja, ich habe gute Nachrichten, und die wollte ich gern mit dir teilen. Ich habe jetzt einen Agenten.«

»Jim! Das ist ja wunderbar.« Alison wusste, dass er sein Manuskript samt Anfrage an einen ganzen Schwung Agenten geschickt und sehnsüchtig auf Antwort gewartet hatte.

»Danke. Noch dazu ist es eine recht angesehene Agentur. Die Agentin möchte, dass ich ein paar kleine Änderungen vornehme, aber ihre Vorschläge kann ich gut annehmen. Sie hat eine ganze Liste von Verlagen, bei denen sie das Buch einreichen will.«

»Tja, das wundert mich nicht, denn es ist ein wunderbarer Roman.« Alison freute sich riesig für ihn.

»Ich weiß, dass wir für morgen Abend verabredet sind, aber ich wollte nicht bis dahin warten, es dir zu sagen. Und es tat gut, aus dem Verlag rauszukommen – in letzter Zeit ist es dort fast unerträglich still geworden.«

»Ich bin froh, dass du vorbeigekommen bist. Mir tut es auch gut, mal rauszukommen – heute war den ganzen Tag über ziemlich viel los. Was natürlich schön ist.«

»Sobald ich von der Agentin gehört hatte, musste ich als Erstes an dich denken. Ich bin dir riesig dankbar für all deine Hilfe dabei, das Buch überhaupt erst einmal fertigzubekommen.«

»Es hat mir Spaß gemacht. Hoffentlich ist es das erste von vielen.«

»In der Tat habe ich schon eine neue Idee. Im Moment sammle ich noch Einzelheiten für das Exposé, aber es nimmt immer mehr Form an.«

»Ich kann es kaum erwarten, mehr darüber zu hören.« Sie freute sich, Jim so guter Laune zu sehen. In letzter Zeit war er ein wenig stiller gewesen, und sie wusste, er hatte immer noch ein schlechtes Gewissen, weil er sie und einige andere hatte entlassen müssen.

»Also, wegen morgen ... Was hältst du davon, wenn wir schon am Nachmittag nach Provincetown fahren? Wir könnten dort einen Spaziergang machen, ein bisschen in den Geschäften und Kunstgalerien an der Commercial Street stöbern und abends vielleicht im *Lobster Pot* essen gehen – oder irgendwo anders, such dir gerne etwas aus.«

»Ich liebe den *Lobster Pot*, und das klingt alles sehr gut.« Obwohl sie ganz in der Nähe wohnte, war Alison im Laufe des Jahres erst einmal dort gewesen, als sie Besuch von Freunden gehabt hatte. Aus irgendeinem Grund hatte sie früher immer gedacht, es sei ein typisches Touristenlokal und das Essen nicht so gut wie woanders. Aber das stimmte nicht. Das Essen war hervorragend, und insbesondere die Hummergerichte waren die besten, die sie je gegessen hatte. Selbst das Brot war leckerer gewesen als anderswo.

»Fein. Dann komme ich gegen drei und hole dich ab.«

Bei Erwähnung der Uhrzeit sah Alison auf ihr Handy. Sie unterhielten sich jetzt schon länger als zwanzig Minuten. »Ich sollte mal wieder in den Laden zurück.«

»Ja, natürlich. Ich will dich nicht aufhalten.« Er gab ihr einen Kuss, und sie kehrten in die Buchhandlung zurück, wo er sie zum Abschied noch einmal küsste.

»Bis morgen, Jim.« Alison sah ihm nach und lächelte in sich hinein. Es lief gut zwischen ihnen. Sie gingen mehrmals in der Woche zusammen aus und telefonierten ansonsten mindestens einmal täglich. Und Chris freute sich für sie.

Einmal hatte er sie sogar beide zusammen zum Essen eingeladen, und es war ein netter Abend gewesen. Jim konnte verstehen, dass sie und Chris beste Freunde waren, und fand es in keiner Weise bedrohlich für ihre Beziehung. Und Chris hielt Jim für einen prima Kerl. Sie hatte am folgenden Tag mit ihm telefoniert, und er hatte ihr eine gute Wahl bescheinigt.

»Ihr zwei scheint gut zusammenzupassen. Ihr habt viel gemeinsam, und wahrscheinlich ist es gut, dass du nicht mehr im Verlag arbeitest«, hatte Chris gesagt.

»Da hast du vermutlich recht. Alles geschieht aus einem Grund, und mit der Buchhandlung läuft es besser denn je. Also gehe ich davon aus, dass ich genau da angekommen bin, wo ich hingehöre. Es läuft gut mit Jim. Und ich bin froh, dass ihr beide euch versteht.«

»Ich möchte nur, dass du glücklich bist.«

»Das wünsche ich dir auch. Hast du gerade jemanden im Auge?«

»Tatsächlich bin ich morgen mit einer Frau verabredet, die du wahrscheinlich kennst. Ihr seid zusammen zur Schule gegangen: Lavinia O'Toole.«

Das überraschte Alison allerdings. Sie hätte nicht gedacht, dass die beiden sich verstehen würden. »Ach, wirklich? Wie ist das denn zustande gekommen?«

»Ich hab sie in einer Bar aufgegabelt«, witzelte Chris. »Nein, ich war im *Squire*, sie saß mit einer Freundin am Nachbartisch, und wir sind ins Gespräch gekommen. Ich wusste, dass du nicht unbedingt ihr größter Fan warst, aber ich glaube, sie hat sich verändert. Die Scheidung hat ihr ziemlich zugesetzt, und sie scheint sich hier wieder wohlzufühlen. Ihre Mutter war auch schwerkrank … Sie hatte also ganz schön was durchgemacht.«

»Oh, das wusste ich nicht.« Sie hätte nie gedacht, dass Lavinia irgendwelche ernsthaften Schwierigkeiten im Leben zu meistern hatte, was vermutlich nicht ganz fair war.

»Wir werden sehen, wie es weitergeht. Ich halte dich auf dem Laufenden.«

Alison freute sich, dass alle aus ihrem Freundeskreis Jim mochten. Da sie sich so lange kannten, kam es ihr vor, als wären sie auch schon seit Ewigkeiten zusammen. Die Buchhandlung lief hervorragend, Jess zog wieder nach Chatham zurück, und sie hatte eine tolle Beziehung zu Jim, die sich wunderbar entwickelte – die Welt konnte gerade schöner nicht sein, wie Alison fand.

52. Kapitel

Viereinhalb Monate später

Jess betrachtete das Schild, das über der Tür ihrer neuen Kanzlei hing. Sie hatte es schon vor Monaten bestellt, mit dem Anbringen aber gewartet, bis sie tatsächlich so weit war, die Kanzlei zu eröffnen. Und das konnte sie erst, nachdem ihre Lizenz offiziell in Massachusetts anerkannt worden war, was vier bis sechs Monate dauern sollte. Sie konnte froh sein, dass es doch einigermaßen schnell über die Bühne war.

Allerdings hatte sie ein Schild ins Fenster gestellt, auf dem DEMNÄCHST NEUERÖFFNUNG: KANZLEI JESSICA COLEMAN. ALLGEMEINES RECHT stand. Außerdem hatte sie ihre E-Mail- und die Web-Adresse daruntergesetzt für den Fall, dass jemand sie kontaktieren wollte. Ein paar Anfragen waren bereits eingegangen, in erster Linie ganz generell zu den Bereichen ihrer Arbeit, aber sie hatte auch schon einige potentielle Klienten. Ed Thompson, einer der Stammgäste im Coffee Shop, hatte angekündigt, dass er sie gleich nach der Eröffnung aufsuchen wollte, um sein Testament zu aktualisieren, und Edith Winslow, eine ihrer Lieblingskundinnen aus der Buchhandlung, wollte mit ihrer Schwester gemeinsam einen neuen Fonds einrichten. Sie hatten ihre Kontaktdaten hinterlassen, damit Jessica sich nach der Öffnung der Kanzlei mit ihnen in Verbindung setzen könnte.

Für heute hatte sie also bereits einiges zu tun. Und später am Nachmittag wollte Julia vorbeischauen, um ihr bei Online-Anzeigen zu helfen. Caitlin hatte schon gewitzelt, sie könne ja einen Stapel Visitenkarten im Coffee Shop und in der Buchhandlung auslegen, und sie hatten beide darüber gelacht, aber

Julia hielt es tatsächlich für eine gute Idee. Sie hatte kleine hübsche Kästchen für die Visitenkarten besorgt, die man gut auf die Theke stellen konnte, und das wollten sie nun einfach einmal probieren.

Ed hatte zu Caitlin gesagt, er rechne damit, dass Jess bestimmt schon bald eine Menge Arbeit bekäme, da ja alle ehemaligen Klienten von Stan Murphy einen neuen Anwalt bräuchten. Jess hoffte, das würde sich zumindest zum Teil bewahrheiten. Sie wusste, es würde eine Weile dauern, einen eigenen Klientenstamm aufzubauen, aber die gute Lage an der Main Street war bestimmt ein Vorteil. Sie freute sich sehr über den günstigen Standort und plante, regelmäßig in der Buchhandlung und im Coffee Shop vorbeizuschauen.

Jess setzte sich an den Schreibtisch und rief ihre zwei potentiellen Klienten an. Mit Ed vereinbarte sie, dass er um elf Uhr vorbeikommen solle, und Mrs. Winslow hatte am nächsten Tag Zeit, sodass sie auch diesen Termin in ihrem Kalender notierte.

Auf dem Laptop las sie online die lokalen Nachrichten und recherchierte zu den Werbemöglichkeiten, die Julia erwähnt hatte. Punkt elf Uhr kam Ed, der sich freute, sie zu sehen.

»Jetzt ist es also offiziell. Schön, dass Sie endlich angefangen haben.«

»Danke, dass Sie so schnell Zeit hatten.« Jess führte ihn in ihr Büro, und in den nächsten fünfundvierzig Minuten besprachen sie alle Änderungen, die er an seinem Testament vornehmen wollte. Ed plauderte gern, und Jess hörte ihm gerne zu. Sie erfuhr, dass er zweiundachtzig und ein sehr positiver Mensch war. Wenn sie in seinem Alter noch die Hälfte seiner Energie hätte, wäre sie schon froh.

Schließlich hielt er inne und sagte: »So, nun habe ich Ihnen ja fast ein Ohr abgekaut mit meinem Geschwätz. Ich sollte mal lieber gehen, damit Sie wieder arbeiten können.«

Jess lachte. »Es war sehr schön, mit Ihnen zu reden, Ed. Ich setze mich gleich an Ihr Testament, und wir können jetzt schon einen Termin ausmachen, wann Sie zum Überprüfen herkommen.«

Sie vereinbarten einen neuen Termin in zwei Tagen, dann verließ er die Kanzlei mit einem Lächeln. Jess hielt ihre Mittagspause und bearbeitete danach Eds Testament. Es dauerte nicht lange, und gerade, als sie fertig war, öffnete sich die Tür erneut und eine ältere Dame kam herein.

»Ist das immer noch die Kanzlei von Stan Murphy? Ich kenne diese Kanzlei, solange ich denken kann, aber das Schild da draußen sieht jetzt ganz anders aus.«

Jess ging zu ihr. »Stan ist vor ein paar Monaten in den Ruhestand gegangen. Aber ich bin auch Anwältin, und vielleicht kann ich Ihnen ja helfen?«

Die Frau zögerte. »Ich bin mir nicht sicher … Mein Mann hat immer gesagt, wenn irgendetwas ist, soll ich zu Stan gehen.« Sie bekam Tränen in die Augen und konnte einen Moment lang nicht mehr sprechen. Nach einer Weile beruhigte sie sich wieder. »Er ist vor einem Monat verstorben, und es ist immer noch schwer für mich.«

»Das tut mir sehr leid.«

Die Frau lächelte schwach. »Vielen Dank. Vielleicht kann ich Ihnen ja mal schildern, inwiefern ich Hilfe brauche?«

Jess lächelte. »Dann gehen wir am besten in mein Büro.«

*

Um fünf Uhr wollte Jess Feierabend machen, als plötzlich die Tür aufging und Caitlin hereinkam, gefolgt von Jason, Alison, Jim, Julia, Tim, Chris, Jess' Mutter und Ryan. Alison hatte ein paar Flaschen Champagner dabei, und Caitlin hielt eine riesige Torte in den Händen, auf der ALLES GUTE ZUR NEUEN KANZLEI stand. Jess musste lachen. Nachdem sie fast den ganzen Tag allein hier gewesen war, wirkte das Büro nun regelrecht überfüllt.

»Wir müssen deinen ersten Tag doch feiern. Das ist ein großer und bedeutsamer Schritt für dich«, sagte Caitlin.

»Ich danke euch. Damit habe ich überhaupt nicht gerechnet.«

»Wie ist es denn gelaufen?«, wollte Alison wissen.

»Besser als erwartet. Ed war da, und ich habe ihm mit seinem Testament geholfen. Und dann kamen tatsächlich ganz unangemeldet noch zwei Leute herein, die zu Stan Murphy wollten.«

»Anscheinend hat es sich also gelohnt, genau dieses Büro zu mieten und die paar Monate bis zur Eröffnung in Kauf zu nehmen«, sagte Ryan.

Jess hatte sich so sehr gefreut, den Mietvertrag gleich unterschreiben zu können, dass sie nicht bedacht hatte, dass sie bis zur Genehmigung ihrer Lizenz für Massachusetts noch mindestens vier Monate würde warten müssen. Zuerst war sie enttäuscht gewesen, doch nun gab sie Ryan recht, dass es das Warten wert gewesen war.

Ryan legte den Arm um sie. »Herzlichen Glückwunsch. Ich bin sehr stolz auf dich.«

»Danke schön.« Sie lächelte ihn an, und er gab ihr einen schnellen Kuss auf die Wange. Erst vor kurzem hatten sie beschlossen, dass sie nun offiziell ein Paar waren. Es war ganz langsam und so natürlich passiert, dass sie beide ganz überrascht waren, als Jess ihm eines Abends, als er sie zum Abschied in die Arme nahm, einfach einen Kuss gegeben hatte. Und plötzlich waren sie fest zusammen.

Jess blickte in ihrer neuen Kanzlei in die Runde und spürte, wie ihr die Tränen kamen. Es war unfassbar, wie sehr ihr Leben und auch das von Caitlin sich in weniger als einem Jahr geändert hatten. Und wie viel glücklicher sie beide jetzt waren.

Nun kam auch Caitlin und nahm sie in die Arme. »Du siehst

aus, als würdest du über etwas nachdenken, Mom. Fühlst du dich wohl in deinem Büro?«

»Mehr als wohl. Gerade habe ich gedacht, wie glücklich ich darüber bin, dass wir uns entschieden haben, hierzubleiben.«

»Das finde ich auch«, bekräftigte Caitlin.

»Aber niemand ist so glücklich wie ich«, warf Jess' Mutter ein, und alle lachten.

Nun war Alison an der Reihe, sie zu umarmen. »Ich freue mich auch riesig, dass du hier bist – und bleibst. Danke, dass du mir geholfen hast, meinen Traum von einer eigenen Buchhandlung zu erfüllen. Und danke, dass du mir durch alle Zeiten immer eine gute Freundin warst und bist.«

Jess drückte sie ebenfalls, und dann kam Julia dazu. Sie sah Caitlin an.

»Ich bin auch froh, dass du hierbleibst. Ich kenne dich und deine Mom schon ewig, aber in diesem Sommer habe ich euch erst richtig kennengelernt. Und jetzt zählst du zu meinen besten Freundinnen.« Sie und Caitlin fielen einander in die Arme.

Jess spürte erneut Tränen in ihren Augen brennen. Sie sah die anderen drei an und hob ihr Champagnerglas. »Auf Mütter und Töchter und ewige Freundschaft!«

Danksagung

Ich danke meiner Familie – meiner Schwester Jane samt ihren Töchtern Taylor und Nicole –, die zu meinen ersten Leserinnen gehören und mich in allem immer anspornen. Meinen drei Amigos – meinen Schreib-Buddys Cindy, Lee und Rachel – für ihre Unterstützung und ihre Freundschaft. Besonderer Dank gilt dabei Cindy für ihr Korrekturlesen und für die immer phantastischen Ergänzungen und Verbesserungsvorschläge. Ich danke meiner Agentin Christina Hogrebe für ihre kluge Unterstützung und auch dem tollen Team in der Rechteabteilung bei Jane Rotrosen – Sabrina Prestia, Maria Napolitano und Tori Clayton. Ein dickes Dankeschön geht an meine Lektorin Alexandra Sehulster, mit der man wunderbar zusammenarbeiten kann. Deine Vorschläge waren allesamt hervorragend und haben die Geschichte ein ganzes Stück verbessert. Außerdem danke ich dem gesamten Team bei St. Martin's Griffin, das ich für alles, was sie tun, außerordentlich schätze – Anne Marie Tallberg, Marissa Sangiacomo, Alyssa Gammello, Brant Janeway, Kejana Ayala und Cassidy Graham.

Alter Kahn, neue Liebe und ganz viele Bücher

Miri ist frisch getrennt. Mit ihrer besten Freundin Katja will sie einen Lebenstraum verwirklichen: Eine eigene Buchhandlung eröffnen. In einer alten Barkasse am Hamburger Hafen finden sie genau den Ort dafür. Mit Leidenschaft und Hingabe bauen die beiden Freundinnen den ramponierten Kahn zum Bücherschiff um. Auch privat geht es für Miri bergauf, mit ihrem Nachbarn Henning könnte sie sich mehr vorstellen als nur freundlichen Small Talk im Treppenhaus. Doch dann kommt eins zum anderen: Die Miete für die schwimmende Buchhandlung wird erhöht, das Schiff soll luxussaniert werden – ausgerechnet von Hennings Architekturbüro. Für Miri und Katja bricht eine Welt zusammen – können sie ihr Bücherschiff vor den Immobilienhaien retten?

Eine alte Barkasse, die von zwei Freundinnen zu einer schwimmenden Buchhandlung umgestaltet wird. Ein romantischer Neuanfang in Hamburg für eine junge Frau, die wieder Vertrauen in die Liebe finden muss – *Das kleine Bücherschiff* ist ein unwiderstehlich charmanter Liebesroman voller Humor.

Tessa Hansen, Das kleine Bücherschiff. Roman. insel taschenbuch 5003. 415 Seiten. Auch als eBook erhältlich

NF 604/1/4.24

Zwei starke Frauen, das »gefährlichste Buch des Jahrhunderts« und eine Liebe im Paris der zwanziger Jahre.

Eine Buchhandlung mitten in Paris. Für die junge Amerikanerin Sylvia Beach ist ein Traum in Erfüllung gegangen. Dass sie mit »Shakespeare & Company« in die Geschichte der Weltliteratur eingehen wird, ahnt sie bei der Eröffnung 1919 nicht. Schon bald wird »Shakespeare & Company« zum literarischen Treffpunkt in Paris: Hemingway, Gide, Valéry und Gertrude Stein gehen hier ein und aus – und nicht zuletzt James Joyce. Als nach Abdruck einzelner Episoden die vollständige Publikation seines umstrittenen Romans *Ulysses* verboten wird, ist es die unerschrockene Sylvia Beach, die ihn gegen alle Widerstände veröffentlicht – und damit ihre ganze Existenz aufs Spiel setzt.
Doch in der gleichgesinnten französischen Buchhändlerin Adrienne Monnier findet Sylvia Beach nicht nur eine wagemutige Mitstreiterin, sondern auch die Liebe ihres Lebens.

»Eine Liebeserklärung an alle Buchhandlungen, Bibliotheken und die leidenschaftlichen und entschlossenen Frauen, die sie führen.« *New York Journal of Books*

Kerri Maher, Die Buchhändlerin von Paris. Roman. Aus dem amerikanischen Englisch von Claudia Feldmann. insel taschenbuch 4933. 391 Seiten. Auch als eBook erhältlich

Für alle, die Buchhandlungen und Bücher lieben

Für Valentina geht ein Traum in Erfüllung: Sie erbt überraschend eine Buchhandlung in London. Der Laden in der Baker Street gehörte ihrer Mutter Eloise, die die Familie vor vielen Jahren verlassen und jeglichen Kontakt abgebrochen hatte. In London angekommen, entdeckt Valentina in ihren Lieblingsbüchern »Nachrichten« von ihrer Mutter – und diese enthüllen Unglaubliches. Valentina muss sich nicht nur mit sorgsam gehüteten Familiengeheimnissen auseinandersetzen, sondern steht plötzlich vor den vielleicht größten Herausforderungen ihres Lebens, doch sie erhält unerwartete Hilfe …
Ein Roman über zwei starke Frauen, die sich vom Schicksal nicht unterkriegen lassen, über die Kraft der Liebe … und der Bücher.

Sarah Jio, Die Buchhandlung in der Baker Street. Roman. Aus dem Amerikanischen von Katharina Förs. insel taschenbuch 4968. ca. 426 Seiten. Auch als eBook erhältlich

Die schönste Telefonzelle der Welt

Lucy, gestresste Lehrerin, braucht Ruhe. Sie entschließt sich zu einem sechsmonatigen Sabbatical und mietet kurz entschlossen ein Cottage in den Cotswolds, ganz in der Nähe des geschichtsträchtigen Bletchley Park. Dass sie sich noch um Bunty, die 96-jährige Schwiegermutter der Vermieterin, kümmern soll, scheint kein Problem. Schon kurz darauf findet sich Lucy samt ihrem kleinen Hund in Little Maudley wieder, einem Dorf wie aus dem Bilderbuch. Eigentlich möchte sie sich nur ausruhen, mit ihrem Hund spazieren gehen und lesen. Aber sie kann sich dem Charme des pittoresken Dörfchens nicht entziehen, und ohnehin haben die Dorfbewohner ganz andere Pläne. Unversehens findet sich Lucy mitten in einer Kampagne zum Umbau einer alten Telefonzelle in eine Leihbücherei, und Bunty, ihre etwas kratzbürstige Nachbarin, hat ihre sehr eigene Geschichte von Bletchley Park und der baufälligen Telefonzelle zu erzählen. Und so ganz nebenbei verliebt sie sich in Sam, den alleinerziehenden Vater einer halbwüchsigen Tochter und Architekten von Baumhäusern.

Rachael Lucas, Die kleine Bücherei in der Church Lane. Roman. Aus dem Englischen von Sabine Schulte. insel taschenbuch 4838. 373 Seiten. Auch als eBook erhältlich

London, Liebe und ein Haus voller Bücher

Charlotte lebt in Schweden und ist eigentlich zu jung, um Witwe zu sein, zu jung, um ihren geliebten Mann verloren zu haben. Sie vergräbt sich in ihrer Arbeit, bis eine unerwartete Nachricht ihr Leben auf den Kopf stellt: Sie hat von einer entfernten Tante eine Buchhandlung in London geerbt.

Kurz entschlossen fliegt Charlotte nach England, um das Haus zu verkaufen. Doch schnell fühlt sie sich mit dem Laden eng verbunden – genauso wie mit den beiden warmherzigen Mitarbeiterinnen, dem Kater Tennyson und dem Schriftsteller William. Sie versucht, das fast bankrotte Geschäft zu retten. Dabei stößt sie auf Widersprüche und Rätsel: Warum hat sie ihre Tante Sara nie getroffen, warum hat ihre Mutter nie von ihrer Vergangenheit erzählt, und was ist das dunkle Geheimnis der beiden Schwestern?

Die kleine Buchhandlung am Ufer der Themse erzählt, wie ein Haus voller Bücher, gute Freunde und ein kratzbürstiger Kater einer Frau helfen, einen Neuanfang zu wagen – ein charmanter und hoffnungsvoller Roman zum Wohlfühlen.

Frida Skybäck, Die kleine Buchhandlung am Ufer der Themse. Roman. Aus dem Schwedischen von Hanna Granz. insel taschenbuch 4740. 550 Seiten.

NF 493/1/7.20

»Wenn ich mir fünf Bücher für
die einsame Insel aussuchen müsste,
Die Buchhandlung wäre unbedingt
dabei.«
Michael Ondaatje, Druckfrisch

Florence Green erwirbt in Hardborough, einem verschlafenen
Dorf an der Küste Ostenglands, das Old House als zukünftiges
Domizil für ihre Buchhandlung. Dass das Gebäude anscheinend
von einem Poltergeist besessen und bis auf die Grundmauern
feucht ist, bringt sie von ihrem Vorhaben ebenso wenig ab wie die
Tatsache, dass sie von finanziellen Dingen keine Ahnung hat. Voller Schwung stürzt sie sich in die Vorbereitungen und stattet ihre
Buchhandlung liebevoll aus. Die Einwohner des kleinen Städt-
chens begegnen dem Unternehmen zunächst mit Skepsis, bald
stellen sich jedoch erste Stammkunden ein. Als Florence Green
aber dann ein gerade erschienenes Buch eines bis dahin unbekannten Autors, Vladimir Nabokov, verkauft, ist die Aufregung groß
und weitet sich zu einem Skandal aus ...

Penelope Fitzgerald, Die Buchhandlung. Roman. Aus dem
Englischen von Christa Krüger. Mit einem Vorwort von David
Nicholls. insel taschenbuch 4346. 164 Seiten

NF 379/1/6.17